JON SEALY
FLORIDA

TRADUIT DE L'ANGLAIS (ÉTATS-UNIS) PAR MATHILDE HELLEU

EQUINOX

les arènes

Pour Emily, une fois encore.

« Je ne crois pas avoir fait une satire de l'univers révolutionnaire. Mes personnages ne sont pas des révolutionnaires, ce sont des fumistes. Parbleu ! Si j'avais le talent nécessaire, je m'attaquerais au véritable anarchiste, à savoir le millionnaire. Là, vous verriez le venin couler à flots. »

Joseph Conrad

« En ce temps-là, il n'y avait point de roi en Israël. Chacun faisait ce qui lui semblait bon. »

Juges 21:25

Avant la disparition des trois millions de dollars, avant l'attentat et la chasse à l'homme qui paralysèrent Miami à la fin du mois d'avril 1984, Bobby West et la femme qui n'était pas son épouse se trouvaient nus sous la douche. West était un homme d'âge moyen, empâté, aux yeux gris-bleu larmoyants et à la pâleur germanique. Il paressait sous le jet d'eau bouillant sans penser à rien.

La femme, Diana Burns, se frictionnait les cheveux.

« Ansel Adams est mort dimanche, dit-elle.

– J'ai vu ça.

– J'ai honte de le reconnaître, mais je ne savais pas qu'il était encore vivant.

– C'est ce qui arrive aux icônes. On finit par les oublier quand elles sont vieilles. Il avait quel âge ? »

West voulait toujours connaître l'âge des gens lorsqu'ils mouraient.

« Quatre-vingts et quelques ?

– Plus tout jeune, en tout cas. Il est mort de quoi ?

– Je ne sais pas. De vieillesse, j'imagine. »

Il prit une bombe de mousse à raser et commença à s'en badigeonner le visage. Diana ferma les yeux pour se rincer les cheveux et se faufila sous le jet d'eau à sa place.

Elle avait une peau souple et naturelle, ce qui formait un contraste frappant avec les traitements chimiques de sa femme – son ex-femme. West était tout à fait indifférent au culte des apparences et de la jeunesse qui régnait en maître à Miami. Son divorce n'était sans doute pas étranger au plaisir qu'il prenait à l'intimité d'une douche matinale.

« Quel âge faut-il avoir, aujourd'hui, pour mourir de vieillesse ? demanda-t-il.

– De nos jours ? Je ne sais pas, répondit-elle en recrachant un peu d'eau. Quatre-vingts ans, je dirais. »

Il fit glisser la lame de rasoir sur sa joue, face au miroir fixé dans la douche.

« Je suis sûr qu'il avait au moins cet âge-là.

– Quand on voit comme les gens sont actifs à quatre-vingts, quatre-vingt-dix ans…

– Mon grand-père a vécu jusqu'à quatre-vingt-treize ans, dit-il.

– Ou du moins soixante-dix, quatre-vingts.

– On a de bons gènes, dans la famille.

– Je dirais qu'à partir de quatre-vingts ans, on meurt forcément un peu de vieillesse.

– Il y a toujours une cause, répondit-il. Pneumonie, arrêt cardiaque ou autre.

– D'accord, mais quelle est la part de la vieillesse dans tout ça ?

– L'idéal, c'est de partir tranquillement dans son sommeil.

– Je ne récupère plus aussi facilement, dit-elle. Le déclin commence autour de vingt-huit ans.

– Je suis prêt à sortir, et toi ?

– J'ai fini. »

West coupa l'eau. Le jet de la douche fit place au bourdonnement étouffé d'un hélicoptère. D'un geste, il essuya le coin de l'œil de Diana et sortit se sécher.

Bien que pressé par le temps, il l'attira sur le lit et la serra contre lui. Il aurait voulu avoir l'énergie de lui faire l'amour encore une fois, mais ces jours-ci, le fossé entre le corps et l'esprit semblait se creuser à vue d'œil. West n'était pas vieux, à peine quarante et un ans, mais le poids des responsabilités commençait à saper son énergie. Il vivait dans un état de dissolution, séparé de son épouse et de sa fille, dans une maison qui ne lui appartenait pas, une ville qui n'était pas la sienne. Les seuls moments où il se sentait lucide et calme étaient ceux qu'il passait avec la femme qui n'était pas son épouse. À trente et un ans, Diana était assez grande pour se débrouiller toute seule, mais assez jeune pour faire ce qu'elle voulait en toute impunité. Célibataire, fertile, renversante : une femme sur laquelle on se retournait. West était un homme terre à terre, ennuyeux comme la pluie – il ne vivait que pour ces moments avec elle. Ce n'était pas le sexe qui comptait, mais les instants qui lui succédaient, quand les nuages du quotidien se dissipaient dans son esprit. Il ne demandait qu'à rester là avec elle, mais Diana avait d'autres projets. Elle se libéra de son étreinte et enfila sa culotte.

« Où est-ce que tu te sauves ? demanda-t-il.

– On a décroché un nouveau contrat, j'ai un meeting stratégique dans une demi-heure.

– Tu m'abandonnes comme ça ?

– Ce client va nous rapporter une année de salaire.

– Je devrais commencer à te faire payer les nuits que je passe ici.

– Tu sais combien le secteur est volatil en ce moment. On ne peut pas laisser passer une occasion pareille.

– Le spécial Bobby West à quatre-vingt-dix-neuf dollars, dit-il en lui attrapant le poignet.

– Arrête, gloussa-t-elle. Je vais finir vendeuse de voitures si je ne fais pas attention. Et puis, tu n'as pas une réunion toi aussi ?

– Je pourrais l'annuler.

– Pas la peine.

– Regarde comme c'est facile, insista-t-il en se traînant vers le téléphone avec la grâce d'un hippopotame. Tu vois ? Je n'ai qu'à appeler Vicky et je suis à toi toute la matinée.

– J'ai compris le message, dit-elle en se réfugiant dans la salle de bains tandis qu'il enfonçait les touches de l'appareil.

– C'est moi qui décide ! cria-t-il. C'est l'avantage d'être le patron.

– Écoute, tu peux rester ici aussi longtemps que tu veux, mais moi je dois y aller. »

Diana ferma la porte et fit couler l'eau. Le téléphone sonna jusqu'à ce que Vicky réponde de sa voix guillerette de réceptionniste.

« Vicky, dit West.

– Oui, monsieur West ?

– Rien. Désolé de vous déranger.

– Votre ex-femme a appelé toute la matinée. Elle a laissé plusieurs messages hier, vous devriez la rappeler. »

Il raccrocha et se laissa retomber sur l'oreiller.

Sous la climatisation qui rafraîchissait sa peau nue, il se laissa envahir par la rêverie, cette sorte de paresse maussade qui s'empare de nous lorsqu'une nouvelle journée commence et qu'on ne sait pas à quoi l'occuper.

Diana revint chercher ses boucles d'oreilles sur la commode. Ayant abandonné l'idée de la convaincre de rester, il ferma les yeux. La meilleure façon de survivre à cette journée serait de se mettre au travail, de se plonger dans un rapport d'analyse quelconque. Diana jacassait : pouvait-il l'aider à remonter la fermeture de sa robe ? Il cessa de l'écouter tandis qu'elle finissait de s'habiller puis se glissait dans la salle de bains, où elle regonfla ses cheveux et s'étudia quelques instants dans le miroir. Avant de partir, elle se pencha pour l'embrasser sur le front.

« Je suis désolée de devoir filer, dit-elle. J'adore nos matinées tous les deux.

– Oui, oui.

– Ne boude pas. Je te vois ce week-end ?

– C'est mon week-end avec Holly », dit-il en se hissant sur un coude. Sans y penser, il aborda la question qu'ils avaient évitée jusqu'à présent : « Tu pourrais venir, si tu voulais la rencontrer. »

Diana tendit les lèvres, comme pour souffler dans une paille.

« Peut-être une autre fois.

– C'est même moi qui cuisinerai », lui dit-il avec un sourire stratégique, qui devint sincère lorsqu'il imagina Diana et Holly à ses côtés, partageant un repas ordinaire en famille.

Cela faisait un moment qu'il n'avait pas passé une soirée normale, une soirée d'homme marié. Il avait besoin d'un répit dans cette angoissante vie de célibataire. La vie conjugale l'avait rendu idiot et des choses aussi simples que remplir le frigo lui semblaient désormais insurmontables.

« Ferme la porte en partant », dit-elle en lui rendant son sourire.

Une fois Diana partie, il s'habilla en vitesse. Son bureau se trouvait au septième étage d'une tour de verre sur Biscayne Boulevard ; il n'aurait pas le temps de repasser chez lui avant sa réunion de neuf heures, durant laquelle l'équipe de direction du Groupe Artium ressasserait les résultats du premier trimestre et débiterait quelques paroles d'encouragement pleines de clichés visant à survivre au deuxième. Pas un mot sur Cuba, le communisme, les relations internationales ou la guerre froide – tout ce qui, pensait-il autrefois, devait définir sa carrière. Au lieu de cela, il examinait des bilans comptables et négociait des politiques de couloir. Personne ne remarquerait sans doute qu'il portait la même chemise et la même cravate que la veille, mais dès qu'il franchirait la porte, Vicky lui transmettrait tous les messages que son ex-femme avait laissés pour une raison ou une autre. Il lui semblait parfois qu'elle lui parlait plus aujourd'hui que lorsqu'ils étaient mariés, comme si la signature des papiers du divorce avait délogé un caillot de sang.

Il descendit au rez-de-chaussée et se versa un doigt de bourbon, juste assez pour affronter calmement le problème qu'Isabel aurait à lui exposer. Il l'appela depuis la chambre de Diana, maintenant le téléphone contre sa joue tandis qu'il boutonnait sa chemise.

« Bobby ? Tu étais passé où, bon sang ? demanda-t-elle en guise de salut.

– Ce ne sont plus tes affaires, il me semble.

– Tu es au travail ?

– Vicky m'a dit que tu avais appelé, marmonna West, qui n'avait pas encore décelé la peur dans la voix d'Isabel.

– Holly est partie », dit-elle avec une angoisse palpable.

PREMIÈRE PARTIE

CENTRAL INTELLIGENCE AGENCY
WASHINGTON, D.C.

BUREAU DU SOUS-DIRECTEUR (RENSEIGNEMENT)

25 avril 1984

NOTE DE SERVICE À L'ATTENTION DE :
Mark Brown
Opérations spéciales, Amérique latine
Contre-terrorisme

OBJET : Situation à Miami, Floride, re : Robert West

Le Groupe Artium, surendetté, semble souffrir d'un important déficit comptable. Le dernier bilan affiche une baisse par rapport à l'année précédente. Le montant des «dettes diverses» suggère l'existence d'une comptabilité parallèle. Nous recommandons un audit immédiat et la suspension de Robert West.

	Mars 1983	Mars 1984
ACTIF		
Actif circulant		
Disponibilités	3332000	2168000
Investissements à court terme	–	–
Créances nettes	10450000	10231000
Inventaire	623000	705000
Autres actifs	6068000	2955000
Total actif circulant	**20473000**	**16059000**
Investissements à long terme	–	–
Immobilisations corporelles	10121000	9594000
Actifs incorporels	22019000	21461000
Autres actifs	3477000	4093000
Total actifs	**56090000**	**51207000**
PASSIF		
Dettes à court terme		
Comptes fournisseurs	9857000	10942000
Dettes diverses	0	3000000

	Mars 1983	Mars 1984
Total dettes à court terme	**9 857 000**	**13 942 000**
Dettes à long terme	51 191 000	48 331 000
Autres dettes	8 303 000	6 717 000
Frais reportés	723 000	3 498 000
Total passif	**70 074 000**	**72 488 000**

1

L'opération était simple. Pas étonnant qu'elle ait échoué. Aux premiers jours de l'année 1984, Alexander French était passé à l'improviste dans le bureau de Bobby West, pour lui poser quelques questions sur le Groupe Artium et la protection d'actifs.

Lorsque sa secrétaire vint lui annoncer que M. French souhaitait le rencontrer, West était assis à son bureau en pardessus et lunettes de soleil. Il semblait assez délirant pour ce responsable financier pâle et corpulent de travailler dans cette tenue, mais peu lui importait. C'était le mois de janvier et l'air conditionné tournait à plein régime. Il ne faisait jamais vraiment froid à Miami, mais ce n'était pas une raison pour transformer le bureau en congélateur. West frissonnait comme un chien mouillé sous le vent arctique qui soufflait par la bouche d'aération. Il avait ouvert les stores au maximum pour se réchauffer, si bien que la lumière aveuglante de l'hiver se déversait dans la pièce. Le soleil lui faisait gagner un degré ou deux, mais lui brûlait également la rétine. Cela faisait donc deux jours qu'il travaillait en manteau et lunettes noires, qu'il y ait ou non des visiteurs. Les secrétaires, coursiers et stagiaires ne lui firent jamais la moindre remarque. Plus un homme s'élevait dans la hiérarchie, plus il pouvait se permettre d'excentricités, tant qu'il atteignait les objectifs.

Vicky, sa secrétaire, était une jeune femme jolie et célibataire. Elle portait des lunettes à monture noire et avait un penchant pour les leggings qui épousaient sa silhouette gracile et la faisaient paraître dix ans de moins, aussi jeune que la fille adolescente de West. Elle aurait pu être sa fille, s'il avait fait des choix douteux au lycée ; sa petite amie, s'il avait fait des choix douteux à l'âge mûr. Il avait souvent envie de la rappeler au professionnalisme, mais c'étaient les années 1980. Les honoraires des procès pour harcèlement permettraient à toute une génération d'avocats de partir en retraite anticipée. Aujourd'hui, Vicky portait un chemisier qui découvrait l'une de ses épaules de façon tout à fait inappropriée, ainsi qu'un fragment de tatouage qu'il voyait pour la première fois et ignora consciencieusement. Elle fit claquer une bulle de chewing-gum, souriant à la vue de son accoutrement.

« Un certain Alexander French demande à vous voir.

– A-t-il dit ce qu'il voulait ? s'enquit West après un temps.

– Non, seulement qu'il voulait vous voir.

– Comment se présente ma journée ?

– Vous avez un meeting à deux heures et demie avec l'équipe de direction pour préparer la réunion du CA de la semaine prochaine, et avant de partir vous devez rappeler le type de Navarro Security. »

West balaya l'air d'un revers de la main.

« Il veut nous donner plein d'argent, fit-elle observer.

– Ils veulent tous nous donner plein d'argent. Le problème, c'est ce qu'ils veulent en échange.

– Ça, ce n'est pas mon rayon. Vous voulez voir M. French ? »

Vicky était douée pour éconduire les importuns ; elle avait dû sentir qu'Alexander French n'était pas un homme à ignorer. À Miami, son nom était sur toutes les lèvres, même si personne ne savait exactement ce qu'il faisait. Donnant dans le développement immobilier et les relations d'affaires sulfureuses, il avait la réputation d'être au-dessus des lois.

« Vous devriez sans doute le faire entrer, dit West.

– Je vous laisse une minute ?

– Non, ça va. Je ne veux pas qu'il prenne trop ses aises.

– Ça marche. »

Comme elle bondissait hors de la pièce, les yeux de West restèrent rivés sur son épaule dénudée. Les bureaux étaient des lieux semés d'embûches, remplis de gens aux parcours différents, aux motivations divergentes, aux degrés de naïveté et d'expérience variés. On passait la moitié de son temps avec ces personnes, on riait avec elles, on développait un langage commun. Pour dompter ses émotions, on s'en remettait au département des ressources humaines, à un code moral tacite et à la retenue. West se sentait mal à l'aise avec ses subordonnés immédiats, pour la plupart des jeunes femmes qui débordaient de confiance mais manquaient singulièrement de perspicacité. Plus il prenait de l'âge et plus sa fille progressait dans l'adolescence, plus le sentiment de camaraderie qu'il éprouvait à leur égard avait diminué, de même que son désir voilé de les tringler dans l'ascenseur. Il avait adopté une attitude froide et professionnelle. Les tâches à accomplir. Les responsabilités. Le bon père de famille. À bien des égards, il était devenu son propre père, un constat sur lequel il préférait ne pas s'appesantir. La journée au bureau, le soir grincheux à la maison, toujours la tête aux affaires.

West était très occupé ces temps-ci. Telle était la vie d'un cadre du Groupe Artium, une holding possédant des parts dans de multiples affaires à Miami : magasins de bateaux, armureries, voyagistes, agences immobilières, détectives privés. Le groupe finançait aussi Florida Air Transport, une petite compagnie aérienne qui faisait la navette le long de la côte Est et parfois un saut jusqu'en Europe. Officiellement, il en était le directeur financier, mais ce n'était qu'un arrangement administratif conçu par un avocat ou un comptable quelconque. Le président de la société était un vieil immigré allemand qui partageait son temps entre sa collection d'œuvres d'art et les soirées mondaines. Toutes les activités légales du Groupe Artium étaient en réalité une façade pour la CIA, qui s'était toujours intéressée de près au sud de la Floride. L'agence était à la pointe de la surveillance mais, à la connaissance de West, les informations qu'il transmettait finissaient dans un coffre-fort pour la postérité. En attendant, son travail consistait à s'assurer que toutes les filiales paient leurs factures à temps, afin que le Groupe Artium conserve une marge de profit suffisante pour rester invisible aux yeux des autres entreprises et agences gouvernementales. West appréciait la variété et les défis de ce grand casse-tête, mais il était fatigué d'enrichir les autres pendant que ses collègues gravissaient les échelons du pouvoir à Washington. Au cours des dernières années, les règles avaient changé ; il voyait combien d'argent on pouvait gagner dans ce pays quand on n'avait pas peur de prendre des risques. Plutôt que de continuer à contempler un avenir maussade – relayer des informations vers le nord et jouer les comptables à Miami –, il était prêt à prendre ce genre de risques.

C'est alors que M. French entra, une mallette à la main.

West se leva et lui offrit un siège. Il se sentit obligé de retirer ses lunettes de soleil.

« Nous avons des problèmes de climatisation, se justifia-t-il.

– Je vois, fit M. French en posant sa mallette sur le bord du bureau.

– On m'a dit que le service de maintenance s'en occupait. Apparemment, ils attendaient une vague de chaleur et notre isolation laisse à désirer. Ce serait lié au temps de transfert du système de ventilation. Bref, il fait un froid polaire dans mon bureau.

– Ne vous en faites pas pour moi », dit M. French.

West s'abstint de continuer sur sa lancée et s'assit.

M. French était un homme chauve et efféminé, entre l'âge mûr et la vieillesse. Il portait une veste marron sur une chemise hawaïenne et une boucle en or à l'oreille gauche. On aurait dit un de ces originaux qui ratissaient la plage avec un détecteur à métaux, mais West savait qu'il s'agissait d'un gangster impitoyable qui contrôlait le trafic de drogue dans tout le sud de la Floride, entre autres choses. Il présentait un intérêt limité aux yeux de la CIA, notamment pour ses contacts avec Cuba ou la Colombie, mais West aurait lu son dossier s'il avait su qu'il venait. Ce qui expliquait sans doute qu'il ait débarqué à l'improviste.

« Alors, c'est vous qui gérez les finances par ici, dit M. French.

– Oui, entre autres choses.

– Que pouvez-vous me dire sur vos opérations ?

– Comment ça ?

– Je cherche à comprendre comment les choses fonctionnent, dit-il avec un calme et une autorité suggérant qu'il s'agissait d'un homme dont il valait mieux ne pas se moquer. D'un point de vue comptable, comment le Groupe Artium fait-il son chiffre ? Comment cet argent est-il déclaré ?

– C'est un peu compliqué, répondit West. Pour résumer, nous sommes une société de portefeuille et d'investissement. Nous achetons des actifs et les conservons en attendant qu'ils prennent de la valeur, puis nous les revendons.

– Aidez-moi à comprendre. Vous voulez dire des actions ?

– Oui, des actions. Des obligations, de l'immobilier, des entreprises.

– Des entreprises.

– Nous aimons nous considérer comme des prestataires de services. Nous injectons un peu de capital, grâce auquel la roue du commerce continue de tourner. En devenant actionnaire majoritaire d'une entreprise, nous gagnons le droit d'en diriger les opérations, même si nous ne le faisons jamais. Nous ne sommes pas des militants ni des spéculateurs et nous ne nous engageons plus à court terme.

– J'ai entendu dire que l'Iran vous avait un peu refroidis », dit M. French avec un sourire narquois.

West garda le silence, une technique qu'il devait encore se forcer à employer après toutes ces années dans les affaires. Il n'y avait pas tant de types d'hommes sur cette Terre et il avait connu son lot de réunions qui dégénéraient. Certains hommes s'avançaient jusqu'au bord de la falaise et tapaient du pied. Les échanges d'invectives poussaient les secrétaires à battre en retraite dans les couloirs. Il avait vu de tout et savait déjà que M. French était un boxeur, du genre à vous pousser dans les cordes. Il ferait profil bas, lancerait quelques directs, puis l'orage déferlerait. Vos pieds ne bougeraient pas assez vite, comme si vous étiez sous l'eau. Alexander French ne s'arrêterait pas avant de vous avoir achevé. Tout ce que West pourrait dire ne servirait qu'à le clouer dans un coin du ring.

« Et les marchés à terme ? reprit M. French.

– On laisse ça aux fermiers. Chez nous, il n'y a pas de pirouettes comptables. Pas d'entourloupes. Pas de risques inutiles. Toutes nos actions visent l'efficacité et la transparence.

– Je vois, je vois. »

French se gratta le menton, semblant évaluer la quantité de foutaises que lui servait Bobby West.

« Parlez-moi de la CIA, demanda-t-il.

– Vous voulez dire l'organisation d'espionnage ?

– Oui, oui, dit French avec un geste qui l'invitait à arrêter de jouer les innocents. On dit que le Groupe Artium n'est qu'une façade.

– Je peux vous assurer que nos activités sont parfaitement légales.

– Ça, je n'en doute pas, mais je sais aussi que vos petites affaires, vos magasins et même votre compagnie aérienne ne peuvent pas à eux seuls vous payer ce joli bureau. »

Il avait raison, bien sûr. Le portefeuille du Groupe Artium n'était qu'une série de paravents. Le magasin nautique fournissait à la CIA une raison d'amarrer des bateaux dans le port ; les armureries, un approvisionnement constant de munitions ; les agences immobilières, une série de planques. Mais même dans le contexte du marché, ces acquisitions ne parvenaient pas à assurer l'équilibre budgétaire du groupe. Ce qui les sauvait, c'étaient les tuyaux qu'ils recevaient en permanence sur les événements internationaux. Ils avaient gagné une fortune en misant contre Allende au Chili en 1973, mais avaient subi un sérieux revers lorsque le shah d'Iran avait été renversé. Avec le temps, il était devenu difficile pour West de ne pas se perdre dans les aléas financiers ni de s'égarer moralement, de rester concentré sur ce qui lui importait véritablement : Cuba et l'Union soviétique. Il avait rejoint l'organisation peu après la baie des Cochons, lorsque le spectre d'un millier de rebelles morts hantait encore la CIA. Depuis le premier jour, sa mission était de renverser Fidel Castro. Jusqu'à présent, il avait échoué. West avait gagné des sommes considérables, mais il n'était pas parvenu à s'acquitter de la tâche qu'on lui avait confiée presque vingt ans auparavant.

Sur le papier, il dirigeait les opérations de renseignement de la CIA dans le sud de la Floride et rédigeait des rapports sur la population cubaine en exil, en attendant que quelqu'un se décide à agir à Washington. Comme la situation cubaine était désormais sous contrôle et que les exilés – *la lucha* – avaient acquis la citoyenneté américaine, Washington considérait généralement le sud de la Floride comme étant du ressort du FBI, voire de la DEA[1]. Par conséquent, West passait l'essentiel de son temps dans la peau d'un banal dirigeant d'entreprise, un rôle pour lequel il ne se sentait aucune affinité. Sa spécialité, c'était le renseignement – l'une des trois branches des opérations sud-américaines, avec le contre-terrorisme et la diplomatie. La

1. DEA : Drug Enforcement Administration, agence fédérale de lutte contre le trafic et la consommation de stupéfiants. [Toutes les notes sont de la traductrice.]

dissidence cubaine, les sociétés-écrans, l'entraînement des rebelles : tel était le domaine d'expertise de Bobby West et, autrefois, la principale division de la CIA. Mais il vivait des années de vaches maigres et la victoire de la diplomatie. Officiellement, la CIA avait déserté Miami. L'administration actuelle portait un intérêt prudent aux sandinistes. L'Empire soviétique avait perdu son influence dans les États clients stables. L'Amérique se préparait à porter le coup de grâce aux Soviétiques et le reste du monde, privé des fonds de Washington, était immobilisé dans le statu quo. Demeurait une règle essentielle : en cas de désaccord avec la politique menée, patientez jusqu'à la prochaine élection. Chaque gouvernement voulait laisser sa marque, ce qui signifiait que le vent tournait tous les quatre ou huit ans. Tout ce que Bobby pouvait faire, c'était diriger l'entreprise en attendant que quelque chose change à Washington. Pour lui, c'était un défi de taille.

Il garda le silence en attendant que M. French dévoile ses cartes.

« Vous avez récemment pris contact avec l'un de mes employés, dit enfin l'homme. Felix Machado ? Il m'a dit que vous cherchiez une source parmi les Cubains des environs. Que vous aviez de grands projets pour faire bouger les choses. Bon. Je ne sais pas exactement ce que vous savez sur moi, mais il se trouve que je m'occupe aussi de gestion de portefeuille. J'ai un nouveau projet en tête et j'aimerais m'associer avec vous. Cela pourrait être lucratif pour vous comme pour moi. »

West se cala dans son siège.

« Je vous écoute, dit-il.

– Mon organisation possède un genre de syndicat à

l'aéroport de Miami. Un groupe majoritairement constitué d'employés de Florida Air Transport.

– Je connais.

– Ce syndicat a l'occasion de se diversifier dans l'import-export, mais pour cela, nous aurions besoin d'aide sur le plan comptable.

– Leurs activités sont illégales ?

– De l'import-export tout ce qu'il y a de plus classique. Le libre-échange, très cher. C'est bon pour l'économie.

– Ça a réussi à Miami en tout cas, dit West en se tournant vers la fenêtre. S'agirait-il par hasard de produits importés de Colombie ?

– D'Asie, figurez-vous. Afghanistan.

– J'ignorais qu'ils produisaient quoi que ce soit.

– On ne peut pas dire que vous les y ayez aidés, mais ils ont un marché noir florissant. »

West prit un moment pour réfléchir à ses options et aux risques encourus. M. French n'avait pas besoin de lui dire : *Nous sommes des trafiquants de drogue*. Il n'avait pas besoin de lui dire : *Je voudrais le soutien de la CIA*. Il n'avait pas besoin de lui dire : *Je vais vous faire gagner un fric fou*. La question était : que pouvait-il offrir à West et à la CIA en contrepartie de leur aide financière ?

« Oublions un instant toute idée de collaboration, dit M. French. En théorie, que me recommanderiez-vous ? D'un point de vue comptable.

– Eh bien... », commença West, endossant son rôle de consultant avec aisance (pour gagner le cœur d'un homme d'affaires, ou d'un homme tout court d'ailleurs, il suffisait de lui demander son opinion). « Il est bon que vos employés aient déjà une activité. La première chose à faire serait de créer une société-écran. Vous ne pouvez pas vous contenter d'utiliser un syndicat, ou les employés de Florida Air. Il faudrait un nom passe-partout, Florida Import-Export, peut-être. FIE Entreprises. »

M. French eut un sourire.

« Vous l'avez déjà fait ? » demanda West.

M. French hocha la tête mais garda le silence.

« Idéalement, FIE prendrait la forme d'une société d'investissement gérant les prestations sociales des employés de Florida Air. Couverture maladie, retraites, ce genre de choses. Les contributions des membres du syndicat pourraient être investies dans le portefeuille de votre choix. Il suffirait de mettre l'argent dans une sorte de fonds, et peut-être – je ne m'engage à rien – peut-être est-ce là que le Groupe Artium interviendrait. Nous pourrions tout à fait prendre des parts dans une entreprise comme FIE pour l'aider à gérer ses placements. Les fonds seraient regroupés avec nos autres intéressements, de manière à ne pas attirer l'attention sur vos activités. Nous pourrions créer un compte dédié et transférer l'argent où vous le souhaitez, une fois notre commission déduite.

– J'imagine qu'il pourrait s'agir d'un compte offshore ? demanda M. French, qui arborait toujours un large sourire.

– De notre point de vue, c'est juste un compte en banque. Cela pourrait être la Suisse, les îles Caïmans, le Panamá. Nous prendrions une participation au capital de la société, sans avoir besoin de connaître le détail de vos opérations. Nous avons quelques obligations de déclaration, mais comme je le disais, vos employés ont une activité légale.

– Une dernière question, dit M. French en ouvrant la mallette d'un geste théâtral. Je sais que l'administration aime prendre son temps, mais je suis un peu pressé. Si cela peut aider à accélérer la procédure, je suis prêt à faire le premier versement en espèces.

– Nom de Dieu. Combien y a-t-il ?

– Neuf cent quatre-vingt mille, normalement. Vous pouvez compter, si vous avez le temps.

– Vous ne pouviez pas trouver vingt mille de plus pour faire un million ?

– Frais de transport.

– Faut-il que je vous demande d'où vient cet argent ?

– Vous voulez vraiment le savoir ? »

West lui fit signe que non et commença à compter les billets. Les coupures étaient maintenues par des élastiques, vingt billets de cent dollars par liasse, quatre cent quatre-vingt-dix liasses. Il n'avait aucun moyen de vérifier qu'il s'agissait de vrais billets de banque. L'arnaquer aurait été facile, mais quelque chose lui disait que l'argent était authentique. M. French voulait lui faire savoir qu'il avait les moyens et n'aurait pas risqué sa réputation avec de l'argent contrefait – pas la première fois.

« Qu'est-ce que je suis censé faire d'un million de dollars en liquide ? demanda West lorsqu'il eut fini. Je ne peux tout de même pas aller déposer ça à la banque. J'aurais le FBI sur le dos en moins de temps qu'il n'en faut pour dire "blanchiment d'argent".

– Pas besoin d'aller à la banque, répondit M. French en lui tendant une carte où étaient inscrits deux numéros de téléphone, l'un local, l'autre international. Felix s'en occupera. Une fois par mois, il viendra récupérer l'argent pour le déposer dans une banque au Panamá.

– Un million en cash.

– Par semaine.

– Quoi ?

– Nous devrons déposer environ un million par semaine, ce qui veut dire qu'il vous faudra garder jusqu'à cinq millions de dollars avant qu'on puisse les transférer. »

Nom de Dieu, pensa West.

« Monsieur West, reprit French, je ne sais pas si vous me connaissez, mais j'ai mené ma petite enquête sur vous. Je sais à quel point la CIA peut user un homme, surtout s'il est responsable des affaires cubaines à Miami. Vous pourriez aussi bien être en poste dans l'Ohio, vu toute l'action qu'il y a ici, non ? Je sais aussi que le Groupe Artium souffre encore de quelques mauvais investissements effectués pendant les années Carter, alors vous devriez garder deux trois choses à l'esprit. Premièrement, combien de temps l'Oncle Sam continuera-t-il à vous entretenir sans que cela présente un intérêt réel sur le plan des finances ou du renseignement ? Deuxièmement, à quoi bon tout cela ? fit M. French en agitant la main vers la fenêtre. Il vous reste quoi, quinze ans de carrière ? C'est assez pour faire un gros coup. Pour avoir un impact. Je vous donne 6 % de cette opération. C'est suffisant pour remettre votre entreprise à flot et peut-être même débloquer un peu les choses avec les Cubains. »

La vie de West était encore plus déprimante que ce que décrivait M. French. Ces derniers temps, son corps se dégradait aussi vite que ses ambitions. Il n'avait jamais été un homme de terrain, seulement un analyste, et se demandait toujours ce que sa vie aurait été s'il ne s'était pas marié et résigné à une prudente vie d'homme d'affaires. Vingt ans plus tôt, il avait suivi l'entraînement de base à La Ferme et continuait à punir son corps à coups de jogging et d'haltères, comme pour se prouver ce qu'il aurait pu accomplir dans une autre vie. Et voilà où il en était aujourd'hui. Les mauvais choix pouvaient survenir par deux chemins différents. L'inexpérience de la jeunesse, ou l'inattention de l'âge mûr. Que pouvait-il faire désormais, à part gagner de l'argent comme tout le monde en Amérique ?

« Normalement, notre commission serait plutôt de l'ordre de 12 %, dit-il. Nous nous alignons sur les taux d'intérêt de la Réserve fédérale.

– 12 %, c'est plus d'un demi-million par mois.

– Je ne peux pas investir les liquidités ni en faire quoi que ce soit en attendant de vous les reverser. Je ne suis pas sûr que cela présente un intérêt pour mon entreprise.

– Vous êtes bien un homme d'affaires après tout, dit M. French. Voilà ce que je vous propose : je peux pousser jusqu'à 8 %. En cash, non déclaré. Vous n'avez qu'à garder l'argent dans un coffre-fort à la cave si le Groupe Artium n'en veut pas. Je vous offre un rendement fixe garanti que vous ne trouverez nulle part ailleurs en Amérique. Servez-vous-en pour vos exilés cubains, Felix peut vous mettre en contact avec les bonnes personnes. Vous aurez de quoi armer une vraie révolution. »

Avec cette dernière phrase, M. French l'avait poussé dans les cordes. West le soupçonnait de connaître ses points faibles mieux que lui-même. Il se mordit la lèvre tandis que le dernier soupçon d'hésitation s'envolait.

« Souriez, mon vieux. Nous allons vous rendre extrêmement riche. Vous et le gouvernement américain, si vous tenez à partager.

– L'affaire n'est pas encore conclue, dit West, mais en admettant que j'accepte, qu'attendez-vous de moi ?

– Il y a une petite complication de mon côté. J'ai un fournisseur en tête, quelqu'un qui travaille pour ainsi dire en free-lance. Cela fait un moment qu'on se tourne autour et je crois qu'elle a déjà collaboré avec votre organisation. Acquisition d'armes et assainissement nucléaire, si j'ai bien compris.

– Qu'est-ce que vous lui achetez ?

– Rien pour l'instant. Depuis l'invasion soviétique, elle régente le commerce de marchandises depuis et vers l'Afghanistan. Si on veut s'implanter sur ce marché, il faut passer par elle.

– Où est la complication ?

– J'ai besoin que vous m'accompagniez en Europe pour la rencontrer. Elle voudra savoir qui est mon associé.

– Autrement dit, elle voudra s'assurer que la CIA est dans le coup et que vous êtes à l'abri d'une descente, dit West. Vous ne venez pas seulement me demander de blanchir votre argent, mais aussi de cautionner le trafic de drogue au nom de la CIA, alors même que notre Président vient de lui déclarer une guerre absolue.

– La diplomatie est une affaire complexe. Reagan lui-même vous le dirait, du moins en privé. Regardez par la fenêtre. Vous l'avez reconnu vous-même, la ville n'existerait pas sans ce commerce. »

West contempla la ligne d'horizon. Si son intuition était bonne, l'argent coulerait à flots. Les commissions feraient le plus grand bien à son bilan comptable, et puis M. French avait raison. Les temps étaient durs pour la division sud-américaine de la CIA. Le travail de West était un jeu de roulette. Le tirage que M. French lui offrait n'était pas tant un pari qu'un don du ciel.

L'homme se leva, laissant sa mallette sur le bureau.

« Merci pour votre visite, dit West en lui tendant la main.

– Non, merci à vous », répondit M. French.

Après son départ, West resta absorbé par la vue un long moment. Puis il décrocha le téléphone pour appeler Washington.

2

Amsterdam. Un ciel d'acier pesait sur la ville et l'air était glacial. Le gel avait envahi les lieux et s'infiltrait jusque dans les os de Bobby West comme cela ne lui était plus arrivé depuis son enfance dans l'Illinois. Cela formait un contraste saisissant avec la Floride, où les températures hivernales descendaient rarement sous les vingt degrés. Un voile morose planait sur la Hollande, dont les champs bruns se paraient de reflets gris – sans doute une illusion d'optique due à la blancheur craquelée de la piste d'atterrissage. Deux panaches de fumée s'élevaient d'une usine à l'horizon. Le paysage plat était parsemé de fermes, terre et ciel se rejoignant en un brouillard indécis. Sur le tarmac, le vent fit claquer ses vêtements.

Il prit un train pour la gare centrale. La place principale était envahie de piétons et de cyclistes slalomant dans la foule. Un homme jouait de la cornemuse. Sur le Damrak, l'artère principale, un tram passait en silence. Le ciel s'assombrissait peu à peu. Les briques rouges de la ville paraissaient grises et cendreuses, éclairées seulement par les enseignes qui surmontaient les bars aux couleurs de Heineken, Budweiser ou Guinness. Lumières impies, ambiance de fête pour la horde païenne. D'étroites ruelles croisaient les canaux. Autour de lui, les sons gutturaux du néerlandais se mêlaient en un bruit blanc indistinct.

M. French l'attendait près d'une statue sur la place. Les deux hommes se serrèrent la main et commencèrent à descendre la rue.

« Vous avez fait bon voyage ? demanda French.

– Sans problème. Elle est arrivée ?

– Elle fait les choses à son rythme.

– Ça ne vous dérange pas ?

– Détendez-vous. Cette fille m'a été recommandée par des gens qui ne font pas ça à la légère. Nous ne sommes pas là pour délocaliser une usine ou acheter des trombones.

– Je préfère travailler avec les personnes qui respectent quelques règles de base.

– Elle viendra, dit M. French. On va discuter et voir ce qui peut être arrangé. Si elle ne nous fait pas bonne impression, on trouvera quelqu'un d'autre. »

Ils tournèrent dans une ruelle étroite éclairée par des ampoules rouges. Les prostituées s'y exposaient en vitrine comme des marchandises. Certaines s'ennuyaient manifestement, retouchaient leur maquillage, dégageaient les mèches de cheveux qui leur tombaient dans les yeux ; d'autres dansaient dans leur box. Elles étaient attirantes, vêtues de bikinis blancs pour la plupart, en majorité blanches et blondes, même s'il y avait aussi des Noires, des Latinas et des Asiatiques. Des jeunes, des vieilles. Pas une seule rousse, sans quoi West aurait pu être tenté. Un homme tituba hors d'une cabine en souriant comme un bienheureux. Ses amis, qui l'attendaient dans un bar de l'autre côté de la rue, frappèrent au carreau en poussant des cris. Une prostituée sortit sur le trottoir et essaya d'agripper West avec une canne.

« Viens jouer avec moi », dit-elle. Il poursuivit son chemin en haussant les épaules. Ils passèrent devant un sex-shop, qui aurait tout aussi bien pu vendre des cartes postales et des t-shirts, mais où s'étalaient godes, lubrifiants, perles anales, cuir et magazines porno. Toute la scène semblait ennuyer M. French au plus haut point. Il conduisit West jusqu'à un hôtel, où ce dernier put récupérer sa clé et déposer son sac, puis au Big House Coffee Shop, où l'on offrait le nec plus ultra d'Amsterdam.

Dans la salle tamisée, un chat frôla les jambes de West. Il avait le poil hirsute, l'œil mauvais et ce qui ressemblait à une tumeur sur le dos. West frissonna et se dépêcha de rattraper M. French, qui l'invitait à le rejoindre à une table. Il resta assis tandis que ce dernier allait au bar et en revenait avec deux joints. West refusa d'une main. M. French alluma le sien, après avoir glissé l'autre dans sa poche de chemise.

« Alors, qu'est-ce que vous en pensez ? demanda-t-il après avoir tiré une longue bouffée.

– De l'herbe ?

– D'Amsterdam.

– C'est charmant.

– On peut acheter tout ce qu'on veut, ici. De la drogue, du sexe, un assassin, peu importe.

– C'est...

– Libérateur, voilà ce que c'est. Regardez autour de vous. Y a-t-il un seul autre endroit au monde où l'on puisse se permettre de gâcher une herbe très correcte en toute impunité ? demanda-t-il en essuyant la table, expédiant des graines de cannabis sur les genoux de West. Ici, tout le monde s'en fout, on nous laisse tranquilles. Un vrai paradis libertaire. Il y a de tout, étudiants américains de passage, expatriés, immigrés, Hollandais, Juifs, Allemands… Le melting-pot par excellence. L'Amérique, en comparaison, c'est une vraie salade. Tout le monde s'accroche à son identité et se dispute le territoire. Sauf à Vegas. Vous êtes déjà allé à Vegas ? C'est surréaliste. Vous pensez y aller pour quelque chose de réel, un bon moment aux tapis verts, mais il n'y a rien sous le strass. Rien. Vous y croyez. Vous vous dites, cet endroit a forcément quelque chose d'authentique. Mais non. Amsterdam, peut-être. Pas Las Vegas.

– Parlez-moi d'elle.

– Adriana Chekhov. Elle est israélienne de naissance, mais je ne sais pas où elle vit maintenant. Apparemment, elle se déplace beaucoup. Elle a déjà collaboré avec votre organisation en Afghanistan.

– Trafic de drogue ?

– D'armes. Elle fait de tout et pour tout le monde, pourvu que ça paie. Je pense que la CIA lui a confié votre opération de rachat de bombes… Elle parcourt l'Europe de l'Est à la recherche d'armement nucléaire usagé que les Soviétiques auraient pu égarer.

– C'est une femme qui fait ça ?

– Les femmes sont faites pour l'espionnage. Elles peuvent se permettre bien plus que les hommes, car elles savent être discrètes. Pas de combats de coqs, pas d'actions irréfléchies.

– Vous l'avez déjà rencontrée ?

– Jamais.

– Comment va-t-on la reconnaître ?

– Elle passe sa vie à tuer des gens et à acheter des armes nucléaires. C'est elle qui nous trouvera. »

Sur ces mots, une femme aux longs cheveux roux et aux yeux gris entra et vint s'asseoir à leur table. Elle avait le dos droit comme un fusil et les traits délicats, et portait un pull vert triste ainsi qu'un gilet marron qui camouflaient ses formes. Sans dire un mot, elle roula un joint d'un geste expert, prenant soin de ne gâcher aucun brin de marijuana. Puis elle lécha la feuille, alluma le joint et tira plusieurs taffes, avant de leur souffler la fumée en plein visage.

« Ça ne vous dérange pas si je me joins à vous ? demanda-t-elle d'une voix grave.

– Nous sommes américains, dit M. French. Chez nous, tout le monde est le bienvenu.

– Ça, j'en doute, répondit-elle avec un sourire narquois. J'ai visité votre pays. New York. Washington. Miami. J'ai vu les problèmes que vous aviez.

– Les problèmes, nous les réglons. C'est ce qui fait notre force. »

La femme tira sur le joint et continua sur sa lancée, comme si M. French n'avait rien dit.

« Vous êtes un pays conservateur. Vous avez peur du changement. Prenez vos exilés cubains. Vous voulez qu'ils partent. Eux aussi. Mais personne n'a les couilles de bousculer l'ordre établi, de faire vraiment bouger les choses.

– Les Cubains, on y travaille, intervint West.

– On peut toujours espérer une intervention divine, dit-elle en lui jetant un regard en biais.

– Avec un peu de chance, Dieu vaincra.

– Vous croyez en la Providence ?

– Je vous avoue que ce n'est pas mon domaine d'expertise, répondit-il.

– D'expertise, gloussa-t-elle en terminant son joint. Bon, Alexander et Bobby, vous êtes venus de loin et ce n'est pas pour discuter religion.

– Vous non plus, madame Chekhov, dit M. French.

– Appelez-moi Adriana. Je ne perds jamais une occasion de parler de Dieu. C'est réconfortant, vous ne trouvez pas, que nous trois, avec nos vies secrètes et nos motivations cachées, nous nous réunissions pour évoquer une puissance supérieure, une lumière pour nous guider. Mais Israël n'est qu'à quelques heures d'Amsterdam. Parlez-moi plutôt de Miami.

– Je vais passer la parole à Bobby, dit M. French.

– Eh bien, dit West. J'ai fait tous les arrangements nécessaires. Nous avons une compagnie aérienne qui facilitera le passage aux douanes et j'ai créé une caisse noire au sein d'une holding où transiteront nos finances. »

La femme se cala dans son siège, croisa les bras et écouta Bobby West lui exposer les détails de l'affaire. Au cours de la dernière décennie, le milieu de la drogue avait connu de profonds bouleversements aux États-Unis. Pendant la guerre du Vietnam, Chekhov avait contribué à mettre en place une chaîne logistique permettant d'exporter de l'héroïne depuis l'Asie. Les affaires avaient été juteuses pour tout le monde – les gangsters new-yorkais, les producteurs asiatiques et les intermédiaires comme Chekhov. Pour elle, il s'agissait en réalité d'une activité secondaire tandis qu'elle surveillait la Malaisie et les Philippines pour le compte d'Israël.

« Comment savez-vous cela ? l'interrompit-elle.

– Je m'informe », répondit-il avec un sourire.

Après la guerre du Vietnam, la DEA avait procédé à quelques arrestations d'envergure et les Colombiens avaient pris le contrôle du marché de la cocaïne dans les ghettos. Aujourd'hui, l'héroïne connaissait toujours un certain succès à New York, et la cocaïne se vendait à prix d'or parmi les hommes d'affaires de Miami et le gratin d'Hollywood. Ce n'était qu'une question de temps avant que les Colombiens n'aient le monopole du trafic de drogue. Le plan brillant de West et de M. French allait faire revivre les jours fastes du Vietnam.

« Vous voulez que je vous aide à déloger les Colombiens, dit Chekhov, voyant où il voulait en venir.

– Nous voulons que vous arrangiez le transport entre l'Afghanistan et Miami, dit West.

– L'idée, reprit M. French, c'est que les fermiers afghans sont en mesure de produire en quantité suffisante pour saturer complètement le marché américain. Nous n'avons pas besoin de déloger qui que ce soit. Si tout marche comme prévu, les caïds de la cocaïne seront au chômage d'ici 1990. »

Chekhov fuma un autre joint pendant que West finissait de détailler la logistique. C'était une femme séduisante, avec des lèvres pleines et sensuelles, pourtant elle semblait au-delà de toute sexualité. Aucune ambiguïté dans son regard, aucun lâcher-prise. La fumée embrumait l'esprit de West. Il l'admirait d'avoir choisi ce lieu de rendez-vous, qui la laissait visiblement maîtresse de la situation. Si cela tournait mal, s'ils essayaient de la piéger, elle avait sans doute une planque dans les environs, où elle disparaîtrait avant de refaire surface dans six mois pour les assassiner dans leur sommeil. Cette femme était un spectre évoluant dans les provinces obscures, retirées de la société, de la politique, voire du temps lui-même. Elle était le serpent qui vous montrait le fruit. Le diable défiant Dieu, l'archange venant collecter son dû. Elle craqua une allumette et la regarda brûler pendant que West parlait. Lorsqu'ils parvinrent à un accord, Chekhov avait non seulement compris son rôle dans l'opération et ses gains potentiels, mais aussi le subtil fossé qui séparait les deux hommes – le gangster et l'espion. Elle n'avait aucun moyen de connaître l'arrangement qui les liait, mais en savait assez pour demander à être payée à l'avance et en liquide.

« Vous devriez vraiment rester un jour ou deux, si c'est votre première fois, dit-elle en déposant une carte de visite sur la table. Ne perdez pas votre temps avec les filles en vitrine, c'est un attrape-touristes. Appelez mon contact, elle vous montrera le vrai Amsterdam. »

Sur la carte figuraient un numéro de téléphone et le nom « Anna Anna ». Le doublon fit rire West, mais M. French et Chekhov ne virent pas ce qu'il y avait d'amusant.

« Intéressante, cette fille, dit French une fois qu'elle fut partie.

– On peut dire ça comme ça, répondit West. Vous lui faites confiance ?

– Je pense qu'elle peut nous être utile. »

West hocha la tête. Adriana leur avait demandé un délai de six à huit semaines pour la première livraison, et leur assura que ce qu'ils demandaient ne poserait aucun problème. D'ici la fin avril, l'atmosphère aurait changé du tout au tout, et elle ne serait plus qu'un fournisseur parmi d'autres.

« Bon, dit M. French en se levant. Je vais aller chercher un club. Vous pouvez venir avec moi si vous voulez, ou appeler le numéro. »

West choisit de suivre M. French dans une boîte du quartier rouge. L'établissement était situé en sous-sol et doté d'un deuxième étage sur l'arrière. Les lieux étaient sombres, enfumés et éclairés au néon violet. La musique house pulsait; des hommes en haut moulant ou torse nu déambulaient dans l'air épais et les odeurs de transpiration. Le portier obligea West à déposer son manteau au vestiaire, un bon moyen de soutirer quelques florins supplémentaires à la clientèle. En dépit du martèlement de la musique, personne ne dansait.

Ils gravirent l'escalier au fond de la salle et s'engagèrent dans l'étroit couloir qui menait au bar. Sur la gauche, des cabines privées dotées d'écrans de télévision diffusaient des vidéos porno de mauvaise qualité. Ils firent le tour du club avant de redescendre. M. French commanda une Beck's, puis se dirigea vers la piste de danse. Il balançait les épaules et la tête en rythme, bientôt rejoint par d'autres hommes. West commanda la même chose et regarda French se défouler depuis le bar. Un homme se hissa sur un podium et commença à se déshabiller sous les regards approbateurs de l'assemblée.

West sirotait sa bière quand M. French vint en commander une deuxième.

« Détendez-vous, dit ce dernier. On ne vous apprend pas ça, à la Ferme ?

– Si vous laissez entendre que vous avez des tendances homos, ils vous recalent. Et si vous essayez de le cacher, ils finiront par vous faire cracher le morceau à l'entraînement.

– Ça craint, mon vieux. Regardez-vous. Pas étonnant que la CIA ait tant de problèmes de renseignement. Vous n'êtes pas fichu de passer inaperçu. Dans la vie, il faut tout expérimenter. »

M. French sortit une pilule hexagonale d'un flacon blanc, la fit descendre avec une gorgée de bière et en tendit une à West.

« Qu'est-ce que c'est ?

– C'est un opioïde, Bobby. Ça rend heureux. »

Il posa le comprimé sur le bar et repartit danser. West commanda une autre bière.

« C'est vrai, je fais tache ? » demanda-t-il au barman.

L'homme, une armoire à glace aux muscles saillants, se contenta de hausser les épaules.

West avala la pilule.

« Vous avez une cabine téléphonique ? ».

Le barman haussa un sourcil.

« Téléphone ? » répéta West en levant le pouce et l'auriculaire vers son oreille.

Le barman désigna le fond de la salle d'un signe de tête. Un escalier descendait au sous-sol. Au pied des marches, West passa près d'un couple occupé à se peloter, qui ne sembla pas le remarquer. Il composa le numéro de la femme et écouta la tonalité se mêler au martèlement des basses à l'étage.

3

L'argent coulait à flots, il arrivait par valises entières. Un million par-ci, cinq cent mille par-là, un million de plus par-dessus. West fit l'acquisition d'un coffre-fort qu'il installa sous le plancher de son bureau, puis le recouvrit d'un tapis et tenta au mieux d'ignorer ce qui se trouvait sous ses pieds. L'homme de M. French déposait l'argent chez lui tous les vendredis après-midi et lui laissait le temps de compter.

Quelquefois, West essayait de faire la conversation – « Comment vont les affaires ? », « Qu'est-ce que vous faites de beau ce week-end ? » ou « Vous aimez le base-ball ? ».

(« Bien. Rien. Non. »)

La drogue débarquait d'un C130 en provenance d'Afghanistan, approvisionné par les résistants moudjahidin – ceux-là mêmes qui combattaient les Soviétiques. Méprisés par les États-Unis, ils s'étaient vu confier une tâche ingrate par la CIA : nourrir le ferment de la destruction, empoisonner l'Amérique de l'intérieur comme un cancer. L'avion atterrissait à l'aéroport, où Felix Machado veillait au bon transport de la drogue jusqu'à un entrepôt situé au bord de la Miami River. Elle était ensuite distribuée à un bataillon d'hommes de plus en plus bas sur l'échelle sociale, jusqu'aux caïds qui défendaient leur coin de rue à coups de

MAC-10. L'argent, quant à lui, gravissait la hiérarchie en sens inverse : des petits revendeurs aux managers puis aux chefs, chaque échelon prenant sa part du gâteau au passage. West investit l'excédent dans le lancement de Radio Marti. Felix lui parlait de la cause cubaine : selon lui, la deuxième génération d'exilés allait se soulever, ce n'était qu'une question de temps. « Continue à encaisser l'argent, disait Felix. Tu verras. » En attendant, West remplissait son coffre-fort de billets, trafiquait les comptes, fabriquait des transactions et des dépenses bidon au nom du Groupe Artium, puis remettait l'argent à Felix ou à un malfrat quelconque en fin de mois. Si l'argent ne transitait jamais par les comptes du Groupe, il existait néanmoins ; il s'agissait d'une trésorerie fantôme, aux transactions et aux dettes bien réelles.

Tous les vendredis, West quittait le bureau vers quatre heures ; il roulait lentement et prudemment jusque chez lui, une mallette pleine de grosses coupures posée sur le siège passager. Depuis son divorce, il vivait près de l'université dans une maison modeste de Coral Gables, un vieux quartier bordé de grands arbres, qui avait bonne réputation. Il pourrait y rester le temps nécessaire, jusqu'à ce qu'il ait fini de rembourser le crédit de son ancienne maison – la maison d'Isabel – et puisse se payer quelque chose de mieux. Sur la Dixie Highway, il gardait un œil sur les autres voitures pour s'assurer que personne ne le suivait. Il faisait toujours quelques détours supplémentaires (cette Datsun prendrait-elle la sortie ? cette camionnette le suivait-elle d'un peu trop près ?). Lorsqu'il s'engageait dans l'allée, il jetait un œil alentour pour voir si les voisins étaient dehors, en train d'arroser la pelouse, de tailler les haies ou de le surveiller. L'argent dans la mallette brûlait comme un déchet radioactif à la désintégration si lente que tout le monde serait mort bien avant que le poison ne se tarisse, un ion, un dollar à la fois.

Il essayait de ne pas penser à ce qui se passerait quand le château de cartes s'écroulerait. Car cela finirait par arriver. Quel était le pire ? Se faire arracher les ongles un à un par un trafiquant fraîchement débarqué d'Asie centrale, ou finir sa vie en prison pour avoir voulu escroquer le gouvernement ? Il n'arrivait pas à trancher. L'Amérique s'était construite sur la corruption et les arnaques en tout genre, depuis le financement de la révolution jusqu'à l'État-providence du xxe siècle. Tout le monde y avait sa petite magouille : le conseiller financier qui refilait des obligations pourries, le gourou du fitness qui vendait des mixeurs à la télé en fin de soirée, le Président lui-même, qui promouvait sa personne et son idée de la reprise économique. *Un nouveau matin en Amérique*, proclamerait sa campagne à l'automne. Un regain de prospérité. C'était l'essence même du capitalisme – zones de libre-échange, grandeur et décadence des financiers, des entreprises, des nations. Dans ce contexte, West jouait simplement le jeu, mettait de l'argent de côté pour payer ses dettes, sa retraite, la pension alimentaire d'Isabel et, qui sait, se constituer un petit matelas de sécurité.

C'était ce qu'il se racontait.

Il n'y avait rien de mal à cela.

Quelques mois après le début de l'arrangement (et déjà cinq zéros sur le compte en banque), West trouva sa fille dans le salon en rentrant. À dix-sept ans, Holly était pour lui un mystère absolu. Ce n'était plus sa petite fille, mais une étrangère qui dormait chez lui deux week-ends par mois. Désarticulée, squelettique, tout en jambes, elle évoluait pourtant avec la grâce et la souplesse de son ex-femme. Cela le terrifiait.

À la télé, un présentateur jacassait en souriant. Clameur dans le public. Il fit un petit pas de danse ; nouvelle clameur. Holly fixait l'écran d'un œil vide, sans sourire à ces pitreries. Elle semblait avoir perdu toute conscience de son environnement.

Il posa sa mallette près de la porte et enleva sa veste.

« Salut, dit-il.

– Salut, papa, répondit-elle d'une voix morne, les yeux rivés sur l'écran.

– Tout va bien ?

– C'est ton week-end », dit-elle sans détourner les yeux du téléviseur.

Il avait oublié.

« Je sais. C'est juste que je ne m'attendais pas à te voir si tôt.

– Eh ben, je suis là.

– Je suis content de te voir. »

Mallette à la main, il vint l'embrasser sur le front.

« J'ai quelques petites choses à terminer pour le travail », dit-il. Vite, le bureau. Mettre l'argent dans le coffre. « Ça te dirait d'aller dîner dehors ?

– OK. »

Il devait juste mettre l'argent dans le coffre et se servir un verre. Il serait prêt à sortir, à profiter du temps qu'il passait avec sa fille. Les affaires d'un côté, la famille de l'autre.

Alors qu'il se penchait au-dessus du coffre pour vider le contenu de la mallette (un peu plus d'un demi-million de dollars), Holly le prit au dépourvu :

« C'est nouveau, ce coffre-fort ? demanda-t-elle depuis l'embrasure de la porte.

– Non, ça fait un petit moment », répondit-il en s'immobilisant, une liasse de billets à la main.

West lui tournait le dos, entravant son champ de vision. (Ne fais pas l'imbécile. Fais comme si tu n'avais rien à cacher.) Il jeta le reste de l'argent dans le désordre et la précipitation, referma la trappe et centra le tapis sur le coffre. Prenant appui sur ses mains, il se mit debout avec un grognement.

« Je suis trop vieux pour me traîner par terre.

– Tu n'as jamais eu de coffre-fort.

– Mon travail a changé. J'ai plus de responsabilités maintenant.

– C'est beaucoup d'argent, dit-elle en dégageant une mèche de cheveux qui lui tombait sur la figure.

– Ce serait le cas s'il était à moi. Dans le monde des affaires, ce n'est pas grand-chose.

– Tu ne disais pas qu'un bon capitaliste ne laisse jamais dormir son argent ?

– Je ne laisse rien dormir du tout, dit-il avec un rire nerveux, avant de reprendre plus calmement : Ce n'est pas comme ça. C'est seulement un aspect de mon travail.

– Ton travail d'usurier ?

– Enfin, de quoi tu parles, bon sang ? C'est les affaires. Comme les chaises musicales, l'argent voyage autour du monde et il faut bien qu'il atterrisse quelque part.

– Et qu'est-ce que tu en fais ?

– Pour le moment, je le garde au frais. Je vais l'investir en Bourse, mentit-il, mais je ne vois pas mon courtier avant mercredi. »

Son genou craqua tandis qu'il boitillait vers elle. Il passa un bras autour de son épaule et la raccompagna au salon. Se dégageant aussitôt, elle s'empressa de regagner le canapé.

« Ce tapis a l'air suspect, tu sais, dit-elle en zappant d'une chaîne à l'autre.

– Je pense que personne n'envisage de me cambrioler, dit-il après avoir refermé la porte du bureau. À moins que tu n'aies une idée derrière la tête.

– C'est ça. »

Elle augmenta le volume jusqu'à ce que la publicité – *clic, clic, clic* – hurle après son père et le mette en sourdine.

West attrapa quelques glaçons dans le freezer et se servit un bourbon. Son alcool de prédilection était le Maker's Mark, depuis qu'il avait vu un homme d'affaires en boire quand il était étudiant. *Ça a le goût du cher... et ça l'est.* Le slogan était bête au possible, mais West était accro. Incroyable comme ces premières impressions pouvaient nous marquer. Il sirota son verre en mâchonnant les glaçons, penché sur le comptoir de la cuisine.

Enfoncée dans les coussins du canapé, Holly continuait à appuyer frénétiquement sur la télécommande – *clic, clic, clic*. Les infos de cinq heures passaient sur les chaînes locales, leurs présentateurs cireux débitant le compte rendu de la journée. La publicité semblait avoir envahi toutes les chaînes du câble. Eau de javel, sacs plastique, céréales. Toutes ces choses essentielles au bonheur domestique. Nous vivons dans une ère de prospérité permanente. Fêtons ça en caressant notre papier toilette.

« Tu as choisi tous tes cours, pour la rentrée ? cria-t-il par-dessus le vacarme.

– Pas encore.

– C'est une année sacrément importante, la terminale. »

Elle coupa le son de la télévision.

« Tu sais que le whisky, c'est mauvais pour le foie.

– J'ai beaucoup aimé le lycée, poursuivit-il.

– L'alcoolisme est une maladie. Un policier est venu nous l'expliquer.

– Ma matière préférée, c'était les maths. C'est fou ce que les équations peuvent nous apprendre sur la comptabilité, dit-il avant de prendre une autre lampée.

– Tu t'empoisonnes un peu plus à chaque gorgée.

– Je viens d'entamer mon verre, dit-il en recrachant un morceau de glace. Ce n'est même pas encore passé dans le sang. Et puis c'est seulement mauvais quand on est alcoolique. Moi, je ne bois pas assez pour avoir une cirrhose.

– Ton foie travaille plus qu'il ne le devrait.

– Tout est dangereux quand on en abuse. Même les sodas.

– Un vrai poison, insista-t-elle.

– Tout ce sucre. »

Ayant fini par trouver une chaîne sans publicité, elle remit le son. Un cuisinier décrivait le fonctionnement d'un robot mixeur, au cours d'un segment d'une demi-heure qui n'était qu'un long spot publicitaire déguisé en émission.

« Je ne suis pas bonne en maths, tu le sais bien. Les chiffres, c'est pas mon truc.

– Tu aimais ça, avant. Je me rappelle quand je t'aidais à apprendre tes tables de multiplication.

– En primaire, dit-elle en levant les yeux au ciel. Tout m'amusait, à l'époque. C'est quand même bizarre que tu aies autant d'argent chez toi. »

Plus tard, il repenserait à cette phrase. Une fois que l'argent et sa fille auraient disparu. *À moins que tu n'aies une idée derrière la tête*, avait-il dit. Si sûr de lui, si désinvolte.

« Il vaut mieux que tu ne dises rien à ta mère », ajouta-t-il avant de finir son bourbon. Ne restaient dans le verre que deux petites billes de glace, qui fondirent vite en un liquide ambré. De l'eau parfumée au whisky. Cela aussi, il le boirait.

4

Qu'est-ce qui, au printemps 1984, amena Holly Hernandez à voler trois millions de dollars quelques mois avant ses dix-huit ans pour partir vers le nord avec un garçon qu'elle connaissait à peine, tout cela pour finir dans la cabine de douche d'une station-service anonyme, à grelotter sous les lumières halogènes en comprenant qu'elle avait commis une terrible erreur, qu'elle n'avait ni les relations ni le cran nécessaires pour aller bien loin – encore moins à New York ou à Los Angeles –, ni même le bon sens de rentrer chez elle à Miami ?

Tout commença sans doute en mars, quand, après quelques verres, elle sentit soudain le poids de la vie l'accabler, un furtif éclair de sagesse en dépit de son jeune âge. Elle aurait voulu pouvoir se libérer d'elle-même, se raccrocher à quelque chose de tangible.

Un mercredi soir au club, elle se laissa embrasser par un gars d'une vingtaine d'années. Grand et mince, il arborait une grosse touffe de cheveux et portait un pantalon blanc. Il lui offrit quelques lignes de coke aux toilettes, lui paya des verres. Elle se sentit envahir par l'ivresse du rhum et l'énergie du sucre. La sueur rendait sa peau moite et collante. Holly s'enflammait sous les lumières clignotantes rouges et vertes, laissant le martèlement des basses l'entraîner vers l'inconnu. Elle se pressa contre l'homme, qui lui laboura le dos de ses ongles trop longs et souda sa bouche à la sienne. Lorsqu'ils sortirent prendre l'air, il pouvait à peine se contenir.

« Viens avec moi, viens », dit-il en l'entraînant dans la fraîche nuit de mars.

South Beach : où *frais* signifie que l'humidité s'est suffisamment évaporée pour que l'on puisse respirer un peu.

Ils se laissèrent tomber dans la Pontiac de l'homme. Tandis qu'il filait comme un bolide à travers les rues, il se pencha vers elle et essaya de l'embrasser, mais Holly le repoussa en lui demandant une cigarette. Tandis qu'ils rejoignaient l'autoroute, elle regarda s'éloigner la ville et les gratte-ciel en fumant silencieusement. Elle ne semblait pas s'inquiéter de leur destination. Ils étaient jeunes et fous, libres et désespérés : la nuit leur appartenait.

« Tu habites où, chérie ?

– Oh, chéri, j'habite par là-bas.

– Ah ouais ? » fit-il en continuant sur sa lancée.

Au nord de la ville, l'homme prit une sortie menant à un coin lépreux et désolé qui rappela à Holly le quartier de son grand-père à Hialeah ou la zone industrielle près du fleuve. Ils débouchèrent dans un *trailer park* situé en bord de marécage et descendirent un chemin de terre avant de s'arrêter devant un mobile home marron.

« Tu vis ici ? demanda-t-elle.

– J'ai une maison à Coconut Grove pour les week-ends, mais demain je bosse à la marina. »

Elle le suivit dans une pièce exiguë et désordonnée qui sentait la cigarette et la naphtaline. Il la laissa dans le salon, où elle resta plantée un moment. L'ivresse du rhum s'estompait, laissant place à un sentiment d'épuisement. Le poids de la soirée, l'erreur qu'elle s'apprêtait à commettre sans pouvoir s'en empêcher. *Roule*, pensa-t-elle. *Emmène-moi loin d'ici. New York, L.A., tout sauf Miami. Emmène-moi.*

À cette heure-ci, ses amis étaient rentrés chez eux. Si sa mère avait été un parent digne de ce nom, elle aurait compris que quelque chose clochait. Mais non, à tous les coups elle était assommée par le Valium et ne remarquerait même pas son absence.

L'homme avait une bouteille de Jim Beam sur le comptoir. Holly dévissa le bouchon et but une lampée qu'elle recracha aussitôt en éclaboussant tout. Elle prit une autre gorgée.

« Oh là, tout doux, dit-il. Pas la peine de boire ce poison. »

Ils sniffèrent deux lignes de coke sur le miroir de la table basse, qui firent décoller Holly de nouveau.

Après cela, il l'entraîna sur le lit, où elle s'allongea, oubliant tout du passé et du futur. Ce n'était pas la première fois qu'elle couchait avec un homme et si une voix en elle lui avait dit *Peut-être qu'on devrait s'en tenir là, peut-être que tu atteins un point de non-retour*, une autre voix plus forte encore aurait répondu : *Dis donc, ma grande, tu fais ce que tu veux*. C'est exactement ce qu'elle fit.

Le lendemain matin, elle se réveilla avec l'impression d'avoir un pare-brise explosé devant les yeux, d'être séparée du monde par une multitude d'éclats de verre. L'homme était parti, laissant sur la table deux billets de vingt dollars et un mot qui disait : « Je dois filer, voici de l'argent pour le taxi. »

Holly se traîna jusqu'à la salle de bains. Après avoir vomi et s'être essuyé la bouche avec un carré de papier toilette rugueux, elle s'étendit sur le linoléum froid et y resta jusqu'en milieu d'après-midi, où elle fut réveillée par des voix d'enfants à l'extérieur. En passant près du mobile home, l'un des gosses tambourina sur la cloison. Elle se leva, lissa sa jupe et passa de l'eau sur son visage. Dans le miroir, elle eut un aperçu de ce à quoi elle ressemblerait dans quelques années, quand le monde aurait eu le loisir de la malmener un peu plus.

Les quarante dollars en poche, elle s'assit dans un *diner* en bas de la rue, où elle commanda un café et du pain perdu en se demandant quoi faire de sa vie. Miami était à une demi-heure de route. En buvant son café, elle pensa à sa mère, cette espèce de sorcière qui ne l'avait jamais comprise, et à son père, qui l'aimait mais était quand même un sale enfoiré de délaisser sa famille pour son travail. Elle pensa au lycée, où elle avait bien un ou deux amis qui lui manqueraient, mais à quoi bon toute cette merde, autant se barrer, tracer sa route au hasard. Peut-être qu'elle échapperait alors à ce sentiment que la vie avait plus à offrir qu'une vaine conscience d'exister.

Après avoir réglé l'addition, elle se posta au bord de la route et tendit le pouce à l'intention des voitures qui passaient. Un type en break s'arrêta pour la prendre. Il la déposa dans le centre-ville de Miami, où elle put attraper un bus pour rentrer chez elle.

5

Keith Sorrells en avait plus qu'assez de vendre des cigarettes. Après le lycée, c'était le seul boulot qu'il avait pu décrocher pour sortir un peu de chez lui, de la ville, de l'État. Pas d'études pour ce petit gars: quatre ans de plus à se farcir une salle de classe à Bâton-Rouge ou Columbia? Non merci. Fils unique d'un pasteur baptiste et d'un agent immobilier à temps partiel, il avait eu sa dose de rassemblements et de sociabilité; il ne demandait qu'à rester seul. Au moins, il avait réussi à quitter la Caroline du Sud. Il vivait à Savannah, où était basé son job de VRP: dix heures par jour, il sillonnait le sud de la Géorgie pour négocier la mise en avant de son produit dans les supérettes. Points de vente, ils appelaient ça. Parts de marché. UGS. Tout un jargon qu'il n'avait jamais compris. Ce qu'il savait, c'est que ses chiffres de vente étaient constamment à la traîne (« sous-performer », en langage d'entreprise). C'est pourquoi il finit par se faire virer (« remercier ») un vendredi après-midi du printemps 1984.

Le jour de son licenciement, il se saoula chez J.E.B. Stuart, un rade de ploucs situé sur les quais parmi une flopée de pianos-bars du quartier des affaires. C'est là qu'un ami surnommé Big Duck lui donna un tuyau pour un job en Floride.

« Ma copine a un cousin à Miami. À ce qu'il dit, y a plein de boulot.

– Quel genre de boulot ? demanda Keith.

– Tout ce que tu veux, fit Big Duck en secouant la tête. Tu peux vendre des maisons, de la coke... Tout est à vendre là-bas.

– J'en ai marre de la vente. Je ne sais pas comment tu fais pour tenir le coup. »

Keith ne connaissait pas le vrai nom de Big Duck – Benjamin David, peut-être, ou alors rien à voir, Jeff, Sam ou une connerie du genre. Le mec avait des airs de soûlard irlandais : costaud, le front haut, peu porté sur les faux-semblants. BD avait quelques années de plus que Keith, vingt-cinq ans peut-être, et avait toujours travaillé dans le commerce. Il devait bien avoir fait cent mille kilomètres à travers le Sud-Ouest, à force de brûler l'Interstate 95 dans les deux sens, de serpenter entre les nids-de-poule des petites routes miteuses et d'écumer tous les chemins de traverse de la Caroline.

« Le plus dur, c'est les six premiers mois, après ça s'arrange. La plupart des gars craquent la première année.

– Ah ouais, et ils se font virer ?

– Il y en a qui se font virer, d'autres qui démissionnent.

– Je suis pas un lâcheur.

– Y a pas de honte à chercher un travail qui te convient mieux.

– Du genre ?

– Ça, j'en sais rien. Tu reprends un verre ? »

Keith lui tendit un billet de vingt, sachant pertinemment qu'il ne reverrait pas la monnaie. Il était assez malin pour savoir quand il se faisait rouler, mais suffisamment bête pour laisser faire.

Une fois revenu avec le nouveau pichet, BD remplit la chope de Keith.

« Si tu veux, proposa-t-il, je te passe le numéro du cousin. Je crois qu'il bosse pour des déménageurs. Il a peut-être besoin d'un coup de main.

– Ce serait toujours mieux que de travailler dans la vente. Le pire, c'est les clients. Faut toujours les convaincre qu'ils font une bonne affaire.

– C'est juste la nature humaine, dit BD en soufflant un nuage de fumée par-dessus la table. On est sceptiques, mais on adore faire une bonne affaire si l'occasion se présente. »

Le lendemain, Keith encaissa son dernier salaire, remplit un sac en toile et prit la route au volant de son pick-up. Il avait assez d'argent pour tenir un mois, à condition de loger dans un endroit bon marché. Comme il ne possédait rien de valeur, il laissa ses affaires dans l'appartement qu'il louait et partit vers le sud à l'aube. Pas de boulot, pas de fille, rien qui le retienne à Savannah ; il ne risquait pas non plus de rentrer vivre chez ses parents, ça non. Miami semblait être un endroit idéal pour sa nouvelle incarnation. Depuis qu'il avait fini le lycée deux ans plus tôt, il s'était fait tatouer sur le biceps le mot japonais signifiant « grue » (la forme du caractère lui avait plu, même s'il n'avait aucun avis sur l'oiseau) ; avait couché avec deux femmes (la première fois, sa performance avait laissé à désirer et elle ne l'avait pas recontacté, la deuxième fois, il avait espéré davantage, mais elle ne cherchait qu'un coup d'un soir) ; il avait lu la Genèse et les quatre Évangiles (ce qui lui avait permis de confirmer qu'il détestait toujours lire, mais avait aussi renforcé sa peur, sa culpabilité et son émerveillement à l'idée d'être un enfant de Dieu doté d'une âme immortelle) ; et emprunté plusieurs milliers de dollars à ses parents (sans rien entreprendre pour les rembourser). Il était hanté par le sentiment que sa vie réelle n'avait pas encore commencé, qu'un avenir mystérieux s'offrait encore à lui.

Keith conduisait un pick-up Chevrolet blanc au moteur V8, dont la consommation importait peu puisque le choc pétrolier de la fin des années 1970 n'était plus qu'un vague souvenir dans le rétroviseur. Le numéro du cousin de la copine de BD en poche, il descendit vers le sud. Dès qu'il fut sorti des basses terres, avec leurs herbes hautes, leur vent côtier et leurs palmiers, une chaleur brûlante s'abattit sur la route en dépit de l'heure matinale. Le paysage de la Géorgie n'était que poussière, de la poussière par tourbillons entiers. Si dense qu'on ne voyait ni le ciel ni le soleil, seulement un mur de chaleur embrasant l'horizon. De l'autre côté de la frontière, la Floride semblait similaire au premier abord – argile rouge et culs-terreux –, mais à mesure qu'il descendait vers le sud et que le jour avançait, le paysage se faisait plus verdoyant, tandis que les arbres se raréfiaient. À l'est, une caravane de nuages gris formait un contraste saisissant entre l'ombre et la lumière. La poussière se dissipait, remplacée par la plaine, les marécages, les arbustes et les cyprès humides. Keith avait toujours trouvé qu'il faisait chaud à Savannah, comparé aux montagnes de Caroline, où les vallons vous préservaient des pires chaleurs du Sud – la fournaise y était tempérée par une brise perpétuelle qui ne soufflait pas dans les basses terres. Il ne pouvait pas savoir, bien sûr, à quel point la Floride serait pire, plus proche à vrai dire d'un pays sud-américain. On aurait aussi bien pu y faire pousser de la cocaïne, des bananes ou des piments rouges. Ce n'étaient pas les États-Unis. C'était une terre étrangère. Un État aux confins, un appendice isolé du reste de l'Amérique, peuplé de personnes âgées et d'anciens taulards. D'exilés cubains, d'immigrés haïtiens et de trafiquants colombiens.

Après huit heures à parcourir les méandres de l'Interstate 95, Keith franchit le péage et arriva à Miami vers trois heures. De hauts immeubles s'élevaient des marécages, une rangée de banques étincelantes construites avec l'argent de la drogue. Depuis l'autoroute, il suivit les panneaux « Miami Beach », traversa la chaussée MacArthur et finit dans le quartier Art déco, un drôle de mélange de vieux flambeurs à la peau tannée et de malfrats à lunettes de soleil et costumes blancs. Des hommes en débardeur revenaient de leur session de bodybuilding. Des femmes au décolleté bronzé et au cul ferme portaient des sacs de shopping. Rollers et bikinis. Couleurs pastel et tubes néon. Porsche, Benz, Maserati. Une rangée de palmiers cultivés dans des fermes et transplantés là pour faire couleur locale se dressaient entre la route et la plage telles des sentinelles. Et au milieu de tout cela, il y avait Keith : un pauvre type dans son camion de péquenaud.

Il roula jusqu'à trouver une station-service – un « point de vente » – où s'arrêter. Il y avait une cabine téléphonique devant le magasin, mais il n'osait pas appeler tout de suite le cousin de la copine de BD. Si l'homme ne voulait pas le rencontrer – ou si BD avait exagéré les opportunités qui s'offraient à lui en Floride –, Keith était mal. Plus qu'à dormir sur la plage et à rentrer chez lui. Attiré par un étalage tropical à l'entrée du magasin, il acheta un soda exotique dont il but la moitié sur le parking.

Keith suait à grosses gouttes dans la chaleur étouffante. Le soleil qui s'abattait sur la chaussée faisait danser des émanations sur l'asphalte. Une voiture passa dans un déluge de musique rap. Les basses faisaient trembler l'habitacle. *BOOM, rrrr, BOOM, rrrr.* Les vitres teintées cachaient le conducteur, mais Keith sentit ses yeux glisser sur lui. Quand la voiture eut disparu, il passa son coup de fil.

Le cousin – Felix, comme c'était écrit sur le bout de papier – répondit après cinq sonneries alors que Keith était sur le point de raccrocher. Ce dernier se présenta.

« Ah, Jim m'a dit que tu pourrais appeler.

– Jim ?

– Ouais, comment tu l'appelles ?

– Chez nous, tout le monde l'appelle Big Duck.

– Il m'avait caché ça, fit l'homme en riant. Qu'est-ce que je peux faire pour vous, m'sieur Keith ? »

Sur le parking de la station-service, le trafic s'interrompit. Keith entendit le murmure lointain de la mer, ponctué par le cri des mouettes.

« J'espérais que tu pourrais m'aider à trouver un plan travail. BD... Jim m'a dit que ça ne manquait pas à Miami.

– Tu as une spécialité ?

– À Savannah, je vendais des cigarettes. Aux stations-service, surtout.

– Je vois. Plutôt dans le commerce, quoi.

– On peut dire ça, répondit Keith.

– Hé, c'est l'Amérique. Tout le monde a quelque chose à vendre.

– Je déteste ça.

– Alors quoi, tu veux réparer des climatiseurs ou un truc du genre ?

– Tu connais un meilleur moyen de devenir riche ?

– Peut-être bien, dit Felix en riant. Tu sais quoi, on n'a qu'à se voir ce soir. Tu es où, là ?

– Près de la plage.

– Des plages, ici, il y a que ça. C'est laquelle ?

– Je sais pas. Le panneau disait South Beach.

– C'est pas la porte à côté, mais bon, pourquoi pas. On pourrait faire la tournée des boîtes. Ça te branche ?

– Je dis pas non.

– Il y a un endroit qui s'appelle Willow 57, sur Ocean Drive près de la 6e Rue. On peut se donner rendez-vous là-bas vers neuf heures ?

– Comment je te reconnaîtrai ?

– Installe-toi au bout du comptoir, près de la caisse. Je te retrouverai là. On passera un bon moment et on verra si on peut te trouver une raison de rester à Miami. Tu aimes les fruits de mer ?

– Euh, ouais.

– Si tu veux passer le temps, je connais un petit rade super pour les crevettes. Ça s'appelle Smoky's. La propriétaire, Carol Quelque Chose, sert des crevettes frites à volonté. C'est tout au bout de l'île, t'as dû passer devant en arrivant – juste à côté de la police montée. Commande-toi une assiette de crevettes et quelques bières, je serai là à neuf heures. »

*

Après une sieste sur la plage, Keith se réveilla les pieds dans l'eau et partit prendre une chambre de motel. L'un d'entre eux, le Blue Yonder, lui rappela le gîte miteux dans lequel sa famille passait les étés à Myrtle Beach. Il prit une douche et fuma quelques cigarettes sur le balcon en regardant les filles faire du roller quelques étages plus bas.

Il lui restait du temps à tuer avant son rendez-vous avec Felix. Keith ne savait jamais quoi faire de son temps libre, il n'était pas du genre patient.

Ayant enfilé ce qui lui tiendrait lieu de tenue de soirée – une chemise blanche, un jean et des bottes de cow-boy –, il se mit en route pour le Smoky's. C'était une péniche, amarrée près des locaux de la police. Une planche bancale menait à un bar de plein air. Il s'enfila deux paniers de crevettes bien épicées et deux pintes de Pilsner. Vu sa carrure de moineau, il était déjà bien éméché.

Le bateau-bar avait une clientèle variée, surtout des hommes. Certains avaient des dégaines de vieux loups de mer. D'autres faisaient plus banquiers d'affaires, avec leurs costumes blancs, même si Keith les soupçonnait d'avoir un métier moins recommandable. Un homme chauve avec une grosse tête et une chemise à fleurs s'assit au bout du comptoir, semblant l'observer. Il finit par lever son verre en guise de salut.

« T'as un problème, mon pote ? lança Keith.

– Je prends juste un peu d'avance sur l'apéritif », répondit l'homme en sirotant sa boisson ; du gin, peut-être.

Keith fit signe à la serveuse et lui tendit un billet de vingt pour régler la note.

Il était encore tôt lorsqu'il prit le chemin du club de Felix Machado sur Ocean Drive, mais il valait mieux décamper avant que la paranoïa ne prenne le dessus. L'homme à fleurs avec son gin, les moustachus avec leurs costumes blancs, le marin avec sa bedaine : n'y avait-il donc personne de normal dans cette ville ? Il se sentait fébrile.

Quelque part au loin, on jouait des percussions. Les baigneurs dénudés de l'après-midi s'étaient métamorphosés en promeneurs à l'élégance criarde. Un gros type qui fumait une cigarette assis sur un banc lui fit un signe de tête à sa descente du bateau. Keith ne se retourna pas, mais il sentit les yeux de l'homme posés sur lui et se persuada qu'il s'était levé pour le suivre. C'était peut-être une coïncidence. S'il se retournait, l'homme n'aurait sans doute pas bougé d'un pouce.

Keith pressa le pas.

Le Willow 57 était un petit club avec un podium et une boule à facettes dans le fond – flashs de lumière, pop synthétique, plafonds hauts. Les spots bleus et rouges auraient eu l'air festifs s'il y avait eu du monde, mais rien n'était plus triste qu'une boîte de nuit quasi déserte. Les seules clientes, un groupe de filles qui devaient être mineures, se trémoussaient près de la scène en s'enfilant des shots et des cocktails bleu électrique. Le barman essuyait les tables, tandis que les autres employés faisaient le pied de grue près du podium. Un homme baraqué portant une chemise léopard ouverte sur son torse velu et une moustache en fer à cheval s'installa à un bout du comptoir, sans prêter aucune attention à Keith. Ce dernier sentait qu'il l'observait, mais chaque fois qu'il tournait la tête, l'homme regardait au loin.

Keith commanda une bière à l'arrivée du barman. Ce dernier hocha la tête et décapsula une bouteille.

« M'sieur Keith ! » s'écria une voix derrière lui.

Deux hommes : le premier était le gros du bateau-bar. À Miami, comme Keith le découvrait, il y avait toujours quelqu'un pour vous surveiller. Il repensa à l'homme à fleurs, aux vitres teintées de la voiture japonaise, aux types en costume sur la plage.

Le deuxième était un Hispanique mince comme un fil, qui devait avoir quelques années de plus que lui. Il affichait un sourire de *winner* et portait un large pantalon blanc hérité des seventies.

« Felix Machado, dit-il. Et voici mon associé. »

Comme il ne lui avait pas dit le nom du gros, Keith se contenta de lui faire un signe de tête.

« Alors, comment tu as atterri à Miami ?

– J'en avais marre de mon job et BD, Jim, m'a dit qu'il y avait plein de travail dans le coin.

– Tu l'as dit, *amigo*. Cette ville flotte sur un petit nuage depuis quelques années. Il t'a un peu expliqué ce qu'on faisait ?

– Il a seulement dit qu'il y avait du boulot.

– Comme tu l'as vu dehors, notre économie c'est en partie le tourisme, donc c'est comme partout, il y a toujours de quoi faire si tu veux être serveur ou barman. »

Felix commanda un punch. Son associé resta debout, les bras croisés. Le bar était entièrement recouvert de miroirs cerclés de néons rouges. Un nuage de fumée miroitait dans la lumière.

« Cela dit, au cas où tu chercherais un revenu plus important, on a d'autres opportunités. Si tu es à la hauteur. »

Keith comprenait à quoi Felix faisait allusion. Il savait qu'il n'éprouverait aucun scrupule à faire certaines choses, mais que d'autres ne seraient jamais pour lui.

« Quel genre d'opportunités ?

– Eh bien, par exemple, mon employeur possède une entreprise de logistique. On livre dans tout le sud de la Floride. Un petit peu de tout. Tu n'imagines pas la quantité de trucs qu'il faut pour faire tourner une ville. Je me disais qu'avec ton expérience dans le commerce, tu pourrais peut-être nous être utile. On a besoin de quelqu'un qui sache livrer la marchandise en temps voulu, suivre un planning, ce genre de choses.

– C'est pile ce que je faisais avant.

– Exactement. Pour en avoir parlé avec Jim, je sais à quel point ça peut être usant de bosser comme VRP. Ce qu'il y a de bien avec nous, c'est qu'on ne surmène pas nos employés. Il y a de la variété et, tant que le travail est fait, tu as tout le temps de profiter de la vie dans ce petit paradis. »

Keith se tourna vers les filles près du podium. Cigarette aux lèvres, Felix tapota son verre sur le comptoir pour commander une nouvelle tournée.

L'associé – toujours debout, toujours muet – plissa les yeux.

« J'ai déjà vu cette fille quelque part, dit Keith.

– Laquelle ? demanda Felix en jetant un coup d'œil dans leur direction. Celle en rouge ? C'est la gamine de Bobby West.

– Qu'est-ce qu'elle fait là ?

– On dirait qu'elle boit un coup, répondit Felix. Bobby est un de nos collaborateurs. Sa fille est, je ne sais pas... intéressante. »

Elle dut avoir les oreilles qui sifflent, car elle leva les yeux et sourit aux trois hommes. Ayant glissé quelques mots à ses amies, elle se faufila jusqu'au bar dans un haut rouge moulant et une minuscule jupe blanche qui chatoyait sur ses jambes bronzées. Keith prit une gorgée de bière.

« C'est toi le patron ? demanda-t-elle à Felix.

– Moi ? Non, notre patron ne boit pas.

– Ce n'est pas très drôle.

– Je te le fais pas dire. »

Keith avait la tête qui tournait. Felix puait le danger à plein nez, il y avait quelque chose de dérangeant chez lui, mais il avait un charme indéniable. Sans se départir de son sourire, il avait pris les choses en main et l'ascendant sur la fille. Elle semblait aimer ça.

« Et lui, c'est qui ? demanda-t-elle.

– Keith est là pour passer un entretien d'embauche.

– Oh, dans ce cas je ne vais pas vous interrompre.

– Qu'est-ce que tu bois ? lui demanda Felix.

– Un Manhattan.

– Classe.

– Je suis une femme distinguée. »

Elle avait la peau mate et un corps longiligne. Lorsqu'elle croisait les jambes, sa jupe remontait sur ses cuisses, les faisant paraître élastiques – comme si ces jambes avaient pu s'enrouler autour d'un homme à la manière d'un pliage en origami.

Le barman déposa un verre et partit aussi vite qu'il était arrivé. Sortant un rouleau de billets, Felix en tira vingt dollars qu'il posa sur le comptoir. Elle l'observait, dans l'expectative, curieuse de découvrir le prix à payer pour un cocktail gratuit.

« Comment tu t'appelles, déjà ? demanda-t-il.

– Holly.

– Alors, Holly, je sais qu'on travaille avec ton père, mais j'ai encore besoin de parler quelques minutes seul à seul avec Keith. Souhaite-lui bonne chance pour son entretien.

– Bonne chance, Keith, fit-elle avec un grand sourire.

– Elle n'est pas ici par hasard, dit l'associé lorsqu'elle fut partie.

– Il n'y a pas de hasard, *amigo*. J'en toucherai un mot à Bobby, répondit Felix avant de reporter son attention sur Keith. Nos affaires sont un peu sensibles. Il y a des secrets commerciaux, ce genre de choses. Son père gère plusieurs de nos comptes, donc je préfère m'assurer que nos informations sont bien gardées. Bref, on en était où ? Ah, Miami ! Une ville géniale. Plein de *bonitas* et de vie nocturne pour un jeune comme toi. »

Keith avait toujours les yeux rivés sur Holly. Il l'observait tandis qu'elle rejoignait ses amies près du podium, son nouveau verre à la main.

« Mais pour celle-ci, gloussa Felix, je ne sais pas si tu as les épaules, cow-boy. »

Keith prit une gorgée de bière. Il était dans le cirage depuis les crevettes. S'il ne faisait pas attention, il finirait ivre mort.

« Alors, qu'est-ce que t'en penses, Keith ?

– De quoi ?

– De ton avenir à Miami.

– C'est un peu tôt pour le dire. Vous avez un poste de libre ?

– Je vais voir ce que je peux faire, *amigo*. Donne-moi quelques jours », dit Felix avant de se lever.

L'associé décroisa les bras et mit les mains dans ses poches. Il n'avait toujours pas dit un mot à Keith. Ce dernier avait les yeux rivés sur les filles près du podium. Holly croisa son regard.

« Tu restes encore un peu ? demanda Felix.

– Peut-être bien.

– Une *bonita* pareille..., dit-il en riant. Elle te réduira en pièces si tu la laisses faire. »

Après leur départ, Keith commanda une autre bière, qu'il but au comptoir. Il l'avait presque finie lorsque Holly revint.

« Alors, qu'est-ce que tu as décidé ? demanda-t-elle.

– Pardon ?

– Tu as fini ton entretien. Les autres t'ont laissé ici pour réfléchir à tout ça. »

Elle s'assit sur le tabouret à côté de lui et posa le pied sur la barre, sa jambe repliée le frôlant presque.

« Tu n'as pas la tête au travail, si ?

– Le travail, c'est toujours pareil.

– Exactement. Alors, qu'est-ce que tu fais encore là ?

– Tu as quel âge ? demanda-t-il.

– Pourquoi ?

– Felix a dit qu'il travaillait avec ton père.

– Faudrait savoir, c'est mon âge qui t'inquiète ou c'est mon père ?

– Ni l'un ni l'autre. Je me demandais juste. »

Holly fit signe au barman et commanda un autre Manhattan.

« Tu bois quelque chose, Keith ? C'est pour moi.

– Non, ça va, dit Keith, à qui il ne restait plus qu'un fond de bière.

– L'homme connaît ses limites, glissa-t-elle au barman, qui préparait déjà son cocktail. J'ai toujours aimé Manhattan. Mon père m'y a emmenée une fois pour un voyage d'affaires, dit-elle après avoir avalé un glaçon. Tu connais New York ? Ce n'est pas comme dans les films, genre *Breakfast at Tiffany's* où tout le monde est hyper classe et fait les boutiques à longueur de journée. C'est une ville vraiment sale.

– J'aimerais bien y aller.

– Peut-être qu'un jour tu auras une bonne raison. Alors, ils t'ont embauché, les gros bras ?

– Le verdict n'est pas encore tombé.

– Au pire, tu es à Miami. C'est pas mal comme endroit, tant qu'on a assez d'argent pour en profiter.

– C'est ce que j'ai entendu dire. »

Elle fit tournoyer la cerise dans son verre.

« Tu vas gagner des millions ? Devenir riche et parcourir le monde ? Flamber comme ton ami Felix ?

– C'est pas encore mon ami.

– Mmh-mmh. Tu sais que tu as des airs de cow-boy, habillé comme ça ?

– Felix vient de me dire la même chose.

– Ah oui ? C'est peut-être les bottes. Tu fais du rodéo, ou quoi ?

– Qu'est-ce que tu connais au rodéo ? » demanda Keith.

Lui-même n'y connaissait pas grand-chose. Il y était allé une fois avec son grand-père et ses amis lorsqu'il était petit. Les lumières vives, le claquement des barrières, l'odeur de la merde.

« Je sais juste que c'est horrible, ce qu'ils font à ces pauvres bêtes. Mises en cage pour nous divertir.

– Et les zoos, ça te pose un problème ?

– Justement, oui.

– Bon », dit-il en inclinant sa bière vers elle.

Elle ramena sa jambe vers son propre tabouret, but une gorgée.

« Je ne t'en voudrai pas si tu fais du rodéo, mais tu ne dois jamais m'inviter. Je ne le supporterai pas.

– Parole de scout.

– Bien », fit-elle en hochant la tête, comme si une décision cruciale venait d'être prise.

Keith n'arrivait pas à comprendre ce qu'elle voulait.

Même après quelques verres, son intelligence et sa vivacité lui sautaient aux yeux. Elle avait une flamme dans le regard qui l'incitait à la prudence. Elle lui demanda où il logeait.

« Pourquoi, tu as besoin d'un endroit où dormir ?

– Trop direct, Keith. Tu invites toutes les filles chez toi au premier rendez-vous ?

– Parce que c'est un rendez-vous ?

– On fait juste connaissance. Comme toi tu fais connaissance avec la ville.

– Ça a l'air sympa.

– Fais seulement attention à bien choisir tes amis.

– J'ai peut-être trouvé tous les amis qu'il me faut.

– Tu sais quoi ? dit-elle en se tournant vers lui, un sourire aux lèvres. Je vais aller rejoindre les autres. Mais si tu veux, tu peux me donner ton numéro. Je te montrerai le vrai Miami. »

Elle demanda un papier et un stylo au barman.

« Tout le monde se bouscule pour m'appeler, dit Keith. Pourquoi tu ne me donnerais pas le tien, plutôt ?

– Un homme qui prend les choses en main. Ça me plaît, dit-elle en griffonnant quelques chiffres. Si tu m'appelles, je saurai que tu cherches plus qu'un coup d'un soir. C'est important de bien traiter les filles. De leur montrer que tu les respectes. »

Elle tourna les talons avec un petit rire. Il la regarda se couler jusqu'à ses amies, perchée sur ses longues jambes.

Un jour à Miami, et Keith avait déjà picolé, trouvé une piste pour un boulot et rencontré une fille.

BD avait peut-être raison.

La ville était pleine de promesses.

6

Keith fit profil bas au Blue Yonder pendant près d'une semaine, jusqu'au dimanche où Felix Machado l'appela pour lui annoncer qu'il avait décroché un entretien avec M. French.

« En fait, *amigo*, c'est un entretien plus un job.

– Quel genre de job ?

– On a besoin de quelqu'un pour ramener une voiture de Key West. Tu as déjà conduit une dépanneuse ?

– Non, mais j'ai conduit un camion-benne.

– Alors tu t'en sortiras très bien. La dépanneuse t'attendra demain à l'aéroport. Stationnement longue durée, parking D. Tu passeras la nuit à Key West. C'est une ville sympa, pleine de bars, ça va te plaire. »

Lorsqu'il eut raccroché, Keith composa le numéro d'Holly.

« Je me demandais si tu finirais par appeler, dit-elle.

– Je me demandais si tu te souviendrais de moi.

– Keith, si tu veux qu'on traîne ensemble, il va falloir que tu sois un peu plus sûr de toi.

– Je savais pas ce qu'on trouverait à se dire.

– Tu pourrais déjà me demander comment je vais. »

Elle semblait plus amusée qu'autre chose de devoir mener la conversation. Keith se comportait en parfait débutant, pourtant c'était l'expérience qui le faisait hésiter. Il avait été échaudé par le passé. Il se retint de lui demander ce qu'elle pouvait bien lui trouver, ou comment elle pouvait penser qu'il était vraiment impliqué dans les affaires des associés de son père.

« Comment ça va ? demanda-t-il d'une voix monocorde.

– Bon Dieu, Keith.

– En fait, je t'appelle pour une raison précise.

– Ah oui ?

– Tu es déjà allée à Key West ?

– Une fois, quand j'étais petite. Ma mère a dit que c'était mieux avant de devenir Margaritaville, mais je crois que mon père avait bien aimé.

– Moi, je connais pas. J'ai un boulot à faire là-bas.

– Mince alors, tu l'as trouvée vite, cette assurance, pour m'inviter à passer la nuit avec toi. Tu n'as pas peur que je sois trop jeune ? Que je ne puisse pas rater l'école ?

– C'est le cas ?

– Je suis en terminale. Je peux sécher. »

Il ne se demanda pas un instant si elle mentait sur son âge ou s'il avait des raisons de s'inquiéter. Elle semblait avoir dit oui. Sans attendre sa confirmation, il lui demanda son adresse et l'informa qu'il passerait la prendre demain après le déjeuner.

L'après-midi suivant, elle se glissa dans son pick-up vêtue d'une jupe dont la longueur n'était certainement pas réglementaire. Elle portait un chemisier sur un débardeur échancré, mais c'étaient ses jambes qui attiraient l'œil de Keith. Lorsque sa jupe remonta sur le siège, il but une gorgée de café et s'efforça de garder un air neutre jusqu'à ce qu'elle prenne son visage dans ses mains et lui plante un long baiser.

« En route, mauvaise troupe ! dit-elle.

– Je dois aller chercher le véhicule à l'aéroport.

– Le *véhicule* ? »

Keith se contenta de démarrer. Il trouva le parking longue durée assez facilement, puis remonta quelques allées avant d'apercevoir une dépanneuse, garée parmi les rangées de Chevrolet, Buick, Ford et Toyota. L'inscription « Joe Dépanneur » se détachait en caractères jaunes sur la peinture rouge. Tout ce que Keith savait à ce stade, c'était que Joe n'existait pas. Il n'avait aucune idée de ce qu'il allait transporter, mais ce n'était certainement pas la voiture qui intéressait Felix Machado.

« Tu plaisantes, j'espère ? Tu vas conduire ça jusqu'à Key West ?

– C'est le job.

– Est-ce que tu sais dans quoi tu t'embarques ?

– Je devrais m'inquiéter ?

– C'est ta vie, pas la mienne.

– Tu veux que je te ramène ?

– Pas question, ça commence tout juste à devenir intéressant, dit-elle avec un sourire. Ça boume, patron ? » lança-t-elle en ouvrant la portière passager.

Le gros associé de Felix était descendu de la dépanneuse et s'approchait d'eux. Keith sortit pour lui serrer la main.

« Qu'est-ce qu'elle fait là ? demanda l'homme.

– Je suis sa nouvelle petite amie. Il ne vous a pas prévenu ?

– Felix ne lui a pas dit de venir accompagné.

– Relax, c'est moi qui m'incruste. »

Holly dansait autour de la dépanneuse en tambourinant sur la carrosserie.

« C'est une fille à emmerdes, je ne crois pas que ce soit très malin de l'amener.

– Je suis sûr que tout se passera bien.

– C'est toi qui vois, maugréa l'associé avant de lui tendre les clés, une adresse et une carte routière. Il y a une chambre à ton nom au Paradiso Inn. Gare-toi devant. M. French te contactera. »

7

Première règle des îles Keys : ne pas être pressé. Pour aller jusqu'à Key West, il fallait suivre la route U.S. 1 à travers toutes les autres îles. Une deux-voies qui coupait l'archipel. La circulation s'engorgeait chaque fois qu'un vieux tacot s'arrêtait devant un magasin de pêche, ralentissant le flot des voitures sur cinq kilomètres. Roseaux, plaines, marais. Le soleil rougeoyait à l'horizon et projetait des traînées roses sur la mer, les criques et les étangs, les feuillages verts en toute saison. Le pont s'étirait sur l'eau comme une paille.

« La vache, on étouffe là-dedans. Une vraie cellule de prison, dit-elle en défaisant les boutons de son chemisier.

– Comment tu sais s'il fait chaud en prison ? » demanda-t-il en lui jetant un coup d'œil.

Elle finit de se déboutonner avec un sourire, puis enleva son chemisier d'un geste brusque. Son haut était décolleté, mais ce n'était pas la seule chose qui la rendait séduisante. Il n'aurait pas su dire ce dont il s'agissait.

« Garde les yeux sur la route, Keith, dit-elle en riant. Keith Cool. »

Les pensées du garçon se bousculaient. Il songeait à la fille assise à ses côtés, à son aventure dans le sud de la Floride, au grondement du moteur, au travail illicite qui l'attendait.

Une fille sexy, une vie super classe. Il avait bien fait de quitter Savannah.

Ils arrivèrent à Key West peu avant la tombée du jour. Keith descendit lentement Truman Avenue en évitant les cyclistes et les badauds, dans le flot discontinu des feux de signalisation, des mobylettes, des étudiants et des motards, tous venus faire la fête. Il se gara dans une rue tranquille, en face d'une église. La soirée battait son plein sur Duval Street, mais le Paradiso Inn était caché derrière un bosquet de feuillages, dans une longue rue nonchalante bordée de mangroves, de palmiers, de maisons en stuc, de porches et de trottoirs paisibles plongés dans l'obscurité. Seuls quelques halos tombaient faiblement des lampadaires. Un petit groupe de gens installés sous un porche, les pieds posés sur la balustrade, sirotaient leur whisky en les suivant des yeux – le cul-terreux et la fashionista.

Après avoir pris la chambre, ils allèrent dîner et boire des verres sur Duval Street. Les touristes haletaient comme des veaux désorientés. Tous les bars avaient ouvert leurs portes, répandant la fête jusque dans la rue. La bière coulait dans les caniveaux, la ganja flottait dans l'air. Des vieux à la barbe blanche et aux cheveux hirsutes tanguaient sur les trottoirs ; des troupeaux de femmes trop maquillées agitaient les bras en s'extasiant bruyamment, comme pour rappeler leur jeunesse perdue ; un adolescent fumait à une table de café, non loin d'un serveur aussi pâle et maigre qu'un figurant de *La Famille Addams* ; un mendiant se tenait adossé à la colonne d'un grand hôtel, un vieux berger allemand à ses pieds. La scène était un chaos alcoolisé où se juxtaposaient lumières vives, vêtements colorés et musique criarde – garage rock, ballades, percussions. C'était plus déjanté que Myrtle Beach, mais l'atmosphère rappelait à Keith les étés de son enfance. Cette fois, il avait une fille à son bras, ses grands yeux marron, son cœur à prendre. Lorsqu'ils arrivèrent sur Mallory Square, il était trop tard pour trinquer face au coucher de soleil, mais ils profitèrent des remous de la foule, du monocycliste, du cracheur de feu, du spectacle des touristes. Ils mangèrent dans un restaurant cubain et se saoulèrent aux cocktails fruités, avant de tituber jusqu'au Paradiso Inn, où ils constatèrent que la dépanneuse avait disparu.

« Évidemment, balbutia Holly. Qu'est-ce que tu croyais ? Je sais pas ce que tu viens chercher, mais ce sera pas ici, dans le quartier touristique. Et puis, si tu foires ton entretien avec M. French, pas dit que tu rentres à Miami. »

Elle laissa ces mots faire leur effet avant d'entrer dans la chambre.

Keith resta là à cligner des yeux, puis fourra les mains dans ses poches et lui emboîta le pas. Il voulait lui demander ce qu'elle savait d'autre, au lieu de quoi il se servit un verre de vin et s'assit sur le canapé à côté d'elle.

« Alors, Keith Cool, qu'est-ce qu'on fait, on discute ? » demanda-t-elle en se blottissant contre lui.

Keith n'avait pas besoin de se faire prier. Il l'embrassa, d'abord doucement, puis sauvagement. Son esprit était embrouillé par l'alcool, si bien que le moment baignait dans une sorte de brouillard. Elle avait un goût de cigarette. Holly se hissa sur ses hanches et se pressa contre lui.

« Doucement, cow-boy », murmura-t-elle en le clouant au canapé.

Keith fut réveillé par des coups frappés à la porte. Il mit un moment à se dégager de la fille. Il n'avait pas fini de se reboutonner quand il ouvrit la porte, qu'il laissa entrebâillée pour cacher Holly sur le canapé.

« Un appel pour vous à l'accueil, dit la propriétaire.

– Qui c'est ?

– Il ne m'a pas dit, répondit-elle en tournant les talons. Dépêchez-vous, on n'aime pas garder la ligne occupée.

– Monsieur Sorrells, merci d'être venu », dit l'homme au bout du fil.

Keith ne discernait pas d'accent à proprement parler, mais quelque chose dans l'inflexion de son interlocuteur évoquait l'Europe de l'Est, comme s'il avait un os coincé en travers des sinus.

« Oui, monsieur Sorrells, Felix m'a dit le plus grand bien de vous. Merci d'être venu. »

Keith le remercia de lui avoir offert cette opportunité.

« Écoutez, fit M. French. En face de votre chambre, de l'autre côté de la rue, il y a une maison rose avec des meubles en osier blanc sur le balcon. Si vous regardez par la fenêtre, vous pourrez sans doute me voir. »

Keith jeta un coup d'œil dehors.

« Bonjour », dit la voix dans le téléphone.

De l'autre côté de la rue, un homme lui faisait signe depuis le porche. Un chauve à l'allure tropicale – le crâne rasé plutôt que chauve, même si cela pouvait aussi être une façon de dissimuler son héritage génétique. L'homme portait une veste rose sur une chemise hawaïenne jaune et bleue. Il lui semblait familier, mais Keith n'arrivait pas à le resituer.

« Bonjour !

– Je vous vois.

– Oui. Bien. Rejoignez-moi ici, nous pouvons commencer l'entretien. »

M. French l'attendait au portail. De près, la veste le faisait paraître plus grand, plus carré, ce qui, malgré son air de touriste, lui donnait une certaine autorité, comme un proviseur surveillant les couloirs entre les cours. Sa tête, pourtant, ne semblait pas bien attachée à son corps. Elle oscillait comme un oiseau craintif sur le point de s'envoler.

« Ah, monsieur Sorrells, bonjour, dit-il comme s'ils ne s'étaient pas parlé il y a une minute. Suivez-moi. Chez nous, on entre par le côté. »

L'air embaumait la marijuana, une odeur aussi omniprésente à Key West que le jasmin à Savannah. Keith inspira profondément.

Dans le hall, Keith s'aperçut que M. French ne le regardait pas dans les yeux, mais au milieu du front. Il radotait comme un vendeur de voitures.

« Oui, on entre par le côté. Comme on l'explique à nos clients, c'est plus pratique ainsi. On pourrait ouvrir la porte principale à chaque allée et venue, mais cela laisserait entrer l'air moite dans le vestibule, et personne n'a envie de patienter dans une atmosphère suffocante. Je fais tout ce que je peux pour rendre l'environnement accueillant pour nos visiteurs. Nous allons commencer notre petit tour par le haut et redescendre ensuite. »

Il le conduisit à l'étage, où tous les murs avaient été abattus à l'exception de quelques piliers porteurs. Si la maison était ancienne, la décoration était moderne et épurée. Dans des cabines séparées par des cloisons de verre, des employés équipés de casques audio étaient assis devant des ordinateurs et des piles de documents. Chacune était meublée d'une armoire à dossiers et d'une plante en pot.

« Voici notre centre d'appels, dit M. French. Nous pourrons

vous confier quelques missions de recouvrement à l'occasion, si vous n'avez rien contre. Ne vous en faites pas, je n'attends pas de mes employés qu'ils restent assis dans des box toute la journée. Il y a de la variété dans notre secteur, c'est le moins qu'on puisse dire. Vous avez de l'expérience dans la vente ? Tout est une question de chiffres, Keith. La loi des probabilités. Une fois que vous aurez intégré cela, vous verrez, les résultats sont épatants. Nous offrons toute une palette de services, c'est pourquoi nous avons besoin de quelqu'un de polyvalent qui puisse gérer différents aspects du travail – vente, service, livraison, peut-être même un peu de management.

– Comment s'appelle votre société ?

– A&F Entreprises. Pas très créatif, je sais – Alexander French –, mais nos clients se contrefichent du nom. Pour eux, il n'y a que le service qui compte. Tout le monde me connaît de réputation. Ce que vous voyez là, tenez, c'est du verre insonorisé, vous n'en trouverez dans aucun autre centre d'appels en Floride. Je tiens à donner le meilleur équipement à mes vendeurs, dit-il avant de se mettre à tousser. Excusez-moi, je sors d'une pneumonie. Je ne suis pas contagieux, mais j'ai encore une petite toux. J'essaie de prendre soin de moi. Je fais du sport cinq fois par semaine, je me lève à quatre heures du matin, mais parfois cela ne suffit pas. On ne peut pas avoir un contrôle absolu sur son corps, même si j'ai quelques astuces. Depuis mon enfance, je n'ai jamais eu de gastro-entérite, par exemple. Vous savez ce que je fais si je sens que je suis en train d'attraper quelque chose ? Ou si quelqu'un tombe malade autour de moi ? Je prends du Smecta – le Smecta tapisse l'estomac et empêche le virus d'infecter le reste du corps. C'est un agent secret qui m'a donné ce truc. »

Toute cette tirade, M. French l'avait adressée au front de Keith. Le garçon n'arrivait pas à suivre, il se contentait de sourire en hochant la tête, même s'il se demandait pour quelle espèce de timbré il s'apprêtait à travailler. M. French le fit redescendre dans le salon, qui semblait conçu pour accueillir des réceptions de l'époque victorienne – antiquités en bois sombre, atmosphère confinée et protocolaire, piano dans un coin.

« Voici notre espace clients. Entre nous soit dit, il est rare qu'ils nous rendent visite. La plupart du temps, ce sont nos employés qui se déplacent, mais si certains veulent venir, nous voulons qu'ils se sentent comme chez eux. C'est tout l'art du marketing. Nous ne sommes pas des vendeurs de voitures qui pourchassent le client. Ici, nous nous efforçons d'avoir de vraies discussions, car notre produit se vend tout seul. Nos employés sont seulement là pour éclaircir certains points et faciliter la vente. Au fond, vous trouverez la salle de pause. La cuisine. Et voici le coin café, parce qu'il est important que nos visiteurs se sentent vraiment à l'aise. »

À l'arrière de la maison se trouvait une pièce bien éclairée dotée de tables hautes et de tabourets de bar. La porte ouvrait sur une véranda, ainsi qu'un jardin luxuriant et ombragé agrémenté d'allées en brique, de feuillages verdoyants et de fleurs roses et orangées.

« Nos employés adorent cet espace. Les clients ne sont pas les seuls à en profiter. Nous avons voulu créer un lieu de travail convivial. Pour les peintures, cela dit, j'ai fait à l'économie, déclara-t-il en désignant le mur. Je ne voulais pas investir dans des œuvres d'art, j'ai donc pris moi-même quelques photos des environs et les ai fait encadrer.

– C'est joli, dit Keith.

– Vous savez, ce bâtiment est unique : c'est l'un des seuls de Key West, et même de toute la Floride, à avoir un sous-sol. La maison d'Hemingway en possède un elle aussi, car elle a été construite sur une butte de trois ou quatre mètres. Nous aussi, nous sommes au-dessus du niveau de la mer, mais pas autant qu'Hemingway. Les anciens propriétaires ont dépensé une petite fortune pour faire construire et isoler la cave. C'est en partie une illusion, car la maison est légèrement surélevée. Vous vous rappelez être monté jusqu'au porche ? Eh bien, c'est parce qu'en réalité le rez-de-chaussée est à plus d'un mètre de hauteur. »

M. French toussa de nouveau.

« Je vous promets que je ne suis pas contagieux. Quoi qu'il en soit, cette cave, nous l'utilisons surtout pour le stockage, mais nous la montrons à tous nos futurs employés au cours de leur visite, car j'aime que chacun puisse prendre la mesure de notre opération – juste une fois. La suite de cet entretien peut être un peu rigoureuse, ne vous affolez pas. »

Avant d'avoir pu comprendre ce que M. French venait de lui dire, Keith se retrouva avec un sac sur la tête, les bras immobilisés dans le dos. Il se débattit en jurant et rua comme un cheval sauvage, de ses épaules maigres. L'associé de M. French le maintint fermement jusqu'à ce qu'il se calme. Lorsque l'on est privé de la vue, le monde revêt un caractère abstrait, hermétique, comme s'il n'existait plus qu'en pensée. Keith tenta une nouvelle fois de résister, mais c'était comme si un géant le serrait dans son poing.

« Allons, allons, c'est juste une précaution », dit M. French – une phrase plus articulée et concise que toutes celles qu'il avait prononcées au cours de la visite.

On le traîna en bas d'un escalier, avant de le jeter au sol.

Une porte se referma, et il resta dans le noir. Il avait les bras attachés dans le dos, ce qui lui coupait presque entièrement la circulation. La cave était fraîche et sentait la terre, comme une classe d'art un jour de poterie. Keith cria à s'en briser la voix, puis réussit à se relever et commença à tâtonner du pied. Il découvrit un mur, qu'il longea avec précaution jusqu'à heurter un meuble. Appuyé sur la cloison, il tenta d'identifier l'obstacle, mais finit rapidement cerné de toute part et désorienté. Préférant éviter de se blesser, il se rassit prudemment et attendit, perdu dans les entrailles du QG de M. French.

Après un temps – vingt minutes, une heure – quelqu'un revint.

La lumière s'alluma dans un grésillement et l'on attrapa Keith par le col pour le hisser sur une chaise. L'homme lui détacha les mains, puis ôta le sac qu'il avait sur la tête.

Une ampoule nue et mouchetée de taches brunes pendait au plafond. En dessous, un petit homme corpulent et patibulaire, aux sourcils épais et au front dégarni. Il avait l'air affreusement anglais. Nez épaté, face ronde, pores dilatés, sueur. Il portait une chemise blanche, des bretelles noires et une cravate trop large.

La cave était vide, à l'exception d'un chauffe-eau et d'une pile de cadres de fenêtres. Keith s'était égaré dans le coin où les châssis étaient empilés, sous la cage d'escalier. French se trouvait derrière l'homme, tenant une cigarette entre le pouce et le majeur à la façon d'un joint.

« Je suis désolé du caractère insolite de cet entretien, dit-il, mais nous devons respecter le processus. Tout le monde passe par là avant d'être embauché.

– Tout le monde se fait ligoter et jeter dans une cave.

– J'en ai bien peur. Nous voulons nous assurer que nos employés savent faire face aux imprévus, ce qui peut toujours arriver dans notre secteur d'activité, dit M. French avant d'inhaler lentement. Bien. Comment avez-vous rencontré Felix Machado ?

– C'est un ami d'ami.

– Vraiment ? »

S'avançant d'un pas, M. French se pencha sur Keith qui n'avait pas bougé de sa chaise. Il avait les mains libres, mais le visage impassible de l'associé l'incitait à rester assis et à écouter.

« Je vais être honnête avec vous, dit M. French. Notre métier comporte de nombreuses facettes, mais ce qui nous importe le plus, c'est la discrétion. Vous ne ferez rien d'illégal ni de dangereux, mais s'il vous arrivait d'être embarqué ou questionné, mettons par la police, il est essentiel que vous restiez calme. Êtes-vous calme ?

– Qu'est-ce que vous faites, déjà ?

– Nous sommes dans l'import-export. Vous savez piloter un avion ?

– Jamais essayé.

– Mmh. Vous ne pourrez pas vous contenter de faire des allers-retours en dépanneuse. La collecte de fonds est un aspect primordial de notre opération. J'ai besoin d'associés qui savent créer des opportunités. Mais nous en reparlerons. Pour le moment, nous avons une voiture à vous faire remorquer jusqu'à Miami.

– À qui appartient la voiture ?

– Tsst, tsst. Nous avons un partenariat avec les dirigeants de Florida Air et détenons une bonne part de leurs places de parking. Vous savez ce que c'est. Les gens arrivent en retard pour leur vol, garent leur voiture n'importe où. La compagnie croule sous les voitures abandonnées, alors on les remorque jusqu'à Miami.

– Pourquoi Miami ?

– C'est là que finissent les voitures abandonnées, dit M. French en balayant l'air du revers de la main. Bien. Si vous voulez travailler avec nous, vous devez savoir que ce n'est pas n'importe quel métier. Felix peut vous montrer les ficelles, voir si c'est quelque chose qui vous convient. En attendant, n'amenez jamais de fille sur une mission, dit French en se penchant jusqu'à se trouver nez à nez avec Keith. Les gonzesses, c'est sur le temps libre – vous en aurez largement assez –, mais au travail c'est niet. On s'est bien compris ? »

Keith acquiesça.

« Est-ce que le job implique plus de trajets à la cave ? demanda-t-il.

– Non, ce n'est pas prévu, répondit M. French avec un petit rire, avant de se redresser. À moins que vous ne décidiez de nous faire faux bond.

– Dans ce cas, je suis cuit.

– Eh bien, oui.

– Mais ça paie bien, en attendant ?

– Très bien. Mais je dois vous prévenir : si la cargaison n'arrive pas à Miami, ou si votre petite amie décide de nous créer des problèmes, ou si vous finissez par décider que ce travail n'est pas fait pour vous, la cave sera le dernier de vos soucis. »

8

« Holly est partie », dit Isabel au téléphone.

West s'assit sur le lit de sa quasi-petite amie, un verre de bourbon à la main avant neuf heures du matin, et essaya de comprendre ce que son ex-femme lui disait.

« Comment ça, partie ? Partie où ?

– Je ne serais pas en train de t'appeler si je le savais. Tu as eu des nouvelles ?

– Pas récemment, non. Calme-toi et raconte-moi tout depuis le début.

– Le début, c'est qu'elle a disparu, Bobby. Elle m'a dit qu'elle passait la nuit chez une amie lundi et elle n'est pas rentrée hier. Il semblerait qu'elle n'ait jamais dormi là-bas, je ne sais pas où elle est passée.

– Pourquoi tu ne m'as pas appelé hier, nom de Dieu ?

– C'est ce que j'ai fait, Bobby. J'ai laissé des messages sur ton répondeur toute la soirée. Tu ne les as pas eus ?

– Il doit être en panne », maugréa-t-il, déjà soucieux d'assurer ses arrières.

Bien sûr, il n'était pas rentré pour écouter ses messages. Aucun n'en valait la peine jusqu'à ce que votre fille de dix-sept ans disparaisse. Même si Holly rentrait avant qu'il n'arrive à Coconut Grove – son ancienne maison, dont il payait toujours le crédit –, Isabel ne lui pardonnerait jamais ce moment, ce moment où il avait échoué en tant que père. Un de plus dans une litanie d'échecs, à l'en croire, alors qu'en vérité ils formaient seulement un couple incompatible. Elle lui passait un vrai savon, avec dans la voix une exaspération qu'il connaissait trop bien : « Tu ne prends jamais de nouvelles, tu ne t'intéresses qu'à toi. »

West attendit qu'elle ait fini pour se justifier.

Il n'avait jamais négligé Holly dans son enfance, c'était toujours lui qui la rattrapait in extremis lorsqu'elle décidait d'escalader la bibliothèque ou de plonger du canapé la tête la première, mais cela faisait huit mois qu'il perdait peu à peu le contrôle de sa vie. Isabel était toujours en train de parler. Le whisky n'avait pas fait long feu, il ne restait plus que deux glaçons au fond du verre.

« Je n'ai pas entendu.

– Je disais : la police est en chemin. Tu pourrais venir faire une déposition tant qu'ils sont là ?

– Tu penses qu'elle est passée où ?

– Bon sang, Bobby, si je le savais je serais déjà partie la chercher. Tu sais bien qu'elle est folle, ce n'est pas nouveau. Qu'est-ce que tu mâchonnes, là ? J'espère pour toi que ce sont des céréales.

– Je serai là dès que possible », dit-il en avalant le glaçon.

Il appela sa secrétaire pour l'informer qu'il ne pourrait pas assister à la réunion, soulagé au fond d'avoir une excuse pour ne pas voir ces autres hommes, avec leur prêchi-prêcha de gestionnaires et leurs pinaillages inutiles. Le temps de fermer la porte de chez Diana et de monter dans sa voiture, son malaise du matin s'était évaporé comme la rosée – il était sûr que tout rentrerait bientôt dans l'ordre. Holly avait dix-sept ans. C'était ce que faisaient les adolescents : ils sortaient avec des amis et collaient des sueurs froides à leurs parents. À tous les coups, elle était rentrée hier pendant qu'Isabel était au travail, avant de ressortir pour la soirée. Elle avait peut-être un petit copain chez qui rester. Elle s'était peut-être disputée avec sa mère. Il ne pouvait pas vraiment le lui reprocher. Isabel était une mère autoritaire, maniaque et passive-agressive, déprimée par son boulot de comptable mais incapable de prendre sa vie en main. Son attitude aurait poussé n'importe quel homme à boire, ne serait-ce que pour ternir un peu l'image de famille idéale qu'elle voulait renvoyer.

West quitta le quartier de Diana, traversa Miami Beach et rejoignit la nuée de voitures de luxe qui encombraient la chaussée MacArthur. Les palmiers transplantés et leur feuillage tropical bordaient l'autoroute, tel un rappel constant du caractère artificiel de Miami, ruban d'immeubles entre la plage et les marais. Le centre-ville miroitait à l'horizon et, une fois de plus, il fut reconnaissant d'avoir une excuse pour échapper à la séance de planification trimestrielle, dont rien ne sortirait si ce n'est une demi-journée à compter les secondes jusqu'à son prochain verre. Il contourna le centre-ville et suivit la Dixie Highway en ruminant le bilan comptable. Les finances de l'entreprise étaient plus fragiles qu'elles n'en avaient l'air sur le papier et le flux de trésorerie n'était pas brillant.

Ils étaient condamnés à tomber sur un os un jour ou l'autre et, cette fois, c'était sur le point de se produire : le bilan du premier trimestre était grevé par des dettes faramineuses, le manque de liquidités et le peu de perspectives de reprise économique dans ce que Reagan appellerait bientôt

« un nouveau matin en Amérique ». Nouveau matin pour certains, peut-être. Holly avait mal choisi son moment pour faire sa crise d'adolescence, mais la vie était ainsi faite. Les piles des détecteurs de fumée rendaient toujours l'âme dans un sifflement strident à trois heures du matin. Les enfants se mettaient à hurler à l'instant même où l'on chargeait les courses sur le tapis roulant. Il avait fallu quarante ans à West pour réaliser qu'il ne s'habituerait jamais à la nature capricieuse de la vie. Ces temps-ci, les dettes du Groupe Artium le préoccupaient. Vivre dangereusement n'était pas un problème dans une économie prospère et les investisseurs n'étaient pas inquiets – les taux d'intérêt avaient baissé depuis les années Carter, alors pourquoi ne pourraient-ils pas s'offrir quelques bureaux supplémentaires, des séminaires dans les îles, une chaîne de magasins dans le nord de la Floride et quelques primes pour couronner le tout ? Le Groupe possédait une série d'entreprises à faible marge et s'était considérablement endetté pour acquérir ses nouveaux locaux du centre-ville. West leur avait conseillé de louer, en pure perte. Si cela n'avait tenu qu'à lui, il aurait installé la société dans un parc de bureaux des marais, mais personne ne partageait sa frugalité ni son patriotisme. Le Groupe Artium était centré sur l'argent, pas le renseignement, et le PDG allemand aimait l'idée d'organiser ses réveillons du Nouvel An sur le toit, d'où il pouvait admirer les lumières de Miami Beach et l'obscurité au-delà, songeant peut-être à la Prusse ainsi qu'aux défaillances diplomatiques et humaines qui avaient causé la ruine de son pays natal. Autour de West, chacun semblait penser : À quoi bon se lancer dans les affaires si l'on ne peut pas profiter des fruits de son labeur ? Mieux encore : comment trouver le moyen de vivre du travail des autres ? Pourquoi aurait-on dû laisser tout le plaisir à Hollywood ? Miami avait un glamour bien à elle et était tout aussi capable de dépenser sans compter. West savait que le changement finirait par arriver, mais ce qui le préoccupait vraiment, c'était la comptabilité parallèle qu'il tenait depuis janvier.

Il sortit sur Coral Way et se dirigea en zigzaguant jusqu'à son ancienne maison de la 23e Rue. Le quartier n'avait pratiquement pas changé depuis qu'il en était parti il y a quelques années ; juste un peu plus de crasse sur les murs en stuc, de brindilles et de feuillages entre les tuiles, de fissures sur le trottoir, mais les grilles en fer forgé tenaient toujours debout. Les maisons étaient plus belles de l'intérieur que de l'extérieur. Elles peinaient à se démarquer dans le paysage plat de Miami, seulement identifiées par leurs palmiers touffus et la présence ou non d'une clôture. Même les plus beaux jardins étaient parsemés de trèfles. Le quartier se nichait à l'ombre de grands banians qui lui rappelaient les ormes de son enfance. Quitte à vivre en Floride, avait-il pensé, autant profiter du confort d'un vrai foyer. West se gara devant sa... non, la maison d'Isabel. Une voiture de patrouille était stationnée un peu plus haut dans la rue. Il prit une inspiration pour se préparer.

« Il ne sait rien du tout », dit Isabel à l'agent de police.

Ce que Bobby savait, c'était ça : leur fille avait disparu. Holly avait été confiée à la garde d'Isabel. Elle n'était pas rentrée depuis lundi et on était mercredi. Isabel leur devait une explication à tous – aux deux agents, à West, et surtout à elle-même –, mais elle avait décidé de tout rejeter sur Bobby. Pauvre Isabel, le mari absent, les difficultés d'une mère célibataire. Ces arguments, il les avait entendus mille fois. Lorsqu'il venait chercher Holly pour le week-end, elle se débrouillait toujours pour être là et répondait à son salut cordial – « Bonjour, tu as passé une bonne semaine ? Dis-moi si tu as besoin de quoi que ce soit » – par un torrent de jérémiades : le monde entier était ligué contre elle car West l'avait abandonnée.

« Comment pourrais-tu comprendre ? semblait-elle dire chaque fois qu'il la voyait. Tu as une carrière qui te plaît. Tu rencontreras quelqu'un d'autre bien assez tôt, si ce n'est déjà fait – la pauvre, elle ne sait pas ce qui l'attend si elle reste avec toi plus de quelques mois. Mais moi ? J'ai mis ma carrière de côté pour élever notre fille. Je t'ai donné les meilleures années de ma vie, et maintenant qu'est-ce que j'ai ? Je dois m'occuper d'elle, faire le ménage et travailler à plein temps, tout ça avec le sourire en prime. Qu'est-ce que tu sais de la vie d'une femme ? Tu ne connais rien à rien. »

Que pouvait-il répondre, si ce n'est que l'aigreur d'Isabel était précisément ce qui l'avait amené à se désinvestir de leur relation, à travailler plus tard le soir, à faire de la musculation à la salle au lieu de rentrer dîner. Il en était venu à appréhender les moments qu'ils passaient ensemble, où elle semblait attendre de lui qu'il apporte à leur vie ce supplément de magie qui n'existerait jamais. « Altération définitive du lien conjugal », comme on disait dans le jargon technique ; un euphémisme pour les silences, pour un mari qui a des envies d'ailleurs et de liberté. Toutes leurs disputes pour des broutilles insignifiantes étaient symptomatiques de l'éloignement de West, de leur incapacité à se comprendre, de leur renoncement progressif. Portées à ébullition tout doucement, un degré à la fois, les pauvres créatures étaient demeurées inconscientes du désastre imminent, jusqu'à ce qu'il ne reste soudain plus rien pour sauver leur mariage.

« Tu voudrais que je la prenne plus souvent ? demandait-il.

– On n'avait pas décidé que ce serait mieux pour elle de rester à la maison ?

– Je ne dis pas le contraire. Je te demande juste si tu as besoin de lever le pied un peu.

– Tu veux aussi m'enlever ma fille, après tout ce que tu m'as déjà pris ?

– Bon sang, Isabel.

– Il n'y a pas de bon sang qui tienne. Tu veux t'investir davantage, très bien, mais ne viens pas perturber nos vies plus que tu ne l'as déjà fait.

– Qu'est-ce que tu veux de moi ? Tu as gardé la maison, tu as gardé Holly…

– Tu ne vas pas me faire du chantage à la pension alimentaire, non plus ? Tu ne paies pas pour être déchargé de tes responsabilités.

– Je te demande juste ce dont tu as besoin.

– J'ai besoin que tu t'en ailles.

– Et moi, j'ai besoin que tu sois raisonnable. Ce n'est pas facile pour moi non plus, disait-il.

– Oh, ce n'est pas facile, qu'il dit, le pauvre. Ce n'est pas facile.

– Cette petite crise que tu me fais n'arrange rien. Il faut qu'on se comporte en adultes. Les adultes discutent de manière raisonnable, même quand les choses ne vont pas dans leur sens. Je sais que ce n'est pas ce qu'on aurait voulu, mais on n'y peut rien.

– Va-t'en, Bobby. »

Ces discussions se terminaient toujours par une fin de non-recevoir de la part d'Isabel. Elle faisait l'autruche et laissait la situation se dégrader. D'une certaine façon, les choses auraient été plus faciles si l'un d'entre eux avait eu un motif de divorce évident : une liaison, des sentiments pour quelqu'un d'autre, une forme de maltraitance quelconque. Quelque chose. Mais tout ce qu'ils avaient, c'était une absence totale de sentiments l'un pour l'autre. Après ces échanges, il partait avec Holly, qui avait sans doute tout entendu et se faisait sa propre idée sur l'affaire, quoiqu'elle n'ait jamais souhaité lui en faire part ; il lui en était reconnaissant. Elle se contentait d'allumer l'autoradio et de jouer avec le bouton jusqu'à tomber sur une pop star anglaise. Cela semblait la consoler. Qu'aurait-il pu lui dire, si elle avait souhaité parler de la dissolution du mariage de ses parents ? West et Isabel avaient convolé avant même de se connaître vraiment. Bobby était un jeune agent du renseignement passionné, un ambitieux du Midwest qui ne connaissait personne en Floride et possédait un plan de vie démodé – mariage, enfants, Dieu, patrie – qui ne tenait pas compte de la longévité de l'existence et de tout ce que le temps pouvait changer. Telle était la tragédie de ce monde : les jeunes possédaient le talent sans la lucidité, les vieux la connaissance sans l'aptitude.

Isabel, quant à elle, était une jeune employée en comptabilité qui fréquentait la scène club émergente des années 1960. Elle était la fille d'un exilé cubain, self-made-man de Miami. Elle avait brisé le cœur de son père en épousant un Américain et en s'installant pour de bon aux États-Unis – car à l'époque personne ne pensait que Fidel Castro s'accrocherait au pouvoir si longtemps. José désapprouvait également l'employeur de West, qu'il tenait pour responsable de la mort d'un millier de combattants de la liberté sur la Playa Giron. L'Amérique était peut-être un lieu de réinvention, mais personne ne pouvait réinventer la CIA. Toujours les mêmes combines, les mêmes scandales, les mêmes crapules. Pour sa part, Isabel n'avait jamais vraiment compris ce pays, ses coutumes et ses libertés, la profusion et l'abondance de ce qu'il avait à offrir. Elle était constamment dans le besoin, même lorsqu'il ne lui manquait rien. Le monde était un lieu instable, West le savait bien, et les gens trouvaient du réconfort dans ce qui leur était familier. Or, rien ne l'était davantage que les traits de caractère qui nous définissaient. Ainsi, de travailleur West devint *workaholic*, selon le jargon à la mode, et les désirs d'Isabel se muèrent en besoins, puis en tendance à la victimisation.

Diana Burns savait ce qu'elle voulait et faisait en sorte de l'obtenir. Isabel West née Hernandez savait ce qui lui manquait et se recroquevillait dans la peur. West avait du désir pour Diana, encore une chose que la pauvre Isabel n'aurait pas. Rien d'étonnant donc à ce qu'il l'ait trouvée ce mercredi matin occupée à discuter avec un policier de la fille parfaite qu'ils avaient élevée, du lieu où elle pourrait se trouver, de ses losers de copains et de son horrible père.

« Si j'avais su ce que deviendrait ma vie, j'aurais écouté mon père », disait-elle à l'agent, un jeune homme à la coupe en brosse qu'on imaginait sans peine couché dans une flaque de boue avec un fusil. Il hochait la tête et transcrivait complaisamment le récit d'Isabel tandis que son collègue tournait en rond comme un animal en cage.

« Oui, la dernière fois que je l'ai vue, c'était lundi matin avant de partir au travail. »

« Oui, elle est allée à l'école ce jour-là. Je les ai déjà appelés pour confirmer. »

« Non, je ne l'ai pas vue lundi soir. Elle a appelé mon bureau pour dire qu'elle passait la nuit chez son amie Lisa, mais j'ai parlé à la mère hier et elle n'y est jamais allée. »

« Bien sûr, ce n'est pas dans mes habitudes de laisser sortir ma fille à tout bout de champ, mais vous savez comment sont les jeunes. Elle a dix-sept ans, je ne peux quand même pas la menotter à son lit. Et puis ce n'est pas comme si j'avais eu beaucoup d'aide cette année. »

Elle lança à West un regard qui aurait pu faire fondre un glacier.

« Non, aucun changement d'attitude ces derniers temps », dit-elle en baissant les yeux. West comprit qu'elle ne disait pas tout. « Vous pensez que je ne m'en rendrais pas compte, s'il se passait quelque chose ? »

Cette fois, elle se tourna vers West, en quête de soutien, mais il la laissa se débrouiller toute seule. Cela faisait un an qu'il voyait sa fille un week-end sur deux et elle lui était devenue tout à fait étrangère. Elle était maussade, distraite. Pas ce qu'il aurait attendu d'une adolescente – il avait cette image un peu vieux jeu de filles pendues au téléphone pendant des heures et de garçons insupportables essayant de lui cirer les pompes. Holly n'avait rien fait de tout cela ; ils passaient leur temps ensemble devant la télévision, à regarder des dessins animés et des émissions de marionnettes. Elle appartenait à une génération biberonnée à la télévision et semblait trouver le même réconfort dans la simplicité de *Sesame Street* qu'il en trouvait à la salle de sport. L'abrutissement : seul remède à l'angoisse d'être vivant.

« Bobby ! Bobby ! »

Isabel aurait fait un bon commandant de garnison. Elle aurait débarqué sur les plages de Normandie, envoyé des hommes à l'abattoir, réduit Staline ou Khrouchtchev à l'état d'enfants apeurés. Elle aurait…

« Je me demandais si vous aviez remarqué quelque chose, monsieur West, demanda l'agent en haussant la voix. S'est-elle fait de nouveaux amis, récemment ? Avez-vous vu des véhicules étranges dans le quartier ? Quelque chose d'inhabituel ? »

West s'humecta les lèvres avant d'articuler une réponse.

« Il ne sait rien du tout », coupa Isabel.

L'autre agent, le gros – Bobby avait oublié leurs noms à tous les deux –, prit la parole :

« À ce stade, toute information peut nous être utile. Si elle est partie depuis trente-six heures, elle pourrait être n'importe où dans le pays. Elle a de l'argent ? Un passeport ? »

Un flash traversa l'esprit de West : son quartier, un passeport. Il n'avait pas envisagé qu'Holly puisse avoir quitté Miami ; penser à elle dans un avion en partance vers un pays étranger lui donna des palpitations. La chaleur lui monta à la nuque, sans qu'il puisse se l'expliquer. Sa fille était toujours en ville, elle ne courait aucun danger, il ne pouvait pas en être autrement. Il secoua la tête et se tourna vers Isabel pour avoir une confirmation.

« Si elle a de l'argent, ça ne peut pas être tellement plus de vingt dollars, dit-elle. Ce n'est pas comme si elle travaillait.

– Mais un passeport…

– Je ne lui en ai pas fait faire.

– Elle a besoin d'une autorisation parentale ? demanda West.

– Il est peu probable qu'elle ait obtenu un passeport sans

qu'aucun de vous le sache, répondit le policier à la coupe en brosse. Elle est certainement restée en ville, mais on ne sait jamais. C'est important d'envisager toutes les éventualités.

– Bien sûr, dit West. J'aimerais pouvoir vous en dire plus, mais je ne l'ai pas vue depuis deux semaines. Je n'ai aucune idée d'où elle peut être. »

L'homme le fixa juste un peu trop longtemps, comme pour déterminer s'il pouvait avoir confiance en lui. Les filles et leurs pères, une relation compliquée. West savait qu'il devait se demander quel genre de relation il avait avec sa fille, pourquoi Isabel et lui étaient séparés, comment ils le vivaient. Elle était visiblement très en colère, mais lui ? Était-il trop calme ? C'était de ceux-là qu'il fallait se méfier, West le savait. Les hommes réservés étaient soit des types en or, soit des tueurs en série.

West adorait sa fille. Il avait été complètement pris au dépourvu par son arrivée et sa vie en avait été à jamais bouleversée. Mais si l'amour était une chose, la personnalité en était une autre. La vraie nature de chacun s'exprimait sous la pression de la parentalité, et West s'était révélé fondamentalement négligent et paresseux. Ce n'était pas un crime en soi, mais dans la chaleur croissante de la cuisine d'Isabel, il lui vint presque à l'esprit qu'il avait échoué d'une manière primordiale.

La radio du gros crachota. Il s'éloigna et pressa le micro qu'il avait à l'épaule en disant « J'écoute ». S'ensuivit une conversation étouffée. Quelques instants plus tard, il revint et dit à West :

« Nous avons reçu le témoignage d'un de vos voisins. Il y aurait eu une activité suspecte chez vous la nuit dernière. »

Nouvelle bouffée de chaleur.

« Vous avez parlé à mes voisins ?

– On a envoyé une voiture chez vous en espérant vous y trouver, dit-il en jetant un coup d'œil à Isabel. Elle ne savait pas si vous seriez là. Où étiez-vous ?

– J'ai passé la nuit ailleurs, marmonna West.

– Avec ?

– Une amie. »

Il s'efforça de ne pas croiser le regard d'Isabel.

« Un de vos voisins a remarqué une voiture étrange dans l'allée. Après quoi un homme et une femme sont sortis de la maison et ont filé. Il n'a pas vu la plaque d'immatriculation, mais on a lancé une alerte au cas où. Ça pourrait être Holly avec un garçon. Elle a un petit ami ?

– Non, pas de petit ami », répondit-il.

La tête lui tournait tant qu'il ne s'était pas entendu prononcer ces mots. Bien sûr, il ne savait pas si c'était vrai, ni même si Holly avait jamais fréquenté de garçon. C'était sans doute le cas, mais elle ne parlait jamais de ces choses-là avec lui. Seule certitude, elle connaissait l'existence de son coffre-fort. Il s'était dit qu'elle avait oublié, mais s'il s'était trompé ? Il fut assailli par l'idée qu'il ne connaissait rien à la vie de sa fille, qu'elle était peut-être bien plus rusée, plus en colère qu'il ne l'avait imaginé. Une fois de plus, il fut près d'entrevoir une lacune fondamentale dans sa façon d'appréhender la vie, mais comme les vieux chiens dont les habitudes ont la vie dure, les hommes d'âge mûr sont par nature peu disposés à s'examiner de trop près.

Quelle que soit la raison du trouble qui grandissait dans son inconscient, West savait qu'il devait rentrer chez lui. Mais d'abord, il devait convaincre ces agents qu'il était bien celui qu'il disait être : un ex-mari surmené, inquiet pour sa fille, parfaitement innocent. En ce qui concernait Holly, tout cela était vrai.

« Vous avez une photographie ? demanda le gros. Quelque chose qu'on pourrait emporter ? »

Isabel se leva et revint avec le portrait d'une jolie jeune femme aux yeux provocants. Holly à seize ans, ses parents fraîchement séparés, le monde qui la laisse tomber pour la première fois.

« Elle vous ressemble beaucoup, dit l'homme à la brosse – ce qui fit rougir Isabel.

– On va mettre ça sur le réseau, en plus de ce qu'on a déjà. Merci à vous deux, c'était très utile. Il faudra qu'on prenne une déposition détaillée plus tard dans la journée et qu'on jette un œil à votre maison, monsieur West, quand ça vous arrange.

– Bien sûr, répondit-il, sans aucune intention de laisser entrer un policier chez lui.

– Pour le moment, on va faire circuler ce qu'on a. Appelez-nous si vous avez du nouveau. Il y a de grandes chances qu'Holly soit simplement sortie avec des amis et qu'elle rentre d'elle-même. »

Depuis la fenêtre, West regarda les deux hommes s'éloigner. Le gros dit quelque chose dans la radio avant de monter en voiture. Le temps qu'il leur fallut pour se mettre en route lui sembla absurdement long. Il compta les secondes jusqu'à ce qu'ils aient disparu.

Isabel parlait derrière lui, mais il ne pouvait pas déchiffrer le moindre mot dans ses paroles. Il essayait d'assimiler ce que les policiers lui avaient dit : Holly disparue, activité suspecte chez lui la nuit dernière, argent, passeport. Il était en nage, bouleversé par ce qui commençait à lui apparaître.

Lorsqu'il se retourna, Isabel était silencieuse. Elle s'assit sur le canapé, comme épuisée. West savait qu'elle apprécierait qu'il se joigne à elle. C'était le moment idéal pour mettre de côté leurs querelles et leurs vieilles blessures et trouver un certain réconfort dans la solidarité parentale.

Pourtant, il se dirigea vers la porte.

« Je dois y aller, dit-il.

– Tu as plus important à faire ? »

L'apathie d'Isabel avait laissé place à la colère, mais il n'avait pas l'énergie de se justifier. Il devait rentrer chez lui pour confirmer ses soupçons, sa peur.

9

Ils repartirent des îles Keys, traversant les ponts qui enjambaient la mangrove et les canaux, où le niveau de l'eau turquoise était si bas que les arbres y poussaient en formant des îlots miniatures. Le long de la route, les lignes électriques ployaient sous le poids des goélands. Les touristes se disputaient la meilleure place sur la chaussée craquelée, usée par le sel, au volant de breaks surchargés et de camionnettes aux charnières grinçantes. Keith n'était pas pressé, son bras posé sur le rebord cuisait sous le soleil de midi. Les palmiers les plus lourds s'affaissaient sur le bas-côté, leurs extrémités jaunies dansant au vent. Des hommes à la barbe grise et râpeuse pêchaient sur l'un des ponts. Une jeune blonde en débardeur gris et jean moulant attendait qu'une voiture se décide à la prendre. Une équipe d'ouvriers en gilet orange en sueur tondaient la pelouse et ramassaient les ordures. Ils passèrent devant une aire de camping-cars. Dans une ville nommée Summer Land, l'enseigne d'un magasin indiquait : « Les gens sont normaux jusqu'à ce qu'on apprenne à les connaître. » Les bornes kilométriques défilaient. Rue Coupe-Gorge, rivière aux Serpents.

C'était étrange d'être employé de nouveau, même si le travail n'était pas très clair. « Il vaut sans doute mieux que tu ne saches pas ce qu'il y a dans la carrosserie », avait-elle dit en se hissant dans la cabine de la dépanneuse. « On rentre à Miami ? » Le ronronnement du moteur l'avait endormie. Keith se maintint sous les soixante-dix kilomètres-heure et sur la voie centrale jusqu'à ce qu'ils aient quitté les îles. Il se sentait désorienté, comme à Savannah. Il était adulte et libre de faire ce qu'il voulait, mais la vie sans filet de protection l'angoissait. À Savannah, le temps filait dans une sorte de brouillard ; chaque journée se fondait dans la suivante et les semaines s'écoulaient sans qu'il ne se passe rien. Keith pensait que la vie se déplierait devant lui, il se tenait à l'affût d'un événement décisif, d'un rite de passage, d'un signe quelconque. En attendant, il flottait dans des limbes stériles pleins de bières éventées, de parties de billard et de fléchettes. Il téléphonait chez lui de temps à autre. Ses parents se montraient curieux mais semblaient loin, comme dans un autre monde. L'ennui, c'est qu'aucun événement décisif n'eut jamais lieu, aucun appel des cieux. Les journées se répétaient à l'infini. Keith s'était efforcé d'ignorer ce sentiment aussi longtemps qu'il le pouvait, mais les digues avaient fini par céder. Il était parti vers le sud, déterminé à ne pas finir dans la même ornière, le même état de dissolution. La fille à ses côtés possédait peut-être quelques éléments de réponse.

Ils arrivèrent à Miami dans la chaleur brûlante de la fin d'après-midi, annonciatrice du long été à venir. Le bourdonnement du moteur faisait vibrer le siège de Keith et lui engourdissait les jambes. Holly se réveilla. Il lui demanda de lire les instructions de M. French.

Little Havana était un quartier composé de maisons de plain-pied aux toits en tuile, clôtures grillagées et jardins plantés de palmiers. Un chien errant les observait paresseusement tandis qu'un vieil homme descendait la rue en traînant les pieds, casquette de vendeur de journaux sur la tête et cigare aux lèvres. Il aurait pu s'agir d'un tout autre pays, quelque part en Amérique latine, du moins pour ce qu'il en savait. Tout au sud. Une lumière jaune citron émanait des allées. Holly le guida jusqu'à un café. Le camion gémit dans un soubresaut lorsque Keith se gara et mit le point mort. Il laissa la dépanneuse à l'angle et sortit se dégourdir les jambes. L'endroit s'appelait Joe's Cafe, ce qu'il trouva amusant. Toutes les entreprises de M. French semblaient porter le nom de Joe, qui que cela puisse être.

« Attends-moi ici, dit-il à Holly.

– Comme tu veux. »

Deux hommes avaient déjà commencé à s'occuper de la dépanneuse, dont ils détachaient la remorque. La porte du *diner* s'ouvrit sur Felix Machado, vêtu d'un t-shirt noir et d'un pantalon kaki.

« Entre, *amigo* », dit-il.

Keith le suivit jusqu'à une banquette au fond du café.

« Une sangria pour mon ami, dit Felix à l'arrivée de la serveuse. Il est nouveau en ville. »

Lorsqu'elle fut partie, il se mit à tambouriner sur la table :

« Alors, quoi de neuf, l'ami ? Comment s'est passée ta petite escapade ?

– Pas mal, à part l'entretien.

– On est tous passés par là, dit Felix en écartant les mains. Tu as fait bonne route ? Il y avait des embouteillages ?

– Le camion n'est pas très confortable, mais à part ça, pas de souci.

– C'est pour ça que M. French fait tourner ses conducteurs. Ils aiment la route, mais ils finissent tous par se plaindre qu'ils ont mal au dos. Alors il faut bien en embaucher de nouveaux. »

Felix était impénétrable. À première vue, on aurait dit un laveur de voitures ou un manager de fast-food – sa moustache avait quelque chose de triste et de vaguement sordide –, pourtant il évoluait avec l'assurance d'un play-boy new-yorkais.

« Ça fait longtemps que tu travailles pour lui ? » demanda Keith.

Felix éluda la question.

« Qu'est-ce que tu veux faire, à Miami ?

– Je sais pas. Prendre un peu de bon temps, je suppose.

– Ça fait quatre ans que je vis ici, mais je ne comprends toujours rien à cette ville. Pourquoi tu n'es pas allé à l'université ? Pas envie de bosser dur pour devenir proprio d'un petit pavillon en banlieue ?

– C'est ce que tu as fait ?

– Tu déconnes ? Mon père a tout perdu quand Castro a mis ma famille dehors, il a dû tout recommencer ici. Il n'avait pas les moyens de nous envoyer à la fac, même si on avait une jolie petite maison à Hialeah, ce qu'on pourrait appeler la banlieue. Je vais te dire : toute ma vie, j'ai vu mon père trimer pour réaliser le rêve américain et reconstruire ce qu'il avait perdu, mais il n'a jamais pu le digérer. Dès que j'ai quitté la maison et trouvé du boulot, il est allé acheter un 9 mm chez le prêteur sur gages et s'est fait sauter le caisson. »

Keith ne savait pas quoi dire.

« C'est comme s'il avait été mort depuis le début, toutes ces années où il travaillait juste par obligation. Moi, ce que j'en dis, c'est que Castro l'a tué. Alors non, j'ai des ambitions dans la vie, mais ce n'est pas de travailler dur et d'acheter un joli petit pavillon de banlieue. »

Felix s'humecta les lèvres et regarda dans le vague un moment. Soudain, il frappa du poing sur la table.

« Tu as amené la fille avec toi, pas vrai ? C'est quoi ton plan pour ce soir ? Tu vas prendre un peu de *bon temps* ?

– Sans doute.

– Allez, on sort. Je vais te montrer le Miami chicos. »

Ils se rendirent à Miami Beach une fois la nuit tombée. Felix s'était changé pour l'occasion ; il avait plaqué ses cheveux en arrière et s'était mis sur son trente-et-un. Keith n'avait pas quitté le jean trop large et la chemise élimée qu'il portait depuis Key West, mais personne ne lui en fit la remarque. Il n'avait pas fallu longtemps pour convaincre Holly. « Je n'ai rien à me mettre », avait-elle protesté, mais cela ne l'avait pas empêchée de se refaire une beauté dans les toilettes de Joe's Cafe. Elle était faite pour Miami.

Ils prirent la voiture de Felix, une Impala beige défoncée qu'il confia au valet d'une boîte de nuit du front de mer. À l'intérieur, les lumières flashaient au rythme de la musique, éclairant une marée surréaliste de pantalons blancs, de cheveux permanentés et de fumée de cigarette. Ils s'installèrent dans une cabine privée au deuxième étage, où une serveuse leur apporta à boire sans même qu'ils aient à passer commande. Felix traça six lignes de cocaïne sur un miroir.

« Tout le monde s'en fout, dit-il. C'est ça, être à Miami. C'est ça, avoir du fric. »

Il sniffa deux traits et fit tourner le miroir. Ce fut au tour d'Holly, puis de Keith, qui ne s'attendait pas à ce que la poudre lui fasse si vite de l'effet. La coke lui chatouilla les narines, et en quelques secondes il eut le nez qui coulait, les sinus asséchés et une montée d'énergie.

« C'est parti ! » lança Felix, qui vida son whisky-soda d'un trait et se mit à taper des mains sur les bords de son siège en bougeant la tête en rythme. « Allez », dit-il en s'extrayant de la cabine. Ils le regardèrent descendre les marches en trottinant. Quelques instants plus tard, il dansait déjà avec deux femmes sous les lumières de la boule à facettes, un scintillement rouge et vert pulsant au rythme de la foule. Couvert d'une sueur poisseuse, Keith se sentait bouillir sous la lampe de la cabine. Holly pressa sa jambe entre les siennes et se pencha en avant.

« Je peux nous faire sortir d'ici, chuchota-t-elle en posant un trousseau de clés sur la table.

– Tu ne t'amuses pas ?

– Je ne parle pas du club. Je parle de Miami.

– Qu'est-ce qui te fait croire que j'ai envie de partir ? Peut-être que ça me plaît, ici.

– Mais non, ça ne plaît à personne. Les gens sniffent juste assez de coke pour se convaincre qu'ils passent un bon moment.

– Ce sont les clés de Felix ? demanda Keith avec un signe de tête vers la table.

– Il ne s'est même pas rendu compte qu'il les avait laissées là.

– Tu veux aller où ?

– Pourquoi pas New York ? répondit-elle en regardant la piste de danse. J'ai toujours voulu y aller.

– Et tu veux que je t'y emmène.

– Je peux très bien y aller toute seule, mais je n'en ai pas envie. Et puis ce n'est pas une vie pour toi. Les conducteurs de M. French finissent tous au bout du rouleau.

– Et ensuite ? »

Elle but une gorgée à la paille.

« Avec ces types, on ne sait jamais ce qui peut se passer, mais dans tous les cas, crois-moi, tu n'as pas envie d'être mêlé à leurs affaires. »

Un jour, lorsqu'il était au collège, sa mère lui avait fait une tirade du même genre. Elle devait avoir un sixième sens parce que, à peine trois semaines plus tard, il s'était fait prendre à taguer une palissade avec des copains – le flash des lumières bleues, la course effrénée à travers une série de jardins jusque dans les bois. À vingt ans, il se retrouvait une fois de plus dans cette position de second couteau, à la limite de l'illégalité. À l'époque, ses amis avaient gardé leur calme quand la police les avait pris sur le fait. Ils s'étaient enfuis et avaient fini par rire de toute cette histoire. Seul Keith, le fils de pasteur, semblait écrasé par sa peur de l'autorité et des conséquences possibles, sa crainte de franchir une porte qui se refermerait pour toujours derrière lui.

Comme un rite de passage impie, le négatif du moment tant attendu.

« Et si je te disais que je peux nous trouver dix mille dollars ? annonça Holly.

– Je te croirais pas.

– Pas besoin de me croire, puisque c'est la vérité. »

Elle s'adossa à la banquette et sa tête retomba en avant, comme si son cou ne pouvait pas en supporter le poids. Elle était vraiment défoncée, défoncée et sexy, et ses yeux donnaient si chaud à Keith qu'elle aurait pu lui faire faire n'importe quoi.

« Où est-ce qu'on va trouver une somme pareille ?

– Mon père a de l'argent dans un coffre-fort.

– Il est à qui, cet argent ?

– Qui sait ? Peut-être à M. French.

– Super, dit-il en frappant du plat de la main sur la table. Je suis partant.

– Vraiment ? demanda-t-elle, sur le point de se lever.

– Jamais de la vie, putain.

– Je suis sérieuse.

– Moi aussi. Tu viens de me dire que ces types étaient dangereux, et maintenant tu veux les arnaquer ?

– Pourquoi pas ? Ils le sauront jamais.

– Tu sais qui est M. French ?

– Et toi ?

– Je l'ai rencontré ce matin, répondit Keith, sans mentionner son séjour à la cave, ni la lueur d'amusement dans le regard de son hôte.

– Il ferait comment pour nous retrouver ?

– Je sais pas. Il a sans doute toute une équipe de surveillance.

– C'est grand, l'Amérique.

– Ouais, et toi tu veux aller à New York.

– Pourquoi pas ? On peut s'installer où on veut, dit-elle. Détends-toi. Regarde ton ami là-bas. Il s'amuse comme un petit fou. »

Et comment : Felix, complètement déchiré, dansait avec une fille à gros seins, le visage enfoui dans sa poitrine opulente dont il ressortait parfois pour reprendre son souffle avant d'y replonger.

« Et toi, tu t'amuses ? »

Keith n'avait pas besoin de lui répondre. Elle voyait bien

qu'il était insatisfait, que la perspective de reprendre le travail, quel qu'il soit, était pour lui un calvaire sans nom. L'être humain aspirait à davantage ; avec suffisamment d'argent, ils pourraient peut-être repartir à zéro.

« Alors on prend l'argent et on part vers le nord, dit-il. Qu'est-ce qu'on fera quand on aura tout dépensé ?

– On trouvera du boulot, ou alors on reviendra à Miami, peu importe. On fait tout le temps ce que les autres attendent de nous. Tu ne voudrais pas faire quelque chose rien que pour toi ? Ça pourrait être bien. »

Keith ne se souvenait pas de la dernière fois qu'il s'était senti vraiment libre. Holly avait raison, tout le monde voulait toujours quelque chose. Le loyer, les impôts, un tour de bagnole, une petite pièce. Mettons qu'elle dise la vérité et que son père ait une réserve d'argent facile. Dix mille dollars ne tiendraient pas aussi longtemps qu'elle l'imaginait, mais ce serait marrant tant que ça durerait. La question était de savoir quand et comment se tirer de là.

Il dut penser à voix haute, car elle dit :

« C'est facile. Dans moins d'une heure, Felix va partir avec une de ces filles et nous oublier complètement. Si on lui demande, il ne saura pas quoi répondre, à part qu'on était là. On prend sa voiture, on va chez mon père et on pique l'argent dans le coffre. J'ai la combinaison. Ensuite, on quitte la Floride. C'est aussi simple que ça. »

Elle le fixait, l'air de dire « fais pas ta chochotte ». Keith sirotait son whisky en regardant la piste de danse, où Felix, la tête toujours enfouie dans la poitrine généreuse de la femme, agitait les mains comme un danseur de claquettes. La musique résonnait, les lumières pulsaient, le whisky lui brûlait la gorge. Son sang s'échauffait à mesure qu'un tiède sentiment d'irréalité s'emparait de son esprit et le déconnectait de l'instant présent. Les neurones à l'origine du sentiment de permanence, de conscience de soi comme partie viscérale du monde, déraillèrent complètement dans son cerveau.

« D'accord », dit-il en prenant une nouvelle gorgée.

Avec les cartons empilés dans le salon et la vaisselle dans l'évier, la maison semblait suspendue dans un état transitoire. La télévision flanquée de haut-parleurs constituait le coin le plus aménagé de la pièce. Un canapé élimé et un fauteuil faisaient face à l'écran, de même qu'une table basse posée près du fauteuil. Hormis cela, les lieux semblaient inhabités ; juste un endroit où son père entreposait ses affaires.

« Par ici », dit Holly.

Il lui prit la main, se sentant tout à coup redevenir adolescent, à faire des cachotteries aux parents, à se demander ce que les copains en penseraient. Un système qu'il comprenait enfin, maintenant qu'il était trop vieux pour tout ça. Il s'arrêta, attira Holly contre lui et essaya de l'embrasser.

« On aura tout le temps plus tard, dit-elle. Viens. »

Dans le bureau au bout du couloir, une chaise pliante était glissée sous une table, des piles de papiers débordant jusqu'au sol. Il y avait une broyeuse à papier et, au fond de la pièce, sous un tapis qu'Holly poussa du pied, un coffre-fort encastré.

« Attends une seconde. Tu étais sérieuse ?

– Tu croyais que je plaisantais ? Bon, va nous chercher des trucs à manger pour la route. Prends tout ce qui a l'air bon. Et n'allume pas les lumières », ajouta-t-elle après coup.

La cuisine de West ressemblait à un modèle d'exposition, clinquant et vide. Keith trouva un paquet de chips, une bouteille d'eau et quelques pommes. Tout le reste était déshydraté : farine, pâtes, beurre de cacahuète – rien qu'ils puissent emporter sur la route.

Holly revint avec un sac de voyage gris.

« Et voilà ! dit-elle. Tu es prêt ? »

Keith était toujours étourdi, à moitié ivre dans son brouillard de neurones déraillés, mais son visage devait être éloquent.

« Ne t'inquiète pas pour la nourriture. On trouvera quelque chose en chemin. Allez, on se tire.

– Attends, attends, dit-il après un moment.

– Quoi ?

– Tu as pris l'argent ? »

Elle passa le *duffel-bag* sur son épaule et sortit une épaisse liasse de billets de son sac à main.

« Fastoche.

– On peut pas prendre tout ça.

– Pourquoi pas ?

– C'est pas quelques dollars d'argent de poche, dit-il en lui empoignant le bras pour l'arrêter. Ton père va en avoir besoin, et il saura qui l'a volé.

– Mon père est un homme d'affaires. Du fric, il en a par-dessus la tête. Tu veux partir avec moi ou pas ? Relax, j'ai pas vidé le coffre. Si ça se trouve, il ne s'en rendra même pas compte. »

Elle rajusta le sac en toile sur son épaule, comme si la question était réglée.

Keith gagnait cinq cents dollars par semaine en vendant des cigarettes, et n'avait pas encore reçu sa première paie de

M. French. Dix mille dollars leur tiendraient trois ou quatre mois, mais elle savait peut-être ce qu'elle faisait. Les placards avaient beau être vides, la maison de son père devait valoir un paquet de fric. Entraîné par ce quartier tape-à-l'œil, son ivresse ou la manière sensuelle dont cette fille se dirigeait vers la porte d'entrée, Keith refoula ses soupçons et trottina pour la rattraper.

Il arrêta Holly sur le pas de la porte et fit glisser de son épaule le sac, qui tomba au sol dans un bruit sourd. Il l'embrassait déjà, pressait ses hanches contre les siennes, comme aimanté. Elle enroula ses jambes autour de lui. Ils revinrent dans le salon à reculons et se laissèrent tomber sur le canapé. Ce fut rapide. Ensuite, il s'allongea sur elle pour inhaler l'odeur musquée de sa transpiration, mais elle le repoussa.

« Il faut qu'on y aille », dit-elle.

Elle se dégagea et réajusta ses vêtements, puis lui tendit un flacon de cachets.

« C'est pour quoi faire ? demanda-t-il.

– Tu prends le premier tour de conduite, alors il va falloir que tu te réveilles, dit-elle en attrapant les clés dans la poche de son pantalon. Si t'es pas d'attaque, je pars toute seule.

– Attends une seconde. »

Il remit un peu d'ordre dans sa tenue, puis boitilla vers elle en reboutonnant son pantalon.

« Prends-en un et rejoins-moi dans la voiture », dit-elle.

Comme elle hissait le gros sac sur son épaule, il lui demanda ce qu'elle emportait.

« Des affaires », répondit-elle simplement avant de sortir.

Il resta planté là, à fixer l'étiquette sur le flacon d'un air ahuri. La voiture démarra dans l'allée. Après un dernier instant d'hésitation, il alla prendre son comprimé de Dexedrine dans la salle de bains. L'effet ne tarderait pas à se faire sentir : Keith serait gonflé à bloc et concentré jusqu'au corridor de Floride, après quoi il serait trop tard pour changer d'avis.

Au lever du soleil, ils roulaient sur l'Interstate 95 dans le nord de l'État. La lumière se reflétait sur les marais, qui se fondraient bientôt dans l'argile rouge et poussiéreuse du Sud. Il s'efforçait de ne pas penser à la cave de M. French, ni à ce à quoi il devrait renoncer pour s'être envolé avec dix mille dollars. Holly dormait la tête contre la vitre à côté de lui, baignée d'un halo de lumière dorée.

C'est ainsi qu'ils roulèrent vers le nord dans le jour naissant, quittant peu à peu ce paradis tropical hérissé de joncs verdoyants et de condominiums pour avancer vers l'inconnu.

DEUXIÈME PARTIE

CENTRAL INTELLIGENCE AGENCY
WASHINGTON, D.C.

BUREAU DU SOUS-DIRECTEUR (RENSEIGNEMENT)

25 avril 1984

NOTE DE SERVICE À L'ATTENTION DE :
Mark Brown
Opérations spéciales, Amérique latine
Contre-terrorisme

OBJET : Situation à Miami, Floride, re : Robert West

Le texte ci-dessous est extrait d'un appel téléphonique entre l'agent Robert West et Alexander French, informateur, ayant eu lieu le mercredi 25 avril 1984 à 15h59. (La conversation a été éditée pour des raisons de clarté.) L'agent West a passé cet appel depuis son bureau, au siège du Groupe Artium à Miami.

WEST : Il faut que je vous parle une minute.

FRENCH : Ah, Bobby, je comptais justement vous appeler. Comment allez-vous ?

WEST : J'ai un problème.

FRENCH : Rien de sérieux, j'espère.

WEST : Rien de sérieux pour l'instant, mais il y a un petit souci avec le prochain versement. Il semble que ma fille ait fugué avec quelqu'un, un garçon, je suppose, et qu'elle ait emporté l'argent.

FRENCH : Je vois. Cela se trouvait dans votre coffre-fort ?

WEST : Oui.

FRENCH : Combien a-t-elle pris ?

WEST : Environ trois millions.

FRENCH : [Siffle.]

WEST : Je sais. La police la recherche et j'ai engagé un détective privé. En supposant qu'elle ait quitté la ville, il la retrouvera avant eux.

FRENCH : C'est une grosse somme d'argent, Bobby.

WEST : Je vais la récupérer, mais je risque de ne pas pouvoir tout remettre à Felix en temps voulu.

FRENCH : Je ne pense pas avoir besoin de vous rappeler ce qui est en jeu si vous manquez l'échéance. Tout le monde doit être payé, mon vieux. Vous allez devoir trouver la somme ailleurs en attendant. Vous avez fait la connaissance de notre amie Chekhov. Ses associés sont d'une autre trempe que les banquiers avec qui vous faites affaire.

WEST : On n'est jamais à l'abri d'un imprévu, je suis sûr qu'elle le sait. Mais pas d'excuses. Elle aura son argent, et vous aussi. Je voulais juste vous tenir au courant.

FRENCH : Merci d'avoir appelé. Vous avez besoin d'aide ? Un deuxième détective, peut-être ?

WEST : Ça ira.

FRENCH : Et si votre directeur a vent de l'affaire ?

WEST : Je trouverai une histoire à lui raconter.

[FIN DE L'APPEL]

10

La journée avait été triste comme une salade d'endives. Le détective privé Ernie Falcon, en pleine forme du haut de ses soixante-deux ans (malgré sa calvitie et sa tension artérielle un tantinet élevée), accrochait de vieilles guirlandes lumineuses de Noël dans son bureau lorsqu'une femme fit son entrée en chaloupant comme Rita Hayworth.

Il se tenait en équilibre sur sa chaise de bureau, un meuble rotatif en cuir qu'il soupçonnait de pouvoir partir en pirouette incontrôlable s'il ne gardait pas une main fermement appuyée au mur. Si elle le trouvait dans cette position précaire, c'était parce qu'il n'avait plus de secrétaire pour accueillir les clients et les faire patienter.

« Vous les accrochez ou vous les décrochez ? demanda la femme.

– Je les accroche. Elles étaient sur le porche de ma maison jusqu'à la semaine dernière, mais ma femme m'a dit que les voisins commençaient à jaser. »

Il entoura la guirlande autour du dernier clou et laissa le fil pendre jusqu'au sol.

« La pauvre, continua-t-il. Elle ne sait pas qu'ils se plaignent depuis la mi-janvier. J'espérais pouvoir les laisser toute l'année, ça m'aurait évité de recommencer pour Thanksgiving. »

La femme garda le silence. C'était une Latina aux cheveux bruns et aux yeux foncés, mais son teint assez pâle lui fit penser qu'elle était d'origine cubaine. Un pur produit de Miami, à en juger par sa tenue : jupe courte, col en V, cheveux permanentés et assez de gloss sur les lèvres pour aveugler un camionneur à cinq cents mètres.

Falcon avait hâte de savoir qui elle était et dans quel genre de combine elle s'apprêtait à l'embarquer. Pas d'alliance – elle n'était donc pas là pour lui demander de photographier son mari avec une autre. Habillée de façon trop provocante pour être dans les affaires. Elle voulait peut-être retrouver un homme qui l'avait quittée, ou obtenir de l'aide dans une affaire d'héritage. Quoi qu'il en soit, les temps étaient rudes pour le détective et tous les clients étaient bons à prendre. La curiosité le tint en alerte tandis qu'il s'accroupissait pour descendre de la chaise sans tomber.

Une fois sur la terre ferme, il fit asseoir la femme en face de lui.

« Que puis-je faire pour vous, mademoiselle… ?

– Hernandez. Anciennement Mme West, mais vous pouvez m'appeler Isabel.

– Très bien, que puis-je faire pour vous, Isabel ?

– Je voudrais que vous retrouviez ma fille. »

Il hocha la tête, se retint de sortir un bloc-notes et un stylo.

« Bien sûr, je peux essayer.

– Si je voulais payer quelqu'un à essayer, je jetterais quelques dollars à un mendiant quelconque. D'après votre plaque, vous êtes un détective professionnel. »

Il se mordit la lèvre supérieure, qu'il rongea quelques instants en silence.

« Je suis un très bon enquêteur, mais les résultats varient selon les circonstances, dit-il avant de ramasser un stylo et de tapoter le bureau. Et si vous m'en disiez un peu plus, pour commencer ? Quel âge a votre fille ? »

Isabel l'informa que sa fille avait dix-sept ans et qu'elle avait disparu depuis deux jours.

« Vous avez appelé la police ?

– Ils étaient encore chez moi il y a une demi-heure.

– J'imagine qu'ils vous ont demandé si elle avait des amis, un petit copain, ce genre de chose ?

– Ils ont rempli leur PV et m'ont souhaité une bonne journée.

– Ne soyez pas trop dure avec eux. J'ai passé trente ans dans la police de Miami. Quand on voit autant de crimes, on perd un peu la notion des choses.

– Ah oui ? Et en quoi est-ce différent dans le privé ? »

C'était une femme intelligente, sans doute plus calme que la plupart des parents lambda confrontés à la fugue d'une gamine. Soit elle savait où se trouvait sa fille, soit elle avait une idée de ce qui se tramait.

« D'abord, c'est mon gagne-pain, répondit-il. Les flics sont payés quoi qu'il arrive, mais ma réputation dépend de mes résultats. »

Cette réponse sembla la satisfaire. Les gens aimaient toujours le mot « résultat », mais cela ne voulait pas dire qu'ils étaient toujours contents de ceux qu'ils obtenaient. Le monde était imprévisible. Statistiquement parlant, il était probable que la fille ait pris le large avec un garçon, mais l'attitude d'Isabel laissait penser qu'il y avait anguille sous roche. Falcon appréciait son franc-parler, mais il ne lui ferait confiance que s'il arrivait à comprendre ses motivations.

« Bon, votre fille, comment s'appelle-t-elle ?

– Holly.

– Donc Holly a disparu depuis lundi ?

– Elle est sortie cet après-midi-là et n'est jamais revenue.

– Vous savez où elle est allée ? Avec qui ?

– Elle passe beaucoup de temps avec deux amies, Lisa et Nicole. Je ne sais pas vraiment ce qu'elles fabriquent ensemble. Elles vont au centre commercial, au cinéma... Elle m'a dit qu'elle dormait chez Lisa lundi soir.

– Des garçons dans le tableau ? »

Isabel ouvrit la bouche, mais n'avait rien à dire.

« On y reviendra », avisa Falcon. Il faudrait qu'il se rappelle de poser la question aux deux amies. « Est-ce qu'Holly a une voiture ? »

Isabel secoua la tête.

« Elle a le permis, répondit-elle, mais elle se déplace en bus. Soit ça, soit ses amies viennent la chercher.

– Vous leur avez parlé ?

– Elles disent qu'elles ne l'ont pas vue. Je les ai appelées toutes les deux hier ; elles ne savent pas où Holly est partie.

– Vous les croyez ?

– Je ne sais pas. Ce ne sont pas de mauvaises filles. De toute façon, j'ai donné leurs noms aux policiers, je suis sûre qu'elles ne leur mentiront pas.

– On ne sait jamais. L'autorité n'a plus beaucoup de succès auprès des jeunes. »

Falcon se cala sur sa chaise pour réfléchir. Bon, la femme était donc divorcée (depuis peu, puisqu'en parler la mettait mal à l'aise), inquiète pour sa fille disparue, suffisamment impliquée dans sa vie pour connaître ses deux meilleures amies, mais pas assez pour savoir si elle avait un petit copain – ce qui était sûrement le cas. Aucune mention de l'ex-mari, le fameux M. West. Plusieurs pistes à explorer. La question était de savoir par où commencer. Falcon écopait parfois de personnes disparues, souvent lorsqu'on ne souhaitait pas voir la police s'en mêler. Dettes impayées, conjoint évaporé. Dans ces cas-là, il savait que la personne était saine et sauve et s'efforçait seulement d'échapper à son client. Il retrouvait ces gens assez facilement, souvent par la piste administrative, parfois même en effectuant une simple recherche dans les registres fédéraux. En Floride, tout le monde avait la bougeotte. Personne ne restait en place bien longtemps. Qu'en était-il du père d'Holly ?

« C'est un vrai bon à rien, grommela Isabel. Il est passé ce matin pour discuter avec la police et est reparti travailler aussi sec.

– Qu'est-ce qu'il fait dans la vie ?

– Il est dans la finance. L'investissement immobilier.

– Ah oui ? Comment vont les affaires, en ce moment ?

– Le marché est en plein boom. Il s'occupe surtout de locaux commerciaux. D'ailleurs, sa société est propriétaire de ce bâtiment.

– Le Groupe Artium.

– C'est ça. »

Falcon sous-louait ce local depuis qu'il n'avait plus les moyens de se payer un bureau à Brickell, dans le centre financier. Il avait dû renoncer à sa secrétaire et à sa vue sur la mer pour prendre quelque chose de plus petit. Lorsqu'il avait contacté le Groupe Artium à propos d'un bureau de Riverside, l'agent avait non seulement accepté de l'aider, mais s'était montré désireux d'investir dans l'affaire. Falcon serait dispensé de payer le loyer s'il acceptait de leur transmettre des informations à l'occasion; Artium était la façade d'une agence quelconque. Il avait accepté, d'abord parce qu'il avait besoin d'argent (il commencerait à toucher sa retraite de la police cette année, mais il lui restait trois ans de crédit à payer), et parce que l'information était une denrée essentielle à Miami. Tout le monde avait ses petites combines – drogue, armes, politique, levée de fonds, commerce, développement foncier – et, à une époque, tout le monde était plus ou moins arrosé par la CIA. L'argent passait de main en main, et le moindre clochard vous avait à l'œil. Falcon n'éprouvait aucun scrupule au moment de remettre son rapport mensuel sur le quartier. Les affaires de ses clients restaient confidentielles, mais pour le reste il ne devait rien à personne. La plupart de ses voisins de palier étaient des usuriers en tout genre – garants, prêteurs sur gages ou sur salaire –, autant dire que les environs ne manquaient pas de racaille. Si le père d'Holly était l'argentier d'une opération de la CIA, il était probable que cette affaire ait des ramifications plus profondes qu'une simple crise d'adolescence.

« Depuis combien de temps êtes-vous séparés ? » demanda-t-il. Voyant Isabel se raidir, il ajouta : « Désolé si c'est indiscret, j'essaie juste de me faire une idée de votre vie de famille. Ça pourrait m'aider à comprendre les motivations d'Holly.

– On s'est séparés l'été dernier.

– Récemment, donc.

– Ce n'est pas l'effet que ça fait.

– Comment le prend-elle ?

– Je n'ai rien remarqué de spécial. »

Falcon pencha la tête.

« Enfin, on a eu quelques discussions à cœur ouvert sur le sujet. Les premières semaines après le départ de son père ont été un peu éprouvantes, mais on a gardé la maison. Elle le voit un week-end sur deux, parfois plus souvent. Entre l'école et les amies, ce n'est pas comme si elle le voyait beaucoup avant, de toute façon.

– Il a une nouvelle petite amie ?

– Je crois qu'il passe la nuit chez quelqu'un de temps en temps. »

Elle l'énonça froidement, ce qui fit penser à Falcon que la femme en question pouvait avoir joué un rôle dans la dissolution de leur mariage. Il changea d'approche.

« Et vous, vous voyez quelqu'un ?

– Qu'est-ce que ça peut vous faire ?

– Comme je le disais, j'essaie d'avoir une vue d'ensemble.

– Non, pas d'amant. Personne qui la pousserait à fuir la maison, seulement le chat et moi. Pour autant que je sache, rien n'a changé dans sa vie depuis que Bobby a déménagé au mois d'août. J'ignore s'il a une petite amie ou s'il voit une prostituée, mais je ne pense pas qu'Holly soit au courant. Elle ne sait même pas qu'on a signé les papiers du divorce.

– Vraiment ?

– Je n'ai pas trouvé le bon moment pour lui dire.

– Vous pensez qu'elle aurait pu tomber dessus par hasard ?

– Je laisse tout au bureau.

– Et Bobby ? »

Elle se pinça le front.

« Je n'en ai aucune idée », dit-elle finalement.

Falcon savait qu'il l'avait assez poussée pour un premier

entretien. Elle ne lui avait pas tout dit sur l'ex-mari, et il était possible qu'elle voie quelqu'un, mais s'il insistait trop avant qu'elle ne l'engage, elle lui claquerait la porte au nez. Détective privé, c'est un métier de service. Malheureusement, ce sont trop souvent les clients qui sont en faute. Ils vous embauchent pour enquêter quand la solution se trouve sous leur nez depuis le départ. Comme le psychothérapeute, le détective privé doit parfois pousser ses clients dans leurs retranchements. Falcon s'assurait d'avoir préalablement conclu un accord écrit. Son job numéro un, c'était d'être payé.

Il ouvrit le tiroir de son bureau et passa aux détails pratiques.

« OK, Isabel, j'ai assez d'éléments pour me mettre au travail. Voici mon contrat type : pour résumer, vous me payez à l'avance jusqu'à ce que je retrouve Holly, ou jusqu'à ce que vous décidiez qu'il est temps d'arrêter les frais. »

Parler d'argent était toujours gênant. Dans ces moments-là, il regrettait de ne plus avoir d'assistante, cela permettait de dissocier le paiement du service rendu.

« Combien prenez-vous, monsieur Falcon ?

– Deux cent cinquante par jour, plus les frais.

– Bon sang.

– Ça part surtout dans les frais généraux », dit-il en balayant la pièce du regard, sans évoquer l'accord qu'il avait conclu pour le loyer. La vérité, c'était qu'il devait facturer des sommes astronomiques pour compenser les périodes de disette. « J'ai besoin d'un dépôt d'une semaine. Ensuite, je vous enverrai ma facture tous les mois, même si bien sûr nous serons en contact régulier. »

Lorsqu'elle fut partie – après avoir signé le contrat à

contrecœur –, Falcon fuma la moitié d'une cigarette et réfléchit à la marche à suivre. Les jours comme celui-ci, il était tenté de tout plaquer, d'empocher son généreux acompte et d'aller jouer au golf. Il contempla l'idée d'inviter sa femme à déjeuner, mais pressentait qu'il ne reviendrait pas travailler s'il quittait Riverside. Ils vivaient à Biscayne Park, dans un petit pavillon qu'ils avaient fait construire dans les années 1950, pendant le boom immobilier de l'après-guerre. Cette banlieue-dortoir située à un quart d'heure de Miami depuis l'extension de l'autoroute lui offrait un répit bienvenu loin de l'agitation de la ville.

La disparition d'Holly Hernandez n'avait pas l'étoffe d'une affaire qui changerait sa vie, même si ces temps-ci il n'en aurait pas fallu beaucoup pour ébranler Ernie Falcon comme rien ne l'avait fait auparavant – ni les bouleversements que la ville avait traversés, ni trente ans dans la police, ni l'indifférence de ses enfants, ni même la guerre.

Il quitta son bureau pour encaisser sa paie et aller manger un morceau. Une part de tarte, peut-être, dans son ancienne *taquería*.

Falcon avait un déjeuner tardif qu'il aurait voulu pouvoir annuler. Miami était une ville jeune et lui un homme au seuil de la vieillesse, qui souhaitait partager son temps entre son travail et sa maison. Mais il était d'une politesse irréprochable et avait du mal à dire non.

En chemin, il appela sa femme pour voir si tout allait bien. Ces jours-ci, elle était de bonne humeur et en bonne santé. On lui avait diagnostiqué une sclérose en plaques l'année précédente, après une période de symptômes irréguliers et démoralisants. Les engourdissements, les frissons. Le diagnostic avait secoué Falcon, plus encore que sa femme; c'était la première fois qu'il comprenait réellement ce qu'était la maladie. Le médecin, les IRM, le spécialiste, les longues nuits d'angoisse, les consultations matinales, les courriers de la compagnie d'assurances, jour après jour, mais le pire pour lui fut de réaliser à quel point tout cela se révélait ennuyeux et ordinaire. Les cabinets médicaux étaient propres, le personnel sympathique, mais il avait l'impression d'évoluer avec Mary Catherine dans un système aussi opaque et cloisonné que la bureaucratie soviétique. Remplissez ce formulaire, attendez votre tour, ne posez pas trop de questions. Ce mal mystérieux et incurable ferait partie de leur vie jusqu'à la fin. Les lumières halogènes lui donnaient des migraines.

« Ça va, dit-elle. J'ai passé la matinée dans le jardin. Je t'ai acheté du basilic thaï.

– Je croyais que tu avais déjà un plant de basilic.

– J'avais du basilic italien, mais comme ça on aura les deux.

– Je ne savais pas qu'il y avait une différence. »

Elle eut un petit rire, presque un halètement.

« Je déjeune avec Frank Navarro ce midi, dit-il.

– Qu'est-ce que tu lui veux ?

– C'est lui qui m'a appelé.

– Je suis sûre que tu connais le mot "non"... »

Falcon savait qu'elle verrait cela d'un mauvais œil, mais il fallait qu'il lui dise, il lui devait bien ça.

« Il n'y a pas de mal à voir ce qu'il veut.

– Ce n'est pas comme ça que tout a commencé la dernière fois ?

– La dernière fois, c'était mon ami, du moins je le croyais. Cette fois, j'y vais par pure curiosité. »

Comme elle ne répondait rien, il ajouta :

« Je te vois à la maison ce soir.

– Ne te laisse pas embarquer dans des histoires avec Frank, dit-elle.

– Tu n'as vraiment pas besoin de t'en faire pour ça.

– Et ne le tue pas », ajouta-t-elle à la réflexion.

Il avait rendez-vous avec Navarro à treize heures dans une *taquería* au bord du fleuve. Pour s'y rendre, il dut traverser sa ville d'adoption, les rues où il avait passé toute sa vie d'adulte. Il se sentait très attaché à cet endroit, même s'il était devenu trop vieux pour le Miami d'aujourd'hui. En chemin, il songea à la ville d'autrefois. Relié au chemin de fer en 1896, Miami était rapidement devenu un lieu de villégiature prisé par les industriels de tout le pays – Rockefeller, Carnegie, Vanderbilt, les titans de l'âge d'or américain – qui prenaient leurs quartiers à l'hôtel Royal Palm d'Henry Flagler et en avaient fait une destination prestigieuse. Au début du XXe siècle, le pays avait connu une explosion du tourisme et, avec lui, de la spéculation foncière. Dans l'histoire de l'urbanisation, l'eau avait toujours occupé une place centrale : les rivières et la mer pour le transport, les égouts pour la santé publique, la pluie pour l'agriculture. À Los Angeles, on se battait contre la sécheresse, tandis qu'à Miami il y avait tout bonnement trop d'eau. Le sud de la Floride était marécageux, les Everglades invariablement submergés. À mesure que les promoteurs asséchaient la région, l'immobilier grimpait en flèche – casinos, hôtels et dépendances dont les prix ne semblaient faire qu'augmenter. Mais lorsque la bonne passe s'était tarie dans les années 1920, la crise avait frappé comme un ouragan et chassé les spéculateurs – ce qui avait permis aux habitants de respirer pendant quelques décennies, en attendant la prochaine vague de croissance. Ces marées s'étaient enchaînées tout au long du siècle : le boom de l'après-guerre, les exilés cubains, les mafieux fatigués du brouillard et de la boue des régions nord.

Du fait de la jeunesse de la ville et de ces vagues de croissance, personne n'était vraiment d'ici. En 1984, les plus anciens habitants (qu'il s'agisse des Juifs de Coral Gables ou des mafieux de Miami Beach) ne pouvaient revendiquer qu'une ou deux générations. La famille d'Ernie Falcon avait atterri à Miami au moment de la relance agricole. Sa mère était originaire du Missouri et son père du nord-ouest de la Floride. Ernie avait grandi près de Tampa, où son père travaillait dans une usine de conditionnement, mais il était tombé amoureux des plages de Miami à l'armée en 1944. Il y était revenu après la guerre et avait épousé Mary Catherine Simms. En 1957, ils s'étaient installés dans l'enclave prometteuse de Biscayne Park avec leurs deux enfants. Depuis lors, Miami avait connu une nouvelle mue avec l'afflux de population cubaine. Pendant la majeure partie de sa vie professionnelle, la ville avait constitué un avant-poste de la guerre froide. Pas un champ de bataille proprement dit, mais un creuset de propagande alimenté par la colère des exilés, qui avaient tout perdu dans la révolution castriste. Journaux et stations de radio prêtaient leur voix à la libération cubaine, offrant une formidable tribune aux défilés et aux rassemblements politiques.

En tant qu'ancien policier, Falcon envisageait la situation sous l'angle de la sécurité publique. Entassez un groupe de gens d'obédiences politiques différentes dans un espace réduit et vous n'aurez plus qu'à attendre que la cocotte-minute explose, progressivement chauffée par la frustration et par l'inaction du gouvernement. Quelles étaient les conséquences pour l'Américain moyen, qui voulait seulement boire sa bière devant le feuilleton du soir ? À bien y regarder, il n'y avait pas d'Américain moyen à Miami. Chacun représentait une menace potentielle. On ne savait jamais ce qui pouvait se tapir dans les sous-sols. Drogues, explosifs, objets de déviance sexuelle. Falcon n'était pas surpris que les gangs ultra violents et les cartels de drogue aient pris le contrôle de la ville. Les fusillades sur les parkings de centres commerciaux étaient une nouveauté pour l'Amérique suburbaine, mais ici elles n'étaient que le symptôme d'un malaise préexistant, une rage séditieuse, une lutte de pouvoir. Falcon comprenait – non pas le meurtre, mais la frustration. Il savait de source sûre que la CIA opérait ici, surtout pour ce qui touchait à Cuba. Il savait aussi que le FBI surveillait les échelons du pouvoir pour s'assurer que la corruption de Miami soit en tout point la même que celle qui rongeait le reste de l'Amérique. Arrêter les criminels s'était révélé de plus en plus épineux et les pièges s'étaient multipliés, un peu trop au goût de l'inspecteur Ernie Falcon. Après trente ans de carrière, il avait jeté l'éponge et s'était établi comme détective privé. Le travail n'était ni régulier ni particulièrement glorieux (il essuyait régulièrement les quolibets de ses anciens collègues sur la nature sordide de son métier), mais au moins les objectifs étaient clairs et les règles du jeu quasiment immuables.

La *taquería* se distinguait par sa porte rouge vif et sa délicieuse tarte au chocolat. Falcon avait informé Mary

Catherine de son rendez-vous avec Frank Navarro, mais avait gardé le silence sur la tarte. Elle s'inquiétait pour la tension artérielle de son mari et partait du principe que le gras, le sucre et le sel étaient tous aussi mauvais pour lui. C'était peut-être le cas.

Falcon arriva en avance, mais Navarro l'attendait déjà. Il arborait un sourire d'agent immobilier et des bottes de cow-boy. Falcon fit en sorte d'éviter une éventuelle accolade lorsque Navarro se leva pour lui serrer la main. Il n'avait aucune intention de le tuer, mais cela ne voulait pas dire qu'il allait faire semblant d'être son ami.

« Tu as l'air en forme, Ernie, dit Navarro tandis qu'ils s'asseyaient. Tu n'as pas pris une ride. »

C'était faux. Depuis qu'il avait quitté la police sept ans auparavant, Falcon avait pris cinq kilos et adopté la coupe hirsute et grisonnante d'un homme dans sa dernière ligne droite. Vieillir se faisait par à-coups. Falcon avait été un jeune homme jusqu'au jour où il s'était réveillé dans l'âge mûr puis, tout à coup, il avait été vieux.

« On fait aller, dit Falcon. Et toi, comment ça va ?

– Ça va, ça va. »

Navarro s'apprêtait à consulter le menu quand le propriétaire – un certain Ricky – vint les saluer et demanda à Falcon s'il prenait la même chose que d'habitude.

« Oui, parfait.

– Je te mets aussi une part de tarte ?

– Quelle question.

– Ça m'a tout l'air d'être le combo gagnant, dit Navarro avec un sourire. Apportez-moi la même chose.

– Très bien, acquiesça le propriétaire en prenant les menus.

– Bon, commença Navarro quand ils furent seuls. Tu te demandes sans doute pourquoi je t'ai invité à déjeuner.

– Ça m'a traversé l'esprit.

– Comment va ta femme ?

– Ça va.

– Et les enfants ? Tu en as deux, c'est ça ? Ils doivent être grands maintenant.

– Oui. Ils vivent tous les deux sur la côte Ouest. »

La politesse aurait voulu que Falcon lui demande de ses nouvelles, mais Navarro ne parlait jamais de sa vie privée. Il était arrivé à la criminelle en 1972 et avait travaillé avec Falcon pendant cinq ans. Ils n'avaient jamais fait la tournée des bars ensemble, mais ils étaient tout de même devenus assez proches. Pourtant, après tout ce temps, quand les affaires internes s'étaient mises à fouiner dans les investissements de Navarro – qui s'était associé à un promoteur mouillé dans un casse de banque –, Falcon ne savait toujours rien de sa vie personnelle. L'homme était natif de Miami (une espèce rare), mais gardait le secret sur tout le reste, y compris sa famille et son origine ethnique. Avec un nom pareil, il était sans doute un peu hispanique – mexicain, dominicain ou autre –, même s'il aurait très bien pu être un Blanc un peu bronzé. À cet égard, il était représentatif du Miami d'aujourd'hui, un melting-pot culturel où tout le monde était hâlé à des degrés divers. Il était tout aussi évasif sur sa vie de famille : Navarro portait une alliance mais ne parlait jamais de sa femme et affirmait ne pas avoir d'enfants. Cela ne facilitait pas la conversation à la machine à café, et en cellule n'en parlons pas.

Heureusement, Navarro aimait parler. Il avait toujours

quelque chose à raconter. Ce jour-là, il ne remarqua pas que Falcon gardait le silence – ou alors il s'en moquait.

« Tu sais, dit-il, je pourrais bavarder toute la journée, mais je voudrais te parler de quelque chose, si tu veux bien.

– Je ne crois pas qu'on ait grand-chose à se dire.

– Je sais que ma dernière affaire t'a un peu mis sur la paille.

– C'est le moins qu'on puisse dire.

– Je m'en suis excusé à l'époque, et je m'en excuse encore aujourd'hui. J'ai choisi le mauvais associé, et j'en ai fait les frais aussi.

– Vous auriez dû finir en prison tous les deux.

– Je ne savais pas d'où venait l'argent et je n'aurais jamais travaillé avec lui si j'avais su qu'il était dans le viseur du FBI. Tu le sais bien. Moi aussi j'ai pris des risques et j'ai eu très chaud aux fesses. »

Ricky leur servit deux assiettes de tacos.

« Voyons voir », dit Navarro. Il déplia sa serviette et la coinça dans le col de sa chemise à la façon d'un bavoir.

Falcon dit rapidement le bénédicité en dépliant sa serviette. Ils mangèrent en silence quelques minutes. Il regrettait d'avoir accepté l'invitation, et d'avoir suggéré cette *taquería* comme lieu de rencontre. Maintenant que Navarro savait qu'il y avait ses habitudes, il aurait peut-être du mal à s'en défaire. Falcon avait quitté la police sans faire de vagues avec une retraite à taux plein et pensait qu'il n'entendrait plus jamais parler de Frank Navarro. Pourtant, ils étaient là, penchés sur deux assiettes de tacos comme des vieux copains de promo.

« Qu'est-ce qu'on fait là ? » finit par demander Falcon.

Navarro s'essuya les lèvres et se redressa.

« Alors voilà, j'ai une autre opportunité.

– Tu te fous de moi.

– Attends, écoute. Ça n'a rien à voir avec la dernière fois.

– Ah non ? Tu as laissé tomber l'urbanisme pour te reconvertir dans la cocaïne ?

– Ernie. Je suis sérieux. »

Falcon posa sa serviette sur la table et sortit son portefeuille.

« Non, c'est pour moi, protesta Navarro.

– Laisse un bon pourboire à Ricky », dit Falcon en se levant.

Navarro se pencha, les avant-bras posés de part et d'autre de son assiette.

« Attends, attends, une dernière chose.

– Je n'ai rien de plus à te dire.

– Parles-en aux gars du poste. Tu les vois toujours ?

– Pour certains.

– Parle-leur. Mark, Ron, Charles, Bill…

– Bill Johnson ?

– Ils sont tous sur le coup avec moi. C'est un plan de boulot dans la sécurité. Très prometteur. L'économie est au beau fixe, pas comme la dernière fois. On peut devenir riche en faisant du bon boulot.

– Et tu cherches un autre investisseur.

– C'est important de faire équipe. On est dans les années 1980, les francs-tireurs, c'est terminé. »

Falcon s'approcha du comptoir et fit signe à Ricky.

« Mon ami dit qu'il va régler l'addition. Je vais prendre la tarte à emporter. S'il essaie de t'entuber sur le pourboire, tu me le dis.

– Ne t'en fais pas, dit Ricky en se dirigeant vers la vitrine à desserts.

– C’est une occasion en or », cria Navarro depuis la table.

Falcon prit sa part de tarte et remercia Ricky.

« Passe une bonne journée, dit-il à Navarro.

– Parles-en aux gars. C’est tout ce que je te demande. »

Falcon ouvrit la bouche mais se tut.

Navarro se radossa en souriant. Falcon espérait ne jamais revoir ce type de toute sa vie.

Après le déjeuner, il reprit lentement la route du bureau, un feu rouge après l’autre. La proposition de Frank Navarro lui avait déjà fait oublier Isabel Hernandez et sa fille disparue. Dieu sait ce que le bonhomme était encore allé inventer. Difficile de dire si c’était un incurable optimiste ou un charlatan fini. Peut-être un peu des deux. Falcon ne voulait pas être mêlé à cette affaire. Il en toucherait un mot aux gars la prochaine fois. De toute façon, il irait sans doute au poste le lendemain, pour essayer de glaner quelques informations sur Holly Hernandez. Il pourrait aussi aller passer un savon à cet imbécile de Bill Johnson et lui demander ce qui lui prenait de s’acoquiner avec Frank Navarro. Le genre d’homme qui…

La porte du bureau de Falcon était ouverte. Un homme l’attendait installé dans le fauteuil de l’entrée. Il avait le visage carré parsemé de taches de rousseur et l’air un peu lourdaud, comme un oiseau trop gros pour sa cage. Il se leva à l’arrivée de Falcon.

« Comment êtes-vous entré ? demanda ce dernier.

– La porte était ouverte.

– Ça m’étonnerait.

– En tout cas, je n’ai eu qu’à pousser. Un problème de serrure, peut-être.

– Qui êtes-vous ? »

Falcon s'avança vers sa table, où il posa la part de tarte. L'homme sur ses talons lui dit qu'il s'appelait Bobby West. Il lui fallut un moment pour réaliser à qui il avait affaire.

« Qu'est-ce que je peux faire pour vous, monsieur West ?

– Je voudrais que vous retrouviez ma fille. Je peux m'asseoir ?

– C'est à propos d'Holly ? demanda Falcon en s'installant face à West.

– Comment connaissez-vous son nom ?

– Votre femme m'a rendu visite en fin de matinée.

– Mon ex-femme.

– Oui, votre ex-femme.

– Pour vous engager ?

– Apparemment.

– Comment vous a-t-elle trouvé ?

– Je ne lui ai pas demandé. Je suis dans l'annuaire.

– Oui, mais pourquoi vous ?

– Pourquoi pas ? Ce n'est pas comme s'il y avait des milliers de détectives privés à Miami. Cela dit, je pourrais vous poser la même question: comment m'avez-vous trouvé ? »

Falcon avait sa petite idée sur la question, mais il voulait voir si Bobby West lui répondrait honnêtement.

« J'ai demandé autour de moi.

– Ah oui ? dit Falcon en sortant un paquet de cigarettes. Ça vous dérange ? »

West lui fit signe que non.

« Vous avez travaillé pour une de mes collègues il y a quelque temps. Elle était en plein divorce et vous avez pris son ex en flagrant délit avec sa maîtresse à Key West.

– Je fais beaucoup de choses comme ça. Ça n'explique pas que vous veniez me voir à propos d'une gamine disparue.

– Comme je le disais, j'ai demandé autour de moi.

– Aucun rapport avec le fait que vous travailliez pour le Groupe Artium ? »

West esquissa un sourire, mais ne releva pas.

« Quoi qu'il en soit, votre femme – enfin, votre ex-femme – m'a déjà donné les informations de base. Je l'ai prise comme cliente, donc je vous laisse vous arranger entre vous pour le paiement.

– Combien vous a-t-elle avancé ?

– Mille sept cent cinquante.

– Bon sang, c'est bien la peine que je lui verse une pension alimentaire.

– Parlez-moi un peu d'Holly », dit Falcon.

West hésita un instant.

« Qu'est-ce que vous voulez savoir ?

– Je me doute que vous ne savez pas où elle est partie, mais est-ce que vous avez la moindre idée d'où elle aurait pu vouloir aller ? Avec qui elle pourrait être ? »

West se tortilla sur sa chaise, mais lui fit signe que non.

« Elle a un petit ami ?

– Non.

– Ne répondez pas si vite. Prenez le temps d'y réfléchir. Vous a-t-elle déjà parlé d'un garçon ? Quelqu'un qu'elle aurait évoqué en passant ?

– Ça n'a jamais semblé l'intéresser.

– Des disputes avec vous, ou avec madame ?

– Pas que je sache.

– Quand l'avez-vous vue pour la dernière fois ?

– Ça doit faire dix jours. Je la prends quelquefois le week-end.

– Comment vous a-t-elle semblé ?

– Rien d'inhabituel. Elle a regardé la télé, n'a pas dit grand-chose. »

West n'arrêtait pas de triturer ses mains sous la table. Ce n'était pas évident, mais Falcon entendait le frottement de ses doigts, même s'il le regardait droit dans les yeux.

L'ex-femme lui avait déjà versé son avance, Falcon n'avait donc rien à perdre.

« Je dois vous dire, je ne vous crois pas.

– Quoi ?

– Dans les affaires de ce genre, soit la fille a fugué avec un garçon, soit elle s'est disputée avec ses parents. Je pense que vous me cachez quelque chose sur votre relation avec elle ou avec votre ex. Si vous voulez que je retrouve Holly, j'ai besoin de savoir ce que c'est. Sans ça, vous allez me payer à brasser du vent. »

Falcon voyait que West le jaugeait, essayant de décider s'il devait lui faire confiance. En période creuse, il s'accommodait des clients un peu louches, ceux dont les secrets renfermaient souvent la clé de l'enquête. Il n'était pas psychologue, mais savait aussi qu'un cigare n'était pas toujours un cigare. Le détective soupçonnait Bobby West d'être un cas désespéré pour les professionnels du divan. Il n'aurait pas su mettre le doigt dessus, mais quelque chose clochait sérieusement chez ce type. West avait une tache brune dans le blanc de l'œil gauche, comme un vaisseau éclaté. Falcon le remarqua, car West clignait rarement des yeux et le fixait de son regard glacial, tandis qu'à l'arrière-plan ses neurones carburaient à plein régime.

« J'ai besoin de savoir si je peux vous faire confiance, monsieur Falcon.

– Je vous le garantis, même si ça ne veut rien dire pour vous.

– Vous avez mentionné le Groupe Artium, vous savez donc sans doute que nous sommes propriétaires de ces murs et que vous travaillez pour nous. »

Falcon ne répondit pas.

« Vous n'ignorez sans doute pas non plus que nous ne recueillons pas les informations pour le plaisir, et que nous relevons d'une agence qui s'intéresse à la sécurité du sud de la Floride. »

Une fois de plus, Falcon garda le silence.

« Nous effectuons une petite enquête sur tous nos employés, alors je connais votre parcours. Trente ans dans la police de Miami, décoré, pas la moindre entorse au règlement jusqu'à cette histoire avec Frank Navarro. Je sais aussi que ce n'était pas votre faute, que vous vous êtes fait rouler par quelqu'un que vous pensiez connaître.

– Où voulez-vous en venir, monsieur West ?

– Je sais que vous faites du bon travail et que vous êtes discret. Tout ce que je veux, c'est retrouver ma fille, mais certaines des circonstances qui entourent sa disparition compromettraient bien plus que la sécurité de mon emploi si elles venaient à être ébruitées. Comme vous le savez, Miami est en première ligne dans un certain nombre de guerres. Cuba, les drogues… on a l'embarras du choix.

– Vous pensez que votre fille aurait pu être kidnappée ?

– Non, non, rien de ce genre, mais les policiers chargés de la retrouver se sont mis à fouiner dans le voisinage. Il semblerait qu'elle soit passée chez moi hier soir et je ne sais pas pourquoi. »

Falcon savait que l'homme mentait encore : il recommençait à se triturer les doigts. Il le laissa poursuivre.

« J'ai peur qu'elle soit tombée sur quelque chose qui l'ait effrayée et qu'elle se soit enfuie.

– Qu'est-ce qui aurait pu lui faire peur ?

– J'ai beaucoup de documents chez moi. Peut-être qu'elle a réalisé qu'elle avait vu quelque chose qu'elle n'aurait pas dû voir.

– Dans ce cas, pourquoi n'est-elle pas rentrée chez sa mère ?

– Je ne sais pas, répondit West. C'est ce que vous êtes chargé de découvrir. »

11

West avait rendez-vous à sept heures avec Alexander French. Il avait liquidé ses comptes retraite et épargne, tout cela pour réunir une fraction infime de la somme qu'il lui devait. Avec un peu de chance, ce chèque de soixante-quinze mille dollars lui ferait gagner assez de temps pour que Falcon retrouve Holly et récupère l'argent. Il avait parlé au téléphone avec Felix Machado et l'avait convaincu qu'il devait voir M. French pour lui expliquer son problème en personne.

Il attendait que le temps passe au bureau en parcourant une pile de mémos laissés à son intention et consulta quelques documents financiers récents : relevés de comptes, entrées-sorties, intérêts passifs. Il lui fallait récupérer l'argent au plus vite. La somme qu'il devait à M. French figurait officiellement dans les registres du Groupe Artium, trois millions de dollars et des poussières actuellement dissimulés dans un portefeuille de titres, camouflés par un artifice comptable. Peu importait pour l'instant qu'un actif majeur n'existe que sur le papier, blanchi via un coffre-fort incrusté dans le plancher, mais West ne pourrait pas cacher une somme pareille bien longtemps.

Il appela Isabel pour savoir si elle avait du nouveau.

« Tu étais passé où, Bobby ? J'ai appelé ton bureau, mais

ta secrétaire m'a dit que tu étais sorti et m'a demandé de laisser un message. »

Isabel accentua le mot « secrétaire » comme si Vicky était la maîtresse de West. Il lui dit qu'il était sorti presque toute la journée.

« Je présume que tu as fait appel à des professionnels pour retrouver notre fille, dit Isabel.

– Je fais tout ce qui est en mon pouvoir.

– Parce que si tu es retourné travailler, Bobby, je te jure... »

Il se mordit la lèvre supérieure. En dépit du ton de son ex-femme, il était exalté à l'idée de savoir qu'il n'était pas seul, qu'Isabel se sentait aussi démunie que lui. Bien sûr, elle ne savait pas pour l'argent, mais l'émotion était la même. C'était ça, les longs mariages. Même divorcé, on n'était jamais seul.

« J'ai engagé un détective et je vais à Washington demain, dit-il.

– Tu penses que ça va aider ?

– Ça ne peut pas faire de mal. Tu n'as pas eu de nouvelles ?

– À ton avis ? »

Il poussa un soupir.

« J'ai appris que tu avais rendu visite à Ernie Falcon. J'imagine que tu sais que c'est un locataire d'Artium ?

– Espérons qu'il fasse du bon boulot.

– Je suis allé l'engager moi-même. Inutile de le payer deux fois.

– Pourquoi pas ? Maintenant, il a doublement intérêt à la retrouver.

– Laisse-moi m'en occuper.

– Comme tu t'occupes de tout le reste ? dit-elle avant de pousser un gros soupir. Je ne te le pardonnerai jamais, Bobby, je te préviens. Quelles que soient ses raisons ou ce qui se passera à son retour, je sais que c'était son choix, mais je vais t'en vouloir. »

West griffonnait au dos d'un mémo – une demande d'un bureaucrate du comté qui souhaitait obtenir des informations sur les licences du Groupe Artium. Tout le monde courait après quelque chose, tout le monde voulait sa part du gâteau. L'encre bleue fit un pâté ; il jeta le stylo. Il se sentait coupable et assumerait sa part de responsabilité – dans l'échec de leur mariage, dans le fait de ne pas voir Holly suffisamment, dans les mystères de la paternité.

« On la retrouvera », affirma-t-il. Il n'y avait rien d'autre à dire. « Écoute, je dois y aller », dit-il avant de raccrocher.

Cette femme était impossible. Assis dans son bureau où la nuit tombait, il entreprit de se ronger un ongle trop long. À mesure que leur divorce avançait vers sa conclusion, leurs conversations téléphoniques s'étaient faites de plus en plus pénibles, et ce, même lorsqu'il n'y avait aucune crise à résoudre. Il y a quelques mois, c'est Isabel qui lui aurait raccroché au nez, tirant sans nul doute de ce geste un sentiment de puissance et de résolution. Elle semblait désormais vouloir s'accrocher à lui, comme s'il n'avait pas tout dit, comme si les choses pouvaient encore s'arranger si elle lui en laissait le temps. Isabel ne semblait pas réaliser qu'en raccrochant, elle les sauvait tous les deux de la frustration, de l'anxiété ou de l'ennui pur et simple, car il était à court de mots et ne demandait qu'une façon élégante de mettre un terme à la conversation. Politesse et ennui : les deux piliers de la vie moderne en Amérique. Personne ne vous préparait à cela dans vos jeunes années.

West avait parcouru du chemin depuis sa petite ville de Sandwich, dans l'Illinois, un paradis d'après-guerre en l'existence duquel il ne croyait plus : les rangées de pavillons alignés dans des rues numérotées, les enfants qui vont à l'école à pied, les ormes avant l'épidémie de maladie hollandaise. Sa mère restait à la maison et servait le dîner tous les soirs à six heures pile. Les quatre enfants débarrassaient la table. Son père travaillait en ville dans une usine de freins qui produisait des pièces pour Ford. Il prenait son rôle dans l'entreprise très au sérieux, même s'il n'était jamais devenu contremaître. La famille était si nombreuse que tout l'argent gagné par son père partait dans les factures. Il trouvait toujours le moyen de réunir la somme, mais n'avait pour ainsi dire aucune vie en dehors de chez lui. Il n'allait pas au champ de courses, ne buvait pas, se contentait de faire la navette entre la maison et l'usine. Les pères des autres garçons se saoulaient le vendredi soir et allaient aux courses où ils perdaient des sommes colossales. Suite à quoi, ils continuaient à boire jusqu'à être assez abrutis pour que les disputes tournent court s'ils réveillaient leur femme en rentrant. Après deux ou trois verres, ils commençaient à perdre. Après quatre, ils avaient dilapidé une petite fortune et se sentaient coupables. Après cinq, six ou sept, la culpabilité les rongeait tellement qu'ils auraient pu tuer quiconque leur aurait fait la moindre remarque – leur femme peut-être –, mais après huit ou dix, les mots s'embrouillaient tant dans leur esprit confus qu'ils auraient été bien incapables de se disputer même s'ils l'avaient voulu (ce qui n'était jamais le cas, toute culpabilité s'étant évanouie dans un trou noir de leur mémoire).

Ces hommes, les pères des amis de West, n'avaient pas toujours assez d'argent pour boucler les fins de mois. Face aux relances des créanciers, ils se voyaient forcés d'aller contracter des emprunts dans les ruelles de Chicago, auprès de personnages douteux qui venaient ensuite rôder autour de chez eux ou envoyaient des hommes les rançonner, les dérouiller un peu ou se servir directement dans les bijoux de leur femme. Le père de West ne s'était jamais endetté de la sorte, mais cela lui avait coûté sa vie. Son existence se limitait à subvenir aux besoins de sa famille – et la famille était restée unie. West avait une vision naïve du monde où il avait grandi, il en était conscient, mais personne ne lui avait fait de cadeau et pourtant il avait réussi. Il avait traversé les tumultueuses années 1960 sans se laisser embarquer dans les mobilisations pacifistes, les revendications féministes ou le mouvement des droits civiques. Il n'avait rien contre tout ça, mais ses propres intérêts n'allaient pas forcément dans le sens du courant. Depuis, le monde avait changé. Désormais, les femmes travaillaient et la ségrégation n'avait plus cours dans les écoles. Après Kennedy, après le Vietnam, le monde était devenu une grande communauté globale. Il n'y avait plus de pays isolés, pas même Cuba, qui dépendait de l'Union soviétique. Les ventes de voitures japonaises battaient des records en Amérique. Les terroristes pouvaient surgir de partout : Beyrouth, Téhéran, le Maghreb, Miami. Et, à Miami, le trafic de drogue était devenu si impitoyable qu'au lieu de recevoir un rappel à l'ordre un peu musclé pour quelques dettes, on pouvait se faire exécuter à l'arme automatique sur un parking en pleine journée.

Isabel s'attendait sans doute à ce qu'il la rappelle. Elle avait engagé le même détective que lui et si Falcon retrouvait sa fille, elle s'en attribuerait le mérite. S'il ne la retrouvait pas, elle lui ferait porter le chapeau. Peut-être qu'il le méritait ; peut-être qu'il pourrait se racheter un jour. Pour le moment, West avait d'autres préoccupations. C'était sa fille qui avait disparu, son argent qui manquait, sa vie qui était sur la sellette si tout ne revenait pas dans l'ordre. Il n'avait rien à dire à son ex-femme. Il griffonna quelques chiffres au dos du mémo. Trois millions en actifs factices signifiaient qu'il pouvait empocher trois millions en liquide, même si cette disparition mettrait l'entreprise en danger. Si les marchés et les investisseurs s'en inquiétaient, ou si les autorités avaient vent de l'affaire, la CIA liquiderait le Groupe Artium en douce plutôt que de faire face à la pression des médias financiers. Le gouvernement épongerait les pertes, mais ils se retrouveraient tous au chômage – et West serait sans doute inculpé pour fraude. Toutefois, s'il le fallait, il pourrait toujours prendre le prochain vol pour New York et mendier un peu d'argent à Wall Street. Pendant que Falcon s'efforçait de retrouver Holly, West irait tâter le terrain à Washington auprès de Mini Mark Brown.

Il ne lui restait plus qu'un obstacle avant de pouvoir rentrer chez lui, où il boirait jusqu'à sombrer dans le sommeil. Il ferma le bureau, déboutonna son col et desserra sa cravate dans l'ascenseur, puis remonta ses manches et s'engouffra dans les rues du centre-ville. La journée avait été mauvaise sur les marchés – sans doute une correction boursière mineure, mais cela n'empêchait pas les financiers de se saouler en bras de chemise comme les personnages accablés de l'Amérique d'Edward Hopper. C'était les jours comme celui-là que l'on réalisait pleinement à quel point la vie était fragile. Un homme en costume de poulet caquetait sur le bas-côté. Les devantures commerciales et terrains résidentiels étaient émaillés de panneaux À VENDRE – une bulle en devenir malgré les taux d'intérêt exorbitants.

Un vétéran se tenait au coin de la rue avec une pancarte :

```
Perdu mon emploi
Besoin de travail
Toute aide est bienvenue
Gloire à Dieu
```

Cet homme était là tous les jours depuis que Reagan avait fait des coupes dans le budget dédié à la santé mentale, mais aujourd'hui son message prenait un sens nouveau.

La vie des classes moyennes était précaire. Personne n'était à l'abri.

Grâce à l'heure d'été, le ciel avait conservé ses teintes pastel, mais c'était évident : la fin des temps approchait.

Comme la plupart des métropoles américaines, Miami était constituée de plusieurs villes distinctes. À Brickell, les financiers avaient élevé la vitrine radieuse du succès entrepreneurial, tandis qu'un afflux de jeunesse flamboyante s'appliquait à remodeler Miami Beach ; Cubains, Haïtiens et Colombiens avaient bâti des quartiers aux airs de terres étrangères, pendant que la population noire s'entassait dans des cités insalubres au bord du fleuve. C'est dans ce dernier quartier qu'arrivait West, un chèque en poche.

M. French y possédait un complexe de condominiums abandonnés : huit étages laissés vides, dont le dernier était exclusivement dédié à la distribution de drogue. West se gara devant l'entrée. Un homme sortit le fouiller, puis prit ses clés. « Votre voiture ne fera pas long feu ici. Je vais la mettre au garage », dit-il avant d'indiquer l'ascenseur, devant lequel se tenait un homme armé d'un AK-47.

Ce dernier appuya sur le bouton.

« C'est au neuvième », dit-il.

Les fenêtres du dernier étage avaient été condamnées. Le vestibule ressemblait à celui d'une banque très comme il faut ; cela valait aussi pour la jeune femme séduisante qui s'occupait de l'accueil avec escarpins, tailleur bleu et brushing volumineux.

West se présenta et annonça qu'il avait rendez-vous avec Alexander French.

« Un petit instant, dit-elle en composant un numéro. Vous pouvez y aller », ajouta-t-elle après avoir raccroché.

Elle lui fit franchir une porte donnant sur une enfilade de bureaux surréaliste. Derrière les cloisons de verre, des femmes en masque et petite culotte étaient assises sur des tabourets, environnées de béchers, de balances et de briques d'héroïne empaquetées. Devant les cabines, des hommes armés de mitraillettes montaient la garde sans prêter aucune attention à Bobby West.

« Monsieur West ! cria French. C'est au fond. »

Dans son bureau (s'il s'agissait bien de cela) s'alignaient un ordinateur, une série de circuits imprimés, une radio amateur et des fers à souder.

« Ravi de vous voir, dit-il en désignant une chaise sur laquelle s'entassaient des cartons vides. Débarrassez ça et asseyez-vous.

– Sacrée opération que vous avez là, commenta West en posant les cartons par terre avec précaution.

– Tout est très simple. La drogue arrive, elle est traitée, puis elle repart. Nous améliorons constamment nos procédures, une technique que j'ai apprise des Japonais. Vous avez déjà visité une usine Toyota ?

– Jamais.

– Des parangons de qualité et d'efficacité. Pas étonnant

qu'ils aient distancé les Américains. Ils n'ont pas de syndicats ni de conneries bureaucratiques pour leur barrer la route. Tout va directement du producteur au consommateur – un modèle dont j'essaie de m'inspirer. Je choisis mes employés et mes partenaires avec soin, et si cela ne marche pas, j'arrête les frais en vitesse. »

M. French joignit les doigts et laissa son interlocuteur mariner un moment. Il n'y a pas si longtemps, West était assis de l'autre côté de la table.

« Bien sûr, je m'efforce aussi de séparer l'argent du produit, une forme de cloisonnement entre l'art et le commerce, si vous voulez. Vous aurez remarqué notre niveau de sécurité, même pour ce genre de produit. Aucune raison de s'inquiéter. Le quartier est parfaitement sûr, même si c'est un ghetto. Les petits trafiquants nous laissent tranquilles. Ils savent que nos activités leur rapportent, ou du moins qu'ils y perdraient si on fermait boutique.

– Vous n'avez pas peur d'un gros coup ? D'un professionnel ?

– Où iraient-ils ? Dans le métier, tout le monde sait que je travaille avec les plus gros clients, les plus dangereux. Si vous essayez de refourguer une brique d'héroïne volée, mettons à Chicago ou à Cleveland, l'acheteur voudra en connaître la provenance. Si elle ne vient pas des Siciliens, alors ça veut dire qu'elle vient de Floride et qu'il vous faut leur permission pour la distribuer. Évidemment, les Siciliens ne la donneront pas, mais en admettant qu'ils le fassent, ils m'en informeraient et pourraient même s'occuper de régler certains problèmes. Vous me suivez ? fit M. French en pointant un doigt vers West. Bon, j'espère que vous avez de bonnes nouvelles concernant cette affaire d'argent. »

West sortit une enveloppe de la poche de sa veste.

« J'ai une proposition qui permettra de tout arranger.

– Une proposition.

– L'argent a disparu. Je ne sais pas où il est, mais j'ai engagé un détective privé. J'ai aussi deux autres options de secours. D'abord, j'ai rendez-vous demain avec mon directeur. Je vais lui présenter Felix comme un informateur cubain, pour discuter de Cuba Omega et lui demander un financement. Ça prendra quelques mois, mais si c'est approuvé, j'aurai une caisse noire dans laquelle puiser pour payer tout le monde et même mettre un peu plus d'argent sur la table, si vous voulez.

– Quelle est votre deuxième option ?

– Voilà : le Groupe Artium est dans une mauvaise passe. Nous avons des dettes et quelques mauvais investissements, mais j'ai plusieurs solutions pour nous maintenir à flot. Si les choses se gâtent, je peux aller à Wall Street conclure une mise en pension. Peu importent les détails. C'est un outil financier qui nous donnera un afflux de liquidités sans garantie à court terme. Je pourrai emprunter le reste, peut-être dès la semaine prochaine, et ça ne figurera pas dans les registres d'Artium.

– En somme, vous voulez emprunter de l'argent à Wall Street pour me rembourser, puis emprunter de l'argent à la CIA pour rembourser votre société.

– Pour résumer, dit West.

– Et qu'est-ce que vous m'apportez là ?

– Disons que c'est un gage de bonne volonté, ou une avance sur intérêts en attendant que je réunisse la somme.

– Si vous savez que l'argent arrive, pourquoi prendre la peine de me verser une avance ? Vous sortez ça d'où ? Ce sont vos économies ?

– En toute franchise, il y a de grandes chances pour que ma fille se soit enfuie avec l'argent. Je sais que beaucoup de gens ont hâte d'être payés ; je ne veux pas qu'ils s'inquiètent ou prennent des mesures inutiles.

– Vous pensez à notre amie d'Amsterdam, sourit M. French.

– Elle ne m'a pas fait l'impression d'une femme qui a beaucoup de patience avec les promesses de ce genre. »

M. French le considéra un instant, comme s'il était sur le point de dire quelque chose. En savait-il plus sur le vol ? S'agissait-il d'un coup monté ? Finalement, il secoua la tête.

« Il va falloir que vous retrouviez cet argent très vite. »

12

« Réveille-toi, chérie. Hé, réveille-toi. »

Un homme la secouait, assez brutalement pour renvoyer les mauvais rêves au fond de son inconscient, tels des cafards s'éparpillant sous la lumière. Holly se réveilla la tête contre le carreau, le corps à la verticale dans les lueurs bleutées de l'aube. Elle se trouvait sur le siège passager d'une vieille Impala automatique aux portières piquées de rouille et au tableau de bord craquelé par le soleil. Derrière le volant, un homme mal rasé au cou parsemé de boutons : Keith de Miami, le type maigrelet auquel elle avait lié son destin. Il sentait la soupe de poireaux.

Ils s'étaient arrêtés dans un relais routier, sur un parking à l'éclairage cru jonché de gobelets de café et de serviettes en papier. Un camion Ford marron sur une place handicapé. Plusieurs rangées de poids lourds alignés sur une étendue de bitume noir faiblement illuminée par le halo blanc d'un réverbère. Dans l'ombre, des pompes à essence bâchées. Puis plus rien, comme si le monde s'arrêtait au-delà des lumières de la station-service.

« Il est quelle heure ? demanda-t-elle.

– Bientôt six heures. Tu veux quelque chose à la boutique ?

– On est où ?

– Plus très loin de la Géorgie, dit-il en refermant la portière et en se penchant par la fenêtre. Rejoins-moi si tu as besoin de quelque chose. »

Elle resta assise une minute, puis sortit se dégourdir les jambes. L'air du matin n'était jamais si frais à Miami. Elle portait toujours sa tenue de soirée : une jupe et un haut à bretelles. Elle ne s'était pas douchée depuis Dieu sait quand et se sentait sale. Ils avaient pris la route vers une ou deux heures du matin et, quand l'excitation était retombée, elle avait sombré dans un profond sommeil, trop fatiguée pour se demander où ils allaient. Où que ce soit, ils ne manqueraient pas d'argent. Il lui semblait que Keith avait parlé d'un appartement en Géorgie, mais ce n'était peut-être qu'un rêve.

À l'intérieur de la station, les néons l'éblouirent. Elle déambulait sans but dans les rayons, regardant fixement la viande séchée, les barres chocolatées, les boissons gazeuses et les bières. Les t-shirts ornés de cerfs, de voitures, de drapeaux américains ou confédérés. Une porte claqua vers le fond ; elle aperçut un panneau signalant les douches. Holly demanda le prix à la caissière – une petite chose menue aux cheveux blonds et aux traits délicats.

« Un cinquante, répondit cette dernière de l'accent traînant et haut perché du Sud profond.

– Hé, faut qu'on se remette en route, dit Keith, qui voulait passer la frontière de l'État avant que leur disparition ne soit signalée.

– J'en ai pour une minute.

– Je vais prendre dix dollars sur la pompe numéro cinq, dit-il à la femme. On sera chez moi dans quelques heures, tu pourras te doucher aussi longtemps que tu voudras. »

Quelque chose se noua dans la poitrine d'Holly. Elle choisit de camper sur ses positions. Pour marquer le coup, peut-être.

« Je vais aux toilettes, dit-elle.

– Traîne pas. »

Elle s'éloigna vers les douches en le laissant sur place. Lorsqu'elle eut disparu, Keith se tourna vers la caissière – une plouc qui la ramenait un peu trop – et lui demanda ce qu'il était censé faire.

« On dirait que c'est votre copine qui commande. »

Il secoua la tête.

L'employée leva les yeux au ciel et se demanda pour la millième fois pourquoi elle se récupérait toujours les tocards, même de bon matin.

Au retour d'Holly, ils sortirent de la station essence pour se jeter tout droit dans les ennuis. Une voiture de shérif s'était garée entre leur Impala et le pick-up de la caissière. Un adjoint ouvrit la portière d'un coup d'épaule, mit son chapeau pour se donner l'air mauvais et leur coupa la route devant l'entrée. Dans leur dos, la porte coulissante automatique s'ouvrit et se referma sèchement.

« Vous allez où, les jeunes ? demanda-t-il.

– Savannah, dit Keith.

– Vous partez de bonne heure ou vous avez roulé toute la nuit ? »

Comme ils ne répondaient pas, l'adjoint du shérif examina la voiture et l'autocollant du concessionnaire, puis reporta son attention sur eux.

« Vous rendez visite à quelqu'un ?

– J'habite là-bas, dit Keith.

– Et toi ? demanda-t-il à Holly.

– Sa petite amie », répondit-elle.

L'homme était encore jeune, mais son ventre débordait déjà par-dessus sa ceinture. Il les étudia un moment.

« Vous avez votre permis ? Les papiers du véhicule ? » demanda-t-il.

Keith ouvrit la portière côté passager et fouilla dans la boîte à gants. L'adjoint braqua sa lampe sur les papiers que Keith lui tendait.

« C'est une location ?

– On a emprunté la voiture de mon cousin, dit Holly. Je pensais que c'était la sienne.

– Il s'appelle comment ?

– Felix Machado. »

L'homme du shérif fit claquer sa langue et continua à les dévisager comme s'il réfléchissait, alors que la suite des événements ne faisait aucun doute.

« On a eu quelques soucis avec des jeunes venant du Sud, dit-il. Des mules qui transportaient de la drogue jusqu'à Atlanta, Washington ou je ne sais où. Soyez gentils, asseyez-vous à l'arrière de ma voiture pendant que je fais quelques vérifications. »

Holly s'exécuta sans même un regard pour Keith. Qu'est-ce que cela pouvait lui faire ? Son père viendrait la chercher et lui pardonnerait d'avoir volé l'argent. Le pauvre Keith ferait office de dommage collatéral, mais ce n'était pas son problème si les choses tournaient mal. Elle avait décidé de l'embarquer parce qu'elle le trouvait mignon – à défaut d'être très dégourdi –, mais dans ce genre de situation, mignon ne lui servait pas à grand-chose. Il lui aurait fallu un vrai mec pour prendre les choses en main. Face à l'adjoint du shérif, Keith se ratatinait comme une chiffe molle.

Ils restèrent assis sur la banquette arrière pendant que l'adjoint vérifiait les papiers d'immatriculation. La voiture appartenait à une agence de location de l'aéroport de Miami. L'appel fut transféré du bureau du shérif de Nassau County à un standard téléphonique où l'employé mort d'ennui terminait son quart de nuit. Ils étaient habitués à recevoir ce genre d'appels des forces de l'ordre.

L'employé garda le silence tandis qu'il pianotait sur son clavier d'ordinateur. Il se disait sans doute : Arrête-le, ton type, bon sang, au lieu de m'emmerder avec tes vérifications. Il aurait voulu que leur système informatique se synchronise comme par magie avec les services de police, pour qu'ils arrêtent de le déranger. Il devait reprendre la lecture de son article sur les volcans du Pacifique. « Voilà, dit-il, l'Impala a été louée à un certain Felix Machado vivant à Delray Beach le, waouh, le 11 mars. »

L'adjoint le remercia.

« Attendez, dit l'employé en cliquant sur le menu déroulant. J'ai aussi un conducteur supplémentaire du nom de Keith Sorrells. Pas d'adresse, bizarrement ; d'habitude, on a toutes les informations.

– Merci », répéta l'adjoint.

L'homme du shérif sentait que quelque chose n'était pas net, mais il savait aussi qu'il ne les reverrait jamais. S'il décidait de faire du zèle et de perquisitionner la voiture, il se retrouverait dans la paperasse jusqu'au cou. Mieux valait les laisser partir et aller boire un café.

« Vous pouvez y aller, dit-il en ouvrant la portière. La prochaine fois, vous devriez prévenir que c'est une location. »

13

Adriana Chekhov revenait à peine d'un rendez-vous avec un acheteur à Istanbul, un transfuge chiite ayant sans doute des liens avec l'Iran. Chekhov avait du sang gitan, une crinière de feu et le regard assuré. C'était un faucon, un oiseau de proie. Son contact était un type rondelet à tête de poisson qui parut nerveux de découvrir que son vendeur d'armes était une femme. Aucune importance. Elle se laissa offrir le café ainsi qu'une pâtisserie et l'écouta s'épancher sur les collines anatoliennes. Istanbul était un lieu poétique, bien sûr, mais Chekhov avait perdu toute faculté d'émerveillement il y a bien longtemps. Toutes les villes du monde avaient à la fois leur charme et leur élégance, la part d'ombre et de crasse indissociable de la vie humaine et la rigueur glaciale de l'ordre naturel. Istanbul n'était qu'une ville comme les autres.

C'était la dernière fois qu'elle entendrait parler de cet homme. Peut-être qu'il se doutait de quelque chose depuis le début, qu'il savait qu'elle n'avait pas d'équipement nucléaire à lui vendre. Peut-être qu'il chargerait quelqu'un de la suivre ou serait assez arrogant pour ne pas se croire en danger, alors qu'une unité des forces spéciales israéliennes se trouvait à l'instant même dans sa chambre d'hôtel et épluchait ses communications depuis son arrivée en Turquie. Ils l'enlèveraient sans fanfare et l'emmèneraient dans un entrepôt près de la frontière irakienne, où ils l'interrogeraient avant de le remettre aux autorités kurdes. Pour autant, Chekhov fit preuve d'une extrême vigilance en rentrant au Hilton et s'assura de déjouer toute filature potentielle.

Dans le hall de l'hôtel, le concierge l'interpella.

« Madame Martin, madame Martin. »

La Turquie était un pays libre, mais pas de ceux où une femme célibataire pouvait prendre une chambre d'hôtel en 1984.

« Vous avez reçu un appel depuis la France. Un certain Adam Fields, dit-il en lui tendant une feuille de papier.

– Depuis la France ?

– Il n'a pas précisé, mais c'est un numéro parisien. »

Elle jeta un œil au message : un nom et un numéro.

« Merci beaucoup, dit-elle.

– L'homme parlait très bien anglais.

– Il est ambassadeur. En visite en France, je présume.

– Certainement. N'hésitez pas si vous avez besoin de quoi que ce soit d'autre. »

Chekhov quitta le concierge et monta faire ses bagages.

Son travail à Istanbul était terminé. Le prochain lui serait sans doute confié dès qu'elle passerait ce coup de fil. M. Adam Fields lui avait peut-être donné un numéro parisien, mais elle savait précisément de qui il s'agissait et où il se trouvait. Elle savait aussi que cet appel n'augurait rien de bon : personne ne lui téléphonait jamais dans le cas contraire. Elle inversa les chiffres et prit en note le numéro du sud de la Floride. Elle travaillait pour une palette d'employeurs – agences gouvernementales, prestataires privés, mercenaires –, mais l'influence considérable de cet homme ne cessait de l'étonner. Tout le monde semblait connaître, et craindre, le businessman de Miami qui opérait au cœur de la guerre froide : Alexander French.

Après avoir appelé M. French et reçu son prochain ordre de mission – en Amérique, cette fois –, elle fit ses valises et régla la note.

« Vous aviez réservé pour trois nuits supplémentaires, dit le concierge sans parvenir à masquer sa déception. J'espère que vous êtes satisfaite de votre séjour.

– C'était parfait. Mon mari a été retenu par son travail à la dernière minute.

– Eh bien, je lui souhaite le meilleur. Dites-lui que je suis désolé de l'avoir manqué.

– Je suis sûre que vous nous reverrez très bientôt. »

Elle quitta l'hôtel, abandonnant son nom d'emprunt, et prit un taxi pour l'aéroport. La société de M. French lui avait réservé un vol de nuit pour Miami via New York. Il avait été vague au téléphone – un problème avec « notre ami Bobby » et trois millions de dollars disparus – mais lui garantit que l'affaire serait vite réglée et qu'elle pourrait ensuite se reposer tant qu'elle le voudrait dans sa propriété des îles Mariannes. Quel que soit le problème, elle savait que French aurait pu s'en charger lui-même. Aucun besoin de l'appeler pour jouer les nettoyeurs, à moins qu'il n'y ait anguille sous roche. Elle franchit la sécurité de l'aéroport sous l'identité d'une chanteuse d'opéra canadienne, acheta un paquet de chewing-gums à la chlorophylle au kiosque le plus proche et trouva un coin sombre où s'asseoir en attendant son vol.

Le voyage d'Istanbul à Miami durerait vingt-cinq heures avec deux escales, à Londres et New York. Debout dans la fragile lueur du soir, Adriana Chekhov était dopée au café et prête à monter dans l'avion qui survolerait le morne Atlantique pour la déposer à l'aéroport de Newark à l'aube. Ses yeux survolèrent la foule londonienne, les passagers qui piétinaient et se bousculaient à l'embarquement, hissant tant bien que mal leurs valises trop grosses dans les compartiments à bagages avant d'attacher leur ceinture. Les personnes menues s'efforçaient de se faire plus petites encore pour s'éloigner de leurs voisins autant que possible, tandis que les obèses en sueur gargouillaient et débordaient par-dessus les accoudoirs, sur les autres sièges, dans les couloirs, contre les hublots et les tablettes.

Il régnait une puanteur compacte de kérosène et de vieux tissu; les ions négatifs flottant dans l'air produisaient sur chacun des effets étranges. Les enfants hurlaient de terreur tandis que leurs parents fatigués s'efforçaient de les faire taire en riant nerveusement. Les hôtesses de l'air souriaient comme si le voyage était un fabuleux spectacle, ou comme si elles étaient complètement défoncées. Pendant ce temps, Chekhov considérait la dimension physique de toute l'opération: un oiseau de fer hermétiquement scellé était catapulté dans les airs en direction d'une piste d'atterrissage lointaine et se mêlait au motif spirographique du trafic aérien, piloté par un homme à l'acuité visuelle de 10/10 et dirigé par les chiffres indifférents des tours de contrôle. On touchait là au terme de la grande téléologie du progrès. Nous sommes des points verts dans la nuit, des étoiles panasoniques de chair et de sang.

La porte se ferma dans un souffle, confinant les passagers

à l'intérieur du tube de métal. Bardés de journaux et de magazines, ils fermèrent les yeux et se préparèrent à les rouvrir ailleurs, confiants dans ce processus qui dépassait leur entendement. Et si, en réalité, l'avion ne bougeait jamais ? Peut-être était-ce le reste du monde qui défilait autour d'eux dans un grondement. Après tout, le mouvement était relatif – de deux trains côte à côte, peut-on dire lequel des deux avance ? Les structures insaisissables et mouvantes de ce qui nous entoure reposent sur des coordonnées mathématiques, des vecteurs X, Y ou Z, projetés depuis l'espace-temps sur un plan en trois dimensions. Nombres, calculs, probabilités, la possibilité que la réalité même soit fictive.

Lorsqu'elle s'assoupit quelque part au-dessus de l'océan, Chekhov avait compris qu'une mécanique s'était enclenchée, que le premier domino était tombé. Le lendemain, il lui faudrait faire face au mystérieux M. French, dont les employés avaient égaré trois millions de dollars. À bord de l'avion, elle devait se persuader que toutes les pièces étaient en place, avoir foi dans les lois du mouvement. Sa mission était de rester calme. Elle savait faire. Arrivée à New York, elle mangea une banane et un bol de flocons d'avoine en lisant les journaux. Rien de nouveau. Des essais nucléaires au Kazakhstan, une énième querelle entre Palestiniens et Israéliens, un débat à la Chambre des représentants sur la question du Nicaragua. La rumeur du monde tournait en boucle, telle la bande sonore d'un univers corrompu.

À Miami, elle mâchonna un chewing-gum à la chlorophylle pendant que l'avion roulait vers la porte de débarquement. Elle compta dix-sept hommes et treize femmes à bord. Seul l'un d'entre eux – un gros Africain au torse bombé coiffé d'un bonnet noir – semblait comprendre que l'atterrissage de cet avion tenait du miracle. Il se pencha en joignant les mains, et Chekhov trouva réconfortant d'être en présence de quelqu'un qui n'était pas gêné de prier en public. Les deux passagères devant elle étaient des filles du Sud venant passer leurs vacances de printemps à la plage ; elles s'appelaient Delta et Cammie. Delta avait de longs cheveux blonds dont la coupe visait à dissimuler ses joues rondes, un signe de son inévitable glissement dans l'âge mûr. Cammie était un peu émaciée, avec un visage en branche de céleri ; elle pourrait peut-être s'en tirer à bon compte si elle arrivait à se débarrasser de Delta. Dans la vie, il fallait se débrouiller seul et plus tôt on l'apprenait, mieux c'était – surtout quand on était une femme. Le monde n'était pas tendre avec les femmes.

L'avion fit un bruit de succion au déverrouillage de la porte, comme si l'on ouvrait un emballage sous vide. Tous les passagers se levèrent pour récupérer leurs affaires dans les compartiments, heurtant leurs voisins de rangée au passage. Les hommes consultaient leurs bipeurs. L'Africain, tout comme Chekhov, regardait par le hublot. Adriana n'avait pas de bipeur. Elle n'était là pour personne, n'existait pas vraiment. C'était une ombre. Une apparition. La personne qui ramasse vos ordures à cinq heures du matin, la femme de chambre qui fait le lit pendant que vous êtes en train de jouer les touristes, de prendre des photos.

Elle passa deux appels depuis une cabine près du tapis à bagages. Puis elle se changea dans les toilettes, enfila un petit haut à bretelles, une jupe à imprimé floral, des tongs et des lunettes de soleil. Une touriste comme les autres. Peut-être une femme au cœur brisé qui espérait se retrouver devant quelques cocktails, voir la condensation perler sur le verre, siroter un alcool sucré en flirtant outrageusement avec les autres vacanciers pour se convaincre qu'elle menait la belle vie. Chekhov loua une voiture et se rendit en ville, où elle prit une chambre de motel en bordure d'autoroute qu'elle paya en liquide. Elle partit prendre une douche sans verrouiller la porte d'entrée, se lava longuement les cheveux et resta sous l'eau jusqu'à ce que sa peau soit rouge et le miroir embué. La serviette était fine et râpeuse, elle se sécha donc rapidement et commença à s'habiller. Ce n'était pas le Hilton, mais elle n'était pas particulièrement exigeante en matière d'hébergement. Quoique née après la guerre, elle avait grandi dans la peur, avec une vague compréhension des atrocités commises par Hitler. Dans sa famille, personne n'en parlait, mais elle avait peu à peu compris pourquoi Israël existait, pourquoi elle n'avait pas de grands-parents et ce que cela signifiait de vivre confortablement, sans crainte.

Lorsqu'elle sortit de la salle de bains, un sac de sport avait été posé sur le lit. Elle verrouilla la porte, mit la chaînette de sécurité et prit le temps de se sécher les cheveux avant d'en examiner le contenu. Elle y trouva un permis de conduire émis en Floride, trois cents dollars en coupures diverses, un Glock 42, un fusil semi-automatique M89-SR, une lunette de visée télescopique Schmidt & Bender, des munitions, un pain de C4 et un détonateur. Elle fourra le permis de conduire et les billets dans son portefeuille et glissa le pistolet dans la ceinture de son pantalon, dissimulé par un châle. Après avoir refermé le sac, elle sortit le ranger dans le coffre de sa voiture de location. Elle balaya le parking du regard et, n'y voyant rien d'intéressant, prit le volant et s'engagea sur la Dixie Highway.

14

Dans les affaires de personnes disparues, les premières vingt-quatre heures sont presque toujours cruciales. Empreintes de pas, appels téléphoniques, témoins oculaires : si vous omettez de recueillir ces informations assez tôt, il se peut qu'elles vous échappent à tout jamais. Les souvenirs s'estompent. Les scènes de crime se dégradent. Holly Hernandez, alias Holly West, avait été vue pour la dernière fois lundi matin, déclarée disparue mercredi, et on était déjà jeudi. Falcon savait que ses anciens collègues de la police de Miami étaient en train de compiler des informations sur la fille et sa famille, d'envoyer des communiqués aux services de police voisins et qu'ils allaient bientôt étendre les recherches au niveau national, si ce n'était déjà fait. Falcon savait aussi que ces choses se déroulaient dans les coulisses, c'était la procédure standard. Pourtant, il s'étonnait que la disparition de la jeune fille ne soit pas passée aux informations régionales ; il s'attendait à voir son visage innocent au JT de onze heures ou au moins dans la rubrique locale du journal de ce matin.

Rien. Un type défoncé à la cocaïne avait crashé sa Porsche dans le parc des Everglades. La police estimait qu'il avait entre cent vingt et deux cent cinquante mille dollars dans le coffre. À Miami, par les temps qui couraient, c'était de la menue monnaie. Assez pour se payer une bonne soirée en ville, peut-être de quoi louer un bateau.

Dès son arrivée au bureau, Falcon appela son copain Juan Delgado au journal.

« Tu me l'apprends, dit Delgado.

– Tu en es sûr ? Une jeune fille blanche de dix-sept ans qui disparaît de son pavillon de banlieue ?

– C'est le genre de trucs qui devrait faire la une, dit le journaliste. C'est possible qu'on soit déjà sur le coup, mais personne n'en a parlé ce matin à la conférence de rédaction. Tu peux être sûr que je vais me renseigner dès qu'on aura raccroché.

– *Gracias, amigo*.

– Tu as d'autres détails à me donner ?

– Dis donc, c'est moi qui viens aux nouvelles, dit Falcon. Je pensais que tu aurais des infos pour moi.

– Une jeune fille blanche de dix-sept ans qui disparaît de son pavillon, répéta Delgado. Qui t'a engagé pour la retrouver ?

– Appelle la police.

– Ce ne sont pas les flics qui t'ont embauché. Je sais qu'ils ont eu des coupes budgétaires, mais quand même. Ça doit être les parents.

– Si ça atterrit dans le journal, tes sources sont dans la police.

– La fille a un petit ami ? Elle prend de la drogue ? insista le journaliste.

– Appelle-moi si tu apprends quelque chose. »

Lorsqu'il eut raccroché, Falcon se laissa retomber dans son fauteuil et posa les pieds sur le bureau.

D'abord, la mère vient l'engager – pas le réflexe habituel

des parents d'enfants disparus. En temps normal, les détectives privés sont un ultime recours quand la police n'a rien trouvé et que l'affaire piétine. Ensuite le père, accessoirement son propriétaire, vient l'engager pour la même raison. Admettons. Un couple divorcé ne va pas se mettre à communiquer juste parce que leur enfant disparaît. On ne sait jamais quel genre d'animosité peut exister entre deux anciens amants. Mais maintenant, le reporter vedette du *Miami Herald* affirme qu'il n'a jamais entendu parler de la jeune Holly Hernandez. Pas besoin d'être Sherlock Holmes pour voir que cette affaire sortait de l'ordinaire.

Pour Falcon, la seule question était désormais de savoir qui l'avait mené en bateau. Par ordre décroissant, il aurait parié sur le père, la mère et enfin le journaliste – mais il faisait ce métier depuis assez longtemps pour reconnaître qu'il ne savait pas. Dans la plupart des professions, on était obligé de savoir, ou au moins de donner le change et d'avoir l'air sûr de soi. C'était aussi le cas dans la police. Les flics qui montaient en grade finissaient politiciens, et les politiciens savaient toujours tout. Si Falcon n'avait pas gravi les échelons, c'était précisément pour les raisons qui faisaient de lui un enquêteur exceptionnel. Il savait réserver son jugement et dire « je ne sais pas ». C'était tout simple, mais parmi les futurs dirigeants de ce monde, beaucoup refusaient d'accepter leurs limites. Falcon n'était pas relativiste, mais il savait que la vérité tardait parfois à émerger.

Il décrocha le téléphone, cette fois pour appeler la police, et demanda à parler à son vieux copain Donnie Ray Callahan. Le jeune agent à l'autre bout du fil – que Falcon ne connaissait pas et dont la voix ne semblait pas avoir fini de muer – l'informa que Donnie Ray était en patrouille.

« Vous pouvez le joindre par radio ? demanda Falcon.
– On ne fait plus ça.
– Plus quoi ?
– Contacter les agents par radio quand un indic appelle.
– Je ne suis pas un indic, nom de Dieu, je suis un ancien de la maison.
– Peu importe, je ne peux pas l'appeler. Mais je peux prendre un message.
– À quoi ça sert d'avoir une radio, si c'est pour ne pas s'en servir ?
– Communications internes uniquement. C'est le nouveau règlement.
– Et si j'étais sa femme, et que j'appelais pour prévenir que son gosse a eu un accident de voiture ?
– Je vous dirais de laisser un message. »

Falcon sentait sa tension artérielle grimper en flèche. Il ne savait pas si c'était par frustration envers le type au bout du fil (les jeunes d'aujourd'hui se retranchaient tous derrière le sacro-saint règlement, ils n'avaient jamais pris de décision sans filet de sécurité) ou parce que son ancien job lui manquait et qu'il aurait voulu rester dans le coup. Il tenta une approche différente et se présenta.

« J'ai vraiment besoin de parler à Donnie Ray. Qu'est-ce que vous me conseillez ?
– Vous pouvez laisser un message, répéta le jeune.
– Très bien, alors notez ça. La victime d'une de vos enquêtes m'a engagé pour examiner son cas. Je suis sur le point de ruiner votre stratégie et de tout bousiller, du coup je me disais que j'allais appeler Donnie Ray par courtoisie.
– Vous savez que c'est un crime de faire obstruction à la justice ?

– Bien sûr que je le sais, mais j'ai passé trente ans dans ce département. Vous direz à Donnie Ray que j'ai téléphoné. Il n'a qu'à me rappeler s'il veut me parler.
– C'est à propos de quelle affaire ?
– La fille disparue à Coconut Grove.
– Rappelez-moi votre nom. »
Quelques minutes plus tard, Callahan l'appela depuis ce qui semblait être un stand de tir. Il s'égosillait à en perdre la voix, mais Falcon peinait à le comprendre.
« Je disais : je suis sur un chantier à Brickell, la nouvelle tour de bureaux au bord de l'eau. Je n'entends presque rien.
– Je peux être là dans dix minutes, dit Falcon.
– Retrouve-moi plutôt devant l'église de Spring Harbor. À midi pile ? On pourra déjeuner ensemble. »

À midi moins le quart, Falcon suspendit un panneau « fermé » à sa porte, verrouilla le bureau et partit retrouver Callahan à Little Havana. En chemin, il passa devant un vendeur de journaux et se demanda si son ami du *Herald* avait réussi à dénicher quelque chose ce matin. Sans doute pas, à moins qu'il n'ait ses entrées dans la police. Falcon comptait découvrir pourquoi les forces de l'ordre n'avaient pas communiqué sur l'affaire. Des gens disparaissaient tout le temps, mais le détective était assez vieux jeu pour penser qu'une adolescente bien sous tous rapports qui s'envole de sa banlieue pavillonnaire susciterait plus d'émotion qu'un homme qui abandonne sa famille, un dealer de coke qui manque le repas dominical ou un voleur de voitures qui se fait la malle. Il se dit que c'était peut-être ça, la vie en ville : les voisins étaient des étrangers et le crime constituait la norme. Une fille disparue n'était qu'une statistique de plus; pas de quoi interrompre le feuilleton télévisé.

L'église où Falcon devait retrouver Donnie Ray Callahan était un ancien motel rose à quelques rues de la Calle Ocho, l'un des nombreux à avoir été convertis en *iglesia* au cours des trente dernières années. Le quartier était un havre pour la communauté cubaine, même si, dans les faits, les Cubains s'étaient approprié bien plus que ces quelques pâtés de maisons. S'ils étaient arrivés par vagues successives depuis la révolution castriste, ils possédaient déjà une forte présence dans la ville depuis les années 1930. La Floride de l'enfance de Falcon était noire et blanche, mais le Miami de sa vie d'adulte avait toujours été un curieux mélange – où les motels étaient des églises, les parades des manifestations et la mode une revendication politique. Des Cubains aux avoirs gelés s'étaient bâti une nouvelle existence capitaliste, pendant que de nombreux locaux n'arrivaient pas à joindre les deux bouts, en dépit des aides mirobolantes du gouvernement.

À midi tapant, Falcon arriva sur le parking de l'église et se gara le long d'un terrain de jeu ombragé, près de la Crown Vic banalisée de Callahan.

« Qui est l'abruti qui prend les messages, chez vous ? » demanda Falcon sans préambule, penché par la fenêtre.

Callahan sirotait un soda à la paille, concentré comme s'il tentait de déchiffrer la pierre de Rosette.

« Qui ça, Henry ? répondit-il avec un sourire. Il est complètement inoffensif.

– Bon sang, tu pars quelques années et, d'un coup, plus personne ne te connaît et toutes les règles ont changé. »

Falcon et Callahan se connaissaient depuis l'académie; deux gars de la Floride rurale jetés dans la grande ville.

Ni l'un ni l'autre n'avaient bien vieilli, mais Callahan avait carrément l'air de macérer dans la saumure depuis dix ans. On dit que le nez et les oreilles ne cessent jamais de grandir et l'on imaginait sans peine le visage jurassique vers lequel il s'acheminait avec l'âge.

« Un de nos agents des stups avait un indic dans les cités nord, expliqua Callahan. Un jour, l'indic appelle le poste et dit qu'il doit voir l'agent fissa. Qu'il a un tuyau sur un gros trafiquant. L'officier de permanence contacte l'agent par radio, qui part retrouver son informateur. » Callahan but une gorgée de soda, puis aspira le fond de son gobelet avant de poursuivre : « Seul, figure-toi. Quelle connerie monumentale. J'imagine qu'il pensait connaître le gars. Bref, on l'a retrouvé trois jours plus tard, supplicié comme le Christ en personne dans un immeuble en construction. Ils l'avaient amputé du pied gauche et lui avaient écrasé des cigarettes partout sur le dos et la poitrine.

– Doux Jésus.

– Un jour de plus et il était bon pour le cimetière. Il a été suspendu le temps de l'enquête. L'inspection générale ne sait pas s'il était corrompu ou non. Quelqu'un voulait clairement lui soutirer des informations ; à moins que la cruauté n'ait atteint des sommets inédits auxquels je préfère ne pas penser. Bref, on ne passe plus d'appels radio quand un civil téléphone. Les messages sont notés, les rendez-vous consignés, et personne ne se déplace plus jamais seul.

– Pourtant tu es là, dit Falcon.

– J'ai deux collègues qui nous observent avec des jumelles », confessa Callahan en souriant.

D'abord, Falcon ne vit rien. Puis il les repéra : une autre berline banalisée à l'angle.

« Tu crois qu'ils attirent assez l'attention ?

– Tu ne les avais pas remarqués, répondit Callahan. De toute façon, ils ne vont pas nous déranger. Ils finiront sans doute par prendre le large quand ils verront que tu ne comptes pas me kidnapper ou me pendre par les pieds.

– Je ne sais pas comment tu fais pour supporter ça.

– Oh, merde, Ernie, c'est comme ça aujourd'hui : on sort avec des chaperons et on fait équipe pour les interventions. On n'a pas attendu la crucifixion du gars des stups. Les chefs pensent qu'on doit être plus productifs, ce qui veut dire qu'ils nous coupent le budget mais qu'ils veulent s'assurer que la criminalité n'augmente pas.

– Ils savent ce qui se passe dans la rue ? demanda Falcon.

– Pas vraiment. Ils pensent que la coke et l'héroïne sont l'équivalent moderne de l'herbe dans les années 1960, juste un passe-temps pour les jeunes chevelus aux idéaux bizarres. »

Callahan finit son soda et jeta le gobelet sur le plancher de la voiture.

« Ils ne réalisent pas que les trafiquants sont organisés, qu'ils ont établi des routes commerciales à travers le pays. Tu peux me croire, mon vieux, on n'est pas sortis de l'auberge. Il y a une nouvelle drogue en ce moment, un genre de cocaïne modifiée... Un truc d'une pureté dingue, qui se propage comme un virus et te rend accro dès la première bouffée. Les hauts gradés ne savent même pas que ça existe.

– Tu ferais mieux d'arrêter les frais. Il te reste combien d'années ?

– Je pourrais m'arranger pour être parti d'ici Noël, mais pour faire quoi ?

– Le privé aussi, ça fait voir du pays.

– Le prends pas mal, mais je préfère avoir un bureau et une équipe autour de moi. Je me sens moins seul.

– Ah ça, on peut dire qu'il te lâche pas d'une semelle, le bureau, rétorqua Falcon en hochant la tête vers la voiture banalisée. C'est vrai qu'il ne faut pas avoir peur de la solitude dans ce boulot, mais en vieillissant on n'y échappe pas de toute façon, quand tous les gens qu'on connaît commencent à mourir. Ma plus grande peur, ce serait de mourir seul assis à mon bureau, sans personne pour me retrouver.

– Qu'est-ce que je peux faire pour toi, Ernie ? Henry m'a dit que tu allais mettre le bordel dans une de nos affaires.

– J'ai été engagé pour retrouver une fille disparue, Holly Hernandez. Vous devriez être sur le coup, normalement. »

Callahan travaillait à la brigade criminelle du poste central de Miami. S'ils essayaient vraiment d'être plus *productifs*, les effectifs devaient être suffisamment réduits ces jours-ci pour que la moindre rumeur se propage en un rien de temps. Pourtant, Callahan répondit qu'il ne savait pas grand-chose.

« C'est arrivé hier. Comment tu as récupéré ça aussi vite ?

– La mère est passée hier matin, et devine qui s'est pointé juste après le déjeuner ? Le père, qui venait m'embaucher pour la même chose. »

Callahan laissa échapper un sifflement.

« Aucun des deux n'a pu me dire grand-chose. Disparue, pas de petit copain, les amies ne sont au courant de rien. Le père est resté assez énigmatique quant à son travail. Il bosse pour une holding qui, à ce qu'on dit, pourrait être liée à la CIA. Il a l'air de penser que sa fille est tombée sur quelque chose qui lui aurait flanqué la trouille. Il n'a pas voulu me dire quoi, et on en est restés là.

– Ça se tient, estima Callahan. Les agents chargés de l'affaire sont allés discuter avec les parents hier matin.

– Ensemble ?

– Ouais, chez la mère. Le père est arrivé au milieu de la discussion. Aussi peu coopératifs l'un que l'autre, mais c'est peut-être parce qu'ils se détestent.

– Qui est sur l'affaire ? demanda Falcon.

– Maker's Mark et le Gros Steve. »

Falcon réfléchit un moment. Au poste, tout le monde avait un surnom ; on pouvait vite manquer un changement de grade ou de sobriquet.

« Steve était aux mœurs, précisa Callahan, mais il s'est tiré dès qu'il a pu. Tu l'as sans doute croisé, mais je ne pense pas que tu aies bossé avec lui. Mark est le neveu d'un conseiller municipal.

– Ils savent ce qu'ils font ?

– Ce sont de bons policiers, mais on est tous sur les rotules.

– Je n'ai pas entendu parler de la fille aux infos.

– Ça, ce n'est pas de notre faute. On nous a demandé de rester discrets.

– C'est pour ça que tu as accepté de me voir malgré le nouveau règlement, dit Falcon en sortant une Pall Mall de son paquet. Qui a donné l'ordre ? »

Callahan haussa les épaules.

« Le lieutenant nous a demandé de ne rien dire aux médias, c'est ce qu'on fait.

– Tu sais qu'ils finiront par y fourrer leur nez de toute façon.

– Tu as parlé à qui ?

– Juan Delgado, répondit Falcon après avoir expiré un nuage de fumée.

– Alors je peux être sûr de trouver la photo de la fille en une demain matin, dit Callahan en riant. La vache, tu ne mentais pas quand tu disais que tu avais salopé l'enquête.

– Peut-être, mais je n'ai pas donné son nom.

– Avec un bon journaliste comme Delgado, ce n'est pas la peine, dit Callahan avec désapprobation. Ça fait les gros titres demain.

– Bah, je n'avais pas grand-chose à lui apprendre. En fait, j'espérais qu'il aurait des infos pour moi.

– Il fallait bien que ça sorte un jour, mais s'il laisse entendre que tu lui as parlé, ça pourrait te fermer des portes.

– Alors vous n'avez rien sur la fille, pour le moment ?

– Pas que je sache. Ils se disent sans doute qu'elle s'est taillée avec un petit copain. Je sais, je sais, tout le monde dit qu'elle n'avait pas de mec, mais bon.

– Je n'ai rien dit.

– Ils interrogent aussi les témoins, des gens qui l'auraient vue. La routine. »

D'une pichenette, Falcon jeta son mégot sur le parking.

« Tu m'appelles s'ils trouvent quelque chose ?

– Je te tiendrai au courant, dit Callahan, mais seulement si tu fais la même chose pour moi.

– Je passerai bientôt au poste. Je voudrais faire quelques recherches sur le paternel. Tu es toujours partant pour déjeuner ? »

Callahan jeta un œil à sa montre, qu'il portait à l'intérieur du poignet.

« On va devoir remettre ça, malheureusement. Tu devrais proposer à mes collègues, dit-il en faisant un signe de tête vers l'équipe de surveillance.

– Je passe mon tour, sauf si c'est toi qui régales. Tu ne

pourrais pas me faire une petite recherche sur Bobby West, par hasard ?

– Je suis sûr que Steve et Mark s'en sont déjà occupés. Tu as une carte ? Je vais leur demander de te faxer ça cet après-midi. »

Falcon sortit une carte écornée de son portefeuille et la lui tendit.

« Oh, une dernière chose : j'ai croisé Frank Navarro l'autre jour.

– Ah ouais ? »

Callahan n'avait pas l'air surpris, ce qui voulait dire que Navarro était venu le voir aussi.

« Il m'a invité à déjeuner à l'improviste, dit Falcon.

– J'ai entendu dire qu'il faisait ça, ces derniers temps.

– Ah, toi aussi il t'a proposé ?

– Il a assez de jugeote pour ne pas me contacter, dit Callahan.

– Je pensais que ce serait la même chose pour moi.

– Tu l'as dit. Qu'est-ce qu'il voulait ?

– Il m'a parlé d'une opportunité, m'a dit que plusieurs de vos gars étaient dans le coup.

– Il ne lâche jamais l'affaire, dit Callahan avec un grand sourire.

– Faut croire que non. Il a mentionné le nom de Bill Johnson. »

Callahan se frotta le menton en suçotant ses lèvres.

« Ça fait un moment que Bill est à côté de ses pompes, dit-il. Il travaille à deux à l'heure et s'occupe surtout de la paperasse. S'il a accepté quoi que ce soit, c'est surtout Frank qui va en avoir pour son argent.

– C'est ce que je pensais. Je me demandais si tu avais entendu parler de tout ça.

– Tu vas accepter sa proposition ?
– À plus tard, Donnie Ray. »

*

La circulation de midi encombrait toujours la chaussée. Au lieu de perdre son temps dans les embouteillages, Falcon sortit sur la 12e Avenue et s'arrêta dans une rue adjacente. Il connaissait un petit bar situé dans l'arrière-salle d'une épicerie latino où il pourrait laisser passer l'orage. Il avait l'intention de boire un petit verre avant de se remettre en route, mais finit par écluser trois tournées en réfléchissant à Holly Hernandez, Bobby West et Frank Navarro. Un seul des trois lui aurait causé assez d'ennuis pour la semaine – voire pour l'année –, mais là c'était à se demander si le karma avait une dent contre lui. Ses enfants ne diraient sans doute pas le contraire.

Falcon sirotait lentement sa bière. Personne dans la *cantina* ne semblait prêter attention à lui, même s'il avait nettoyé son assiette de bananes plantain et de porc mariné. Les employés étaient occupés à réapprovisionner les rayons de l'épicerie avant la sortie des bureaux. Le barman, calot en papier blanc sur la tête et sourire aux lèvres, faisait aussi office de cuisinier. La bière n'était pas chère, soixante-quinze cents la canette. Bien sûr, le pack de six était à trois dollars dans la boutique, mais Falcon n'en était pas encore à écluser des bières dans sa voiture ou au bureau. Les visages souriants et les lumières fluorescentes de la civilisation lui procuraient un certain réconfort.

En arrivant au bureau, il vit que Callahan avait tenu parole et lui avait faxé un dossier de trois pages sur Bobby West. Une note manuscrite précisait que West disposait d'une habilitation de sécurité suffisante pour que la plupart des informations le concernant soient inaccessibles. Falcon ne savait pas ce que trafiquaient les fédéraux, mais le dossier de police se limitait à ses titres de propriété, ainsi qu'à ses antécédents bancaires et judiciaires. Pourtant, avec le matériel adéquat, on pouvait monter un dossier sur n'importe qui.

Malheureusement, celui de Bobby West était en tout point banal. Marié dans la vingtaine, exempté du Vietnam pour raisons familiales, séparé, une fille. L'homme vivait à Miami depuis des années et y était propriétaire de deux maisons – une pour lui, l'autre pour son ex-femme. Il payait ses impôts rubis sur l'ongle, n'avait pas la moindre dette et semblait n'avoir jamais commis ne serait-ce qu'un excès de vitesse. Falcon feuilleta le dossier une deuxième fois, bien conscient que tout autre flic aurait pris West pour un citoyen modèle. Le Groupe Artium figurait depuis des années en bonne place dans le registre de Dun & Bradstreet, Robert West y étant répertorié comme directeur financier, en charge d'une trésorerie de cent millions de dollars. La richesse de West aurait pu irriter certains policiers – ceux qui perdaient régulièrement une partie de leur salaire dans des parties de poker clandestines –, mais beaucoup d'entre eux avaient eux-mêmes une pension alimentaire à payer. Ils seraient donc solidaires de ce type, dont la femme récupérait cette grande baraque pendant qu'il continuait de payer le crédit et Dieu sait quoi d'autre encore.

Mais Falcon n'était pas homme à lâcher une idée une fois qu'elle s'était ancrée dans son esprit. Une grande partie de son travail reposait sur l'instinct, les intuitions, la capacité à tâtonner dans le noir – et il sentait que Bobby West n'était pas net. Il en aurait parié sa retraite. La fille était peut-être un leurre, à moins qu'elle n'ait découvert quelque chose de compromettant. Quoi qu'il en soit, il suffisait d'être dans la même pièce que lui pour le sentir : l'homme était à deux doigts de commettre un crime. Falcon tapota les documents sur son bureau en murmurant : « Bobby, Bobby, Bobby... Qu'est-ce que tu manigances ? »

Le détective se radossa pour reprendre son souffle. Il avait besoin de perdre quelques kilos. Il faudrait qu'il se remette en forme et mange plus sainement s'il voulait diminuer son traitement contre l'hypertension. Sa femme disait toujours que le cholestérol finirait par avoir sa peau. Et la boisson n'arrangeait pas non plus les choses. Encore un peu assommé par son passage à la *cantina*, il s'assoupit quelques minutes.

La sonnerie du téléphone le tira du sommeil. Il flottait dans un rêve dont les détails s'estompèrent à mesure qu'il émergeait.

Dans le rêve, il avait acheté une ferme, une élégante maison de campagne où il comptait prendre sa retraite entouré de chevaux et s'occuper de sa femme. Il pouvait sentir l'odeur de la sciure et du plâtre, le parfum âcre de la terre retournée. Mary Catherine, venue visiter la maison, affichait une moue contrariée. « Qu'est-ce qu'il y a ? » lui demandait Falcon. Elle s'avançait sous la charpente pour inspecter les lieux, les mains sur les hanches. « Attention ! » criait-il, craignant pour sa sécurité même en rêve, toujours certain qu'elle allait trébucher sur quelque chose. Mary Catherine tournait sur elle-même, encore et encore, avant de désigner une cloison porteuse : « Ce mur n'est pas au bon endroit... et tout est tellement sale. » « C'est un chantier, répondait-il en la rejoignant, c'est normal qu'il y ait de la poussière. » « Oui, mais est-ce qu'ils sont obligés de laisser traîner leurs gobelets comme ça ? » C'était vrai, un gobelet de polystyrène était posé sur une planche, en équilibre entre deux tréteaux. « Ils vont ranger », disait-il, mais sa femme s'était transformée en Frank Navarro. Ce dernier était aussi petit que dans la vie, mais sa lèvre inférieure, qu'il retroussait lorsqu'il décidait de passer aux choses sérieuses, était large comme un bec. « Hé ! » Il interpellait l'un des ouvriers qui travaillaient sur la charpente du deuxième étage et débitait une tirade en espagnol sur un ton qui, Falcon le savait, voulait dire : « Il va falloir mettre un peu d'ordre dans tout ça. » Il agitait les mains, sifflait et secouait la tête avec désapprobation, puis ouvrait la bouche, comme sur le point d'ajouter quelque chose.

Le téléphone sonna de nouveau. Cette fois Falcon surmonta sa léthargie et décrocha le combiné.

« Ça va, mon vieux ? demanda Juan Delgado à l'autre bout du fil.

– Oui, oui, je suis un peu distrait.

– Je te dérange en pleine *siesta* ?

– Qu'est-ce que je peux faire pour toi, Juan ? demanda Falcon, tandis que son rêve refluait comme une vague descendante.

– J'ai fait quelques recherches sur la fille disparue et je dois dire que tes collègues n'ont jamais été aussi peu coopératifs.

– Ouais, un vieux copain m'a dit qu'on leur avait demandé de faire profil bas.

– On sort un papier demain, mais il n'y a pas grand-chose d'officiel. Je t'appelle pour te demander ce que tu sais sur le père.

– Tu es bien journaliste d'investigation après tout, sourit Falcon. Je me suis renseigné sur son compte auprès d'anciens collègues.

– Et ?

– C'est un homme d'affaires qui pourrait avoir des liens avec la CIA... À moins que ce ne soit un agent de la CIA avec une couverture dans les affaires. Ce n'est pas ça qui manque à Miami.

– Eh bien, tu ferais mieux de creuser la question si tu veux retrouver la fille. Ça fait des années que son groupe perd des sommes colossales dans des investissements immobiliers foireux. Ils se sont lancés à l'époque où les taux d'intérêt dépassaient les 18, 19 %. Ce qui prend tout son sens si leur directeur financier n'est qu'un homme de paille dont la vraie mission est de surveiller les Cubains.

– Qu'est-ce que ça a à voir avec la fille ?

– Peut-être rien, peut-être tout. Ces types ont une manne d'argent en provenance de Washington, donc ils peuvent se permettre d'en perdre autant, mais je n'arrive pas à savoir ce qu'il en est de leur capital-investissement.

– Tu peux parler normalement ?

– OK, donc la CIA s'installe à Miami et ils veulent au moins faire semblant d'être discrets, d'accord ? Donc ils créent le Groupe Artium, injectent des fonds dans la boîte et achètent une série de propriétés. Artium devient promoteur immobilier. Ils embauchent peut-être un tas d'employés ordinaires et les laissent faire leur travail, puisque de toute façon, s'ils se plantent trop, ils pourront toujours les virer et décrocher un nouveau prêt de Washington. Le problème, c'est qu'on ne peut pas réussir dans la vie sans attirer l'attention. Si j'ouvre un fast-food, tout le monde s'en fout, mais si j'ouvre une chaîne de quinze restaurants, je vais me retrouver avec McDonald's sur le dos. Ils vont se dire : "Attends une minute, ce type est en train de grignoter nos marges." Et donc ils me rachètent. C'est le rêve américain : grandir, revendre, s'enrichir.

– Et tu penses que le Groupe Artium est devenu trop gros.

– Tu as vu leur bilan ? C'est un géant. Je suis sûr que d'autres promoteurs du coin les ont dans le collimateur et ont déjà fait des offres de participation. Mon problème, c'est que je n'arrive pas à voir qui.

– Tant qu'Artium n'a pas accepté, ça n'a pas d'importance, si ?

– Comment tu sais qu'ils n'ont pas accepté ? demanda Delgado.

– Tu me disais qu'ils avaient des fonds illimités. Pourquoi est-ce qu'ils accepteraient les investissements ?

– Ah, c'est là que ça se corse. À ton avis, que veulent tous ces gens ? Washington, la CIA... ils veulent savoir ce qui se passe avec Cuba. Ils veulent si possible éliminer Castro et s'assurer que les exilés ne fassent pas trop de vagues à Miami. Mettons que Bobby West veuille grosso modo la même chose, c'est-à-dire faire du bon boulot.

– Jusque-là, je te suis.

– Pendant ce temps, le reste du monde ne pense qu'à devenir riche. Bien sûr, il y a des exilés qui veulent refaire la baie des Cochons, monter dans le premier bateau venu et envahir Cuba, mais la plupart d'entre eux sont devenus capitalistes. En théorie, eux aussi veulent liquider Castro, mais c'est seulement parce qu'il a gelé leurs actifs. C'est la rancune contre la cupidité, or la cupidité finit toujours par gagner. Je parie que quelqu'un a compris ce qui se tramait au Groupe

Artium et est allé conclure un marché avec Bobby West. Quelqu'un a vu une chance de s'enrichir en pigeonnant la CIA et a convaincu West d'accepter une participation pour faire avancer sa cause.

– Tu es en train de me dire qu'un promoteur a investi dans le Groupe Artium en promettant à West un tuyau sur Castro, et compte se faire un maximum d'argent au passage.

– En tout cas, c'est possible, répondit Delgado.

– Et si West réussit à faire bouger les choses ? Organiser l'invasion de Cuba, par exemple.

– Alors, c'est la rancune qui triomphe.

– Donc tu penses que cet investisseur est un exilé cubain.

– C'est ce qui me semble le plus probable.

– Mais tu ne sais pas qui.

– Je ne sais même pas si cet investisseur existe vraiment. J'essaie juste de m'expliquer pourquoi personne n'a entendu parler du Groupe Artium, comment cette entreprise peut dilapider des sommes pareilles sans attirer les vautours et pourquoi le directeur financier se retrouve soudain dans le pétrin.

– Tu penses que la fille a été kidnappée ?

– Je n'en sais rien, Ernie. Je ne peux pas publier un traître mot de tout ça. Je dis juste que quelque chose ne colle pas, mais c'est peut-être une coïncidence. Juste une autre fille enlevée par un cinglé, dont le portrait finira imprimé sur les briques de lait. À moins qu'elle ne soit partie pour Hollywood en stop. Mais si tu veux la retrouver, je mise sur Bobby West.

15

Bobby West retrouva son contact Felix pour le petit déjeuner au Café Arugula de South Beach. C'était un endroit agréable avec six tables dans un patio abrité derrière une grille en fer forgé. Un serveur en habit noir, dont le bloc-notes dépassait d'une poche de tablier, se tenait près d'une table et écoutait un abruti déblatérer des platitudes gastronomiques. La prétention du lieu gênait West, mais il avait connu pire. Par chance, Felix semblait à son aise, comme dans un patio de Little Havana entouré de ses camarades de *la lucha*. Bien qu'il soit cubain, Felix avait la peau très pâle, presque blanche, et des cheveux bouclés très foncés. Il avait le visage plat, le nez aussi crochu qu'un bec et le menton fendu en deux par une fossette, comme une paire de fesses.

West n'avait aucune idée de ce que Felix pensait de son plan, mais tant qu'il n'aurait pas retrouvé sa fille ou l'argent, il ne voyait pas d'alternative. La patience de M. French serait bientôt à bout, et le gouvernement semblait être sa meilleure option. Après tout, c'était lui qui finançait le Groupe Artium. L'entreprise générait assez de profits pour émettre Radio Marti jusqu'à La Havane, mais ce n'était pas suffisant pour faire ce qu'il fallait avec Cuba.

« Ce que tu dois comprendre, c'est que Mini Mark Brown n'a aucune expérience de terrain, dit West. Et quand je dis aucune, c'est zéro, *nada*. Même pas comme garde-côte. Avec lui, tout est théorique. Il pourrait sans doute te parler de Clausewitz et Jomini pendant des heures, ou t'exposer les pensées de Mao sur l'insurrection, mais le fait est qu'il n'a jamais mis les pieds sur le terrain et qu'il est responsable de tous les agents de la CIA à travers le monde. »

Felix écouta la tirade sans broncher. Il buvait son café en attendant que West en vienne au fait.

« Ça veut dire qu'il ne prend pas toujours la mesure de ce qu'on fait, du temps qu'une mission peut durer, des obstacles qu'on rencontre. C'est comme un manager qui dirige mal son équipe et qui s'étonne ensuite que les ventes soient médiocres. Moi, j'obtiens des résultats. C'est mon boulot. Mais merde, on fait ce qu'on peut avec ce qu'on a et c'est comme si Washington voulait qu'on échoue.

« Quand on sera là-bas, laisse-moi parler. Je veux que tu viennes pour qu'il puisse mettre un visage sur ton nom, mais il n'est pas curieux de nature. Il ne te posera pas de questions et ce n'est même pas dit qu'il se souvienne de ce rendez-vous. Mais c'est important que tout soit fait dans les règles pour que le plan puisse se dérouler sans accroc.

– Tu lui fais confiance ? demanda Felix.

– Je n'en ai pas besoin. Mini Mark n'est qu'un pantin. Une fois la machine enclenchée, il n'y a rien qu'il puisse faire. »

Le garçon vint leur resservir du café. Felix refusa. West demanda l'addition. Ils avaient un vol pour Washington à onze heures et un rendez-vous avec Mini Mark en fin d'après-midi.

« Pourquoi impliquer cet homme, si on n'a pas besoin de lui et que ce n'est pas un allié solide ?

– Bonne question. Dans notre organisation, tout est affaire d'archives. Rien n'existe à moins qu'il n'y ait un document pour l'attester. Notre rencontre avec Mini Mark laissera une trace écrite. Si je rédige un livre blanc, ça en fait une autre. Et si tu fournis des renseignements sur tes copains de Cuba Omega, ça en fait une de plus. Ces documents resteront classés secrets, mais commenceront à brosser un tableau en interne : Cuba n'est plus maîtrisé. Les exilés perdent patience, et on a une occasion de capitaliser sur cette agitation.

– Ah ça, je ne connaissais pas, dit Felix avec un sourire. Capitaliser.

– Dans une société comme la nôtre, c'est sans doute le mot le plus important, celui qui donne le plus de pouvoir. En utilisant les exilés à notre avantage, on a une chance de faire tomber Castro. Et si on fait tomber Castro, les États-Unis obtiennent leur retour sur investissement. Notre boulot, c'est de leur vendre l'idée pour qu'ils débloquent les fonds. »

Felix alluma une cigarette et regarda autour de lui d'un air curieux.

Bobby West croyait comprendre *la lucha*. À Miami, les exilés cubains représentaient 56 % de la population et presque tous vouaient une haine farouche à Fidel Castro. Ils étaient arrivés aux États-Unis par vagues successives, après la destitution de Batista. Ils voyaient ce dernier comme le larbin de l'Amérique (ce qu'il était) et se sentaient ignorés par la CIA depuis la baie des Cochons (ce qu'ils étaient).

L'Amérique avait la responsabilité de libérer Cuba, et elle l'avait laissée tomber. Ce qui était au départ un exil temporaire se prolongeait maintenant depuis une génération, le temps pour eux de faire des enfants, de retrouver leur richesse perdue et de devenir excessivement nostalgiques de la vie dans leur patrie d'origine. La nature humaine est ainsi faite qu'elle se languit toujours du bon vieux temps, des jours anciens qui nous sauvent de la terreur du présent. Les exilés étaient des révolutionnaires – ou des contre-révolutionnaires, qui pouvait le dire – et cela faisait presque trente ans qu'ils avaient soif d'action. Grâce au Groupe Artium et à son arrangement avec M. French, West avait trouvé une occasion de provoquer le changement, malgré la mauvaise volonté des bureaucrates de la CIA.

Mais là, il avait besoin de fonds.

Holly était partie avec l'argent, cela ne faisait aucun doute – trois millions de dollars volés dans le coffre de son père sans la moindre arrière-pensée. West avait donc organisé ce rendez-vous avec le sous-directeur des opérations, Mini Mark Brown, dont le bureau se trouvait dans un immeuble anonyme de la Rue F, à quelques pâtés de maisons au nord de Pennsylvania Avenue – une base d'opérations à proximité de Langley. Accompagné de Felix, qui se faisait passer pour un ressortissant cubain, il survola la Virginie du Nord, le Piedmont, les champs de tabac, les usines bordant l'Interstate 95, avant d'atterrir dans un enchevêtrement d'infrastructures soignées. Pelouse verte, ciment frais, fenêtres noires et chaussées lisses : Wall Street pouvait aller se rhabiller et Hollywood se faire mettre. Dans ce pays, c'était à Washington que se trouvait l'argent. La capitale avait l'air propre et moderne, mais en roulant dans la ville, on avait surtout l'impression d'être dans un nid d'espions.

Un hélicoptère vrombit dans le ciel. Les roues bourdonnaient sur l'asphalte. Les immeubles réfléchissaient le bleu du ciel et le vert du gazon comme les lunettes d'un shérif de campagne à la gâchette facile. Qui sait quels yeux les observaient ?

Un soleil aveuglant se reflétait sur le béton des rues du centre-ville. Évitant les touristes et les écoliers, West et Felix s'engouffrèrent dans ce qui ressemblait au hall d'entrée d'une agence de voyages ou de location de voitures. À l'accueil, une employée élégante se leva et leur offrit du café et des viennoiseries pendant qu'elle prévenait Mini Mark.

« M. Brown va vous recevoir », annonça-t-elle quelques minutes plus tard.

Elle appuya sur un bouton ; le mur à côté d'eux coulissa pour révéler un couloir désert menant à un monte-charge. Alors qu'ils s'éloignaient, West expliqua :

« C'était le tout premier QG, avant même qu'on ne porte le nom d'OSS. Roosevelt voulait un service de renseignement étranger pour surveiller les finances mondiales pendant la Grande Dépression. Il avait embauché une flopée de banquiers et de journalistes au chômage. Les jeux d'espions ont commencé quand l'Allemagne a envahi la Pologne. »

Le monte-charge s'arrêta au huitième étage dans un bruit métallique. Les portes s'ouvrirent sur une salle de conférences éclairée à l'halogène où Mini Mark les accueillit sans faire les présentations d'usage.

« Bobby, content de vous voir. Installez-vous. »

Personne ne mentionna Felix, qui les suivit et s'assit à côté de West.

Extrêmement grand, presque émacié, Mini Mark avait une silhouette de lampadaire et semblait tout aussi lent à l'allumage. C'était un personnage influent dans les politiques de bureau. Il connaissait tout le monde – du général Westmoreland à George Bush – et finirait sûrement par être candidat au poste de directeur. Il portait d'incroyables lunettes à double foyer et parlait d'une voix monocorde qui aurait dû le reléguer aux rôles de second plan, mais étrangement, malgré sa complète absence d'expérience militaire ou de terrain, il avait gravi les échelons depuis un trou paumé de la Rust Belt jusqu'aux plus hautes responsabilités des services secrets. Le nom de la CIA évoquait des images de parachutistes en Asie du Sud-Est, d'agents clandestins en Allemagne de l'Est ou de jumelles de vision nocturne en Amérique latine, pourtant cet homme à l'esprit aussi aiguisé qu'un couteau à beurre, qui n'aurait jamais survécu une semaine dans la jungle, était presque plus influent que le Président lui-même dans les cocktails de Washington.

Mini Mark ouvrit la chemise posée devant lui et étudia quelques instants les documents qu'elle contenait.

West était impatient. Il avait organisé ce rendez-vous et n'avait pas toute la journée devant lui, mais par souci de diplomatie il laissa le sous-directeur se croire aux commandes.

« Alors vous êtes responsable de Cuba, dit finalement Mini Mark.

– C'est ce qu'il semblerait.

– J'ai lu votre livre blanc sur le détournement de l'année dernière. Une lecture captivante.

– Je suis en train de rédiger le suivant, qui porte sur notre stratégie dans le sud de la Floride.

– Six Cubains sans scrupule veulent rentrer chez eux et décident de faire un coup d'éclat », poursuivit Mini Mark en tournant une page du dossier, qui n'était pas le livre blanc de West.

Si le présent était à l'image du passé, le rapport en question prenait la poussière sur une étagère ; il serait déclassifié et publié dans un journal quelconque d'ici trente ans.

« Ils pensaient frapper un grand coup, rentrer au pays en fanfare. Mais maintenant qu'on a rouvert les liaisons directes, j'aurais tendance à penser que la situation n'est pas si mauvaise. Plus aucune raison de détourner des avions, n'est-ce pas ?

– Sans doute. Les exilés semblent heureux d'avoir trouvé un moyen de rentrer chez eux, mais cela ne résout pas notre éternel problème. Ils ne se sont pas intégrés, et commencent à faire des vagues.

– J'ai lu votre conclusion, dit Mini Mark en tournant une autre page : “Il semble inévitable qu'un autre incident vienne agiter la scène politique, peut-être même sur le sol américain.” Un acte de terrorisme intérieur, donc, ce qui relève du FBI. Je sais que tout est lié – ce n'est pas parce que rien ne fonctionne à Washington que nous sommes tous obtus –, mais nous recevons nos ordres du Président et, pour le moment, cela veut dire maintenir le statu quo à Cuba. »

Batista, Castro, la CIA, le communisme : autant d'acteurs d'un combat long de plusieurs décennies pour débarrasser Cuba du dictateur communiste, rouvrir le pays et permettre aux exilés de rentrer chez eux en démocratie. West travaillait à la CIA depuis l'administration Johnson, il comprenait la politique. Il avait vu défiler de nombreux directeurs et des idées brillantes mises au placard, s'était occupé d'agents en défection et avait vu la CIA se désintéresser progressivement de Cuba. Maintenant, c'était à son tour de se retrousser les manches. Il allait faire bouger les choses.

« Je pense qu'on peut encore contenir le sud de la Floride, dit-il, mais les exilés ne sont pas près de renoncer. Il nous faut un plan à long terme.

– Nous sommes tous sous pression à Washington, dit Mini Mark en plissant les yeux. Miami est à des milliers de kilomètres, et, vu d'ici, il semblerait que les exilés soient en train de s'assimiler. Il se passe des choses plus importantes dans le monde, surtout au Moyen-Orient.

– Avec tout le respect que je vous dois, vous sous-estimez Fidel et les exilés.

– Qui sont ces exilés ? demanda Mini Mark. Est-ce qu'il s'agit d'un groupe organisé, homogène ? Non. Ce sont des révolutionnaires du dimanche, et ce n'est pas à nous de les coordonner. C'est là que Kennedy a fait fausse route.

– Organisés ou non, vous ne pouvez pas les ignorer, répondit West. Si on ne leur donne aucune raison d'espérer, ils vont s'impatienter et commencer à agir de façon irrationnelle. L'objectif, la cible ultime, c'est Fidel.

– Fidel est un rat qui n'attend qu'une brèche où se glisser. Ce que je veux, c'est que vous gardiez le cap. Pas de brèche pour Fidel.

– Vous avez raison, concéda West. Castro est un rat et il nous cause encore bien des problèmes. Mais les exilés aussi. On n'en parle pas dans les journaux, mais ils sont plus nombreux que les anglophones à Miami, maintenant. Et ils sont en colère. Ils pensent qu'on les a abandonnés, qu'on est de mèche avec Fidel.

– C'est grotesque.

– Peut-être, mais d'après nos informateurs, la majorité des exilés pensent qu'on s'en lave les mains.

– Qu'est-ce que vous en dites ? demanda Mini Mark à Felix.

– Je pense qu'il a raison.

– Ce n'est pas comme si la situation nous enchantait non plus.

– Je comprends votre position, continua Felix. Ce n'est pas le cas de tous mes amis à Miami, mais je sais que vous êtes très occupé avec le reste du monde.

– Vous suivez l'actualité, n'est-ce pas ? demanda Mini Mark en haussant le ton.

– Cuba est une île, poursuivit Felix. La situation est sous contrôle…

– L'Iran nous mène la vie dure en ce moment.

– Il n'y a plus d'armes nucléaires dans le pays.

– Et personne ne joue fair-play.

– Seulement des fermiers et des socialistes, dit Felix.

– Si vous voulez un peu de courtoisie, vous n'avez qu'à retourner au XIXe siècle.

– Un tas de paysans en colère.

– C'est un vrai jeu de massacre, à Washington.

– Mais quand la prochaine révolution aura lieu…

– Répétez ça, dit Mini Mark, soudain attentif. Quelle révolution ? De quoi parle ce type ? »

West sourit et secoua la tête.

« Ce que je dis, c'est que Miami n'est pas stable, répondit Felix. Je comprends votre position, mais je ne suis pas sûr que vous mesuriez l'atmosphère qui règne parmi les exilés. Sauf votre respect, nous sommes plus organisés que vous ne le croyez, et ce n'est qu'une question de temps avant que, bon...

– Qu'est-ce que vous me recommandez de faire ?

– Idéalement ? Envoyez un commando pour faire tomber Castro. Organisez une opération clandestine s'il le faut, mais laissez les exilés rentrer chez eux. »

West souriait comme un benêt, mais il décida d'intervenir avant que Felix ne pousse le bouchon trop loin. Mini Mark travaillait avec toutes sortes d'agents et tolérait les orientations politiques les plus diverses, parce qu'il savait que l'information était plus précieuse que l'idéologie – mais il n'avait pas moins de testostérone qu'un autre.

« Comme ce n'est pas à l'ordre du jour, dit West, nous avons quelques alternatives.

– Par exemple ? demanda Mini Mark, qui avait déjà oublié Felix.

– Eh bien, j'ai trouvé un moyen d'injecter de l'argent dans l'organisation de Felix, sous forme de prêt à court terme.

– Pas par nous ?

– Non, un marché avec le Groupe Artium. Totalement clean.

– C'est ce que je veux entendre, approuva Mini Mark.

– Je ne suis pas sûr que la suite vous plaise. »

Le sous-directeur perdit son sourire.

« Malgré les efforts de la DEA, poursuivit West, la drogue continue d'affluer à Miami et la guerre fait rage entre les Colombiens et les Cubains. En échange de soutien et d'informations, certains exilés ont accepté de faire affaire avec nous. Nous les aiderons à tenir les Colombiens à distance et investirons dans un fonds pour qu'il y ait une trace écrite, ce qui nous laisse suffisamment d'argent à blanchir, qu'on peut utiliser comme on le veut.

– Qu'est-ce qu'ils y gagnent ?

– Notre soutien implicite à leur organisation politique.

– Impossible, répondit immédiatement Mini Mark.

– On ne vous demande pas d'éliminer Castro », intervint Felix.

West agita la main.

« Felix et ses collègues tiennent seulement à s'assurer que nous souhaitons aussi l'écarter du pouvoir. S'ils arrivent à déclencher un soulèvement, ils veulent avoir la certitude que nous les soutiendrons.

– Vous pouvez nous laisser une minute ? » demanda Mini Mark à Felix.

Une fois le Cubain parti, il reprit :

« Ce n'est pas dans mes habitudes de refuser de l'argent, quelle qu'en soit la provenance, mais vous êtes en train de me demander d'approuver un partenariat avec des trafiquants de drogue. Bon sang, vous êtes même allé jusqu'à en amener un dans mon bureau. Vous êtes malade ou quoi ?

– Felix n'est pas un trafiquant.

– Si ses amis le sont, c'est du pareil au même. Qui est-il, alors ? Où est-ce que vous l'avez trouvé ?

– Est-ce que c'est important ?

– Bobby, Reagan est plus décidé que jamais à en finir avec la drogue. Il est persuadé de pouvoir gagner cette guerre, de pouvoir éradiquer jusqu'au dernier gramme de marijuana dans le pays. Nous sommes une agence fédérale et, en tant que telle, nous devons soutenir notre Président.

– Vous savez comme moi que les politiciens ne font qu'un temps.

– Les vents changent, mais pour l'instant on a un vent dominant, qui souffle fort dans une direction très claire. Si j'acceptais ce que vous me proposez, il faudrait le cacher au Président. On ne peut pas permettre que des fonds américains fassent la navette entre des trafiquants de drogue et des révolutionnaires cubains. C'est un coup à se faire condamner pour trahison. »

Le problème était là. À Washington, tout le monde avait une carrière à protéger. Il ne s'agissait pas de servir son pays, mais de se servir soi-même. Depuis plus de dix ans, Miami était inondé par l'argent des drogues colombiennes, mais cela ne dérangeait personne. Pas plus qu'on ne s'inquiétait du fait que la CIA s'enrichissait secrètement grâce aux drogues en provenance d'Asie centrale. Mais que Bobby West redistribue cet argent à des exilés voulant renverser Fidel Castro, alors là non, ça ferait mauvais genre.

« Vous n'avez pas à vous inquiéter de laisser des traces, affirma West. J'ai trouvé un moyen pour que ça n'apparaisse pas.

– Le type dans le couloir.

– Il possède les contacts, la langue, et il est prêt à nous aider.

– Qu'est-ce qu'il sait, au juste ?

– Il pense que l'endiguement[1] est un coup de bluff et que Washington interviendra dès que les exilés amorceront un coup d'État.

---

1. L'endiguement (*containment*) est la stratégie de politique étrangère adoptée par les États-Unis durant l'après-guerre. L'endiguement visait à stopper l'extension de la zone d'influence soviétique et à contrer les États susceptibles d'adopter le communisme.

– Et si la révolution ne se matérialise pas ?

– Il leur divulguera certaines informations, qui permettront au moins de réfréner leurs ardeurs pour le moment.

– Et ensuite ?

– J'ai une deuxième recommandation pour vous, dit West. Felix a raison : la situation à Miami n'est pas stable. Au cas où, par malheur, la violence éclaterait localement, je vous recommande d'ajouter officiellement une provision au budget, pour que nous soyons en mesure de réagir rapidement. »

Mini Mark se renfonça dans son siège, les yeux dissimulés par le reflet de ses lunettes. C'était le moment qu'attendait West. Tout le reste, sa tirade sur la révolution, l'argent, la drogue, n'était qu'un prétexte pour convaincre le sous-directeur de lui accorder un financement supplémentaire, en lui vendant l'idée qu'en cas de problème – un problème dont on voyait déjà les signes annonciateurs – West aurait de quoi enrayer la crise. Il était prêt à parier que Mini Mark mordrait à l'hameçon. On ne pouvait pas échouer en présentant sa requête comme une mesure de sécurité. Si les directeurs détestaient prendre des décisions audacieuses, ils craignaient encore plus d'être le dernier homme debout quand la musique s'arrête. Compte tenu du fonctionnement de la CIA, les agents pouvaient faire tout ce qu'ils voulaient. Qu'ils passent leur temps à recueillir des informations ou à se taper des putes importait peu, pourvu que leur région du monde ne fasse pas de vagues. Tout le monde aimait le calme. West donnait l'impression d'être là pour protéger Mini Mark, pour lui permettre de dormir sur ses deux oreilles en sachant qu'il atteindrait la retraite sans qu'un scandale vienne éclabousser sa carrière. West devait rester ferme sur ce point. Pour que son rêve de retraite paisible reste intact, Mini Mark devait s'assurer que les vents de Washington soufflent dans la bonne direction, et cela devait absolument prendre la forme d'un investissement de trois millions de dollars dans Cuba Omega. Organiser un entraînement révolutionnaire bidon. Armer les exilés en vue d'une guérilla qui n'aurait jamais lieu. Les laisser en plan s'ils tentaient d'envahir Cuba. Endiguement. Déni plausible[1]. Notes de frais. Tout ça grâce au système de gouvernement décentralisé des États-Unis.

« Tout ce que je peux faire, déclara le sous-directeur, c'est écrire un rapport, relayer la recommandation d'un agent sur le terrain. Les crédits n'arriveront pas avant juillet-août, mais je peux toujours mettre ça par écrit en espérant que personne ne s'y oppose.

– C'est tout ce que je vous demande.

– C'est tout ce que vous me demandez, répéta Mini Mark d'un air désapprobateur, en s'humectant les lèvres tel un reptile à l'affût. Autre chose ?

– Non, monsieur, dit West avant de se lever et de lui tendre la main.

– Plus personne ne respecte la valeur d'une poignée de main, de nos jours.

– Pour moi, c'est toujours aussi sacré.

– Ne revenez pas à Washington cet été. »

---

1. Le « déni plausible » (*plausible deniability*) est un concept juridique inventé par la CIA dans les années 1950. Il s'agit de la possibilité pour des individus (généralement des responsables officiels) de nier connaître l'existence d'actions condamnables commises par d'autres dans une organisation hiérarchique ou d'en être responsables en l'absence de preuves pouvant confirmer leur participation, et ce, même s'ils ont été personnellement impliqués ou ont volontairement ignoré ces actions.

16

Holly et Keith finirent par arriver à Savannah. Ils franchirent le seuil de l'appartement poussiéreux en milieu de matinée, épuisés, et dormirent entre les draps sales jusqu'à la tombée du jour. À son réveil, Keith trouva Holly dans le salon, occupée à lire un roman de John D. MacDonald. Il n'y avait pas grand-chose d'autre à faire pour s'occuper. Keith ne gagnait pas trop mal sa vie comme vendeur de cigarettes – pas de quoi faire des folies, mais suffisamment pour acheter une télévision couleur et maintenir un stock constant de glaces et de bières au frigo. Néanmoins, l'appartement était un deux-pièces au rez-de-chaussée en dehors de la ville, le câble avait été coupé et la seule distraction à proximité était un terrain de base-ball.

« Pourquoi tu as cet appartement ?

– Je n'ai jamais rendu les clés en partant en Floride.

– Et tes affaires ? demanda-t-elle. Tu les as juste laissées là ? »

Keith haussa les épaules et mit la cafetière sur le feu.

« Je n'y ai pas vraiment pensé », dit-il.

Telle était la nature de son existence. Ses parents étaient des gens tranquilles et pragmatiques qui lui avaient enseigné les gestes de la vie, comme se nourrir lorsqu'il était enfant ou réussir à l'école. Un dimanche matin, le pasteur avait déclaré qu'ils étaient tous des pécheurs et devaient sonder leur cœur pour y trouver Jésus – dans sa ville natale, c'était ce qui se rapprochait le plus de l'introspection. En bon baptiste du Sud, Keith avait trouvé Jésus à l'âge de onze ans, mais il l'avait déjà perdu arrivé à la fin du lycée. La disparition du Seigneur avait laissé un vide dans son âme, un manque qu'il tentait de combler avec des nuggets de poulet, des mauvaises séries télé, et maintenant cette escapade improvisée avec une fille largement trop bien pour lui. Ils commandèrent à manger, puis se rendormirent. Holly était vidée de toute énergie. Quant à Keith, son excitation retombait après ces deux semaines en Floride – plus d'aventure qu'il n'en avait jamais connu dans sa courte vie.

Le lendemain soir, ils se rendirent chez J.E.B. Stuart sur River Street, où Keith savait qu'il retrouverait la bande habituelle et pourrait au moins exhiber la fille pour compenser l'humiliation de n'être resté que deux semaines en Floride.

« Alors c'est ça, ton idée d'une bonne soirée ? » fit Holly, plus amusée que désobligeante. Là où il voyait un bar sympa et animé qui servait de la bière bon marché, elle voyait une bande de brutes aux barbes hirsutes et aux bouches édentées, à mille lieues de la musique house et des cocktails sirupeux auxquels Miami l'avait habituée. À quoi s'attendait-elle, dans l'Amérique profonde ? En matière d'aventure, elle était servie, du moins en attendant de migrer vers un décor plus cosmopolite. Holly descendit trois ou quatre shots d'affilée pendant que les copains de Keith, en bons primates, poussaient des cris d'encouragement en tapant du poing sur la table. Lorsque l'alcool eut fait son effet, elle cessa de voir la laideur et la tristesse. Elle grimpa sur une chaise, lissa sa jupe avec une pudeur affectée et s'écria : « Les gars, je me suis jamais autant éclatée dans un bar ! »

L'assemblée brailla en chœur.

« T'as été dans beaucoup de bars, ma grande ? lança un type.

– Assez pour savoir que les messieurs bien élevés paient des verres aux dames. »

L'homme sourit, tourna sa casquette vers l'arrière et fit signe à la serveuse.

« La vache, Keith, dit-il. La prochaine fois que tu vas en Floride, faudra que tu m'emmènes avec toi. Tu restes ici ou t'y retournes ?

– Je sais pas encore, éluda Keith.

– T'as pas trouvé de boulot ?

– Ça, j'en ai trouvé.

– Alors, t'as vu Felix ? demanda BD derrière eux, en posant une main sur l'épaule de Keith.

– Ouais, dit Keith avant de prendre une gorgée. Il m'a branché avec un genre de gros bonnet.

– M. French ! Tu l'as rencontré ?

– Juste une fois », répondit Keith.

Il se demandait ce que BD savait sur l'opération du cousin de sa copine, s'il avait déjà rencontré Felix Machado ou fait un séjour à la cave. Quelque chose lui disait que BD savait ce qu'il en était et avait sagement décidé de se tenir à l'écart.

« Moi jamais. »

BD s'assit à côté de Keith et le prit à part.

« Et ça marche bien, ce boulot ?

– C'est plus un job d'intermédiaire. Il m'a confié ma première mission, mais je pense pas que ce soit pour moi.

– C'est pas facile de devenir riche, dans la vie. Et la fille, c'est qui ?

– Juste une nana que j'ai ramassée.

– Mignonne. Tu couches avec ? »

Keith fit tourner la bière dans sa bouche.

« Bien joué, mec. Je vais chercher un verre. Tu mérites mieux qu'une Budweiser. »

Une fois BD parti, Holly s'écarta du groupe pour se faufiler jusqu'à Keith.

« Va falloir qu'on revienne. »

Ses yeux flottaient dans leur orbite comme la bulle d'un niveau déréglé. Elle posa la tête sur son épaule.

« J'aime bien cet endroit, dit-elle.

– J'étais pas sûr que ce soit ton genre.

– Des genres, j'en ai plein », gloussa-t-elle.

La serveuse déposa un whisky-glace devant Keith et fit un signe de tête en direction du fond. Keith se tourna et vit BD qui agitait la main depuis le couloir des toilettes.

Que savait-il de BD ? Ce sacré Big Duck. Sur le circuit, il était ce qui se rapprochait le plus d'un ami. Ils faisaient souvent équipe, passaient de longues heures à écumer les routes de Géorgie et les plaines de Caroline du Nord en parlant musique, voitures, gonzesses et cinéma. C'était le genre de type à qui on pouvait faire confiance pour vous ramener après une grosse cuite, mais pas au point de vous laisser dormir sur le canapé plus d'une nuit. Il y avait quelque chose chez BD, ses cheveux ébouriffés, son regard fuyant et sa carrure de géant, qui donnait l'impression qu'il pourrait vous coincer dans une ruelle et vous secouer la tête en bas pour vous soutirer votre petite monnaie et tous vos secrets.

L'alcool commençait à monter à la tête de Keith et, comme chaque fois, il se mura dans le silence. Holly presque évanouie sur son épaule, il observa ses anciens collègues, certains en jean et bottes de cow-boy, d'autres en pantalon à pinces et cravate défaite. Les garçons buvaient joyeusement en se poussant du coude et lorsque « Piano Man » passa à la radio, ils levèrent la tête vers le ciel, soudain d'humeur larmoyante. Ils avaient travaillé ensemble pendant trois ans, mais Keith ne savait pour ainsi dire rien sur eux, si ce n'est l'année où ils avaient fini le lycée et le nombre de femmes avec qui ils disaient avoir couché. Tout était sans doute faux, mais pour les hommes la jeunesse est un âge trouble où l'on ne peut faire confiance à personne. Tout semblant d'ordre y est illusoire. Ce que Keith ne parvenait pas à articuler tandis qu'il regardait ses camarades passer un bon moment, la fille près de lui exhalant une odeur musquée de pâtes bouillies, c'était précisément que la vie est un chaos vide de sens, l'existence une suite de moments mis bout à bout. Cela le terrifiait.

Il vida son verre de bourbon et chercha BD du regard, ou n'importe qui pourvu qu'on lui parle et qu'on l'aide à oublier le poids de son existence : la fuyarde, les dix mille dollars qu'elle avait fauchés à son père, la voiture volée, l'homme d'affaires qui risquait de le liquider s'il revenait à Miami.

BD était au téléphone au fond de la salle. Voyant que Keith l'observait, il lui fit un signe de la main. Lorsqu'il revint au bar, Keith avait une nouvelle bière devant lui. Holly était partie mettre une pièce dans le juke-box, dessaoulée à une vitesse dont seuls les jeunes étaient capables.

« Je t'ai déjà parlé de mon vieux ? demanda BD. Il était méchant comme une teigne quand j'étais petit, à Aiken. Il m'a jamais battu, mes frères non plus, mais il était capable de te retourner le cerveau jusqu'à ce que tu te pisses dessus, caché sous ta couette. Avant, je le prenais personnellement, je croyais qu'on n'était pas assez bien pour lui.

– Je connais ça.

– Quand je suis arrivé au lycée, j'ai décidé que c'était juste un gros con.

– Ça aussi, je connais. »

BD écrasa un paquet de cigarettes sur le comptoir et continua comme si Keith n'était pas là.

« Je croyais avoir tout compris. Je l'ai psychanalysé, je me suis dit qu'il pouvait pas s'empêcher d'être un connard à cause de la façon dont on l'avait élevé. Mon grand-père aussi était un salaud de première et il a bien fallu qu'il le supporte, comme ma mère a dû supporter mon père ensuite. Il était franc-maçon. Ton vieux aussi, il trempe là-dedans ?

– Non, mais mon grand-père oui.

– Ils lésinent pas sur le spectacle, à la loge. Des trucs à la Ku Klux Klan, avec costumes, cérémonies secrètes et tout le bordel. Ça aussi, je me disais que ça expliquait son comportement, qu'on renonce à plein de trucs quand on rejoint une organisation comme ça. C'est pour ça qu'ils portent des bagues, c'est parce qu'ils sont mariés à la loge. Bref, j'avais toute une explication socio-familiale au fait que mon père soit un tel tyran et j'avais qu'une hâte, c'était de me barrer. Alors tu sais ce que j'ai fait ? J'ai quitté la maison et je suis jamais revenu. Ça fait six ans que j'ai pas mis les pieds chez moi ou dit un mot à mes parents.

– Ça fait long, dit Keith, qui se demandait où BD voulait en venir.

– Putain, tu l'as dit. Je suis quand même resté en contact avec mes frères et des amis. Il y en a certains qui m'ont fait passer des messages de ma mère, mais j'avais rien à lui dire. Pas plus qu'à mon père. »

BD finit par allumer sa cigarette et tira une longue bouffée. Il observa Holly qui se déhanchait sur Marvin Gaye devant le juke-box.

« Tu parles d'une chanson à passer dans un bar qui s'appelle J.E.B. Stuart[1], dit BD.

– Elle est de Miami. Elle ne sait pas ce que c'est, le vrai Sud.

– C'est de ça dont je parle. Les casseroles qu'on se traîne. On est tous des connards ici. C'est pas juste mon père ou mon grand-père. C'est nous tous. En fin de compte, c'était juste un mauvais parent. Rien à voir avec moi, ma mère ou les francs-maçons. On a tous des qualités et des défauts. Son défaut à lui, c'est la paternité.

– C'est dommage pour toi.

– Ha ! fit BD en lui donnant une claque sur l'épaule. Tu l'as dit. Bref, je viens de l'appeler pour lui dire tout ça. Pour la première fois en six ans, j'ai appelé mon père. Je lui ai dit que je lui pardonnais d'avoir été un connard, que j'avais compris que j'en étais un aussi. Je sais pas, il y a quelque chose ce soir qui m'a donné envie de lui téléphoner. De te voir avec cette nana, peut-être, que les choses aient pas marché en Floride… J'ai eu besoin de faire la paix avec lui. Ça va, toi, avec tes parents ?

---

1. Célèbre général de l'armée sudiste durant la guerre de Sécession.

– Ça peut aller.

– Tu devrais faire comme moi. Passe-leur un coup de fil, dis-leur que tu les aimes, fais la paix avec eux. »

BD lui jeta un drôle de regard, mais Keith n'avait d'yeux que pour Holly et son petit déhanché.

17

Chekhov avait appris par M. French que Bobby West était à Washington pour la soirée.

« Il baratine ses supérieurs, lui avait-il dit au téléphone dans l'après-midi. Il va essayer d'obtenir des fonds de la CIA pour notre opération.

– C'est bien, s'il y arrive.

– Il n'y arrivera pas. Je viens d'avoir des nouvelles de son patron, le sous-directeur des opérations, qui compte le jeter aux lions.

– Alors on continue comme prévu.

– Il sera de retour dans la matinée », avait dit French avant de raccrocher.

Elle avait attendu que la nuit tombe pour se garer dans la rue de Bobby West à Coral Gables. Il vivait dans une maison à deux étages en stuc blanc, avec un gros palmier dans le jardin et une clôture grillagée. Elle observa le pavillon quelques minutes et vit passer une vieille berline défoncée, qui ralentit à l'intersection avant de tourner à gauche. Pas le genre de voiture qu'on s'attendrait à voir là. L'hébergement temporaire de West n'était pas aussi chic que la maison familiale de Coconut Grove, où vivaient encore sa femme et sa fille, mais le quartier avait son lot de Buick, d'Oldsmobile et de voitures étrangères bien garées dans leurs allées étroites, tels les bocaux et emballages de cuisine dernier cri impeccablement alignés. C'était un quartier tout en ménagères et en apparences, où Chekhov ne remarqua rien d'intéressant en dehors de la berline égarée.

Elle marcha jusqu'à la maison, ferma le portail derrière elle et crocheta rapidement la serrure. Une fois à l'intérieur, elle promena sa lampe torche dans le vestibule, puis trouva l'interrupteur et alluma la lumière du rez-de-chaussée. Quelques cartons vides étaient empilés dans un coin. La salle à manger (cinq mètres sur trois) et la cuisine (dotée d'un îlot central et d'un plan de travail carrelé) se trouvaient sur la gauche. Il y avait quelques bols dans l'évier, des boîtes de céréales alignées au-dessus du frigo, des courriers non ouverts, une tasse remplie de stylos et de crayons ainsi qu'un bloc-notes griffonné sur le comptoir. Dans le salon, rien de notable : un canapé, une table basse (où était posé un exemplaire du magazine *Seventeen*[1]), une télévision et un décodeur du câble posés sur le seul beau meuble – une lourde console en bois sombre, au vernis un peu ébréché. Sur le mur du fond, une bibliothèque aux rayonnages à moitié vides, contenant une encyclopédie en plusieurs volumes, divers ouvrages de référence, une histoire de la civilisation occidentale ainsi qu'une pile de livres de poche : Louis L'Amour, Nelson DeMille, Ken Follett. Sur l'étagère du haut se trouvaient quelques photos encadrées de West et de sa fille, des portraits d'école et ceux d'un couple âgé. Aucune trace de son ex-femme, ni de la maîtresse qui avait brisé son mariage.

---

1. Magazine américain pour adolescentes publié depuis 1944.

(Chekhov ignorait si une maîtresse avait réellement brisé le mariage de West, mais elle savait que quelque chose s'était immiscé entre eux. Les gens font des choix. Leurs actions ont des conséquences. Ce n'était pas un jugement, seulement un constat.)

Après le salon se trouvait la pièce qui l'intéressait, le bureau de West, un amas désordonné de papiers et de classeurs. Une table trônait en son centre, sur un tapis dissimulant un coffre-fort. Elle ne connaissait pas le code et n'était pas là pour ça, mais elle le remarqua lorsqu'elle décrocha le téléphone à cadran et dévissa l'écouteur pour y poser un micro. Elle parcourut ensuite quelques documents : bilans comptables, rapports d'audit, mémos et notes de synthèse, pour l'essentiel. Elle savait déjà que le bilan du Groupe Artium était désastreux et comprenait la situation financière de West, ses modestes économies, sa pension alimentaire, le crédit exorbitant de la maison de sa femme à Coconut Grove. Il bénéficiait d'un bon taux d'intérêt obtenu via un programme spécial réservé à certains employés du gouvernement, ce qui semblait lui avoir donné l'impression qu'il pouvait s'endetter à l'infini. À cet égard, c'était le baby-boomer américain typique, un consommateur à l'univers délimité par les transactions sécurisées qu'il effectuait dans le respect de la loi. Et c'était un idiot.

Chekhov était un peu plus jeune que West, mais elle avait conscience de ses limites – des limites de chacun – et acceptait sans peine ce qu'elle ne comprenait pas. West et ses semblables ne fonctionnaient qu'à coups de tableurs et d'analyses des risques ; ils étaient convaincus que les gens agissaient de façon rationnelle, selon des principes immuables. À en juger par son dossier, il ne semblait pas croyant (il allait à l'église le dimanche lorsqu'il était marié, puis plus rien), pourtant sa vision du monde était fondamentalement américaine – une philosophie religieuse par nature. Personne ne le disait, mais ce consumérisme protestant était fondé sur une foi séculaire dans l'éducation, le travail, le respect du Seigneur et l'obtention du salut – dans ce monde ou le prochain. Les fous de Dieu descendaient dans la rue pour annoncer la deuxième venue du Christ et les politiciens s'opposaient à l'avortement au prétexte des lois de la nature, mais les laïcs étaient tout aussi aveuglés par l'histoire de rédemption dont on les berçait : grandeur et décadence des marchés boursiers, augmentation annuelle, épargne retraite, la belle vie toujours au coin de la rue. Ce que les hommes comme Bobby West ne pouvaient pas supporter, c'était l'idée d'avoir fondé leur existence entière sur une erreur : les êtres humains n'étaient pas rationnels, mais de simples animaux aux instincts ancestraux et aux gènes mutants. Les membres d'une famille se trahissaient les uns les autres, le corps trahissait l'esprit et le monde trahirait l'Amérique, tout comme l'Amérique avait trahi le monde.

Il n'existait ni Dieu, ni anges, ni salut, seulement la neurochimie, les forces physiques et les figurants comme Adriana Chekhov, qui venaient corriger votre vision du monde lorsque vous vous hasardiez un peu trop près du gouffre.

Chekhov monta jeter un œil aux chambres. Elle ne s'attendait pas à y trouver quoi que ce soit, mais voulait se faire une image de l'environnement familial de Bobby West. La chambre de la fille était la pièce la plus triste de la maison, un lit simple, un bureau, quelques posters sur le plafond mansardé (Madonna, U2). Elle était dépourvue de tous les bibelots, journaux intimes et autre attirail cosmétique qui auraient normalement signalé la présence d'une adolescente. Sans les posters, on aurait dit une cellule de couvent, Bobby West en déduisait certainement que sa fille était équilibrée et heureuse. Chekhov ne s'étonnait plus de grand-chose, mais esquissa un sourire narquois en pensant à la façon dont les hommes américains se méprenaient sur le compte de leurs filles et sur leurs relations en général. Les filles servaient souvent de substitut à leurs mères vieillissantes (belles, charmeuses, innocentes et complètement folles de leur père), ou devenaient de plus en plus secrètes et cachaient leur vie intérieure derrière un masque de complaisance. Holly Hernandez appartenait indéniablement à la seconde catégorie, ce qui signifiait qu'elle aurait laissé peu d'indices dans la maison.

Chekhov examina rapidement la chambre à coucher de West et la salle de bains. N'y trouvant rien, elle éteignit les lumières avant de redescendre. Comme elle arrivait en bas des marches, la porte d'entrée s'ouvrit inopinément.

Une femme blonde apparut sur le seuil.

« C'est moi », dit-elle.

La femme marqua une pause en voyant Chekhov, le visage soudain empreint de scepticisme.

« Hum, bonsoir », dit Chekhov de son accent américain le plus candide.

De la main, elle lissa ses cheveux attachés en chignon, puis s'éclaircit la gorge et descendit la dernière marche, faisant un pas de côté pour laisser entrer la femme. Cette dernière resta plantée dans l'encadrement.

« Qui êtes-vous ? demanda-t-elle.

– Je m'appelle Adriana.

– Bobby est là ?

– Non, il a dû s'absenter, répondit Chekhov, qui lissa de

nouveau ses cheveux en affectant d'être gêné. Une urgence au travail. Je peux vous aider ?

– Pardon, mais qui êtes-vous déjà ?

– Adriana, dit Chekhov en lui tendant la main. Je travaille avec Bobby. »

La femme ignora son geste.

« Vous voulez entrer ? J'allais partir, mais si vous souhaitez boire quelque chose...

– Qu'est-ce que vous faites ici ?

– Eh bien, je rangeais un peu, dit Chekhov. Vous êtes la femme de ménage ? Parce qu'on a eu des petits problèmes de moisissure dans la salle de bains du haut. »

La femme leva les mains et ferma les yeux. Ses paupières tressaillèrent, un tic nerveux. Elle prit le temps d'organiser ses pensées.

Chekhov attendit. Si la femme était la maîtresse de West, il devait s'agir de Diana Burns. French lui avait faxé quelques documents à Istanbul. Chekhov compatissait (ce n'était pas tous les jours qu'on découvrait qu'on ignorait tout d'un proche), mais il était temps de passer aux choses sérieuses. Les femmes étaient plus fortes que les hommes. Si en privé Diana pleurerait son amour perdu (à supposer que ce soit de l'amour), elle n'exprimerait ici que de la colère. Chekhov voulait s'éloigner de cette colère, la furie défensive d'un animal piégé. On ne pouvait rien contre les instincts les plus primaires.

« Vous n'êtes pas la femme de ménage, dit Chekhov.

– Non, en effet.

– Alors on dirait qu'on a toutes les deux besoin d'avoir une conversation avec Bobby.

– Ah oui ?

– Moi, en tout cas. Il semblerait que je me retrouve dans une situation où je ne suis pas vraiment la bienvenue.

– D'où venez-vous ? demanda la femme.

– Je vais y aller.

– Votre accent n'est pas américain, ni latino. Europe de l'Est ?

– La prochaine fois que vous voyez Bobby, fit Chekhov avec un sourire, dites-lui qu'Adriana lui passe le bonjour. »

Elle bouscula la femme pour se frayer un chemin jusqu'à la sortie. « Attendez », dit l'autre, mais Chekhov lui referma la porte au nez, avant de prendre une profonde inspiration sur le porche.

En dépit de son expérience, les situations de ce genre n'étaient jamais faciles. Elle avait appris à contrôler son pouls et sa respiration, ainsi qu'à se donner un air stoïque, mais ses nerfs étaient à vif. Les signaux électriques pulsaient, lui permettant de garder l'œil ouvert et l'esprit affûté.

Le soir était tombé et une légère brise agitait les palmiers. Chekhov descendit l'allée à la hâte pour rejoindre sa voiture. En tournant au coin de la rue, elle vit que la berline défoncée – une Plymouth couleur noisette dont le conducteur, âgé et corpulent, se tenait près de la portière passager – était garée dans la rue. Sans ralentir le pas, elle mémorisa les trois premières lettres de la plaque d'immatriculation : BBC.

18

De sa voiture, Falcon avait vu la femme rousse entrer chez West. Elle marchait d'un pas assuré qui lui avait d'abord fait penser qu'elle était sa maîtresse, puis avait crocheté la serrure. Il avait connu beaucoup de cambrioleurs de talent au cours de sa carrière (s'il avait encore été flic, il aurait été obligé de l'arrêter pour effraction), mais cette femme était une vraie pro. Elle s'était glissée dans la maison comme un chat et avait immédiatement allumé les lumières. Elle avait sans doute prévu une explication au cas où on la surprendrait.

La nuit était tombée sur la ville. Des chauves-souris voletaient dans le ciel encore embrasé par la pollution lumineuse. Dans la rue, les palmiers nains et la mangrove semblaient s'animer, leurs ombres vacillant sous la lumière des lampes à sodium. Falcon changea de position et s'étira le cou sans cesser d'observer la maison. West vivait dans un joli pavillon de deux étages en stuc et tuiles typique des environs, pourtant la clôture grillagée et le gazon mal entretenu suggéraient un certain laisser-aller. La marque d'un homme qui remboursait deux crédits en plus de payer une pension alimentaire, croulait sous les dettes et n'avait pas les moyens de prendre un jardinier. Certains s'occupaient très bien de leur jardin tout seuls – Falcon n'avait jamais payé qui que ce soit pour tondre sa pelouse –, mais Miami était une ville de démesure. Avoir un jardinier ou non en disait long sur le genre de personne que l'on était. La valeur d'un homme se mesure au nombre de ses employés. Toutes les pelouses de la rue étaient à la limite de l'abandon, les maisons affaissées comme un homme d'âge mûr dont le corps ramollit au niveau de la ceinture. C'était le genre de chose qui arrivait, dans le sud de la Floride.

Falcon sortit de la voiture, appareil photo en main, et approcha sans bruit d'une fenêtre du rez-de-chaussée. À soixante ans passés, il était trop vieux pour crapahuter dans les buissons, mais il saisit sa chance lorsqu'elle alluma la lumière et entra dans le salon. Il prit quelques photos tandis qu'elle traversait la pièce. Lorsqu'elle vint dans sa direction, il s'accroupit sous le rebord en retenant son souffle. Il faisait sombre à l'extérieur, mais rien ne garantissait qu'elle ne l'avait pas repéré, ou qu'elle n'avait pas entendu l'obturateur. Falcon s'éloigna doucement de la fenêtre et sursauta en la découvrant tout près, quoique de dos.

Le détective déguerpit du massif et boitilla jusqu'à sa voiture. Les photos qu'il avait prises devraient faire l'affaire. Il n'était pas encore prêt à griller sa couverture, pas avant d'avoir découvert qui étaient les acteurs de la vie de Bobby West. La CIA, ses collègues du Groupe Artium, sa famille. À en croire Juan Delgado, l'entreprise trempait dans quelque chose de louche. Il pouvait s'agir d'investissements cachés, de prêts recyclés pour dissimuler certaines activités financières, de livres de comptes truqués avec l'appui de Wall Street ou de lobbyistes.

À moins que la CIA ne soit en train de mijoter quelque

chose avec les Cubains. Une deuxième baie des Cochons ? L'administration actuelle ne cautionnerait jamais une opération pareille, malgré les menaces et les guerres par procuration contre l'empire du mal. Ce qui voulait dire qu'il se tramait des choses dont Falcon n'avait pas connaissance sur terre – ou du moins au gouvernement américain. Ou que Bobby West était véreux. En soi, cela n'aurait rien d'extraordinaire, même si cela ne présagerait rien de bon pour sa fille. Elle pouvait avoir été prise en otage, envoyée dans un goulag d'Europe de l'Est ou ligotée dans la cave d'un infâme prédateur. Le plus probable restant tout de même qu'elle ait fugué pour aller voir du pays, lassée des chamailleries de ses parents.

Falcon n'eut pas le temps d'aller au bout de sa théorie, car une voiture se gara devant chez West. Une autre femme : blonde, dynamique, bourgeoise. Elle mit de l'ordre dans ses cheveux et lissa sa jupe avant d'avancer vers la porte, clé en main.

À l'étage, les lumières s'éteignirent. Un instant plus tard, la porte d'entrée s'ouvrit en laissant échapper un carré de lumière.

Falcon jura dans sa barbe. S'il n'était plus tenu d'empêcher une effraction, il sentait que la rouquine ne reculerait devant rien. Quelle que soit l'identité de la blonde, il tenait à ce qu'elle reparte en vie.

Falcon troqua son appareil photo contre le revolver qu'il gardait dans la boîte à gants et vérifia que ce dernier était bien chargé. Il ne l'avait pas utilisé en dehors du stand de tir depuis Dieu sait quand et n'y avait eu recours que quelques fois au cours de sa carrière. Quand il était jeune, les armes étaient purement dissuasives. Tout l'intérêt d'en avoir une était de ne pas s'en servir.

Avant qu'il ait pu intervenir, la rousse s'élançait hors de la maison avec la blonde sur les talons, secouée mais indemne. Le plan de Falcon était de rester pour interroger cette dernière, mais alors qu'elle sortait, la première femme jeta un coup d'œil dans sa direction et pressa le pas.

Comme la blonde avait l'air d'aller bien et que la rouquine ne reviendrait certainement pas – elle savait qu'elle avait été repérée et avait sans doute trouvé ce qu'elle cherchait –, il décida finalement de prendre la seconde en filature.

La femme s'engouffra dans un coupé Chevrolet des plus banals, ce que Falcon savait être intentionnel. Il la fila sur Sunset puis sur Dixie Avenue, espérant se fondre discrètement dans la circulation. L'heure de pointe était passée depuis longtemps, mais il restait quelques automobilistes et taxis sur la route.

Laissant une cinquantaine de mètres entre eux, il la suivit tandis que défilaient les devantures des prêteurs sur gages, les fast-foods et les stations-service. Le minimum vital des déclassés de ce monde. En sortant de l'autoroute, on quittait vite la masse des travailleurs précaires pour entrer dans le monde des maisons à plusieurs millions de dollars. Dans cette ville, l'eau et l'huile avaient d'étranges façons de coexister.

À quelques kilomètres au sud de l'université, la femme s'arrêta dans un motel, le Motor Inn, qui aurait tout aussi bien pu s'appeler le Bates Motel.

Falcon continua sur sa lancée et fit demi-tour au feu rouge suivant, espérant trouver un bon poste d'observation de l'autre côté de la route. Plaque d'immatriculation, numéro de chambre, peut-être une photo ou deux, et il pourrait rentrer dans sa banlieue.

Soudain, la femme fit un virage à cent quatre-vingts degrés, traversa le terre-plein et repartit en sens opposé. Falcon donna un coup de volant lorsqu'elle vira vers l'est à l'intersection suivante. Il braqua à gauche pour emprunter une route parallèle, puis slaloma dans une série de petites rues, mais le temps qu'il rejoigne la route principale, l'autre véhicule avait disparu depuis longtemps.

Un peu plus loin, il entra sur le parking d'un centre commercial où une fusillade avait eu lieu quelques années auparavant – le premier échange de coups de feu dans la guerre des drogues qui déchirait depuis le sud de la Floride. Le centre commercial était revenu à son état normal, avant-poste d'une banlieue verdoyante. Ses baies vitrées brillaient comme un phare pour guider le consommateur égaré. Falcon fit deux fois le tour du parking et, n'y voyant ni phares ni coupé Chevrolet, se résolut à retourner chez West. La blonde était partie, non sans se donner la peine d'éteindre les lumières et de verrouiller la porte. On ne se serait jamais douté que quelqu'un était passé par là, comme si les propriétaires avaient fui vers le nord pour l'été.

À sa grande surprise, Mary Catherine était toujours debout lorsqu'il arriva chez lui.

« Tu rentres tard, dit-elle.

– Je suis sur une nouvelle affaire.

– La fille disparue ?

– C'est ça. »

Il n'était pas sûr qu'elle ait fait attention lorsqu'il avait mentionné Holly Hernandez au petit déjeuner. Sa femme passait constamment d'une chose à l'autre, comme un papillon de nuit voletant contre le carreau sans parvenir à capter le signal tant attendu. Cela attristait Falcon de la voir si diminuée, d'autant qu'ils n'avaient pas encore atteint le grand âge, du moins ce qu'il considérait comme tel (au moins dix ans de plus).

« Tu as dîné ? » demanda-t-elle de la voix haut perchée qu'elle avait toujours lorsqu'elle était proche du sommeil.

Mary Catherine n'avait jamais été un oiseau de nuit.

« J'ai mangé un sandwich pendant ma surveillance.

– Ce n'est pas bon pour ta tension, dit-elle. Tu ne peux pas continuer à faire ce genre de choses.

– Tu as raison. Je suis trop vieux pour ça.

– Tu étais déjà trop vieux pour ça il y a vingt ans, mon ange. »

Il se pencha par-dessus le dossier du canapé pour lui embrasser la tête.

« Tu bouquines ?

– J'essaie, dit-elle en indiquant du pied une édition de poche de Jane Austen, son auteure préférée depuis quarante ans.

– Pourquoi tu n'irais pas te coucher ? »

Il l'accompagna à l'étage et l'aida à se mettre au lit. Après l'avoir bordée, il éteignit la lumière.

« Je vais boire une petite bière, dit-il. Je reviens tout de suite. »

Mary Catherine dormait déjà.

Quelques minutes plus tard, il s'installait dans le patio avec une bière et un paquet de Pall Mall.

Leur maison était adossée à une clôture et séparée du jardin des voisins par deux vieux chênes. Il pouvait presque s'imaginer de retour dans la campagne de son enfance, près de Tampa. Falcon n'avait jamais regretté d'être venu s'installer à Miami – il avait eu une belle vie –, mais il déplorait la façon dont le monde avait changé autour de lui. Dans sa jeunesse, il s'était senti au centre de l'univers. La vie était pleine de sens, tout faisait écho à son expérience. Il avait débarqué sur cette Terre et Dieu sait qu'il appréciait son séjour sous les feux de la rampe. Mais ces derniers temps, il se sentait de plus en plus en porte-à-faux avec le monde. Les présentateurs télé, la jeune génération de policiers, même ses clients, tous semblaient évoluer à un rythme différent, en décalage avec ses vieilles habitudes. Il préférait le papier, le stylo et les interactions en personne, quand le monde s'était mis au traitement de texte et aux logiques d'approvisionnement globales. Il repensa aux paysages de son enfance : la nuit noire, la campagne tranquille, les journées de farniente dans les bois. Il avait passé la plus grande partie de sa vie en ville et savait qu'il ne pourrait jamais revenir en arrière, non seulement parce que la campagne de son enfance avait disparu (Tampa devait en avoir englouti une bonne partie), mais parce qu'il ne la supporterait plus. Le silence le rendrait dingue. Mary Catherine serait la première à le lui dire ; elle se moquerait bien de lui si elle pouvait le voir ce soir avec l'esprit clair.

Des deux, elle avait toujours été la plus pragmatique. Elle avait fait partie de la réserve féminine du corps des Marines et travaillé comme télégraphiste à Camp Lejeune. À dix-huit ans, elle avait découvert le monde et s'était aperçue qu'il lui plaisait bien. Cela la rendit moins encline à se contenter d'un homme qui voudrait seulement mettre les pieds sous la table à six heures du soir. Ce n'était pas un problème pour Ernie Falcon. Il avait été séduit par sa vivacité d'esprit et son assurance. Oh, ils s'étaient amusés comme des fous jusqu'à la fin des années 1940, avant d'emménager dans leur pavillon de banlieue grâce au G.I. Bill[1]. Ils avaient eu deux enfants qui semblaient avoir hérité des aspects les plus extrêmes de chacune de leur personnalité – la détermination de Mary Catherine et la nonchalance de Falcon. Ce qui se traduisit plus tard par leur déménagement loin de leurs parents, sur la côte Ouest. Le garçon, désormais cadre dans un établissement de santé, s'en était bien sorti, mais la fille s'était laissé emporter par tout ce qui s'était passé à la fin des années 1960. À l'université, elle s'était mise à dénoncer le patriarcat et à traiter Falcon de misogyne. Ce dernier trouvait cela ridicule et ne se gênait pas pour le lui dire, ce qui apportait de l'eau à son moulin.

Mary Catherine avait tenté de la raisonner, mais apparemment sa fille lui avait conseillé de demander le divorce. Depuis que sa mère était malade, elle refusait de parler à son père, toujours infectée par ce virus qu'elle avait attrapé au cours de ses études. Cela n'avait pas trop perturbé Falcon – le garçon avait une bonne situation et ils n'avaient pas à se plaindre de leur vie. Il s'était dit qu'elle finirait par se calmer, ou pas, puis qu'il mourrait et que ce serait fini.

« Tu ne comprends rien, pas vrai ? » lui avait-elle demandé la dernière fois qu'ils s'étaient parlé. Elle n'appelait, disait-elle, que pour prendre des nouvelles de sa mère. « Pourquoi tu n'arrives pas à te mettre ça dans la tête ? Je me fiche de ta vie.

1. Le G.I. Bill est une loi américaine adoptée en 1944, fournissant aux soldats démobilisés le financement de leurs études ainsi qu'une année d'assurance chômage. Cette loi fournit également différents types de prêts pour pouvoir acheter un logement ou démarrer une entreprise.

– Ma vie, c'est ta mère, et sa vie, c'est moi.
– Tu. Ne. Piges. Rien.
– Alors explique-moi.
– À quoi bon ? Tu ne seras jamais capable de voir les choses en face. »

On ne pouvait pas discuter avec elle, mais ce soir, alors qu'il grillait une Pall Mall après l'autre, il se demanda s'il était possible qu'elle ait raison.

On se connaît si peu quand on est jeune et on comprend si peu le monde en vieillissant. La sagesse est une farce cosmique que l'on saisit seulement après avoir franchi le Rubicon. Au cours de leurs conversations, Falcon avait toujours campé sur ses positions – il siégeait au centre de son monde, après tout –, mais les récents événements lui avaient fait comprendre que tout ce que sa fille attendait de lui était un peu d'humilité. C'était précisément ce qu'il n'avait jamais su lui donner. Il avait cru la protéger et n'avait réussi qu'à la faire fuir.

Se pouvait-il que la même chose se soit produite entre Bobby West et sa fille ? Qu'il n'y ait ni complot de la CIA ni intervention soviétique ? Que les deux femmes soient seulement des maîtresses de West, sans lien avec la jeune Holly ? Peut-être qu'elle avait fini par voir son père tel qu'il était, un homme arrogant, et avait pris ses jambes à son cou en poussant un cri primal. À cette pensée, Falcon ferma les yeux et s'endormit sur le fauteuil inconfortable de son patio, où il passa le reste de la nuit.

19

Jim Coffey, alias Big Duck, alias BD, raccrocha le téléphone après avoir parlé avec Felix et retourna au bar où l'attendaient Keith et Holly, rétamés par la route et par l'alcool. Il aurait dû se douter que le gars n'irait pas bien loin à Miami, mais personne n'aurait pu deviner qu'il allait merder à ce point. Qui est assez con pour revenir chez lui après avoir volé trois millions de dollars ? Et après avoir passé l'entretien avec M. French, en plus. BD ne l'avait jamais rencontré, mais il avait entendu suffisamment d'histoires pour savoir que l'homme ne plaisantait pas. Tous ceux qui étaient encore en vie après avoir fait sa connaissance disaient la même chose : *Je travaillerai pour M. French jusqu'à la tombe, parce que sinon, j'ai aussi vite fait de la creuser moi-même.*

Après avoir raconté à Keith un tas de salades sur les francs-maçons et lui avoir suggéré d'appeler son père, il lui demanda s'il était en état de conduire, puis les raccompagna devant le bar et les laissa filer. Il aurait pu s'en occuper tout de suite, mais ce n'était pas comme si Keith avait un endroit où aller. Il était peut-être assez sobre pour s'envoyer en l'air une dernière fois. BD pouvait bien lui accorder ça, et puis ce serait plus facile dans son appartement, loin de River Street.

« Tu t'en occupes et tu gardes 5 %, avait dit Felix. Si tu salopes le travail, on envoie Chekhov récupérer tes 5 %.

– Et moi ? avait-il demandé, même s'il connaissait déjà la réponse.

– Tu traces ta route, *amigo.* »

*

Le van Econoline orange s'engagea dans la résidence de Pine Breeze autour de deux heures du matin. L'un des phares éclairait moins que l'autre et la suspension grinça sur le dos-d'âne à l'entrée.

L'agent Dewey Donaldson était sourd comme un pot. Il n'entendit donc pas le grincement depuis sa voiture de patrouille, mais il remarqua le phare, qui figurerait dans son rapport le lendemain matin, lorsque la résidence serait devenue une scène de crime. Il se gratta le menton en bâillant, but une gorgée de café froid dans un gobelet en polystyrène et se tourna vers son coéquipier, qui dormait sur le siège passager. Les deux hommes en étaient à leur troisième ronde de nuit d'affilée ; la troisième était toujours la plus dure quand on passait au quart de nuit. Laisse-le dormir, pensa-t-il. Donaldson lui-même n'était pas franchement d'humeur à travailler. Ils avaient été envoyés en surveillance – sans doute une vieille dame qui avait appelé pour se plaindre que son voisin écoutait de la musique ou que les éboueurs avaient laissé des déchets sur le parking. C'était la fin du monde, il fallait absolument que la police vienne rétablir l'ordre. La théorie du carreau cassé, ils appelaient ça. Laissez une seule fenêtre brisée et c'est le signe que tout le quartier part à vau-l'eau. En un rien de temps, vous vous retrouvez avec des dealers au coin de la rue, des fusillades sur le parking…

Bref, l'agent Donaldson et son collègue avaient écopé de la ronde de nuit (leurs statistiques étaient médiocres en journée, leur confier l'horaire le plus pourri était une façon pour la hiérarchie de manifester son mécontentement).

Deux types sortirent du van et s'engouffrèrent dans un hall d'immeuble. Quelques instants plus tard, un jeune en boxer sautait d'une fenêtre avant de détaler à travers le gazon.

Le policier avala une autre gorgée de café.

C'était peut-être une histoire de drogue, ou alors le gamin s'envoyait la femme d'un des types. Quoi qu'il en soit, Donaldson n'avait aucune intention de courir après un adolescent sorti de nulle part, d'autant que ce dernier avait fini par s'arrêter au milieu de la pelouse avant de rebrousser chemin. Dans son rapport, il nierait avoir entendu un coup de feu, et ferait mention de sa période de service au Vietnam.

La lumière s'alluma, mais le policier ne voyait rien du tout. Le gamin se hissa par la fenêtre et ferma les stores. Le coéquipier toussota et Donaldson envisagea de le réveiller pour assister au spectacle. Il ne se passa plus rien pendant un long moment et il finit par s'assoupir.

L'agent de police dormait à moitié lorsque les lumières s'éteignirent à l'aube. Keith Sorrells et Holly Hernandez s'engouffrèrent dans une Impala beige et fuirent la résidence en panique, laissant deux cadavres derrière eux, qui leur garantissaient un passage par la case prison dans le meilleur des cas.

TROISIÈME PARTIE

CENTRAL INTELLIGENCE AGENCY
WASHINGTON, D.C.

BUREAU DU SOUS-DIRECTEUR (RENSEIGNEMENT)

30 avril 1984

NOTE DE SERVICE À L'ATTENTION DE :
Mark Brown
Opérations spéciales, Amérique latine
Contre-terrorisme

OBJET : Situation à Miami, Floride, re : Robert West

Voici la transcription d'un appel passé du bureau d'Alexander French à Miami vers une société d'investissement de Wall Street. L'associé semble être Jay Stimson, le fils d'un camarade d'université de Robert West. La femme passant l'appel est inconnue. Elle se présente comme un agent de la Commission de la sécurité et des échanges (SEC).

LA FEMME : Que pouvez-vous me dire sur votre rencontre avec Robert West ?

STIMSON : Pardon ?

LA FEMME : Il y a deux heures, vous avez eu une entrevue avec Robert West, du Groupe Artium. Il se trouvait sur les registres de vol, et nous avons vérifié auprès des chargés de conformité de toutes les grandes firmes : c'est bien vous qu'il a rencontré. Nous voudrions savoir pourquoi.

STIMSON : Je ne vois pas en quoi ça vous regarde.

LA FEMME : Ça nous regarde s'il commet une fraude, et si vous vous rendez complice de ses agissements. Avant que vous ne le disiez vous-même, laissez-moi préciser quelque chose : je sais que vous n'êtes impliqué dans aucune activité irrégulière avec M. West. Je sais aussi qu'il n'existe aucune relation d'affaires entre le Groupe Artium et Farrier Securities. Néanmoins, M. West se trouvait dans votre bureau, sans doute pour solliciter une forme de prêt, et je me vois obligée de faire un rapport sur ses activités. Immédiatement. Je vous prierais de bien vouloir répondre à mes questions.

[LONG SILENCE]

STIMSON : Vous l'avez vraiment repéré rapidement.

LA FEMME : C'est notre travail.

STIMSON : Je ne savais même pas que le chargé de conformité consignait mes rendez-vous.

[LONG SILENCE]

STIMSON : Qu'est-ce que je peux vous dire ? C'est un ami de mon père, il est venu me demander un prêt.

LA FEMME : Personnel ou professionnel ?

STIMSON : Honnêtement, je n'en suis pas sûr. Il m'a dit que c'était professionnel, mais j'ai eu l'impression qu'il avait des soucis d'argent.

LA FEMME : Vous avez fixé un autre rendez-vous ?

STIMSON : Je lui ai dit que je ne pouvais rien faire pour lui et il est parti.

LA FEMME : Savez-vous dans quel hôtel il se trouve ? Nous aimerions lui poser quelques questions.

STIMSON : Quel est votre nom, déjà ?

[FIN DE L'APPEL]

20

Felix Machado n'aimait pas beaucoup l'aube. Il lui préférait le calme de la nuit, quand le reste de sa patrie adoptive était endormi. Pour Felix, Cuba Omega et le reste de *la lucha*, les États-Unis n'étaient pas leur pays – un mot qui signifiait davantage qu'un passeport et un numéro de Sécurité sociale. Ce que les Ricains ne comprenaient pas, c'était que *la lucha* était une cause spirituelle autant qu'un mouvement politique. Comme les Juifs exilés de Jérusalem, les Cubains vivaient en diaspora pendant qu'un César occupait leur patrie. Fidel Castro : le grand Satan. Les Ricains vivaient tous dans un état de dissolution permanent. C'était la définition même de l'Amérique : un arbre coupé de ses racines. Ils étaient sans domicile, mais ne comprenaient pas ce qui leur manquait, car leur foyer était aussi abstrait que le jardin d'Éden. *La lucha*, elle, avait un foyer et brûlait de le retrouver. La réunification était la mission de Cuba Omega, proclamée l'année dernière après le détournement du vol 3232.

Au cours de ce qui aurait dû être un vol de routine entre Key West et Miami, six hommes – *exilios*, Cubains – s'étaient levés de leurs sièges en altitude de croisière, juste avant que le pilote n'entame la descente, et avaient sorti les crans d'arrêt qu'ils avaient réussi à faire passer au nez et à la barbe de la sécurité de l'aéroport. Ils énoncèrent leurs intentions : l'avion leur appartenait, le pilote devait dérouter le vol. Les passagers se mirent à hurler, en proie à l'hystérie, mais personne n'osa s'interposer. Les pirates avaient des couteaux, ils avaient le pouvoir. Tout se passerait bien tant que tout le monde coopérait. Ils détournèrent l'avion vers La Havane. Quelque part au sol, un contrôleur aérien – qui mangeait des beignets saupoudrés de sucre à son bureau, le ventre plein de café chaud – vit le point vert dévier de sa trajectoire de façon alarmante. Il s'essuya les mains et saisit la radio. « Vol 3232, vous me recevez ? Répondez, vol 3232, est-ce que tout va bien ? À vous. » L'un des Cubains lui annonça qu'il y avait eu un changement de programme. Tout cela ressemblait à un mauvais film d'action. On pouvait imaginer Charlton Heston au fond de l'appareil, les oreilles à l'affût. Un changement de programme. Ils ont le pouvoir… C'est ce qu'on va voir, aurait grondé notre héros.

Que pouvaient faire les passagers ? Reprendre le contrôle de l'appareil ? Ils faisaient face à six hommes armés. Les Américains n'étaient pas les héros qu'on voyait dans les films. L'un d'entre eux risquait de se faire poignarder, et pour quoi ? Y avait-il un danger imminent ? Les pirates avaient annoncé leur destination – Cuba était intouchable, hors limite, mais au moins ce n'était pas loin. Les passagers restèrent assis tandis que l'avion changeait de cap, ce qui ne prit que trente minutes. Les Cubains établirent le contact avec la tour de contrôle de La Havane. On leur assigna une piste d'atterrissage. Ils posèrent l'avion sans heurt, d'une main experte – ils devaient avoir pris des leçons de pilotage. Les passagers poussèrent un soupir de soulagement collectif.

Ils ne mourraient pas dans un crash aérien, c'était déjà ça. Puis une chose étrange se produisit. On se serait attendu à ce qu'il y ait des pourparlers. Un bus, peut-être, pour évacuer les otages. Un genre de négociateur au moins, un type bedonnant en chemise blanche et veste de costume avec un badge pendouillant au bout d'une chaîne, venu proposer un échange. Quel était le prix d'une vie humaine ?

Au lieu de quoi, les Cubains réclamèrent un escalier, ouvrirent les portes et sortirent de l'avion. Ils étaient à la maison. Leur pouvoir, ils l'avaient utilisé pour être les premiers à respirer l'air des Caraïbes sur le tarmac. Pour sentir sur leur peau la chaleur du soleil, le soleil de chez eux. Des hommes armés entourèrent les pirates tandis qu'ils s'agenouillaient, les mains derrière la nuque. Ils crièrent « *Acuestase ! Acuestase !* » en braquant le canon de leurs fusils sur leurs têtes. Les terroristes s'allongèrent. Ils avaient le pouvoir, et que voulaient-ils ? Rentrer à la maison, quitte à être jetés en prison. Ils savaient ce qu'ils voulaient et ils avaient pris les choses en main.

Telle était la promesse de l'Amérique, qui n'avait pas failli à sa parole.

La vérité, Felix le savait, était plus complexe. Ces hommes étaient arrivés aux États-Unis lors de l'exode de Mariel et n'y avaient trouvé aucun débouché en tant qu'ouvriers non qualifiés à l'anglais rudimentaire. Ils voulaient rentrer à Cuba. Faire un coup d'éclat. Mettre Castro dehors. Ils avaient accompli deux choses sur les trois. Felix savait que les pirates, dont son oncle faisait partie, croupissaient dans une prison de La Havane ou avaient été décapités sur un chemin de terre. Felix, alors adolescent, avait lui aussi quitté son pays sur l'un de ces bateaux. Il avait foi en un avenir meilleur, qui n'avait jamais vu le jour. Son oncle était parti, sa mère était malade, mais il parlait bien anglais, ce qui avait sans doute contribué à lui assurer une place dans l'organisation d'Alexander French – un interprète possédant des contacts dans tous les coins de Miami.

Il avait rencontré Bobby West à la fin de l'année dernière, lorsque l'agent de la CIA s'était rendu à un meeting d'exilés mécontents.

CUBA LIBRE
Ne laissez pas gagner les communistes !
Venez donner de la voix à
« La Voz por Cuba Libre »
Mardi 21 décembre

Cette pancarte accrochée aux poteaux téléphoniques dans tout le quartier de la Calle Ocho avait attiré une bonne douzaine de personnes, pour la plupart des sans-abri venus pour le café gratuit avec l'espoir de trouver un hébergement pour la nuit. Felix était resté assis dans le fond pendant que quelques hommes en colère se répandaient en griefs contre Castro – les mêmes arguments éculés depuis près de trente ans.

Bobby West était resté debout au fond de la salle, un petit auditorium situé dans une ancienne école primaire convertie en salle polyvalente. Il avait les bras croisés, le regard fixe. Felix accaparait son attention : calme, attentif, les yeux intelligents, il n'essayait pas de se faire remarquer. Le genre d'homme qui pourrait assimiler des informations et lui en rendre compte, ou assister à toutes sortes de rassemblements sans se faire repérer. Après le meeting, sur le trottoir devant l'ancienne école, West avait invité Felix à boire un café dans un quartier plus discret.

« Mais t'es qui, mec ? » avait lancé Felix, peu habitué à se faire remarquer.

Il avait ses propres secrets à protéger. Les escrocs se reconnaissent entre eux. Les taupes aussi.

« Relax, je veux la même chose que toi. Et j'ai un plan pour y arriver.

– Qu'est-ce qui te fait croire que tu sais ce que je veux ?

– Tu es ici, non ?

– Et qu'est-ce que tu en déduis ? »

West le fixa un long moment, sirotant du café froid dans un gobelet en polystyrène.

« Je me trompe ? » demanda-t-il.

Felix garda le silence.

« Si je me trompe, au temps pour moi, dit West en jetant son gobelet dans le caniveau. Tu as entendu parler du dernier détournement ? Tu connaissais quelqu'un à bord ? »

Felix plissa les yeux.

« Si j'obtiens des informations, ça pourrait avoir des retombées bénéfiques pour les deux camps. On fait rouvrir les vols pour vous, la pression retombe ici, et tout le monde est content. »

Les vols avaient été rouverts pour *los exilios*, une semaine par-ci, une semaine par-là, pour rendre visite à des parents âgés ou respirer la Terre promise. Felix n'était pas rentré depuis 1980 et n'y comptait pas tant que Castro était au pouvoir – mais soudain cette espèce d'homme d'affaires musculeux lui offrait une chance d'entrer dans l'histoire. Il accepta de lui fournir quelques informations sur Cuba Omega, un groupe de rebelles clandestins qui s'organisaient discrètement, puis porta l'agent de la CIA à l'attention de M. French. Ce dernier, bien sûr, y vit d'autres opportunités.

Felix se méfiait autant des deux hommes que de la CIA et de l'Amérique, mais sa vie était déterminée par des forces mises en mouvement bien avant sa naissance – par des guérilleros dans la jungle cubaine, par un ours nommé Joseph Staline, par une longue tradition d'aristocratie engendrée par la nature humaine, Ève mordant la pomme.

Lorsqu'il revint de sa journée à Washington avec Bobby West, les ombres s'allongeaient déjà dans Little Havana, mais la soirée restait chaude. Les hommes continuaient leurs parties de dominos sur le trottoir, dans la fumée des cigares. Les restaurants de la Calle Ocho avaient ouvert portes et fenêtres, emplissant la rue de rythmes mambo. On se serait presque cru de retour au pays, à La Havane. La promesse de l'Amérique, c'était que chacun pouvait y faire quelque chose de sa vie. Jusque-là, l'existence de Felix avait été marquée par la chance, ou la malchance. Autrefois simple bouchon de liège ballotté par l'océan, il semblait désormais surfer sur la bonne vague. Une question se posait pourtant : maintenant que Bobby West avait perdu les trois millions de dollars, M. French allait-il couper les ponts avec lui ou essayer de soutirer davantage à la CIA ? Était-il possible que la CIA fasse passer de l'argent ou des armes à Cuba Omega ?

Sur quel cheval Felix devait-il miser, le crime en col blanc ou le crime organisé ?

21

Cet après-midi-là, la pluie fit déborder les gouttières et paralysa la circulation. Devant le poste de police, de jeunes agents aux uniformes sombres et amidonnés étaient agglutinés sous l'auvent. Ils enchaînaient les cigarettes en parlant de ce dont parlaient les jeunes flics – probablement de filles, se dit Falcon. Une flaque s'était formée près de la porte, pile à l'endroit où l'on poserait normalement le pied pour entrer. Falcon fit un petit pas de côté, mais se retrouva quand même le pied dans la flotte. En quelques secondes, sa chaussette fut imprégnée d'eau tiède. L'un des agents jeta son mégot et le salua d'un signe de tête.

« Jeunes gens », dit Falcon en entrant dans le bâtiment.

Sa chaussure trempée couinait à chaque pas.

Il était en retard pour son rendez-vous avec Callahan, la faute au traiteur chinois – son carburant pour un après-midi de recherches sur Bobby West dans la base de données. Son vieux copain Callahan s'était arrangé pour qu'il ait accès aux archives. Apparemment, il y avait aussi du nouveau sur la femme que Falcon avait photographiée quelques jours plus tôt. La fille de l'accueil, Stephanie O'Shea, avait le regard pénétrant, la moue boudeuse et la retenue sobre de Lauren Bacall à son apogée, dans les années 1940. Elle le fit entrer dans une salle de conférences et lui demanda s'il avait besoin de quelque chose.

« Donnie Ray ne va pas tarder », ajouta-t-elle d'une voix enjouée et innocente.

Elle aurait fait une pom-pom girl épatante et s'était sans doute trompée de voie en choisissant ce métier. D'ici quelques années, pensa Falcon, elle sera aussi aigrie que les autres.

« Merci, ma belle.

– En tout cas, n'hésitez pas », dit-elle avant de sortir.

Falcon commença à parcourir son dossier sur West. Le dernier article était une coupure de presse datant du matin même. Juan Delgado avait fini par récupérer l'affaire et rédigé une dépêche en première page de la rubrique locale : « Une adolescente de 17 ans portée disparue à Coconut Grove ». L'article donnait peu de détails et omettait le nom de la fille, car elle était mineure. À vrai dire, il était tellement vague que ce n'était presque pas la peine de l'avoir publié. Falcon envisagea de téléphoner à Delgado pour tirer les choses au clair et savoir s'ils subissaient des pressions pour étouffer l'histoire, mais on était samedi. Il n'y aurait que les crevards pour décrocher le week-end. Falcon n'avait pas accès au dossier de l'inspecteur chargé de l'enquête, mais il savait que le rapport serait aussi maigre que l'article qu'il venait de lire. Holly serait présumée en fugue. Dix-sept ans, parents divorcés, aperçue en boîte de nuit avec un garçon le soir de sa disparition. Falcon savait que les policiers n'abandonneraient pas complètement, mais à moins que les médias ne s'emparent de l'affaire, ils auraient d'autres chats à fouetter.

L'air conditionné ronronnait. La pluie tambourinait

contre les carreaux, un déluge d'eau ininterrompu, trop long, trop tôt pour qu'ils puissent tous rentrer se calfeutrer chez eux. Une fois de plus, Falcon se demanda qui était Bobby West. Les gens pensaient toujours que la police avait des montagnes d'informations invraisemblables sur eux, depuis leurs téléphones mis sur écoute jusqu'aux interrogatoires de leurs ex-copines. Ils avaient des fantasmes plein la tête. James Bond. Orwell. En réalité, la police était gouvernée par la présomption d'innocence. La population avait un droit fondamental au respect de sa vie privée et personne ne jouait les espions en Amérique, en tout cas pas au niveau local. Falcon ne pouvait pas interroger Bobby West ni la CIA, il dépendait donc des titres de propriété, historiques de crédit et fichiers de police pour constituer son dossier. Seul problème, sur le papier le type était totalement réglo, Américain moyen jusqu'au bout des ongles.

Callahan entra dans la pièce avec deux hommes débraillés, taille trop haute, chemise dépassant du pantalon. Ils ressemblaient davantage à des profs de philo ou à des scientifiques qu'à des agents de police. Callahan lui présenta l'agent Blair, qui avait une touffe de cheveux en pagaille et une moustache cachant un sourire torve, et l'agent Gibson, qui portait des lunettes rondes couvertes d'une sorte de pellicule dissimulant ses yeux.

« Vous êtes du département ?

– Ils travaillent pour une agence privée, répondit Callahan.

– Des contractuels ?

– Des contractuels fédéraux, précisa-t-il. On a fait appel à eux pour retrouver ta femme mystère. »

Les deux hommes n'avaient toujours pas ouvert la

bouche, au grand agacement de Falcon. Il était habitué à ce que les agents du FBI soient un peu coincés, mais même eux réservaient leurs silences méfiants aux criminels. Il se demanda qui payait le salaire de ces types.

« Bon, Ernie, on a une bonne et une mauvaise nouvelle, dit Callahan une fois qu'ils se furent assis autour de la table de conférence. Ces messieurs ont pu retracer l'identité de la femme.

– C'était rapide.

– Nous sommes efficaces », dit l'agent Blair.

Falcon remarqua que ce dernier réfrénait désormais son sourire de traviole, sans doute gêné par l'espace entre ses dents de devant.

« Alors, qui est-ce ?

– Adriana Chekhov, dit l'agent Blair en sortant un agrandissement de la photo que Falcon avait prise devant chez West. Juive slovaque possédant des liens étroits avec Israël. Son père était chimiste. Il a franchi le rideau de fer avec sa famille. Chekhov a grandi au Québec. On perd sa trace pendant plusieurs années, après la fin du lycée. Aucune trace de diplôme, de compte en banque, absolument rien sur elle à l'âge adulte. En fait, elle n'existe pour ainsi dire plus après ses quinze ans.

– Alors, comment vous avez fait pour la retrouver ?

– Elle a effectué un contrat pour l'armée israélienne il y a environ dix ans. Elle a mentionné le nom de son père dans un des formulaires, sans doute pour accélérer la procédure. Plusieurs de ses oncles et tantes ont émigré en Israël après la guerre et c'est plus facile quand on a de la famille dans le pays.

– Qu'est-ce qu'elle a fait pour eux ?

– Nous ne sommes pas autorisés à en parler, intervint l'agent Gibson.

– Après ça, reprit l'agent Blair, elle est retombée dans la clandestinité totale, mais grâce à une série de noms d'emprunt, on a pu retracer une partie de ses mouvements ces dix dernières années. Ce n'était pas facile. C'est presque une anomalie statistique, un point errant sur le radar.

– Juste assez pour savoir qu'elle est là, dit Gibson.

– Et donc ? » demanda Falcon, qui commençait à en avoir marre de leurs tergiversations.

Oui, le travail d'enquête était difficile, il en avait fait son métier. La lumière crue de cette salle de conférences le rendait anxieux. Ce n'était pas une pièce qu'il fréquentait beaucoup quand il était inspecteur. La place d'un policier, c'était dans la rue, à enquêter, à frapper aux portes, à se bouger. Tout ce qu'il voulait, c'était savoir qui était cette gonzesse et ce qu'elle fichait à Miami, dans la maison de Bobby West.

« C'était moins une, mon vieux, dit Callahan. La plupart des gens qui croisent sa route ne sont plus là pour en parler.

– J'en ai de la chance.

– Ce n'est rien de le dire, acquiesça l'agent Blair. D'après ce qu'on a pu reconstituer, c'est une mercenaire chargée des missions les plus sordides qui soient. Elle semble avoir tout fait : conclure des contrats d'armement en URSS, récupérer des matériaux nucléaires pour les Chinois, exporter des drogues depuis l'Afghanistan…

– Et qu'est-ce qu'elle fait à Miami ?

– Trafic de drogue, sans doute.

– Avec les Colombiens ?

– C'est possible, mais il est plus probable qu'elle importe de l'héroïne depuis l'Afghanistan, dit l'agent Blair. La plupart des agences de renseignement voient l'héroïne partir vers l'est, en Asie, mais l'une de nos sources affirme qu'il y a une ligne directe vers les États-Unis.

– Vous les trouvez où, ces types ? demanda Falcon à Callahan. Donc vous pensez que c'est Adriana qui chapeaute tout ça.

– Ça y ressemble.

– La CIA est impliquée là-dedans ? »

Les deux agents échangèrent un coup d'œil.

« Qu'est-ce que tu veux dire ? demanda Callahan.

– Eh bien, j'ai photographié cette femme chez Bobby West. Vu qu'il travaille pour la CIA, je me demandais quelle était leur relation.

– La CIA n'est pas impliquée dans le trafic de drogue à Miami, dit l'agent Gibson.

– Vous vous êtes renseignés ?

– Ils ne sont pas impliqués.

– Vous me faites quoi, exactement ? Vous avez enquêté sur Bobby West et le Groupe Artium ?

– D'après nos sources, son contact à Miami est un certain Alexander French.

– Ce nom me dit quelque chose. »

Blair sortit la photo d'un homme d'âge mûr au crâne rasé et aux joues flasques. Il aurait pu appartenir à une association de vétérans quelconque, mais portait une chemise à fleurs et une boucle d'oreille qui lui donnaient des airs de pirate.

« Alexander French. Ça fait longtemps qu'on le connaît, par ici. Il joue la mouche du coche dans certains cercles, mais c'est aussi un entrepreneur prolifique dans le monde du crime. Il monte des arnaques aux courriers frauduleux auprès de personnes âgées et des transactions foncières avec des promoteurs véreux. Maintenant on pense qu'il chapeaute aussi le trafic de drogue entre l'Afghanistan et Miami.

– En partenariat avec la femme, dit Falcon.

– C'est ce que nous pensons, confirma l'agent Gibson, qui n'avait pas été bavard jusque-là. French est proche d'un certain nombre d'hommes politiques, de lobbyistes, d'entrepreneurs, de dignitaires étrangers, et j'en passe. Difficile de dire à quel point ils le prennent au sérieux, mais il a un tel poids financier que ça n'a pas vraiment d'importance. On le garde à l'œil depuis un moment, mais il s'abrite derrière tout un appareil bureaucratique. Ses employés ne sont pas des criminels ordinaires. Il a engagé des gens sérieux, qu'il paie pour remplir les formulaires A et B, comme le fisc ou les Soviets.

– Ou les nazis, ajouta l'agent Blair.

– Vous savez comment fonctionnent les bureaucraties, poursuivit Gibson en faisant des moulinets avec les bras. Ce sont des machines géantes. Une fois qu'elles sont lancées, rien ne les arrête. Formulaire A, formulaire B. L'empire criminel d'Alexander French, c'est comme l'administration fiscale. Un système labyrinthique dont les rouages tournent tout seuls.

– Autrement dit, vous ne pouvez pas l'épingler, résuma Falcon.

– Exact. C'est comme quand on a un problème avec les impôts, vous voyez. Si on s'énerve contre un de leurs employés ou que sais-je encore, ils peuvent nous mettre dans un fichier spécial. Ils tamponnent le formulaire C, et soudain on écope d'un redressement. Du jour au lendemain, on n'a plus de meubles. Honnêtement, le fisc est l'organisation la plus terrifiante de ce pays. Vous pouvez demander à n'importe quel chef d'entreprise. C'est un peu mieux sous Reagan, mais il n'y a pas de plus grande menace pour la liberté américaine que la bureaucratie.

– Gibson, coupa l'agent Blair.

– Tout ça pour dire que l'organisation d'Alexander French fonctionne de la même façon. Vous vous en prenez à lui, et soudain vous découvrez que votre pension de retraite s'est évaporée. On agrafe le formulaire C à votre dossier et plus personne ne peut vous aider, pas même le gouvernement.

– D'où le recours à des contractuels, commenta Falcon.

– Pour l'essentiel. Notre organisation opère dans la clandestinité, tout comme celle de French, ce qui nous donne une certaine marge de manœuvre. Tout ce que je peux vous conseiller, c'est de rester à l'écart de ces gens-là. Trouvez une autre affaire.

– J'entends bien ce que vous me dites, les gars, mais moi j'ai juste été engagé pour retrouver la fille de West. Ça fait cinq ou six jours qu'elle a disparu et Bobby ne répond plus à mes appels. On dirait qu'il a des fréquentations peu recommandables. Il part une journée et cette Adriana Chekhov s'introduit chez lui. Je n'ai pas besoin de connaître tous les détails, je veux juste retrouver la fille. Mon client principal, c'est l'ex-femme.

– J'ai bien peur qu'on ne puisse pas vous aider sur ce point, dit Gibson.

– Alors, qu'est-ce que vous faites là ?

– Nous sommes venus vous expliquer la gravité de la situation.

– Vous êtes venus me dire de laisser tomber, quoi. »

Les agents restèrent silencieux.

« Et pour la fille, qu'est-ce que je suis censé faire ?
– Remboursez votre cliente et dites-lui que la gamine s'est volatilisée. Elle finira sans doute par refaire surface, quand elle sera à court d'argent ou qu'elle en aura marre de son petit ami. Ou pas, d'ailleurs. Elle a quoi, dix-sept, dix-huit ans ? Des enfants qui abandonnent leurs parents, il y en a des tas. Parfois c'est génétique, parfois c'est l'éducation, en tout cas ce n'est pas votre travail de résoudre des problèmes indépendants de votre volonté. »

Falcon pensa à ses enfants sur la côte Ouest. Le garçon leur téléphonait bien de temps en temps, par obligation, mais la fille ne voulait toujours pas entendre parler de lui. Il s'était résigné à cet éloignement, mais l'insensibilité dont elle faisait preuve avec sa mère lui déplaisait. Mary Catherine avait toujours été un modèle de vertu, à préparer des sandwichs et trimballer les enfants à droite à gauche pour toutes les activités possibles et imaginables. Comme tout bon Américain, Falcon croyait en la liberté, mais il était aussi attaché à la notion de devoir. La vie venait avec son lot d'obligations, même si certains refusaient de l'admettre.

Tandis que les agents remballaient leurs dossiers et leurs photographies, Falcon reprit son souffle peu à peu. Son estomac laissa échapper des gargouillis digestifs tandis qu'à travers la baie vitrée il contemplait la pluie et la grisaille, les gouttelettes semblant flotter en l'air comme de la neige sur un écran de télévision.

Callahan, qui avait gardé le silence pendant la majeure partie de la réunion, se leva pour ouvrir la porte aux deux agents.

« Je vous laisse retrouver la sortie ? »

Après leur départ, il s'assit face à Falcon.

« Ça s'est bien passé, ironisa ce dernier.

– Tu devrais faire plus attention à ce que tu dis par les temps qui courent, dit Callahan en secouant la tête.

– Et toi, Donnie Ray ?

– Les murs ont des oreilles, mon vieux. Tu devrais aussi prévenir ton copain du journal.

– Les oreilles, c'est une chose, mais moi ce que j'en dis, c'est que ces types sont de connivence avec des criminels et qu'ils laissent la drogue inonder les rues. Le travail de flic, ça vous rappelle quelque chose par ici ?

– À plus tard, Ernie. »

Falcon se leva, laissant son ancien collègue dans la salle de conférences avec les lumières halogènes, la climatisation bourdonnante et le crépitement de la pluie contre le carreau.

Dehors, sous l'auvent, il tomba sur Frank Navarro, qui s'arrêta en affectant un sourire étonné. Falcon le soupçonnait de lui avoir tendu une embuscade.

« Ernie, ça alors ! s'exclama Navarro en lui tendant la main. Content de te voir. Deux fois dans la semaine, je dois être en veine.

– Salut, Frank.

– Qu'est-ce qui t'amène ici ?

– Oh, comme d'habitude. Je fais quelques recherches pour une affaire.

– Bien, bien.

– Et toi ?

– Moi ? Oh, je passe voir les copains. Je suis toujours sur cette idée de business.

– Tu ne vas pas me faire croire que les collègues s'intéressent à ta nouvelle entourloupe.

– Entourloupe ? Je travaille dans la sécurité maintenant,

Ernie, et on n'a jamais trop de bons flics. D'ailleurs, ça te dirait de retourner déjeuner la semaine prochaine ? Je t'expliquerai tout en détail et on pourra peut-être s'entendre sur un chiffre.

– Je n'ai pas les moyens d'investir dans quoi que ce soit en ce moment, Frank.

– Ça tombe bien, on a tout ce qu'il faut côté investisseurs. Ce qui m'intéresse, c'est ton expérience.

– J'ai du travail par-dessus la tête.

– Peut-être que je peux t'aider. »

Falcon secoua la tête.

« Tu devrais y penser, insista Navarro. On vit une époque dangereuse et le gouvernement ne peut pas s'occuper de tout. La sécurité privée, c'est l'avenir, fais-moi confiance.

– Passe un bon week-end.

– Je t'appellerai la semaine prochaine », dit Navarro à son dos tourné.

Falcon s'élança sous la pluie vers sa Plymouth Valiant. Sa main glissa plusieurs fois sur la poignée mouillée, mais il finit par s'engouffrer dans la voiture et mit le contact pour allumer le chauffage. Il faisait bon, mais la pluie lui avait donné froid. Il se demanda quoi faire de West, Chekhov, M. French et Holly Hernandez.

Par le passé, il aurait sans doute pris la voiture pour aller voir Isabel, discuter avec Juan Delgado... n'importe quoi pourvu qu'il y ait un peu d'action. Mais l'action, c'était bon pour les jeunes. Désormais, il voyait toute la sagesse qu'il y avait à rester tranquille en attendant qu'un mystère se dévoile. La patience lui était venue trop tard pour lui être d'une grande utilité dans la vie, mais au moins elle lui avait ouvert des perspectives sur Bobby West et sa fille disparue.

En sortant du parking, il vit Frank Navarro à côté d'une camionnette, les mains posées sur le toit. Assis dans l'habitacle, les agents Blair et Gibson hochaient la tête. À son passage, Navarro lui fit un petit signe de la main, avant de revenir aux deux hommes.

22

Ils prirent l'Interstate 95 pour quitter Savannah, sans dire un mot de ce qu'ils avaient laissé derrière eux alors qu'ils fuyaient à travers les marais, à l'affût de la police. Keith était shooté aux boissons énergisantes, au café et à l'adrénaline. Son haleine de chacal le mettait mal à l'aise. Il respirait par le nez, évitant d'expirer en direction d'Holly – mais à quoi bon ? Il était terrifié par ce dont elle était capable, même si elle semblait tout aussi traumatisée que lui.

Ils roulèrent jusqu'aux premières collines du Piedmont en Caroline du Sud, sans lever le pied ni parler de leur destination. Keith ne connaissait pas beaucoup d'endroits dans ce monde, et il ne risquait pas de retourner en Floride. Il ne pouvait pas non plus rester à Savannah, ce qui signifiait que sa ville natale était le seul endroit où il pouvait aller. Il dirait à ses parents qu'il avait besoin d'argent. Attendrait que les choses se tassent.

Holly passait son temps à dormir. Elle se réveillait parfois, jouait avec le bouton de la radio – il n'y avait que de la musique country et des vieux tubes dans cette partie du monde – et regardait par la fenêtre avant de se rendormir.

Tu ne voleras pas. Tu ne convoiteras pas. Tu ne tueras pas.

Des bribes de phrases surgissaient dans l'esprit de Keith, des commandements issus de son éducation religieuse. Cela faisait des années qu'il n'était pas allé à l'église, mais maintenant qu'il était de retour dans son État natal, semant la ruine dans son sillage, il comprenait à quel point sa vie avait basculé de façon irrémédiable. Il s'envisageait depuis deux angles différents : Keith le vendeur de cigarettes, découvrant péniblement l'âge adulte avec une vague promesse d'avenir à condition de savoir ouvrir la bonne porte, et Keith le hors-la-loi : une voiture volée, dix mille dollars, une fille à la traîne et des cadavres dans son appartement.

Il avait bien franchi une porte, mais elle s'était refermée derrière lui. S'il n'était pas sûr d'avoir commis une erreur fatale, il comprenait l'immuabilité de sa décision de la veille : enrouler les corps un par un dans un rideau de douche, avant de les traîner dans le couloir pour les pousser derrière le distributeur automatique. Ils avaient nettoyé l'appartement du mieux possible, mais Keith savait que quelqu'un finirait par venir frapper à la porte. Un homme de loi portant un badge, ou un homme armé obéissant à un autre genre de code.

Lorsqu'il était enfant, son père faisait des sermons sur le péché, la dépravation, la rareté des places au paradis, ces vieilles ritournelles calvinistes qui avaient détourné la population des églises vers la fin du XXe siècle. Il avait feuilleté la Bible de ses parents, lu le verset où l'on disait de s'arracher un œil et avait compris sa condition de pécheur. Comment pouvait-on être responsable de ses pensées ? Comment une chose incontrôlable pouvait-elle nous conduire à la damnation ? Cela le rendait déjà malade lorsqu'il avait dix ans, et cela le rendit malade plus que jamais maintenant qu'il était non seulement pécheur par le cœur et la pensée, mais aussi par les actes. Même si Dieu était une fiction et le péché une fable que l'on racontait aux hommes pour qu'ils se tiennent tranquilles, il n'y aurait aucune excuse pour l'argent volé, aucune platitude (« Fais confiance au Seigneur ») pour le sauver des hommes comme M. French.

Ils s'arrêtèrent sur une aire d'autoroute au nord de Columbia, près d'un centre de distribution Wal-Mart. Les environs étaient quasiment déserts, à l'exception de quelques familles avec leurs voitures à galeries, leurs bagages entassés comme des emballages de hamburgers et leurs chiens occupés à renifler les trèfles ou à lever la patte dans les buissons. Keith sortit pisser et poussa un soupir de soulagement. Un homme maugréait dans une cabine voisine, semblant boxer le distributeur de papier toilette. *Boum-boum. Boum. Boum-boum.* Holly dormait sur la banquette arrière. Keith ouvrit les fenêtres, inclina le dossier du siège et somnola un long moment.

Il rêva de rideaux de douche ensanglantés, de nettoyant parfum citron et de bruits d'aspirateur. Keith n'était pas un garçon intelligent, mais même en rêve il savait que l'heure de la sentence approchait. On ne peut pas échapper éternellement à la déferlante de son passé. Certaines personnes plus innocentes que d'autres arrivaient à tenir la barre jusqu'au Jugement dernier, mais il savait qu'Holly et lui connaîtraient le jugement dans cette vie-là, dans l'ici et maintenant.

À son réveil, la journée était déjà à moitié écoulée et le soleil avait entamé sa descente. Keith se couvrit la bouche pour bâiller, avec l'impression d'émerger d'un puits de vase.

Il trouva Holly sur le trottoir, accroupie devant un enfant. Épais cheveux blonds, quatre ans environ, angélique. Elle tendait la main dans sa direction. « Là, tout va bien », lui dit-elle comme à un chien. Quelque chose dans le ton de sa voix amena Keith à se demander si elle avait pris quelque chose.

Lorsqu'il sortit de voiture, l'enfant recula. Holly lui fit signe de s'éloigner.

« Tout va bien, petit bonhomme. Comment tu t'appelles ? »

Keith jeta un œil autour d'eux à la recherche des parents, mais ne vit personne. Ayant trouvé des lunettes de soleil dans la boîte à gants de l'Impala, il les chaussa et s'adossa à la voiture, d'où il regarda Holly faire connaissance avec l'enfant. Il espérait qu'elle ne se mettrait pas en tête de l'emmener. D'où lui venait cette idée ? Sans doute de l'instinct maternel qui paraissait soudain s'éveiller en elle, de sa témérité ou de son manque de discernement. Elle semblait être capable de n'importe quoi.

Lorsqu'il avait entendu les coups de feu, il était revenu à l'appartement. Pourtant, même s'il était en caleçon, sans argent ni clés, il savait que le mieux à faire était de se barrer de là. Il l'avait trouvée tremblante au pied du lit. Par terre devant elle, un pistolet et deux hommes qui se vidaient de leur sang. « Putain de merde ! Qu'est-ce qui s'est passé ? » Elle était restée catatonique tandis qu'il prenait le pouls des deux cadavres. Il avait reconnu BD, pensé à la cave de M. French. Puis il s'était habillé et lui avait demandé encore et encore ce qui s'était passé. « Il faut qu'on parte d'ici », avait-il fini par dire. Ce n'est qu'à ce moment qu'elle avait levé les yeux en hochant la tête.

Avant que les ruminations de Keith ne laissent place à la terreur, une femme accourut vers l'enfant :

« Spud, tu étais passé où ? »

Elle prit la main de son fils et jeta un regard désolé à Holly. La femme était forte et mal fagotée. Elle avait les cheveux gras et décoiffés d'une beauté sur le retour.

« Qu'est-ce que c'est que ce nom, Spud[1] ? demanda Holly en se relevant.

– On l'appelle comme ça, mais son vrai nom, c'est Jeff.

– Ben, il faut l'appeler Jeff alors », dit-elle d'une voix trop forte. Keith s'écarta de la voiture pour s'approcher d'elle. « Vous ne devriez pas laisser votre gosse s'éloigner comme ça. Et si on était des kidnappeurs ? On aurait pu l'enlever et prendre la route. Vous ne l'auriez plus jamais revu. »

La femme recula lentement en tenant Jeff par la main. Elle les dévisagea comme si elle avait le pouvoir de lire dans leurs cœurs, de connaître leur passé et leur avenir dans un moment de prescience divine. Holly semblait malade, dérangée. Keith, rendu fébrile par la caféine et les heures de route, ne devait pas avoir l'air mieux avec ses lunettes de soleil.

« On était sur le point d'y aller », dit-il.

Dans le rétroviseur, Keith vit que la femme les observait. Elle tenait toujours la main de son fils, qui pour sa part était déjà perdu dans ses pensées. Il la regarda s'approcher d'une rangée de cabines téléphoniques près du bâtiment en brique ; ce fut sa dernière image avant l'autoroute.

Il partit vers le nord et s'arrêta à la première sortie pour faire demi-tour et reprendre l'Interstate 26 vers le sud. La police les chercherait au nord, car c'était la seule direction possible en sortant de l'aire d'autoroute. Il se maintint sous

---

1. *Spud* signifie « patate ». Comme en français, le mot peut aussi être employé pour désigner quelqu'un d'un peu bête.

les cent dix kilomètres-heure et laissa passer trois sorties avant de s'arrêter dans un McDonald's.

Holly n'avait posé aucune question, mais elle semblait se réjouir d'avoir quitté la route une nouvelle fois. Elle sauta hors de la voiture en chantonnant.

« Qu'est-ce que tu fais ? cria-t-il en lui courant après.

– J'ai envie d'un milk-shake.

– Je peux te prendre un milk-shake, mais ne te fais pas remarquer, dit-il en passant un bras autour de son épaule. Il faut qu'on soit discrets, c'est le moment d'être malins. »

Entendant des sirènes au loin, il pressa le pas.

« Calme-toi, dit-elle. Tu me fais mal.

– Tu veux un milk-shake à quoi ? »

Holly se dégagea et partit aux toilettes. Il décida de lui commander un milk-shake au chocolat ainsi qu'une grande frite, et se prit un Coca et des nuggets. Elle resta aux toilettes un temps interminable. Keith fixait la porte nerveusement. C'était lui qui avait les clés, elle ne pouvait aller nulle part. Et même si elle partait, il se disait qu'il pourrait continuer sans elle. Cela ne l'empêcha pas d'être soulagé en la voyant sortir. Elle vint s'asseoir en face de lui, se mit à picorer des frites et but son milk-shake tranquillement.

Une heure plus tard, ils reprenaient la route après avoir fait le plein et acheté une carte routière. Pour échapper à la police – au cas où ils seraient recherchés –, Keith dessina un itinéraire en zigzag à l'intérieur des terres. Il était fatigué de conduire, mais n'osait pas laisser le volant à Holly. Lorsqu'ils passèrent devant une école presbytérienne, sa vieille culpabilité protestante brûla à nouveau dans sa poitrine. Les gens d'ici n'auraient aucune indulgence envers un jeune homme qui avait quitté un travail honnête par vénalité ou par envie d'ailleurs, pour se laisser embarquer dans les excès et la violence de Miami. Il était trop tard pour reculer, mais ils étaient sacrément dans la merde et sans l'ombre d'un plan.

Ils traversèrent les plaines de Caroline du Sud jusqu'à atteindre la zone industrielle de Greenville-Spartanburg, où ils sortirent de l'autoroute pour emprunter les petites routes de campagne. De grands panneaux faisaient de la réclame pour Dieu. *Il n'y aura pas d'extincteur en enfer*, prévenaient-ils. Granges en ruine, pompes à essence isolées, radars de fortune. Keith roulait à cinq kilomètres-heure au-dessus de la vitesse autorisée, la mâchoire serrée.

« Tu conduis encore plus mal que ma grand-mère, dit Holly quand un semi-remorque les dépassa. Et elle a Alzheimer.

– T'as envie d'expliquer au shérif du coin ce qu'on fait dans une caisse volée avec dix mille dollars dans un sac ? »

Elle se mit à triturer le bouton de la radio.

*

Ils dînèrent dans le restaurant mexicain d'un centre commercial, Los Hermanos. Les serveuses étaient vêtues de chemisiers bouffants et colorés qui laissaient voir leurs épaules osseuses. Keith commanda des enchiladas et, la tête vide, contempla le parking désert par la fenêtre. Les ombres qui s'étiraient, une balafre de lumière. Tout l'après-midi, un silence épais, marécageux, avait plané entre eux.

Lorsque la serveuse eut fini de prendre leur commande, Keith se rendit aux toilettes pour passer un coup de téléphone. Il comptait se faire oublier quelques jours à Six Mile, une petite ville de cinq cents habitants au nord de Clemson, mais il voulait éviter ses parents. On ne grandissait jamais vraiment, mais les choses devenaient plus difficiles à expliquer avec le temps. Des choses comme : Quelle était la nature de leur relation ? Qu'avait-il fait de sa vie ? Pourquoi était-il venu ?

Il n'avait aucune intention de rendre des comptes ce soir-là et appela donc son vieux pote Kennedy.

« Je nous ai trouvé un endroit où passer la nuit, dit-il à Holly qui s'étirait en bâillant. C'est un copain du lycée. Il a une femme et un bébé, mais on peut dormir dans la chambre d'amis.

– Il a quel âge, ce mec ? demanda-t-elle.

– Comme moi.

– Eh ben, les gens ont de ces vies.

– Il y a pire que d'avoir une femme et un gosse à vingt ans », répondit Keith.

Ils mangèrent leurs frites en silence tandis que la nuit tombait sur l'horizon miteux du Sud. On était trop loin de Greenville ou d'Atlanta pour faire vraiment partie du monde, mais pas assez enfoncé dans les montagnes pour continuer à vivre selon les traditions. Keith avait grandi dans un entre-deux. Il s'efforça de ne pas penser à ce que ses camarades d'école et lui faisaient de leur vie. Beaucoup étaient à l'université, certains avaient pris des petits boulots à Seneca ou Anderson. Il restait une usine Milliken dans la région, et bien sûr il y avait la centrale nucléaire. Ils élargissaient l'autoroute à Greenville, mais Six Mile était si loin de tout que Kennedy avait sans doute fait le bon choix : se marier, avoir un gosse et attendre que la vie passe, parce que rien n'allait s'arranger. Comme si les années lycée se répétaient sans fin : l'ennui, le match du vendredi soir, le dîner occasionnel au buffet-grill Chez Ryan, le *cake-walk*[1] du festival d'automne. Keith avait grandi dans ce détritus historique. Dans toute son insignifiance. Le passage du temps, les détails, l'interprétation… tout ça, c'était bon pour la salle de classe, et la salle de classe était sans rapport avec la substance de sa vie. Nous étions tous des particules insignifiantes, aussi mémorables à l'échelle de l'histoire que des grains de poussière ou de sel, comme celui qu'il venait de balayer sur la table à l'arrivée du repas.

« Vous avez besoin d'aut' chose ? demanda la serveuse avec un fort accent du coin.

– Non, c'est bon, dit Keith.

– Sinon vous me faites signe. »

Une voiture de police passa à toute allure, gyrophare allumé. Keith arrêta de mâcher en attendant que les lumières bleues aient disparu. Elles clignotaient au rythme des battements de son cœur. Il reprit sa mastication et recracha, quelques minutes plus tard, un éclat de céramique détaché de l'assiette. Il se souvint d'une manifestation qui avait eu lieu lorsqu'il était à l'école contre les dangers de la vaisselle mexicaine, tellement radioactive, disait-on, qu'elle aurait fait crépiter un compteur Geiger comme une radio brouillée. Keith se demanda ce qu'il risquait en mangeant dans ce genre d'assiette, si son repas luirait dans l'obscurité de son estomac, ou s'il s'était abîmé les dents en mordant dans la

1. Le *cake-walk* est une danse satirique née parmi les Noirs du sud des États-Unis vers 1850, pour imiter l'attitude guindée de leurs maîtres se rendant aux bals. Les compétitions de *cake-walk* sont devenues très populaires à travers les États-Unis, y compris parmi les Blancs auxquels l'aspect parodique de la danse avait sans doute échappé.

céramique. Il reposa sa fourchette, incapable de finir ses enchiladas. Elles avaient refroidi, s'étaient figées en une espèce de boue salée. De toute façon, voir la police dans un tel état d'agitation lui avait coupé l'appétit.

« Qu'est-ce qui s'est passé, là-bas ? demanda-t-il en repoussant son assiette.

– Je te l'ai déjà dit, je leur ai tiré dessus.

– Mais tu l'as trouvé où ce flingue, putain ? Et comment tu sais t'en servir ?

– Mon père.

– Quoi ?

– Mon père. Le pistolet était dans le coffre avec l'argent.

– Qu'est-ce que tu as pris d'autre, là-dedans ?

– Il fallait bien qu'on se protège, dit-elle en haussant les épaules.

– Qu'on se protège ! Mais de qui ?

– De ton copain du bar, apparemment. Et puis t'étais passé où, monsieur Je-saute-par-la-fenêtre ?

– Je t'ai dit de venir avec moi.

– Mais je suis restée.

– On aurait pu s'enfuir.

– Avec l'argent ?

– On s'en fout, de l'argent. C'est beaucoup, dix mille dollars, mais pas assez pour tuer. Pourquoi ils en avaient après nous ? »

Elle ouvrit la bouche, puis la referma.

« Qu'est-ce que tu me caches ? Où tu as appris à te servir d'un flingue ? demanda-t-il une fois de plus.

– Au stand de tir avec mon père.

– Quel genre de type emmène sa fille dans un stand de tir ?

– Le genre qui aurait voulu être quelqu'un d'autre, dit-elle.

Il a été analyste toute sa vie, alors qu'il aurait préféré être sur le terrain. C'est pour ça qu'il a fini dans cette combine.

– Quelle combine ? De quoi tu parles ?

– Mon père. Il bosse pour la CIA.

– Ha... ha... très drôle. Tu es sérieuse ?

– C'est un homme d'affaires, mais payé par la CIA. »

Keith sentit son cœur lui tomber dans l'estomac, comme une pierre au fond de l'eau.

« T'es en train de me dire qu'on a volé l'argent de la CIA ? Putain, non seulement ils vont venir le récupérer, mais en plus ils savent comment nous trouver.

– Tu rigoles ? Autant chercher une aiguille dans une botte de foin. Et puis, c'est pas l'argent de la CIA.

– Alors il est à qui ?

– Les gars pour qui tu bossais. »

Keith tenta de rassembler les pièces du puzzle, de comprendre comment un homme d'affaires payé par la CIA pouvait être de mèche avec M. French et... quoi ? La mafia ? Les trafiquants de drogue ? Quoi qu'il en soit, rien de tout ça ne leur présageait un long et brillant avenir.

« Il faisait de la contrebande ou, comment on dit déjà..., poursuivit Holly.

– Du blanchiment.

– Ouais voilà, il blanchissait de l'argent pour ces types. »

Keith laissa échapper un juron en repensant à la cave de M. French. C'était quand même se donner beaucoup de mal pour dix briques et une voiture volée. Il devait y avoir autre chose.

« T'as rien de plus à m'avouer ? demanda-t-il. Des agents du KGB qui vont empoisonner nos enchiladas ou un truc du genre ?

– Personne ne doit savoir où on passe la nuit. »

Au moment de partir, ils remarquèrent des voitures de police au bout de la rue, tous gyrophares allumés, tournant autour d'un motel comme des cow-boys autour d'une diligence, ou l'armée bolivienne se préparant à exécuter Butch Cassidy. Keith n'avait aucune idée de ce qui se passait, mais cela semblait grave. Il espérait qu'ils n'avaient rien à craindre. Un hélicoptère vrombit au-dessus de leurs têtes – les médias, la police, ou un volatile échappé de la base militaire toute proche. Les pales tournoyaient dans la nuit, lancinantes, avec le bruit blanc d'un téléviseur après l'arrêt des programmes. Keith jeta un œil dans le coffre pour s'assurer que le sac était toujours là, le canon du pistolet dépassant de la poche latérale.

« Tu viens ? demanda Holly qui avançait nonchalamment vers la portière passager, les doigts tambourinant sur le toit. Je voudrais m'éloigner de ces flics. »

Il répondit que c'était une bonne idée et referma le coffre.

23

Dans un bar près du bureau, West commanda un whisky hors de prix et se mit à boire comme un trou. Son compte en banque était vide, la perspective d'obtenir des fonds de la CIA semblait illusoire et il n'avait aucune nouvelle d'Ernie Falcon : il fallait bien s'occuper. On aurait pu croire qu'il avait appris la patience avec l'âge, mais lorsque les choses tournaient mal, le temps piétinait comme un embouteillage à l'heure de pointe. Il avait l'impression que quelqu'un lui marchait sur la poitrine.

Alors qu'il commandait un deuxième verre, une femme aux cheveux roux s'assit à côté de lui et posa un paquet de Gauloises sur le comptoir. Elle commanda un White Russian avec une inflexion familière, un accent pas tout à fait habituel. Ce n'est qu'après son départ, une fois qu'elle eut disparu dans la foule, que West comprit qu'il l'avait déjà rencontrée. Son cœur tressaillit.

Il finit son verre en la cherchant des yeux avec un malaise croissant. Incapable de se concentrer assez longtemps pour comprendre la gravité de sa situation, il se leva pour aller aux toilettes. Une lumière éblouissante se reflétait sur le carrelage des murs, le damier vert et blanc du sol. Il s'attendait à ce que les WC soient aussi sombres et humides que le bar lui-même, mais les néons semblaient lui projeter dix mille watts en pleine figure – de quoi redorer son bronzage. Un avenir si radieux qu'on ne pouvait l'affronter sans lunettes de soleil. Il orienta le jet sur une mouche qui flottait dans l'urinoir. Cette dernière battit des ailes puis, soudain projetée en l'air, atterrit sur la paroi en porcelaine avant de faire un nouveau bond quand il tira la chasse.

À son retour, il n'y avait toujours pas trace de la femme, mais il repéra Vicky, sa secrétaire tout en jambes, vêtue d'une robe violette provocante, courte et décolletée. Elle croisa son regard et avança vers lui d'un air hébété, en levant son cocktail comme pour lui faire partager une maxime éclairée.

« Je ne serais pas contre un verre, dit-elle.

– Ça peut sans doute s'arranger. Si vous voulez bien passer dans mon bureau.

– Je ne sais pas si c'est une bonne idée.

– Je voulais dire, allons au bar.

– Oh. Bien sûr. »

Elle s'assit sur un tabouret en croisant les jambes et West fit son possible pour ne pas lui jeter de regard concupiscent. Sans succès. Il savait pertinemment qu'il n'aurait pas dû commander un autre verre, ni se rapprocher de quelqu'un avec qui il travaillait, a fortiori une subordonnée beaucoup plus jeune. Elle pourrait être sa fille, pauvre Holly, partie avec son argent. Les jeunes femmes, ces garces, passaient leur temps à tendre des pièges aux hommes, il en était persuadé. Pourtant, au lieu de suivre son instinct et de rentrer chez lui pour téléphoner à son ex, il regarda Vicky descendre son verre d'une traite, commanda un whisky et lui jeta un regard interrogateur.

« Je vais prendre un autre gin-tonic, dit-elle au barman.

– Comment pouvez-vous boire du gin ? demanda West.

– Une gorgée à la fois.

– C'est parce que vous êtes encore jeune, dit-il. Vous avez moins de trente ans, non ? Trente ans, c'est le début de la fin.

– Mmh-mmh », fit-elle en détournant les yeux.

Il s'en voulut d'avoir parlé de son âge. Cela rappelait implicitement le sien, une chose qu'il valait mieux ignorer.

Lorsqu'on leur apporta les verres, elle se retourna vers lui.

« Comment pouvez-vous boire du whisky ? demanda-t-elle.

– Une gorgée à la fois.

– C'est ce qui arrive après quarante ans ? On commence à boire du scotch ?

– Touché.

– Qu'est-ce que vous faites ici ?

– J'essaie de ne pas perdre la raison.

– Avec d'autres collègues du bureau, on vient ici tous les vendredis pour l'happy hour.

– Où est-ce qu'ils sont ?

– On dirait qu'ils m'ont posé un lapin, dit-elle en remuant son verre.

– Ce n'est pas très gentil. »

Elle croisa de nouveau les jambes, et une fois de plus il s'efforça de ne pas regarder. S'il gardait les yeux fixes au-dessus de ses épaules, son attention était captivée par tout ce qu'il y avait en dessous. Peau lisse, chair ferme. Il imagina la douceur de sa peau nue. West n'aimait rien tant que de toucher une peau fraîche, inhaler l'odeur printanière et sucrée d'un shampoing de femme, la tenir contre lui.

Ils continuèrent à échanger quelques paroles creuses

auxquelles West ne prêta aucune attention, obnubilé par les cuisses incroyablement longues de Vicky.

« Te voilà », dit une femme derrière eux.

Vicky recomposa son visage et, tout sourire, se leva pour accueillir son amie.

« Tu connais Bobby, non ? »

West n'avait jamais vu cette femme auparavant, mais ils se dévisagèrent avec l'angoisse secrète de s'être déjà rencontrés et s'empressèrent de se saluer sans répondre à la question.

La femme s'assit à côté de Vicky et entama la conversation avec elle. D'autres les rejoignirent bientôt.

West commanda un autre whisky, incapable de tenir en place maintenant que Vicky était occupée. Au journal télévisé, on annonçait une correction boursière. Les présentateurs gesticulaient, le visage grave, sans doute pour signifier l'imminence de l'apocalypse. Le Groupe Artium avait un portefeuille relativement sûr, de nombreuses actions dans les biens de consommation et, depuis peu, des obligations municipales visant à financer des projets nébuleux et des investisseurs anonymes. Malgré cela, West était tenu, en tant que directeur financier, de garantir la stabilité fiduciaire de l'entreprise. L'argent disparu le rendait nerveux : si les investisseurs paniquaient, cet argent était la seule chose qui le séparait encore des loups.

« Qu'est-ce que vous en pensez, Bobby ? » demanda Vicky.

Il secoua la tête pour se réveiller. D'autres collègues, trois jeunes hommes en costume, avaient rejoint la fête. West les connaissait de vue. Ils étaient courtiers. Des épiciers, en somme.

« De quoi ? demanda-t-il.

– D'Hoffman.

– Est-ce que c'est un nazi ? demanda l'un des hommes, Peter, qui avait d'épais cheveux bruns coiffés avec soin, une moustache visant à le faire paraître plus vieux et l'aplomb d'un connard de première.

– Bobby n'en sait rien, dit Vicky.

– Bien sûr que si. Il connaît tous les cadres.

– Il ne va pas nous dévoiler le scoop, intervint un autre, Sam.

– Je peux vous assurer qu'Hoffman n'est pas un nazi, dit West en entamant son nouveau verre.

– Il est allemand, non ? insista Peter. Quand est-ce qu'il est arrivé en Amérique ?

– Je ne connais pas la date exacte, mais...

– Eh bien voilà. D'où pensez-vous qu'Artium tire son argent ?

– Non, dit Vicky en se tournant vers West.

– Si, dit Peter. Sans doute un garde, comme dans *Le Choix de Sophie*, venu faire des affaires en Amérique après avoir dépouillé les Juifs.

– Oh, mon Dieu », dit l'autre femme. West ne se souvenait pas de son nom. « Cette histoire était vraiment horrible.

– Il y a des gens qui ont fait ça, tu sais.

– Au Vietnam aussi, dit Sam.

– Vous imaginez vous retrouver dans cette position ? dit la fille.

– Là-bas, il n'y avait rien à voler, affirma Peter.

– Ça ne nous a pas empêchés de piller la nourriture et de mettre le feu à des villages.

– Qu'est-ce que vous en savez ? On était tous à l'école.

– Vous en dites quoi, Bobby ? demanda Sam. Vous avez fait l'armée ?

– Jamais, dit-il.

– Voilà un type bien. »

Ce n'était pas ce que ressentait West. Ne pas avoir connu la guerre était son plus grand regret. Lorsqu'il avait rejoint les rangs de la CIA, il se fantasmait en James Bond, à mener des opérations secrètes pendant que ses jeunes camarades mettaient le Vietnam à feu et à sang. En vieillissant, il avait commencé à mesurer les conséquences de ne pas avoir été au combat. Les hommes de sa génération étaient divisés entre ceux qui avaient fait la guerre et ceux qui jouaient les guerriers. Peu importait le nombre de pompes qu'il faisait ou la quantité de fonte qu'il soulevait, West n'aurait jamais la carrure d'un vrai soldat. Il serait toujours exclu de cette fraternité, quoi qu'il fasse au nom du patriotisme.

La fille semblait sur le point de pleurer en repensant à Meryl Streep, aux deux enfants, à cette gare en Allemagne.

« Vous pensez qu'on finira par savoir ce qui s'est passé là-bas ? demanda Peter.

– Les gens n'ont pas envie de savoir.

– Ce n'est pas un nazi », dit West. Tout le monde le fixa en silence. « Hoffman. »

Sur le papier, Hoffman était le PDG du Groupe Artium, un immigré allemand qui avait lancé une chaîne de concessionnaires Volkswagen avant de créer une holding à la fin des années 1970. En réalité, il avait travaillé comme agent double pendant le démantèlement du rideau de fer. Hoffman était un vrai James Bond, doublé d'un capitaliste plein aux as disposant d'un yacht privé et d'une ligne directe avec le secrétaire à la Défense.

Peter sortit un paquet de cigarettes, qu'il tapota longuement sur le bar avant d'en extraire une.

« Ah ouais ? fit-il en la glissant au coin de sa bouche. Qu'est-ce qui vous fait dire ça ?

– D'abord, il a la cinquantaine. Donc il aurait été adolescent pendant la guerre. Mais surtout, ses parents sont arrivés aux États-Unis avant.

– C'est vous qui savez, patron.

– Peter », dit Vicky.

Il déplaça la cigarette vers l'autre coin de sa bouche et mit sa main en coupe pour l'allumer. West avait bu juste assez de whisky pour mordre à l'hameçon de ce petit enfoiré. Un verre de plus et il aurait été trop parti pour s'en soucier. Un de moins et il se serait contenté de chercher le gamin dans l'organigramme pour le faire virer sur-le-champ.

« Vous manquez toujours autant de respect à vos supérieurs ?

– Hoffman n'est pas mon supérieur.

– C'est notre patron à tous.

– Et vous, alors ? interrogea Peter en soufflant la fumée loin de West. Qu'est-ce que vous pensez de lui ?

– Je pense que vous n'avez pas la moindre idée de qui il est.

– Alors, je vous en prie, éclairez-moi. Comment on s'en est tirés sur les marchés aujourd'hui ? » demanda-t-il, les yeux brillant d'intérêt.

West comprit soudain que le garçon était plus finaud qu'il en avait l'air.

« On a pris un coup.

– Vous pensez que ça rentrera dans l'ordre ?

– Ça rentre toujours dans l'ordre.

– Pas du temps d'Hoffman.

– C'était une autre époque.

– Je ne comprends pas comment le marché peut s'effondrer comme ça, dit Vicky.

– Les traders, répondirent West et Peter d'une même voix.

– Bande de cons », ajouta ce dernier.

Vicky avait l'air perdue, mais West n'entendait pas lui expliquer les subtilités de la Bourse. Plus jeune, il avait envisagé de laisser tomber le renseignement pour les gros sous, mais il n'avait pas les tripes assez bien accrochées pour Wall Street, pour les longues soirées à mouliner des chiffres en se shootant au café, à la cocaïne ou au Coca-Cola jusqu'à devenir translucide, les mains tremblantes d'adrénaline. Ces types vivaient pour ça – le danger, l'excitation. Tout risquer sur un coup de poker, un jeu de probabilités. Identifier un motif dans un agrégat de chiffres aléatoires. Pour tenir le coup, certains feraient trois parties de squash le lendemain ou casseraient le nez d'un inconnu dans un bar ; d'autres baiseraient violemment leur femme, ou une prostituée ; d'autres encore se plongeraient dans une longue séance de méditation avec le canon d'un flingue dans la bouche. Tout était dans les cartes.

Il fit tourner le dernier glaçon au fond de son verre. Il avait la tête lourde et se sentait assiégé par le bruit. Comme le corps était fragile, la santé illusoire. Personne n'échappait à la maladie. En certaines occasions funestes, on obtenait un aperçu du sombre avenir qui nous attendait. Autour de lui, les autres étaient toujours en pleine conversation. L'un des garçons dit quelque chose qui fit rire Vicky aux éclats, son inquiétude dissipée par les sirènes du bon temps. Les tempes battantes, West reposa son verre sur le comptoir, jeta un dernier regard à la foule qui s'épaississait et à Vicky, puis se faufila dehors.

Ce n'était pas la première fois qu'il se perdait dans un verre de whisky ces derniers temps. Si la vie lui avait appris quelque chose, c'était qu'il fallait parfois faire taire ses scrupules au nom de l'intérêt général. West s'était enrichi grâce à son travail dans le Groupe Artium. L'argent l'avait détourné de son idéalisme de jeunesse – faire tomber Castro, sauver Cuba, vivre dans l'ombre derrière le rideau de fer, terrasser l'ours soviétique. *Pro patria mori.* Au lieu de quoi, il brassait les dollars depuis vingt ans, non sans encaisser son pourcentage, et ce bon vieux Castro terrorisait toujours son peuple. Il n'y avait qu'à demander à Felix. Le jeune homme était plein de flamme et d'ambition, sincèrement motivé par l'idée de vendre Cuba Omega à Mini Mark. Bobby West, lui, n'avait plus de flamme, à peine quelques braises finissantes ; il ne voulait convaincre Mini Mark que pour se sauver des loups de M. French. C'était peut-être une faute morale de sa part, mais il avait vu des hommes plus estimés s'abaisser à des choses plus indignes. Il avait voté Nixon en 1968 et 1972. Le scandale du Watergate ne lui avait fait ni chaud ni froid, tant il lui semblait évident que la vie politique obéissait à des lois différentes de celles qui régissaient le reste du monde. On y subissait certains échecs qui auraient constitué des fautes morales ailleurs, mais qui n'étaient là que des échecs. Dans quel monde West vivait-il ? Celui de la politique ou de tout le reste ? Pouvait-on vraiment faire cette distinction et demeurer une personne à part entière ?

La même question se posait pour le monde de l'amour et du mariage. Il avait épousé la mère d'Holly, qui était alors une jeune femme piquante travaillant comme secrétaire au bureau. Ils partageaient une vraie complicité et West avait vécu dans l'harmonie jusqu'à la naissance de sa fille. À mesure que les vagues d'immigrés cubains étaient arrivées à Miami, Isabel avait renoué avec ses racines. Ils étaient séparés depuis peu, mais la faille était là depuis des années, n'attendant qu'un coup de marteau bien placé pour craquer. Leur relation n'avait pas marché et aucun d'eux ne s'en excusait. Les choses étaient ce qu'elles étaient et il n'y avait rien à en dire. Si West avait été plus porté sur l'introspection, il aurait pu se poser des questions. Au lieu de quoi il avait décidé de coucher avec Diana, la-femme-qui-n'était-pas-son-épouse, qui ne le serait jamais, et recevait des versements en cash de Felix Machado et M. French. Il avait suffi d'un vol pour qu'il noie les affres de ses fonds de placement dans un liquide ambré et délétère.

Dans la rue, plus de Sam, de Peter, de Vicky, de fille anonyme : la jeunesse présomptueuse et innocente. Combien de ces hommes d'affaires – ces financiers qui boursicotaient maladroitement – avaient déjà fait des écarts qui en choqueraient certains ? Combien parmi eux justifiaient leurs actions par le contexte actuel et s'en lavaient les mains ? Hoffman n'était pas un nazi, West en était certain, juste un immigré de plus, qui gravissait les échelons de la société américaine avec quelques secrets dans ses valises. Qui n'en avait pas ? Désirs charnels, biens mal acquis, scandales familiaux, traumatismes d'enfance. West imagina les passants – ivrognes, clochards, hommes d'affaires, call-girls, jeunes et vieux – soudain forcés à rendre compte de leurs actes. La plupart d'entre eux, pensait-il, tenteraient de se dédouaner, de réduire leurs fautes morales à de simples erreurs, ce qui était déjà grave en soi. De se tromper. Ceux qui comme West avaient encore des perspectives d'avenir, une queue en état de marche et des cheveux sur la tête (même s'il se sentait vieux, gras, mou du bide) étaient eux aussi tenaillés par un doute persistant, le sentiment que leur vie ne prenait pas le tour prévu.

Le cœur lourd, il roula jusqu'à Miami Beach, où il espérait se faire consoler par Diana. Il slaloma comme un adolescent sur la chaussée MacArthur et se laissa porter jusque chez elle. Sa maison, nichée dans une petite rue, avait été construite il y a au moins cent ans. Avantages : charme de l'ancien, façade en brique, lambris élégant. Inconvénients : mauvaise isolation, chauffage au radiateur et frais d'assurance faramineux, car la maison, faute de fondations dignes de ce nom, serait balayée par le prochain gros ouragan. Diana prenait ce genre de choses avec légèreté, ce qui faisait d'ailleurs tout son charme. Elle voulait une maison qui ait du caractère. Mais si cette relation était amenée à durer, West la ferait déménager dans son nouveau pavillon de Coral Gables, qui survivrait à tous les caprices de la nature.

Les lumières étaient éteintes. Quelle heure pouvait-il bien être ? Sous le whisky, une voix lui souffla qu'il ferait sans doute mieux de la laisser en paix. Il pissa sur la haie avant de tambouriner à la porte. Chantonnant la musique du film *Le Bon, la Brute et le Truand*, West rentra le ventre et s'imagina en cow-boy solitaire, alter ego de Clint Eastwood. Il actionna le heurtoir de la porte, puis descendit du perron. Quelques minutes plus tard, la lumière s'alluma et Diana ouvrit la porte.

« Ouah », fit-il. Elle portait un peignoir blanc bouffé aux mites et avait un reste de maquillage noir étalé sous les yeux.

Ses cheveux gras lui faisaient un casque de stormtrooper. « Salut, toi.

– Qu'est-ce que tu veux ? demanda-t-elle.

– J'étais dans le coin, j'ai décidé de passer.

– Tu ne pourrais pas passer en journée, comme un mec normal ?

– J'avais des choses à faire.

– Des choses à boire, oui. »

Il monta quelques marches en s'agrippant à la rambarde. Elle ne s'écarta pas pour le laisser entrer.

« Bon, j'ai peut-être bu un verre ou deux pour me détendre. Qu'est-ce que ça peut faire ? On est vendredi soir.

– Tu étais passé où ?

– Oh, tu sais, le bureau.

– Je veux dire cette semaine.

– Hier, j'avais un rendez-vous d'affaires à Washington. Pourquoi ?

– Je suis passée chez toi.

– Oh, c'est vrai ?

– Je voulais t'emmener dîner, peut-être voir un film, voire plus si affinités.

– Ah oui ? dit-il en se penchant vers elle. Le week-end ne fait que commencer.

– Tu sais ce qui s'est passé ?

– Quand ça ?

– Quand je suis arrivée chez toi.

– Quoi ?

– Je suis tombée sur ton amie Adriana. »

West fit un pas en arrière.

« Tu ferais sans doute mieux d'y aller.

– Attends », commença-t-il, mais il n'avait rien à dire.

Diana attendit.

« Comment ça, tu es tombée sur elle ?

– Elle était chez toi.

– Chez moi ?

– C'est elle qui m'a fait entrer. Elle m'a dit de te passer le bonjour. »

Il se pinça l'arête du nez.

« Bonne nuit, Bobby.

– Attends, dit-il encore, mais cette fois elle referma la porte. Ce n'est pas ce que tu crois ! » cria-t-il, même s'il se moquait désormais de ce que pensait Diana.

La femme du bar, la rousse, il savait maintenant que c'était Adriana Chekhov qui venait lui faire payer sa dette. Ça n'avait aucun sens. Il avait versé un acompte à M. French, fait son possible pour financer l'organisation de Felix. Tout le monde aurait dû être content.

L'esprit embrumé, West démarra la voiture et redescendit l'allée en marche arrière, prudemment. Il était bien conscient d'être ivre et pensait s'en sortir par une vigilance accrue. Ce fut le cas, comme toujours, mais durant ces quelques heures dégrisantes qui séparaient minuit du petit matin, il savait que *toujours* ne durait qu'un temps. Ces heures creuses étaient un intermède, un entre-deux où tout était possible : une fusillade, un shoot d'héro, ou le Christ en personne descendu des cieux.

Ce qu'il savait, c'est que Jésus n'était pas revenu pour sauver Bobby West. Non, le Très-Haut avait envoyé son messager, Adriana Chekhov.

Il pensa furtivement aux ruelles de Chicago, à ces temps difficiles où des amis de son père allaient mendier un peu d'argent à des pourris. Ces types étaient des crapules, mais les débiteurs de West étaient pires. Il accepterait volontiers de se prendre une petite dérouillée si cela pouvait lui éviter une balle dans la tête. Y avait-il des crapules aujourd'hui ? Bien sûr. Le monde grouillait de crapules. Mais pourrait-il trouver quelqu'un pour lui prêter assez d'argent, et à quel prix ? Il avait beau tourner la situation dans tous les sens, c'était de la folie. Aucun besoin d'être trafiquant de drogue pour savoir qu'en perdant les trois millions de dollars dont on a la charge, on se verra forcé de faire bien plus que rembourser leurs propriétaires. Il faudra découvrir qui a volé l'argent (Holly, en l'occurrence), pourquoi (appât du gain, crise d'adolescence, rapport au père) et où il se trouve (Dieu seul le sait). Sans savoir où il est passé, impossible d'élaborer un plan pour le récupérer.

West se verrait peut-être forcé de tuer pour éviter de l'être et n'aurait jamais cru se retrouver dans cette position. Il avait laissé passer sa chance pendant la guerre, manqué l'épreuve de virilité. C'était un bureaucrate et un comptable d'âge mûr. La seule chose à faire était de rester rationnel. C'était le plan de M. French après tout, il devait donc avoir un plan B. Sinon, West travaillait pour la CIA ; son employeur ne le jetterait tout de même pas en pâture aux lions. L'argent promis par Mini Mark arriverait certainement avant qu'Adriana Chekhov ne vienne frapper à sa porte. Sa fille rentrerait à la maison saine et sauve. Si seulement il pouvait survivre aux prochaines semaines, tout finirait bien.

24

Lorsque Bobby West sortit du bar en titubant, Chekhov finit son verre et passa deux coups de téléphone depuis la cabine au fond de la salle. D'abord, elle appela Alexander French, derrière qui on entendait un bruit de fond lancinant et sonore, comme un aspirateur ou une scie à ruban. Elle l'imaginait un doigt dans l'oreille, le téléphone pressé contre l'autre. Il parlait trop fort.

« Aucune trace de l'argent ?

– Ni chez lui, ni sur lui, ni dans son bureau, confirma-t-elle.

– Il se le serait donc vraiment fait voler. On a eu des problèmes avec un employé, ça pourrait être lié. »

Derrière lui, le bruit s'amplifia et Chekhov dut le faire répéter.

« On ne devrait pas parler de tout ça au téléphone. Vous pouvez me retrouver à South Beach dans une demi-heure ? L'endroit habituel. »

Après avoir raccroché, elle passa un deuxième coup de fil à son contact de secours dans cette pagaille. Au cinéma, les espions étaient toujours représentés comme des casse-cou pleins de panache, qui passaient leur temps à sauter des avions, à se fourrer dans des situations impossibles et à allumer des cigarettes quand ils auraient mieux fait de penser à leur survie. Il existait sans doute de vrais James Bond, supposait Chekhov, mais soit ils mouraient jeunes, soit ils n'approchaient jamais du cœur des choses, de la couche la plus profonde. Le secret du métier, c'était de ne jamais faire confiance aux casse-cou. Les cow-boys téméraires, c'était bon pour la télévision, mais les hommes discrets, modestes, effacés, qui restaient tranquillement dans leur coin, ceux qu'on n'imaginerait jamais faire autre chose qu'aller chercher le café, classer des documents, ou enseigner la littérature anglaise, c'étaient ceux-là qui menaient des vies secrètes et faisaient des paris audacieux que personne ne remarquait – surtout pas les autres, ceux qui passaient leur temps sous le feu des projecteurs, à prendre des risques et à frimer. Les hommes de confiance étaient ceux dont on n'entendait jamais parler, ceux qui avaient des vies rangées et ne la ramenaient pas. Chekhov avait un fichier plein de ces contacts et passait sa vie à leur téléphoner.

Dans la réalité, le panache et la rébellion ne menaient pas loin et les systèmes bureaucratiques régnaient en maîtres. Chekhov n'était pas une espionne, c'était un agent du système. Elle travaillait pour la CIA, le MI6 et le Mossad, entre autres : c'était du pareil au même. Ils la payaient pour obtenir des informations ou des articles du marché noir et savaient tous exactement à quoi s'employaient leurs homologues des autres organisations. Ils faisaient partie d'un même réseau globalisé, voulaient tous leur part du gâteau. « Donnez-moi un levier et je soulèverai le monde. » Les gouvernements avaient soif d'information, et le système dressait des barrières qui créaient des opportunités pour les personnes comme Chekhov. Le monde était saturé d'information. Publicité, télévision, journaux. Panneaux d'affichage ou de signalisation, affiches, autocollants, plaques d'immatriculation. Des gens dans les restaurants, les bars, les aéroports, les salles de classe, les magasins ; au centre commercial, à la pompe à essence, au bureau de poste. Des gens partout, à deux, en groupe ou seuls, qui donnaient leur avis sur tout. Impossible d'échapper à l'information. Le talent de Chekhov était de l'acquérir, de la filtrer, de l'interpréter. Travailler dans le renseignement aurait été facile, quoique ennuyeux. Elle aurait pu être grassement payée par l'un de ces organismes gouvernementaux, mais cela l'aurait coupée de la source. De l'intérieur du système, elle aurait connu les mêmes obstacles, les mêmes réunions, la même approche frileuse que ceux pour qui elle travaillait.

L'homme décrocha le téléphone, prit son numéro et la rappela d'une ligne sécurisée.

« J'ai rendez-vous avec French dans une demi-heure, lui dit-elle. Apparemment, l'argent pourrait être entre les mains d'un employé peu scrupuleux.

– Du nouveau sur la fille de Bobby ?

– Rien du tout, répondit Chekhov.

– Elle a disparu depuis mercredi. Bobby remue ciel et terre à l'agence pour décrocher des fonds et couvrir ses pertes.

– Donc il n'est pas dans le coup ?

– Non, ce n'est pas son genre, répondit l'homme. Appelez-moi si vous avez du nouveau. Ou si vous avez besoin de plus d'argent sur le compte. Faites ce qu'il faut pour régler la situation. »

Elle le remercia et raccrocha.

M. French l'attendait déjà lorsqu'elle arriva au bistrot de South Beach.

De la table où il était assis, il observait le flux des piétons sur Ocean Drive. Des touristes blêmes transpiraient dans la chaleur, étouffante jusqu'au soir en avril, mais semblaient heureux d'être débarrassés de leurs manteaux, écharpes, chapeaux et gants. Le soir, ils téléphonaient sans doute chez eux pour se vanter – à Lansing, Springfield ou Harrisburg. Une ville industrielle à la culture syndicaliste et aux embouteillages permanents qu'ils ne parvenaient pas à quitter, même en voyage. L'être humain veut être connu, faire partie d'un cercle. Il peut s'en éloigner le temps des vacances, bien sûr, mais se retrouve esseulé dans un bar le soir venu. La seule façon de se remonter le moral, pense-t-il alors, est de partager sa bonne fortune avec les autres – de fanfaronner, quand la triste vérité est qu'il n'aime pas vraiment partir en vacances, tout infecté qu'il est par le virus du provincialisme. Il les attend avec impatience et en garde un bon souvenir, mais sur le moment, c'est toujours une déception.

Un homme qui tenait un python jaune le flanqua sur les épaules d'un touriste resté là trop longtemps à le regarder et offrit de le prendre en photo – « dix dollars, dix dollars ». Les combines habituelles. Chekhov avait tout vu. À La Nouvelle-Orléans, à Barcelone, à Londres. Mexico, Kingston, San Francisco. C'était la même chose partout, on finissait par être immunisé.

Chekhov écrasa sa cigarette, croisa les mains au bord de la table et attendit.

« On a engagé un nouveau il y a quelques semaines, et il s'est enfui avec une de nos voitures, dit finalement M. French. Apparemment, il connaîtrait la fille de Bobby West de façon assez poussée, dirons-nous. Nous pensons qu'ils pourraient avoir filé avec l'argent.

– Vous avez une idée de l'endroit où ils pourraient être ?

– Figurez-vous que oui. Le garçon, Keith, nous avait été recommandé par un de nos contacts à Savannah. On lui a brièvement parlé, mais il s'est volatilisé depuis.

– Donnez-moi leurs noms », dit Chekhov en sortant un carnet et un stylo de son sac.

M. French tira une chemise de sa mallette.

« Noms, adresses, famille et tout le toutim », dit-il.

Elle rangea son carnet et parcourut le dossier quelques instants.

« Vous voulez que je ramène ce type à Miami ?

– Tout ce qui m'intéresse, c'est l'argent, une fois votre commission déduite. »

Elle vida la moitié de la bière en une gorgée.

« L'autre soir, dit-elle, il y avait un homme en planque devant chez West.

– Oui, il a engagé un ringard de détective privé, mais ne vous inquiétez pas pour lui. S'il trouve quelque chose, on lui tombera dessus. Allez à Savannah, voyez si vous pouvez découvrir ce qui est arrivé à Keith ou à la fille. Le gamin ne sait pas dans quoi il s'est fourré, donc je pense que vous mettrez vite la main dessus – vous ou ce détective. Des questions ? »

Pour toute réponse, elle prit une autre grande lampée de bière et s'efforça d'engloutir la mousse au plus vite. Elle s'arrêta en voyant que M. French l'observait, l'air d'avoir compris qu'elle n'était qu'un simple animal se jetant sur sa bouteille comme un chien affamé.

25

Six Mile était un ancien poste de traite fondé à la fin du XVIIIe siècle. La ville portait le nom d'une montagne des environs, à laquelle était attachée une vieille légende indienne – une histoire d'amour entre une jeune Choctaw et un marchand anglais vivant dans une colonie située à une centaine de miles. Pour prévenir son amant d'une attaque imminente, la jeune fille avait enfourché son cheval et galopé jusqu'à lui, fixant des jalons en cours de route : montagne des six miles, ruisseau des douze miles et ainsi de suite, jusqu'à la ville que l'on connaît aujourd'hui sous le nom de Ninety-Six. Les deux amants s'étaient ensuite réfugiés à Stumphouse Mountain, une montagne désormais connue pour abriter un tunnel sans issue après qu'on avait échoué à y creuser une voie ferrée traversant les Appalaches. Six Mile était restée une petite ville, où deux trois familles possédaient tout, de la quincaillerie aux pompes à essence en passant par les parcelles de forêt et les terres arables. C'était un endroit agréable où passer son enfance, à l'ombre des montagnes Bleues, mais c'était aussi le genre de ville où l'on savait exactement où l'on serait dans vingt ans si l'on choisissait de rester.

Keith roulait à tombeau ouvert sur la route 133 au nord

de la ville, une succession de côtes et de virages, puis tourna sur une route de campagne avant de traverser un pont sur Crow Creek. Malgré la vitesse et l'obscurité, il remarqua les ombres noires sur l'eau ridée par le vent. Les lignes électriques en bord de route. Une paire de chaussures suspendue par les lacets à l'un des câbles. Quelques minutes plus tard, il s'arrêta devant une maison de plain-pied perdue à l'angle de Cedar Street et Keowee Park, avec un grand cèdre dans le jardin et une clôture grillagée. La vieille Pontiac de Kennedy était garée dans ce qui tenait lieu de voie de garage, une bande de terre pelée sur le côté de la maison. Près de la porte d'entrée, une lampe jaune pisse éclairait un canapé vert poussiéreux et trois ou quatre planches de bois éparpillées.

« Alors tu viens d'ici, dit Holly en sortant de voiture.

– C'est ma ville. »

C'étaient les seuls mots qu'ils échangeraient sur les origines de Keith. Il passa la main sur sa barbe naissante, ouvrit le coffre et en sortit le sac de voyage, qui était étonnamment lourd.

« Je m'en occupe, dit-elle en l'attrapant.

– T'inquiète.

– J'ai mes affaires dedans. »

Elle lui prit le sac des mains et le remit dans le coffre.

« On peut le laisser dans la voiture », dit-elle.

Il se demanda ce qu'elle avait apporté d'autre pour cette petite virée. Cash, coke, flingue ? Elle n'avait pas reparlé des meurtres, ne semblait pas s'inquiéter du péché, de la police ou de l'horreur d'avoir ôté la vie.

« On entre ? » demanda-t-elle.

Keith n'arrivait pas à comprendre si elle flirtait avec lui, ni ce qu'elle lui voulait. Le sentiment de nouveauté s'était vite évanoui pour l'un comme pour l'autre. Il avait l'impression d'être une boule de flipper. Le coffre-fort du père était le ressort, BD et Savannah la raquette, l'aire de repos un bumper qui les avait propulsés des plaines de Caroline du Sud jusqu'à Six Mile, où il craignait qu'un autre obstacle ne les attende à l'intérieur de la maison délabrée.

« Il vaut sans doute mieux que tu ne parles pas de l'argent à Kennedy, dit-il.

– Si, je pensais lui raconter toute l'histoire, voir s'il veut investir dans l'immobilier avec nous », répondit Holly en se dirigeant vers le porche.

Il y eut du mouvement à l'intérieur, puis Kennedy ouvrit la porte.

« Keeeiiiithhh », dit-il en venant lui taper dans la main.

Kennedy était un peu plus grand que Keith, baraqué, épais, le visage gras. Il avait de grands yeux vitreux, le nez et les joues roses. Sans attendre les présentations, il les fit entrer dans la maison (les murs étaient fins comme du carton) et se laissa tomber dans un fauteuil. Holly le suivit dans le salon mal éclairé. La lumière émanait de la cuisine d'un côté et d'une télé posée par terre de l'autre. Sur la table basse étaient éparpillés deux cartons de pizza vides, une bouteille de whisky, deux flasques de vodka, ainsi que des mégots de cigares et une canette de Mountain Dew.

Ce n'était pas tellement pire que chez lui, pourtant Keith fut gêné d'être ici avec Holly. Il avait vu la maison de son père, bien que brièvement, et savait qu'elle était habituée à mieux. Il ne lui faudrait pas longtemps pour se lasser du pauvre type en cavale avec elle. Même s'il était désemparé par ses sautes d'humeur, il ne voulait pas qu'elle le laisse tomber. Il posa la main sur le bas de son dos et la guida vers le sofa.

Kennedy s'enfonça dans le fauteuil et posa les pieds au milieu du désordre sur la table basse.

« Ta copine ? demanda-t-il en pointant Holly du doigt.

– On est amis, répondit Holly, avant de faire un signe de tête vers la vodka. Je peux ?

– Je t'en prie. »

Kennedy prit l'une des flasques de vodka et en but une gorgée.

« C'est bien, les amis. Keith t'a dit qu'on était à l'école ensemble ?

– Oui. C'est gentil d'avoir prévu des boissons pour nous, dit-elle en tendant la bouteille de whisky à Keith, tandis qu'elle gardait la deuxième flasque de vodka pour elle.

– Ça nous fait toujours plaisir d'avoir du monde. Ma femme sera bientôt là. Elle a été retenue au boulot. Le gosse dort, sinon je vous l'aurais présenté. Ça vous dérange pas ? demanda-t-il en ramassant un sachet d'herbe et un cigare, qu'il commença à dépiauter. T'as entendu ce qui était arrivé à Max T. ?

– Pas eu de nouvelles depuis le lycée.

– Il est toujours là. »

Kennedy hocha la tête et saupoudra les brins d'herbe dans la feuille de tabac.

« Il est passé la semaine dernière et s'est mangé une rangée d'arbres en rentrant chez lui. Il a explosé le côté du pick-up, arraché le rétro, perdu deux enjoliveurs et plié – mais *plié* – l'essieu avant. Il a dû attendre une dépanneuse et tout, à trois heures du mat'.

– Il était bourré ?

– Nan, il s'est endormi. Il dit qu'il s'est réveillé genre : "Tiens, j'ai atterri dans les arbres." Il a vraiment pas changé depuis qu'on se connaît.

– Max T. était un de nos meilleurs amis, précisa Keith. On a passé je sais pas combien de temps tous les trois à traîner au lac.

– Ah ouais ? » fit Holly.

Elle s'assit en tailleur et entreprit d'examiner la maison de Kennedy.

« Boomer's Landing est toujours ouvert ? demanda Keith.

– Non, ils ont mis la clé sous la porte, répondit Kennedy en lui tendant le joint. Alors, tu fais quoi maintenant ?

– J'ai trouvé du taf en Floride, dit Keith en soufflant la fumée. Ça fait pas longtemps. C'est là qu'on s'est rencontrés, dit-il en passant le joint à Holly.

– T'as vu tes parents ?

– J'y comptais pas.

– Ah, t'es seulement de passage ? Tu vas où ? »

Keith et Holly échangèrent un regard.

« Je sais pas, dit Keith. On fait juste une virée.

– Pas de mal à ça, dit Kennedy en prenant une longue taffe, qu'il fit passer avec une gorgée de vodka. J'aimerais pouvoir partir en vacances, mais je peux pas. Avec une femme et un gosse, je fais que bosser. On est là tous les soirs. Mon conseil ? Te marie jamais. Vous avez l'air bien tous les deux, mais le mariage, c'est carrément une autre planète.

– On ne va pas se marier, dit Holly.

– C'est cash, siffla Kennedy.

– On passe juste un peu de bon temps, dit Keith.

– Bah, tant que ça vous va comme ça. Vous savez ce que

vous devriez faire, vous devriez aller jusqu'à Manhattan. Vous y avez déjà été ?

– Jamais quitté le Sud, dit Keith.

– Moi oui, dit Holly.

– Ah ouais ?

– Avec mon père, pour un voyage d'affaires.

– Manhattan, dit Kennedy, j'y suis allé une fois en famille. J'en suis revenu avec un t-shirt Gucci et un nouveau respect pour les *rednecks* au sud de la ligne Mason-Dixon[1]. T'as bien raison de jamais monter dans le nord, va.

– Tu viens pas de dire qu'on devrait y aller ?

– Putain, je sais pas ce que je raconte, fit Kennedy en riant. En fait ouais, tu devrais voir ça une fois dans ta vie. Demande à ta copine. Ça vaut le coup, pas vrai ?

– Carrément », dit Holly, et Keith se sentit de trop. Il voulait bien suivre la fille n'importe où, mais il n'avait jamais envisagé New York. Il s'était dit qu'ils finiraient par aller vers l'ouest, peut-être dans le Tennessee. Il avait toujours voulu voir Nashville et avait un ou deux cousins à Knoxville.

Un bébé se mit à pleurer depuis le fond de la cuisine. Kennedy se leva, mégot éteint au coin des lèvres. Après son départ, Keith passa le bras autour des épaules d'Holly, qui se blottit contre lui. Ce moment de réconfort l'étonna, après tout ce qu'ils avaient vécu cette semaine. Le pied tapotant la table basse, il se demanda s'ils dormiraient sur le canapé ou sur un lit d'appoint. C'était une maison de location, qui

1. Après la guerre d'indépendance des États-Unis, la ligne Mason-Dixon était la ligne de démarcation entre les États abolitionnistes du Nord et les États esclavagistes du Sud. Même après la guerre, cette frontière est restée un fort symbole de division culturelle entre les États du Sud et du Nord.

appartenait peut-être aux parents de Kennedy. Il vivait à la dure, mais sa famille avait de l'argent, du moins d'après les critères en vigueur dans ce trou perdu.

À son retour, ils regardèrent la télé en silence. Il faisait une douceur printanière. Les grillons et autres visiteurs du soir chantaient dans les ténèbres avoisinantes, mais Keith entendit un bruit de verre brisé dans le lointain, qui le rendit nerveux. Même dans le plus chaud des quartiers, il doutait que quiconque veuille s'attaquer à une vieille Impala, et particulièrement au coffre, mais cela lui fit l'effet d'un mauvais présage.

Holly finit par s'endormir, après quoi Keith et Kennedy fumèrent un autre joint. Il n'y eut plus de bris de verre, seulement le murmure des grillons, et Keith put se détendre un peu. Soudain, on frappa à la porte. Keith se redressa, mais Kennedy garda les yeux rivés sur la télé. Lorsque les coups redoublèrent, Keith se leva en maugréant, tira le verrou et ouvrit la porte.

Une jeune femme blonde maquillée à la truelle s'engouffra à l'intérieur. « Qu'est-ce que tu fous ? » lui cria Kennedy. Il ne semblait pas en colère, seulement ébahi par l'ouragan qui traversait son salon. Elle portait un chemisier vert sapin dangereusement échancré et un pantalon blanc, la tenue des serveuses du Bluebird Café. Elle trimballait un sac plastique contenant une boîte en polystyrène.

« Je me suis enfermée dehors ! »

En la voyant se dandiner jusqu'à la cuisine, Keith se demanda ce que les familles vieux jeu qui fréquentaient le Bluebird pouvaient bien penser de son décolleté. Les hommes lui donnaient sans doute de plus gros pourboires, mais les femmes... qui sait ? Les grenouilles de bénitier la considéraient sans doute comme une femme déchue, mais une fois dépassés les ragots et les jugements, les villes du Sud savaient être étonnamment accommodantes avec leurs filles.

« Putain, tu pourrais pas ouvrir avec tes clés au lieu de faire tout ce bruit ? demanda Kennedy.

– Non, putain, je les ai laissées ici ! » cria-t-elle depuis la cuisine.

Kennedy se tourna vers Keith.

« Regarde la porte. Tu vois ce qu'elle a fait l'autre jour ? Elle a oublié ses clés à l'intérieur, alors elle a dû péter la serrure pour rentrer. Maintenant il nous reste plus que le verrou, et même ça, elle y arrive pas.

– Mais ferme ta gueule », dit-elle en revenant avec le sac.

Elle se laissa tomber sur les genoux de Kennedy et sortit un sandwich au poulet frit.

« On a des invités ?

– Tu te souviens de Keith, du lycée ?

– Mais carrément, Keith, dit-elle alors que lui ne se souvenait absolument pas d'elle. Moi, c'est Leesha, j'étais une classe en dessous de toi. »

Keith l'étudia avec attention, mais elle semblait se moquer de savoir s'il se souvenait d'elle, de connaître le nom d'Holly, d'apprendre ce qu'ils faisaient là ou combien de temps ils allaient rester. Kennedy alluma sa cigarette et Keith lui demanda ce qu'il fumait.

« Des menthols, répondit Kennedy. Ça me nettoie les poumons. »

Le bébé se remit à pleurer dans la pièce d'à côté. Leesha continua de manger son sandwich, tandis que Kennedy laissait sa cigarette se consumer, les yeux rivés sur l'écran. Comme le bébé continuait de pleurer, Kennedy leur dit, avec le ton qu'on emploierait pour annoncer qu'on préfère la bière au vin :

« On n'est pas des mauvais parents. Le môme passe son temps à chialer, faut qu'il apprenne à être indépendant.

– T'es juste trop feignant pour aller voir, dit Leesha, la bouche pleine.

– J'y étais y a une minute. Il pleurait et pile quand je suis rentré, il s'est arrêté. Faut qu'il apprenne. Si ça t'inquiète tellement, t'as qu'à y aller toi-même », dit-il avant d'ajouter à l'attention de Keith : « Il chiale tout le temps, et dès qu'on va voir, il s'arrête. Maintenant faut qu'il dorme. Il est tard. »

Ils restèrent assis tous les quatre, sans rien à dire. Leesha finit son sandwich et annonça qu'elle allait se coucher, puis demanda si Keith et Holly passaient la nuit ici.

« On a une chambre d'amis de toute façon. Vous pouvez rester.

– C'est sympa, dit Keith. On a roulé toute la journée. »

Kennedy leur montra la cuisine, la salle de bains, leur chambre.

« Je vais rester un peu debout », dit-il.

Holly partit vers le fond, mais Keith resta avec son vieux copain. Ils fumèrent un autre joint en tétant leurs bouteilles. À la fin des programmes, Kennedy alluma la radio ; une station pop passait tous les derniers tubes d'Eurythmics, Madonna et Duran Duran, des chansons en toc qui déprimaient Keith. Les synthétiseurs étaient un signe de la fin des temps. Restait à savoir qui de l'intelligence artificielle ou de l'hiver nucléaire, tous deux dangereusement proches, remporterait la course. Dans les rythmes plats de ces musiques générées par ordinateur, on pouvait entendre que les jours de gloire étaient passés.

« Ça a pas marché, à Savannah ? demanda Kennedy.
– C'était pas pour moi.
– En tout cas, ça t'a permis de sortir du comté.
– Ouais, pour un temps.
– Tu restes un peu ?
– Je pense qu'on va repartir demain.
– Alors, ça t'aura au moins permis de te tirer. Ici, c'est bien pour les vacances. Tant que tu te maries pas avec la première fille que tu mets en cloque.
– Comment tu t'es retrouvé maqué avec un gosse ?
– Comme je viens de te dire. C'était le meilleur moyen d'éviter que son père vienne me rendre visite avec son double canon. »

Keith fit tourner le whisky dans sa bouche. Il avait bu la moitié de la bouteille sans s'en rendre compte. Sans doute le stress de la vie en cavale et le retour dans sa ville d'origine. À dix-huit ans, il était parti aussi loin qu'il avait pu, parce que c'était ce qu'on était censé faire, quitter le domicile familial. Il ne lui était jamais venu à l'esprit de rester là, de trouver du travail à la centrale ou chez Milliken. Keith n'avait jamais été prévoyant, il s'était laissé dériver comme du bois mort avant d'échouer dans le sud de la Floride.

« Tu penses à ton âme, des fois ? demanda Kennedy.
– J'essaie d'éviter, répondit Keith après avoir avalé sa gorgée de whisky.
– Tu te rappelles quand on est allés au festival Coca-Cola, à l'église de Springs Mill ? »

Keith aurait préféré oublier cet attrape-couillon organisé par les jeunesses baptistes. Les gamins étaient venus un vendredi soir, appâtés par les jeux et les boissons, et s'étaient retrouvés à écouter un sermon sur leur damnation. Pourquoi cet animateur de vingt ans pensait-il avoir les clés de son âme, Keith ne le saurait jamais, mais il ne s'était plus jamais senti tranquille.

« Pourquoi ?

– Je viens de m'en souvenir, c'est tout. »

Kennedy semblait avoir autre chose en tête, mais Keith n'insista pas. Trop risqué. Ils avaient passé de nombreuses soirées à parler religion ou politique et s'entendaient sur la plupart des sujets, mais Keith avait l'impression d'être un imposteur. Il pouvait bien rejeter Reagan et sa doctrine, Jésus et la Providence, mais il n'arrivait pas à se débarrasser du sentiment tenace, au plus profond de sa chair, d'être un pécheur en route pour le brasier. Ses parents étaient des baptistes purs et durs, des personnes bienveillantes (quoique légèrement moralisatrices), assez mal à l'aise avec les questions touchant à la religion, à l'avortement ou à l'homosexualité. Comme son père était pasteur, Keith avait passé toute son enfance à l'église, mais il se rendait compte aujourd'hui qu'ils ne lui avaient jamais demandé son avis. Ils s'étaient contentés de lui coller une Bible entre les mains lorsqu'il avait cinq ans et de lui rappeler régulièrement qu'il devait accepter Jésus dans son cœur. Le père, le fils et le saint-esprit – le rôle occupé par sa mère dans la trinité familiale. Le père de Keith gardait sa Bible dans le tiroir de la table de nuit. Quant à sa mère, elle ne lisait que des romans policiers, qu'elle dévorait entre deux visites à la bibliothèque.

C'étaient des gens simples, conservateurs, bons voisins et si terriblement introvertis qu'ils ne lui avaient transmis aucun modèle de vie sociale. Keith avait glané ce qu'il pouvait auprès de Kennedy au lycée, puis de BD à Savannah.

Il savait qu'il ne comprenait pas grand-chose à l'existence, mais sentait aussi que sa vraie vie l'attendait quelque part à l'horizon.

Les deux amis gardèrent le silence un moment. Ils vidèrent les bouteilles jusqu'à la dernière goutte, puis Keith alla s'effondrer dans le lit avec Holly, où il dormit d'un sommeil sans rêves – un trou noir de quelques heures dont il sortit brutalement à quatre heures du matin, pris de frissons. Il resta allongé, fébrile, moite, dans les affres d'une gueule de bois naissante. La fille, bouillotte maigre et osseuse, ronflait doucement à ses côtés. Il se leva avant l'aube et sortit fumer une cigarette sur le porche arrière, en surplomb d'un taillis. La gueule de bois avait pris ses quartiers, mais elle ne le paralyserait pas toute la journée, même s'il aurait sans doute besoin d'une bonne douche, d'un rasage et d'une assiette de bacon. Soudain, il pensa à Jésus. La Caroline était le pays des croix, des jardins paroissiaux, des cimetières et des panneaux d'affichage à la gloire du Seigneur, autant de rappels brutaux de la mort et du besoin de salut. Ce n'était pas un pays pour les jeunes hommes, enclins à l'erreur et pleins de désirs charnels. Ce retour à Six Mile, chez ses parents, avait un goût d'échec, d'autant qu'il n'y avait pas de retour possible, pas avec une bombe à retardement à ses côtés et son sac à main plein de billets.

Il entendit le vrombissement d'un hélicoptère et se demanda si on avait déjà retrouvé les corps, si une chasse à l'homme était en cours, combien de temps il faudrait aux enquêteurs pour remonter leur piste jusqu'ici.

La curiosité s'empara de lui. Il alluma une nouvelle cigarette, descendit du porche et se dirigea vers l'Impala. Dans le coffre, il ouvrit la fermeture Éclair du sac de voyage. Au lieu des vêtements, du maquillage, voire de l'éventuel sachet de cocaïne qu'il s'attendait à y trouver, il découvrit des liasses et des liasses de billets de cent dollars. Keith fit un pas en arrière pour regarder autour de lui. Il devait y avoir plus d'un million, peut-être même plusieurs millions.

Il s'assit un moment pour réfléchir.

C'était le genre de somme qu'on ne laissait pas filer. Pas étonnant que BD ait essayé de le descendre. Keith ne savait pas vraiment si le père de la fille travaillait pour M. French ou un autre gangster, baron de la drogue ou trafiquant, mais ce n'étaient pas dix mille petits dollars. C'était une somme suffisante pour tuer. Qui enverraient-ils après BD ? Et pourraient-ils le retrouver à Six Mile ?

Il soupesa l'arme dans sa main, un pistolet automatique lourd, graisseux, dont le poids l'étonna – c'était à peu près tout ce qu'il pouvait en dire. Braquant le canon sur un arbre, il se représenta la façon dont l'écorce volerait en éclats s'il y logeait une balle. Keith n'avait jamais appris à tirer et ne saurait pas comment se défendre si on les attaquait. Il préféra donc dissimuler le pistolet dans la roue de secours, à l'abri des regards.

Un moteur pétarada dans le lointain.

Il se releva d'un bond, regarda autour de lui. La journée du lendemain serait critique. Holly était instable, un vrai danger ambulant. Sans un bruit, il se faufila dans la maison, fouilla dans la cuisine et finit par trouver un sac en papier. Il retourna à la voiture et fourra les billets dans le sac, tout en prenant soin de garder une liasse dans sa poche au cas où.

Il referma le coffre et jeta un œil autour de lui. Personne.

Keith rabattit le haut du sac et fit le tour de la maison. Découvrant un espace vide sous le plancher, il y logea le paquet. Le lendemain matin, quand – en bonne hors-la-loi – Holly aurait subtilisé les clés de la voiture et pris le large sans réveiller le reste de la maisonnée, il palperait la liasse dans sa poche en se demandant s'il devait ou non récupérer le sac et finirait par demander à Kennedy de le déposer chez ses parents. Le retour du fils prodigue, la queue entre les jambes. Pour le moment, il se recoucha, lové contre la fille. Concentré sur sa respiration, il s'efforça de se détendre et finit par s'endormir pour ce qu'il restait de l'aube miséricordieuse.

Il dormait profondément, d'un sommeil sans rêves, quand la fille se leva et se glissa hors du lit. Elle l'écouta ronfler tandis qu'elle enfilait sa robe en coton et ses sandales. Puis, sans un bruit, elle prit les clés sur la commode et s'éclipsa par-derrière. Voir d'où venait Keith, rencontrer ses amis et passer la nuit au fin fond de la Caroline du Sud avait dissipé la magie de leur aventure. Elle n'avait pas l'ombre d'un plan, mais savait aussi qu'elle n'était pas à sa place dans cette maison. Tout occupée à se féliciter de s'être levée tôt et d'avoir réussi à se faufiler dehors, elle ne vit pas Kennedy qui fumait une cigarette assis dans un rocking-chair sur le porche et l'observait d'un air stupéfait. Il regarda la voiture s'éloigner, tira sur sa Camel Light et reposa la tête sur le dossier pour attendre la fin de la nuit.

26

Les filles n'étaient d'aucune aide : Lisa et Nicole, les deux meilleures amies d'Holly au lycée. Falcon avait contacté leurs parents, qui l'avaient autorisé à parler aux filles en présence de leurs familles (elles avaient déjà été interrogées par la police, sans aucun succès). Falcon les retrouva chez Nicole, où la mère lui offrit le café et lui confia à quel point la disparition d'Holly était terrible. Les filles restèrent assises sur le canapé sans dire grand-chose. Savaient-elles où Holly était partie ? Non. L'avaient-elles vue le soir de sa disparition ? Non. Avait-elle un petit ami ? Non. Avaient-elles la moindre idée d'où elle pouvait se trouver ? Aucune. Au bout d'une demi-heure, Falcon les remercia pour leur temps, remercia les parents et décampa. Il était toujours mal à l'aise avec les adolescents, n'arrivait pas à jauger ce qu'ils comprenaient vraiment de la vie. À dix-sept ans, lui-même s'était senti invincible et plein de sagesse, mais lorsque ses enfants avaient atteint le même âge, ils lui avaient semblé dramatiquement peu armés pour affronter les dangers du dehors. Désormais, il partait du principe que les moins de trente ans ne savaient pas ce qu'ils faisaient. Falcon avait besoin de s'aérer l'esprit et fut immensément soulagé quand, le samedi après-midi, Bobby West lui ouvrit la porte en robe de chambre, les yeux rouges et le visage hagard.

« Dites-moi que vous avez de bonnes nouvelles, déclara ce dernier en l'invitant à entrer.

– Pas encore. Pour l'instant, personne ne sait rien sur votre fille », répondit Falcon.

Il suivit West dans la maison et posa sa mallette sur la table basse. L'homme se servit une vodka-orange avant de lui en proposer une.

« Non, merci, déclina Falcon en allumant une Pall Mall. J'ai discuté avec les amies d'Holly aujourd'hui. Il semblerait qu'elle n'ait pas très bien vécu le divorce.

– Aucun enfant ne le vit bien. J'ai grandi dans une sitcom des années 1950 ; personne n'a jamais divorcé dans mon quartier. Aujourd'hui, ma génération, nous sommes tous des parents lamentables. »

Falcon n'évoqua pas ses propres enfants. Le divorce n'était pas la seule chose qui pouvait creuser un fossé entre un père et sa fille.

« Vous pourriez peut-être me parler de ces derniers mois, dit-il, voir si vous vous souvenez de quelque chose d'inhabituel.

– Comme quoi, par exemple ?

– Eh bien, est-elle sortie plus tard que d'habitude ? Avez-vous remarqué une odeur d'alcool ou de cigarette ? Des véhicules suspects ? Tout ce qui pourrait laisser entendre qu'elle vous cachait quelque chose. »

Encore une fois, Falcon s'efforçait de rester focalisé sur West et Holly, mais il ne pouvait s'empêcher de penser à sa propre famille, à tous ces secrets qu'ils avaient. Il leur avait caché des choses, sans doute, sa vie intérieure, et les enfants avaient conscience de ces barrières émotionnelles. West finit son verre et s'en servit un autre.

« Comme je vous l'ai déjà dit, rien de spécial. Isabel est sans doute plus au courant que moi, mais Holly avait l'air normale et heureuse. »

Falcon se leva et étudia les photographies exposées sur la cheminée. Un vieil instantané de West portant Holly sur ses épaules. Elle devait avoir dix ans, le meilleur âge pour un père.

« Je ne peux pas m'empêcher de penser qu'il y a autre chose, dit-il en secouant la tête, quelque chose que vous me cachez.

– Comme quoi ?

– Où étiez-vous l'autre soir ? Jeudi. Je vous ai attendu ici pendant une heure.

– J'étais en déplacement professionnel. »

Falcon s'assit sur le canapé, les avant-bras posés sur les genoux.

« Vous voyez, dit-il, je trouve ça étrange que vous soyez parti comme ça.

– Je n'ai pas pu y échapper.

– Pas même alors que votre fille a disparu ?

– Pas même si… »

West détourna le regard.

« Les affaires du Groupe Artium ne peuvent pas attendre. Le marché nous oblige à agir rapidement. »

Falcon sortit une photographie de sa mallette et la tendit à West, qui l'observa sans dire un mot.

« Vous connaissez cette femme ? » demanda Falcon.

West secoua la tête.

« Comme vous pouvez le voir, la photo a été prise chez vous. »

West continua à fixer le cliché, le regard vide. Il but une

gorgée de vodka-orange et fit couler un peu de liquide sur son menton, qu'il essuya de la manche avant de rendre la photo à Falcon.

« Une autre femme est arrivée lorsqu'elle partait, mais je n'ai pas pu obtenir son nom, ni sa photo.

– Une jolie blonde ?

– Vous la connaissez ?

– Disons que je la fréquentais.

– *Fréquentais* au passé ?

– Je ne suis pas sûr qu'elle veuille toujours me voir.

– Et cette femme ?

– Que voulez-vous que je vous dise, Ernie ? Je vous paie pour retrouver ma fille ou pour enquêter sur moi ?

– J'essaie de la retrouver, mais on ne peut pas dire que vous m'aidiez beaucoup.

– Mais je ne la connais plus, enfin ! » West s'essuya le visage d'une main et se tourna vers la cheminée. « Je ne sais pas quand ça a commencé. Peut-être qu'Isabel et moi étions condamnés dès le départ, mais il y a un moment où je me suis laissé absorber par ma carrière et elle par sa vie branchée. Le soir, on n'avait plus rien à se dire. J'ai perdu de l'argent, je me suis endetté et je le lui ai caché. Elle m'a mis à la porte pour lui avoir menti autant que pour l'avoir trompée.

– Je ne suis pas là pour juger votre mariage, dit Falcon.

– Sauf que tout est lié à mon mariage. Ces derniers temps, je ne voyais Holly que deux week-ends par mois, mais ça fait des années que je ne la connais plus, depuis ses quatorze ans. Vous avez des enfants ? Alors vous comprenez. Bon sang, on a tous été gosses et on a tous dû grandir. Mais quand votre fille grandit sans vous, ça ne vous laisse pas grand-chose à raconter au détective qui vous interroge. Peut-être qu'elle avait un petit copain, après tout. Peut-être même qu'elle buvait, qu'elle fumait, ou qu'elle se shootait à l'héroïne tous les week-ends. Après tout, le monde entier se défonce.

– Peut-être pas le monde entier.

– Tout Miami en tout cas, répondit West. Certains jours, on dirait qu'il y a assez de drogue dans cette ville pour nous anesthésier jusqu'au nouveau millénaire.

– Bobby, votre fille.

– Tout ce que je peux vous dire, c'est qu'elle m'a volé de l'argent avant de prendre le large.

– De l'argent ? »

West pencha la tête en arrière et lâcha un juron.

« Oui, j'ai un coffre-fort dans mon bureau. Je pense qu'elle y a pris de l'argent avant de filer.

– Vous avez prévenu la police ? Isabel ?

– Je n'avais pas vu qu'il manquait de l'argent avant de faire ma déposition.

– Y avait-il des signes d'effraction ?

– Non, mais elle avait les clés. »

Falcon était sidéré par la bêtise de cet homme. Avec suffisamment d'argent, Holly pouvait avoir filé à l'autre bout du monde, pendant que Falcon la croyait avec un copain à l'autre bout de la ville. C'était peut-être le cas, mais l'argent changeait complètement la donne.

« Combien a-t-elle pris ? demanda-t-il.

– Je ne sais pas vraiment.

– Vous pouvez me donner un ordre d'idée ? Cent dollars ? Mille ?

– Plusieurs milliers. Elle a pris tout ce qu'il y avait dans le coffre.

– Mais vous ne savez pas combien ça représente ? »

West haussa les épaules, incapable de mentir plus longtemps. Dieu sait avec combien d'argent la fille s'était enfuie, mais Falcon se dit que ça n'avait pas d'importance. Que ce soit cinq mille ou cinq millions, c'était assez pour faire des dégâts.

« Je suppose que cet argent n'était pas à vous ? La femme sur la photo, elle est venue pour le récupérer ? »

West garda le silence.

« Vous avez des ennuis, Bobby ?

– Non, ça va, marmonna-t-il.

– Je peux voir le coffre ? »

Sans un mot, West le conduisit dans son bureau, où le coffre était découvert. Il se mit à genoux, entra la combinaison et l'ouvrit en grand. Il était vide. Assez grand pour abriter un million, au bas mot.

Falcon jeta un coup d'œil circulaire au bureau, qui semblait contenir les papiers habituels – factures, graphiques, relevés de cartes bancaires – et les fournitures de bureau classiques – stylos, trombones, agrafeuse, perforateur, enveloppes. Rien n'indiquait que West ait pu avoir des activités allant au-delà de la paperasserie domestique.

Falcon ne mentionna pas sa rencontre avec les fédéraux, ni ce qu'il avait appris sur Adriana Chekhov. Quelle que soit l'embrouille dans laquelle il était impliqué, le détective était sûr que West savait sa fille en danger. La seule façon de la retrouver serait de découvrir ce qu'il lui cachait d'autre, pour savoir où elle avait pu filer et avec qui, et tenter de la tirer d'affaire avant que l'épée de Damoclès qui planait sur Bobby West finisse par lui fracasser le crâne. Falcon se fichait de ce qui pouvait arriver à ce type, mais Isabel et la fille n'avaient pas mérité ça.

Après avoir quitté West, Falcon téléphona sans tarder à l'un de ses contacts, un ancien agent de police qui travaillait à la sécurité de l'aéroport.

« J'ai besoin que tu consultes un registre de vol, dit Falcon.

– Tu as plus de détails à me donner ou seulement le nom ?

– Je sais seulement qu'il est parti jeudi et revenu vendredi. Aucune idée s'il s'agissait d'un vol commercial ou privé, ni de la destination. Je voudrais aussi que tu me dises s'il voyageait seul ou accompagné.

– Bon sang, Ernie.

– Écoute, Roger, j'ai deux clients qui me paient pour le même job, alors facture-moi ce qu'il faudra, mais faxe-moi l'info au bureau. Cet après-midi si possible.

– Je te rappelle. »

Au lieu d'aller au bureau, Falcon se rendit à la bibliothèque centrale pour lire des articles sur le trafic de drogue, espérant ainsi acquérir une meilleure compréhension de la ville. Donnie Ray Callahan ou Juan Delgado auraient sans doute pu lui en donner un bon aperçu, mais pour l'instant Falcon avait besoin de réfléchir. Le sud de la Floride était depuis longtemps une plaque tournante pour les trafics en tout genre : le rhum pendant la Prohibition, la marijuana et l'héroïne dans les années 1960 et 1970, la cocaïne dans les années 1980. Rien de tout cela n'était un secret, et de fait les fusillades dans les centres commerciaux faisaient souvent les gros titres. Mais la phrase de West – « le monde entier se défonce » – lui faisait penser qu'il pouvait y avoir un lien entre la fille disparue, Adriana Chekhov et le trafic de stupéfiants. Si West trempait dans des affaires louches, il y avait de grandes chances pour que cela touche à la drogue. Ces lectures n'aideraient peut-être pas Falcon à retrouver Holly, mais il se ferait une meilleure idée de l'univers sordide dans lequel Bobby West pouvait évoluer.

Il découvrit un paquet de vide. À Miami – et dans le sud de la Floride en général –, les cartels de Medellín contrôlaient le trafic de drogue, principalement de marijuana et d'héroïne, qu'ils importaient par bateau ou par avion dans l'archipel des Keys. Les rumeurs allaient bon train sur le mélange de groupes ethniques et de nationalités ; qui vendait quelles drogues et sur quels territoires. Certains journalistes affirmaient que les Cubains régnaient en maîtres sur le marché de l'héroïne, ce qui profitait paradoxalement aux Colombiens, en raison des « synergies » engendrées. Falcon aurait cru lire *Forbes*. Innovation, offre et demande, saturation du marché, grand capital. De l'avis général, les petits entrepreneurs se faisaient manger par les plus gros poissons. L'Amérique, après tout, était la patrie du *big business*.

Le marché de l'héroïne avait pris une tournure intéressante dans les années 1980. Pendant la guerre du Vietnam, les drogues arrivaient par le Pacifique. Là encore, il ne s'agissait que de rumeurs et d'hypothèses, mais la CIA apparaissait dans tous les rapports. En avril 1984, on savait que de grandes quantités d'héroïne étaient synthétisées dans les régions tribales de l'Afghanistan, une source de revenus importante pour les villageois déplacés et les populations affamées. Quelques agents secrets étaient restés sur place pour superviser la création d'infrastructures légères – de simples chemins de terre et baraquements où effectuer le traitement chimique. On soupçonnait qu'un flot régulier d'héroïne y était coupé et emballé, puis expédié à Miami via un réseau secret de marchands d'armes et d'autres agents internationaux. À l'arrivée, elle était coupée une seconde fois avant d'être distribuée.

Il était ahurissant de voir l'histoire exposée dans les pages nationales du *Miami Herald*. Tout était écrit noir sur blanc, n'attendant plus qu'on relie les éléments entre eux.

Le fax cracha la liste des passagers du vol de jeudi matin, un direct Miami-Washington – deux billets passés en note de frais par Bobby West.

Sur la première page figurait une note manuscrite : « Appelle-moi. »

Falcon décrocha le téléphone.

« Alors, Ernie, tu joues les agitateurs ? demanda Roger.

– Toujours. Du nouveau ?

– Tu as reçu la liste des passagers ?

– Qu'est-ce que tu peux m'en dire ?

– Ton Bobby West a pris un vol pour Washington, accompagné d'un certain Felix Machado.

– OK.

– La journée est calme ici, alors j'ai fait quelques recherches.

– Non ? Incroyable. »

Roger ne releva pas.

« Ton homme voyage très régulièrement. Parfois c'est lui qui paie son billet, parfois c'est le Groupe Artium et parfois c'est une agence à Washington.

– Et alors ?

– Cette agence, elle pue la CIA à plein nez.

– La CIA lui paie des billets d'avion ?

– Et ce n'est pas tout, poursuivit Roger. Le Groupe Artium est une couverture de la CIA, créée pour surveiller les Cubains.

– Ah. Callahan a bien dit qu'il avait des contacts à la CIA. Comment tu as découvert tout ça en si peu de temps ?

– Les sources, mon vieux.

– Tu devrais venir travailler pour moi, dit Falcon.

– Tu plaisantes, j'ai une super retraite avec l'aéroport. J'arrive, je fais un petit contrôle de temps en temps et je lis Mickey Spillane toute la journée. En tout cas, si tu cours après un espion de la CIA, je te souhaite bien du plaisir.

– C'est sa fille qui a disparu. West et son ex-femme paient la note.

– Alors tu devrais enquêter sur ce Felix Machado.

– Ah oui ?

– Je n'ai pas trouvé grand-chose sur lui. D'après les registres d'immigration, il est arrivé pendant l'exode de Mariel. Il vit dans une cité, apparemment sans famille ni travail. Parmi ces gens-là, il y en a beaucoup qui espèrent la libération de Cuba. Si ton gars est de la CIA et qu'il traîne avec un exilé cubain, tu peux parier que le bonhomme connaît du beau monde dans la Calle Ocho. On dirait aussi... »

Roger fit une pause dramatique.

« Quoi ?

– J'ai des raisons de penser qu'il travaille pour Alexander French. »

Falcon laissa échapper un sifflement.

« Tu penses que French est de mèche avec les Cubains ?

– Ça m'étonnerait. À mon avis, ton Felix n'a rien trouvé de mieux pour gagner sa vie. Enfin c'est quand même intéressant. Ça vaut sans doute le coup de creuser un peu.

– De toute façon c'est ma seule piste, trancha Falcon. Tu as une adresse à me donner ? »

27

West retourna au complexe d'appartements vacants où M. French avait ses bureaux. Cette fois, au lieu de le faire monter, l'homme à l'entrée le fit patienter sur un canapé. Quelques minutes plus tard, Felix Machado descendit.

« Alors, *amigo*, j'espère que tu m'apportes mieux qu'un chèque en carton aujourd'hui.

– Vous devez lui dire d'arrêter.

– À qui ?

– Chekhov. Elle est ici.

– Je ne suis pas au courant, répondit Felix en plissant les yeux.

– Alors va demander à M. French. Il est là ? Dis-lui que je vais récupérer l'argent, soit auprès des voleurs, soit via mon directeur à Washington.

– Je suis sûr que tu veux bien faire, mais la prochaine fois, reviens avec des résultats.

– Des résultats, il n'y en aura pas si cette femme me descend.

– Je suis sûr qu'elle n'est pas là pour ça.

– Je l'ai vue hier soir, dans un bar près de mon bureau.

– Écoute, je ne l'ai pas appelée et je suis sûr qu'Alexander non plus, dit Felix en avançant vers la porte. Tu l'as rencontrée, tu sais qu'elle est imprévisible, mais n'oublie pas que c'est notre associée. Elle ne fera rien qui soit contraire à ses intérêts. »

West le suivit dans la rue.

« On a un chargement qui arrive cette nuit, dit Felix en consultant sa montre. L'avion atterrit à deux heures. Si tu veux continuer à discuter, tu peux venir avec moi. Sinon...

– Tu parleras à M. French ? Pour Chekhov ?

– Je te trouve un peu nerveux, *amigo*, dit Felix avec un soupir. Je sais que tu es sous pression, mais ce n'est pas en te faisant du mouron que tu vas récupérer l'argent. Il est possible que M. French ait un plan de secours, mais l'important maintenant, c'est de retrouver ta fille pour qu'elle te rende l'argent, ou de persuader M. Brown de te faire une avance plus tôt que prévu. Pourquoi tu ne viendrais pas avec moi ? Tu pourrais apprendre des choses sur les exilés qui t'aideraient à convaincre tes chefs à Washington.

– Je les connais suffisamment bien.

– Tu ne les vois qu'à travers les yeux de l'Amérique. Tu crois connaître un peuple, mais tu ne comprends pas vraiment ce qui l'anime. Si tu es investi au point d'être prêt à te ruiner et ton entreprise avec, alors tu devrais tout savoir.

– Et assister à la livraison d'une cargaison d'héroïne va m'aider ?

– L'histoire est imprévisible, répondit Felix. Viens avec moi et oublie un peu Adriana Chekhov. »

Ils sillonnèrent les petites rues le long du fleuve, puis empruntèrent l'autoroute jusqu'à l'aéroport. West n'était pas à l'abri de se faire descendre sur le terrain d'aviation, mais de toute façon il ne lui restait peut-être plus qu'un jour ou deux à vivre s'il ne retrouvait pas l'argent. Ils s'arrêtèrent devant un motel délabré, construit si près des pistes que le bâtiment semblait vaciller à chaque décollage. Les lumières d'un gros-porteur passèrent au-dessus de leurs têtes et le sol trembla sous leurs pieds. West suivit son acolyte dans un escalier en béton suintant d'humidité jusqu'à une chambre du deuxième étage. Felix frappa à la porte, un sac à la main.

« Il vaut sans doute mieux que tu n'ouvres pas la bouche, prévint-il. Ce n'est pas contre toi, mais ces gars ne savent pas qui tu es et ils ne te laisseront pas le temps de t'expliquer.

– Moi, tu sais… c'est ton opération. »

Avant que Felix ne puisse répondre, un homme torse nu ouvrit la porte, cigarette aux lèvres. Personne ne chercha à savoir qui était West. Soit ils faisaient confiance à Felix, soit c'était lui le chef, soit ils avaient intérêt à ne pas contester ses décisions. Quoi qu'il en soit, West était bien content d'attendre près de la porte pendant que Felix suivait le type dans la salle de bains. Un autre homme était allongé sur un lit à l'autre bout de la pièce, les mains croisées derrière la tête. Ses yeux étaient fermés, mais au rythme de sa respiration, West comprit qu'il ne dormait pas. Il le soupçonnait d'avoir un pistolet à portée de main, sous l'oreiller. Une jeune femme était allongée par terre entre les deux lits, la jambe reposant sur un matelas, une aiguille plantée dans le pied. Son short remontait en laissant voir sa culotte. Ses jambes étaient longues et fines comme celles d'une gazelle. Derrière ses yeux rêveurs, ses pensées semblaient crépiter comme des feux de Bengale ou des bougies vacillant au vent.

La femme sourit à West. Malgré son état de torpeur, il y avait quelque chose d'étrangement attirant chez elle, dans sa position, son corps souple et mince. Il fit son possible pour ne pas laisser traîner ses yeux et fixa son attention sur le parking déserté au-dehors. Les voitures allaient et venaient sur l'autoroute à proximité; les lumières des avions tournoyaient dans le ciel comme des étoiles filantes égarées. Lorsqu'il eut vu tout ce qu'il y avait à voir, West s'adossa au mur les bras croisés et adopta un regard neutre au cas où la femme reprendrait ses esprits et voudrait bavarder. Sur le lit, l'homme n'avait pas bougé.

West humecta ses lèvres sèches. Il était fatigué, mais n'avait pas sommeil, comme s'il avait pris un cachet de Dexedrine à quatre heures du matin après une nuit blanche.

« Tu parles anglais ? demanda-t-il à l'homme, qui ouvrit les yeux et serra les lèvres. *Hablas inglés* ?

– *Un poco, pero no quiero hablar la lengua del Diablo.*

– C'est con, *no hablo español.* »

L'homme referma les yeux. Pas une fois son corps n'avait bougé ou tressailli. Il était figé comme une statue, véritable garde suisse. West essaya d'écouter ce que disaient Felix et le type dans la salle de bains. Ils parlaient espagnol. C'était à peine plus qu'un murmure, mais il en comprit assez pour savoir que ce n'étaient que des palabres de gangsters.

Lorsqu'ils eurent conclu leurs affaires, Felix revint, impassible.

« Tu es prêt ? » demanda-t-il à West. En sortant, il prit un autre sac que celui avec lequel il était arrivé.

Dans l'escalier, Felix brandit le sac en souriant.

« Et une livraison, une ! Alors ça t'a plu, cette première course ?

– Ça me rappelle quand je livrais des pizzas étant ado.

– Ça t'arrivait de chourer un petit quelque chose ?

– C'est contraire à mes valeurs.

– Personne n'est honnête à ce point.

– Si tu savais... Pour moi, l'intégrité c'est important.

– Seulement parce que tu te crois observé. Tu es sans doute assez malin pour savoir ce qui t'arriverait si tu te faisais gauler.

– Tu penses qu'il y a une différence entre la peur et l'honnêteté ?

– Il n'y en a qu'une qui soit réelle.

– À moins qu'aucune des deux ne le soit.

– Tu dis ça parce que tu n'as jamais eu peur. Ou que tu ne l'as pas compris.

– J'ai appris tout ce que je devais savoir sur la peur à l'entraînement.

– Tu as fait le Vietnam ? »

West secoua la tête.

« Je suis entré au renseignement intérieur directement.

– Alors tu ne connais pas la peur », trancha Felix quand ils arrivèrent à la voiture.

Au contrôle de sécurité de l'aéroport, ce dernier sortit un badge et put accéder à la piste d'atterrissage, où il roula jusqu'à un hangar reculé. Il était trois heures du matin : le trafic aérien était en pause, les vols de nuit déjà partis. À travers la ville, les réveils des premiers voyageurs sonnaient ; ils n'arriveraient pas avant quelques heures. Même désert, l'aéroport brillait comme un phare sur le paysage lunaire, un complexe industriel extraterrestre.

Ils s'arrêtèrent à quelques mètres d'un Convair 440 en piteux état. Felix sortit de voiture, le sac à la main. Ils s'avancèrent vers le pilote de l'avion, un jeune homme à l'air vaguement arabe, en tout cas pas américain, même si le drapeau des États-Unis ornait la manche de sa combinaison.

Sans prendre la peine de présenter West, Felix lui serra la main et lui tendit le sac. L'homme le chargea sous l'aile de l'avion avant de remonter à bord. Le hublot du cockpit était ouvert. Le pilote s'assit, un coude posé sur le rebord de la fenêtre et un cure-dents entre les lèvres. Il démarra l'avion et commença à accélérer, ne refermant le hublot qu'au dernier moment avant de décoller. L'avion tangua sur la piste comme un canard en plastique dans une baignoire, avant de s'élever dans le ciel nocturne en crachotant. Le râle du moteur, sa protestation contre la gravité, s'assourdit jusqu'à ne plus être qu'un ronflement sourd.

Felix se tourna vers West.

« Tu aimes comment on fait les choses à Miami ? demanda-t-il. Un coup de fil en pleine nuit peut changer le cours de l'histoire. »

West enfonça les mains dans ses poches. Le vent balayait le tarmac. Ses oreilles sifflaient. Il ne trouva rien à répondre, car il ne comprenait pas si le Cubain était en train de le menacer, ou quel message il cherchait à lui transmettre.

« N'oublie pas : tout ça, c'est plus qu'une simple affaire de drogue, dit Felix. Tes chefs à Washington vont sans doute t'accorder un prêt et te sauver la mise avec M. French. Mais le système ne se limite pas à French ou à Chekhov. Ta vie n'est pas la seule à être en jeu. On est tous dans le même bateau. Toi, moi, mes amis de Cuba Omega, les junkies du motel… ce n'est qu'un seul et unique réseau. Tout est connecté. S'il y a un raté – de l'argent qui manque, quelqu'un qui se sert dans le matos –, c'est le système entier qui en souffre. Ne l'oublie pas.

– Je suis conscient de ma situation, et des conséquences que ça peut avoir si je ne retrouve pas l'argent.

– Laisse-moi t'expliquer, reprit Felix. Il y a deux catégories de gens : les suiveurs et les bâtisseurs. Les suiveurs travaillent, ils regardent la télé, ils se shootent. Les bâtisseurs sont aussi les destructeurs. Ce sont eux qui comprennent la marche du monde et qui tirent les ficelles. Ils font des films, ils importent de la drogue, ils conçoivent le système dont on fait tous partie. Tu ne veux pas toucher à l'héroïne ? Va te faire foutre. L'héroïne, c'est rien. Ça, *amigo*, dit-il en agitant la main vers la piste d'atterrissage déserte, c'est ce qui fait tourner le monde. »

28

Le dimanche, Chekhov prit l'avion pour Savannah et loua une voiture pour aller voir l'appartement de Keith Sorrells. Elle se demandait si le garçon était vraiment bête au point de rentrer chez lui après avoir volé trois millions de dollars, mais il faut dire qu'elle avait l'habitude des criminels d'une autre trempe, des hommes qui brouillaient les pistes et l'embarquaient dans des courses-poursuites à travers trois continents, de Montréal à Hambourg en passant par Bangkok. Elle ne savait pas s'il était la personnification de l'innocence américaine ou de la bêtise de la jeunesse, mais elle entendait récupérer ses honoraires et quitter ce pays d'arriérés au plus vite.

Hélas, il n'y aurait pas de résolution facile. Elle le comprit au cordon de police qui entourait la résidence, ainsi qu'aux deux voitures de patrouille garées de part et d'autre du parking. Chekhov fit le tour et partit quelques rues plus loin, avant de se garer sur le parking d'une supérette. À l'intérieur, elle feuilleta la rubrique locale du journal.

« Z'allez l'acheter ou quoi ? demanda l'employée permanentée derrière la caisse.

– Je me demandais juste ce qui s'était passé dans mon immeuble, répondit Chekhov en posant le journal sur le comptoir. J'étais en déplacement professionnel et maintenant il y a des rubans de police partout.

– Y a eu un double meurtre la nuit dernière. Z'en avez pas entendu parler ?

– Je viens de rentrer. »

La caissière émit un sifflement. Elle enregistra le journal et le fourra dans un sac qu'elle posa sur le comptoir.

« Pffff, une vraie saloperie. Deux gars du coin ont été exécutés et laissés derrière les distributeurs automatiques. Moi aussi, j'habite là-bas et j'ai rien entendu. Je me suis réveillée vendredi avec des lumières bleues plein le parking.

– Sacrée histoire, hein.

– Je vous le fais pas dire. Ça fera cinquante cents.

– Merci, mais je ne vais pas le prendre, répondit Chekhov.

– Ben, fallait le dire plus tôt ! » cria l'employée dans son dos.

Chekhov agita la main et les portes automatiques bipèrent à son passage.

De retour à la résidence, elle tenta le tout pour le tout et crocheta la serrure de l'appartement de Keith. La porte s'ouvrit sur une pièce obscure qui sentait le plâtre et l'eau de javel. Elle alluma la lumière et referma derrière elle. L'appartement était propre. Pas de taches de sang, aucun signe de présence humaine à part le courrier sur le comptoir de la cuisine – des enveloppes ouvertes tamponnées de la semaine. Le lit était fait avec soin. Elle tira la couverture et découvrit quelques longs cheveux bruns sur les oreillers et une odeur de sexe entre les draps.

Chekhov s'assit quelques minutes sur le canapé du salon. Dans ses notes, M. French indiquait que le garçon était originaire de Caroline du Sud. Sa ville natale se trouvait dans les terres, à cinq heures de route environ. Il n'était sans doute pas stupide au point de rentrer à Miami et, après être tombé sur les deux types, il avait bien dû se replier quelque part.

Elle referma la porte de l'appartement et s'installa dans la voiture de location où elle attendit, fenêtres ouvertes, qu'une vieille Impala fasse son apparition. En vain. Finalement, elle sortit un atlas routier et localisa Six Mile dans un coin de l'État. Ce n'était pas la porte à côté, mais Chekhov faisait ce métier depuis assez longtemps pour avoir développé une certaine intuition des hommes qu'elle pourchassait, comme un bon pêcheur sait d'instinct où jeter l'ancre. Elle continua à attendre.

Au crépuscule, elle prit la route et descendit sur les coups de minuit dans un motel de Clemson, à quelques kilomètres de la ville natale du garçon. Elle prit une douche chaude dans une salle de bains qui puait le moisi, à la baignoire tapissée de carreaux en céramique froids. Un luxe comparé à certains endroits où elle avait séjourné, mais elle se dit qu'elle ferait mieux de prendre sa retraite bientôt et de passer le restant de ses jours dans le monde civilisé – ce qui n'incluait pas les trous paumés de la Caroline. Avant de se mettre au lit, Chekhov jeta un œil par la fenêtre, observa le parking et le palier qui baignaient dans une lumière blafarde, sans rien y remarquer d'intéressant.

Le garçon, la fille et l'argent étaient tout proches. Elle le sentait. L'histoire était écrite d'avance. Le lendemain, elle irait rendre visite aux parents du garçon à Six Mile et apprendrait s'il avait encore des amis en ville. Il lui faudrait un jour ou deux pour retrouver l'argent. En milieu de semaine, elle aurait quitté le pays et recommencerait à affréter des vols entre Amsterdam et Miami, enfin libérée de cette navrante opération.

29

Le dimanche, Falcon se faisait sa propre messe. En automne, il buvait quelques bières devant les matchs des Dolphins ; le reste de l'année, il bricolait. Parfois, il feuilletait la Bible ou sondait son âme, mais en réalité cela faisait des années qu'il ne croyait plus à grand-chose. Élevé dans la religion méthodiste, il avait sauvegardé les apparences au début de son mariage avec Mary Catherine. Elle tenait à montrer le bon exemple aux enfants ; en bons protestants, ils allaient donc à l'église tous les dimanches puis dînaient en famille. On ne cesse jamais vraiment de croire, mais à mesure que l'on vieillit, le monde acquiert une vie propre, indépendamment de ce que l'on pense de Dieu. Jésus disait que le sabbat avait été fait pour l'homme et non l'homme pour le sabbat ; dénonçait prêtres, pharisiens et créanciers avec la même vigueur.

Étant un homme de loi, Falcon n'avait jamais entièrement adopté les préceptes bibliques. Il avait gardé sa foi pour lui, confiant dans l'idée qu'une fois la fin venue, il obtiendrait sa récompense ou s'éteindrait simplement. Il y avait tout à gagner et rien à perdre à prier en privé. Un jour qu'ils étaient adolescents, leurs enfants avaient catégoriquement refusé de se lever pour aller à la messe. Mary Catherine et lui avaient accepté qu'ils restent à la maison. Ce soir-là, le dîner s'était déroulé en silence, tandis que la famille cherchait ses nouveaux repères. Était-ce pour les enfants un événement ponctuel ou une liberté permanente ? Cela ne signifiait rien pour Falcon, comme il l'avait alors réalisé. Mary Catherine était contrariée qu'ils abandonnent l'église – elle avait d'ailleurs continué à y aller seule pendant des années –, mais son mari et ses enfants l'avaient tellement déçue qu'il lui restait à peine assez d'énergie pour s'occuper de son âme. C'était le milieu des années 1960, cette époque grisante qui avait changé le monde.

Vingt ans plus tard, ni l'un ni l'autre n'allaient plus à l'église régulièrement, même s'il y accompagnait toujours Mary Catherine pour les fêtes principales. Elle avait été trop malade pour célébrer Pâques le week-end dernier, il y était donc allé pour deux, avait chanté et célébré la Bonne Nouvelle, même s'il n'éprouvait en réalité aucune joie. La joie n'était pas une émotion qu'il ressentait souvent ces temps-ci. Tandis que ses semblables goûtaient aux plaisirs d'avoir des petits-enfants, refaisaient leur vie avec des femmes plus jeunes, s'étaient mis au golf ou avaient rejoint la franc-maçonnerie, Falcon continuait d'explorer les mystères de l'humanité. La plupart des affaires qu'on lui confiait n'avaient rien de remarquable. Photos, dossiers judiciaires, recours occasionnel à un chasseur de primes... Avec Holly Hernandez, c'était différent. La disparition de la jeune fille l'avait profondément troublé, peut-être à cause des nombreuses inconnues qui planaient sur le Groupe Artium, mais surtout parce qu'elle convoquait les pires angoisses de tout parent. Même les mauvais parents – il en était convaincu –, même ces âmes infortunées qui avaient élevé leurs enfants avec négligence, s'inquiétaient du sort de leur progéniture. Que la seule personne à se soucier de la disparition de la jeune fille soit un vieux détective privé, il avait du mal à l'encaisser.

Falcon avait lui aussi perdu ses enfants. Ce n'était pas une disparition, mais une faille apparue pendant leur adolescence. Il s'était préparé à cette faille, la considérait comme une étape naturelle de leur croissance et pensait qu'ils finiraient au moins par le respecter, tout comme Mary Catherine et lui avaient fini par respecter leurs propres parents. Mais la faille s'était élargie si rapidement qu'elle avait fini par former un fossé infranchissable. Sa fille avait entrepris des études de psychologie à l'université et lorsqu'elle était rentrée pour les fêtes, elle parlait déjà de « stratégie familiale holistique », de « développement personnel », et l'accusait de n'avoir jamais respecté son « autonomie ».

« Tu ne nous as jamais laissé aucune liberté créative quand on était enfants, l'avait-elle accusé du haut de ses dix-neuf ans. On jouait à des jeux inoffensifs et toi tu nous disais : "Arrêtez ça ou je vous en colle une." Tu croyais nous forger le caractère, mais tu nous as seulement fait fuir. Tu ne te demandes jamais pourquoi on ne rentre pas à la maison plus souvent ? »

Aujourd'hui, sa fille vivait sur la côte Ouest avec sa liberté créative. Elle ne parlait qu'à Mary Catherine, et ne se privait pas de lui dire tout le mal qu'elle pensait de son père. Cela semblait être un moyen de justifier ses propres échecs : sa vie avait tout l'air d'une catastrophe. Peu après ses trente ans, son mariage avait pris l'eau. Elle suivait on ne sait combien de thérapies et se gavait de traitements psychotropes contre l'anxiété. Elle n'avait apparemment jamais appris que liberté et anxiété allaient de pair. Personne ne leur avait jamais promis que la vie serait une partie de plaisir, certainement pas Falcon, qui avait voulu donner un cadre à ses enfants pour leur poser des limites, mais aussi pour les protéger des affres d'une liberté absolue. La fille ne laissait planer aucun mystère sur ce qu'elle pensait de tout cela. Le garçon, en revanche, exprimait son mécontentement avec plus de circonspection. Il donnait au moins l'illusion de la stabilité, travaillait tard, mangeait avec appétit, avait acheté de grosses voitures et une grande maison. Il leur rendait rarement visite, mais se montrait toujours cordial. Rien dans son comportement n'indiquait que Falcon ait pu échouer en tant que père ou en tant qu'homme – un reproche souvent adressé aux hommes de sa génération.

Avait-il échoué ? Qu'aurait-il pu faire autrement ? Plus le détective vieillissait, moins il comprenait le monde. Quelle mouche pouvait bien piquer une adolescente pour qu'elle décide de partir comme ça sans un mot ? Quel était le lien – s'il y en avait un – entre la CIA, les cercles financiers du sud de la Floride et les trafiquants de l'ombre ?

Cet après-midi-là, il trouva sa femme assise à la table du patio et sortit la rejoindre.

Mary Catherine observait les palmiers affaissés, qui semblaient pleurer dans le jardin.

« Tu as retrouvé la fille ? »

Falcon secoua la tête.

« Comment te sens-tu ? lui demanda-t-il.

– Je suis toujours là.

– Je peux t'apporter quelque chose ? »

Elle poussa un grand soupir et serra les lèvres. Cela faisait un an que les choses étaient comme ça, depuis son diagnostic. Les médecins s'étaient montrés optimistes, leur avaient assuré que la maladie progresserait lentement et qu'elle pourrait continuer à profiter de la vie quelque temps, mais sa vie n'était plus que fatigue. Une fatigue qui les amenait tous les deux à se demander ce qui valait la peine d'être vécu.

« C'est comme si j'étais à nouveau enceinte, dit-elle. J'ai envie de rester au lit toute la journée. »

Comme pendant ses grossesses, Falcon essayait de la soutenir, mais il n'avait plus l'énergie de ses jeunes années et se réfugiait souvent dans le travail. Il avait parlé d'Holly Hernandez à Mary Catherine, bien sûr, mais pensait qu'elle ne représentait qu'une affaire de plus pour elle, jusqu'à ce qu'elle l'interroge :

« Tu penses que la fille s'en sortira ?

– Je ne sais pas », reconnut-il.

Il lui exposa ce qu'il savait.

« Ça doit être difficile d'être une jeune femme de nos jours, dit-elle. Le monde n'est plus celui dans lequel on a grandi, ou élevé nos enfants.

– Tu as eu des nouvelles d'eux récemment ? » demanda-t-il.

Elle lui fit signe que non. Cela faisait longtemps qu'ils n'avaient pas ouvertement parlé de leurs enfants. Quand c'était lui qui décrochait, il passait tout de suite le téléphone à Mary Catherine, qui lui faisait ensuite un rapport sommaire. Sur certaines choses, il valait mieux garder le silence.

Pour changer de sujet, il la mit au courant des détails de l'affaire Hernandez, lui fit part de ses soupçons quant aux tractations secrètes de Bobby West avec les réseaux clandestins.

« Qu'est-ce que tu vas faire ? demanda-t-elle.

– Je ne sais pas. Essayer de retrouver ce Cubain. Voir si ça débouche sur quelque chose.

– Tant de pistes.

– Je sais que ça ne mène nulle part, mais c'est mon travail. Ce que j'ai toujours fait. »

Elle reporta son attention sur les plantes. Mary Catherine avait la main verte et leur jardin était luxuriant à souhait : fleurs, herbes, fougères... Tout était en fleurs, les hibiscus et les hortensias, les lys et les roses. L'odeur était entêtante. En l'absence de saisons très distinctes à Miami, Falcon en était venu à apprécier la nature symbolique du printemps. Il aimait ses couleurs tropicales et se sentait privilégié de vivre dans un tel paradis.

Il sentit comme un relâchement ; leur long mariage pouvait sans doute survivre à une franche conversation.

« Est-ce que tu penses..., commença-t-il.

– Quoi ? »

Elle se tourna vers lui.

« Je ne sais plus. J'ai oublié ce que je voulais dire.

– Tu vieillis, Ernie, dit-elle avec tendresse. On vieillit tous les deux, j'imagine. »

Ils restèrent assis en silence, tandis que le soleil se couchait sur la dernière journée ordinaire qu'ils vivraient jamais.

30

Les cinq derniers jours avaient été parmi les plus difficiles que Bobby West ait jamais vécus : la disparition de sa fille le mercredi, la liquidation de ses économies pour verser un acompte sur les trois millions manquants, les négociations avec Washington le jeudi. Chekhov l'avait dans le viseur et quiconque avait touché à l'argent – West, Holly, Felix – était désormais en danger. Il prit donc un avion pour New York, où il atterrit le lundi matin pour communier avec les requins de la finance. Il lui fallait un apport en liquidités immédiat et les investisseurs en capital-risque dirigeaient la religion du dollar tout-puissant. Si beaucoup parmi eux étaient originaires de régions hantées par le Christ, ils avaient troqué leur dieu contre une connaissance intime des taux d'intérêt et des rapports trimestriels. Ces types auraient vendu le diable à un curé. Aujourd'hui, c'était à West de vendre une combine à un combinard, en lui promettant que tout le monde en sortirait plus riche.

À l'approche de sa destination, l'avion décrivit des cercles au-dessus de l'Atlantique houleux et impitoyable. Des turbulences secouèrent les compartiments à bagages malgré le ciel clair du matin. Quelques nuages filaient à l'horizon dans le ciel bleu hortensia. West imagina l'avion s'écraser

– une erreur mécanique, un oiseau dans le réacteur, et son compte serait bon. Une aile toucherait l'eau en premier et l'avion partirait en tonneaux, projetant les passagers dans l'océan. Le rivage serait en vue, mais trop loin pour que les passagers puissent l'atteindre à la nage. S'engagerait alors une course contre l'hypothermie. Il se souvint de cet avion qui s'était crashé après le décollage à Washington. Les opérations de sauvetage avaient été freinées par la glace et seuls cinq passagers avaient réchappé du Potomac gelé. L'idée que les survivants soient morts à portée de voix des passants continuait de l'horrifier. Si son avion s'écrasait aujourd'hui, West priait le ciel pour mourir sur le coup – une clémence qui le délivrerait aussi de ses problèmes actuels.

Quelques minutes plus tard, l'avion se posa sans un heurt et roula jusqu'à la passerelle.

West prit un train pour le centre-ville et s'arrêta dans la mythique Wall Street, éminent cœur de la finance d'entreprise. Plus jeune, il avait envisagé de venir y travailler comme trader, pour faire fortune et gravir les échelons du pouvoir. Ce monde, avec ses longues heures de travail et ses enjeux élevés, où planait la lancinante possibilité d'un échec, n'était pas fait pour les pères de famille. Un mauvais investissement, une mauvaise vente et l'on pouvait se retrouver avec des dettes plus importantes que la fortune accumulée. On pouvait autrement dit se retrouver dans la même situation que Bobby West aujourd'hui : entre les griffes de trafiquants de drogue et de politiciens pour qui la fin justifiait les moyens.

Aux États-Unis, la vraie drogue était l'argent. Les économistes avaient prédit une ère de croissance sans fin en début d'année. Tous les indicateurs étaient à la hausse, un homme d'affaires s'était installé à la Maison-Blanche et les crises des années 1970 étaient oubliées depuis longtemps. L'argent coulait à flots et même General Motors avait l'espoir de rester rentable. À Wall Street, les banquiers d'affaires avaient eu l'idée de regrouper et de revendre des crédits hypothécaires, ce qui leur offrait de nouveaux moyens de s'engraisser sur le dos de l'Amérique moyenne. *Plus, plus, toujours plus*, était le leitmotiv. Sous ce vernis de réussite, on devinait pourtant la bulle immobilière qui se formait, le krach à l'horizon.

Personne ne sut prédire les problèmes qui couvaient déjà à Wall Street, la hausse du marché obligataire, les titres de créance collatéralisés, un casino de la finance qui finirait par faire chuter le taux d'occupation de Miami de 96,4 % à 77,1 %. Qui s'installerait dans les espaces vacants ? Les junkies ? Les exilés ? Les optimistes aux poches pleines affirmaient que tout allait pour le mieux – réélisez Reagan et gardez l'œil sur les Soviets ! On n'imaginait pas que le vocabulaire des défauts de paiement, ventes au rabais et dépréciations entrerait bientôt dans le langage courant, mais Bobby West, lui, l'avait compris. Il avait conscience des déséquilibres dans le budget de son entreprise et savait qu'il serait bientôt rattrapé par l'implacable réalité. Le pays était au bord du gouffre et il voulait seulement se tirer d'affaire avant que l'histoire ne se répète et que le château de cartes ne s'effondre.

Le problème, de son point de vue, était la redécouverte de l'effet de levier dans les années 1980. L'effet de levier, véritable miracle financier, était le terme utilisé par les investisseurs pour désigner la dette qui s'était rapidement accumulée au cours des années précédentes, dans une série de fusions, d'acquisitions, de reprises et de rachats – aucun problème, tant que l'économie était au beau fixe. Mais voyant le krach arriver, les investisseurs paniquaient. Les banquiers d'affaires de Wall Street, les holdings telles que le Groupe Artium, les hommes comme Bobby West : tous essayaient d'évaluer les retombées de la bulle. Mais la règle avec les bulles, c'est que plus on monte haut, plus la chute est dure.

Bobby West pensait avoir trouvé un parachute pour amortir la descente. Le fils d'un de ses amis travaillait pour Farrier Securities, une petite banque d'investissement confidentielle qui se spécialisait dans les entreprises du marché intermédiaire comme le Groupe Artium. Confidentielle voulait dire discrète, et c'était précisément ce dont il avait besoin. West pensait pouvoir convaincre le garçon de lui accorder un prêt commercial sans difficulté. Le jeune homme avait vingt-trois ans, un duvet de bébé sur les joues, d'épais cheveux bruns et un sourire arrogant. En sa présence, West se sentit décrépit et vaguement ridicule. Était-il vraiment sur le point de se prosterner devant un garçon qui aurait pu être son fils ?

À en juger par sa carrure, Jay Stimson avait joué au football à l'université. Il s'acheminait aujourd'hui vers un poste de directeur et un salaire à sept chiffres. D'ici quinze ans, vingt ans tout au plus, il ferait partie des quelques centaines d'hommes qui dirigeraient le pays. Stimson fit entrer West dans son bureau et lui serra chaleureusement la main.

« Enchanté de vous rencontrer, monsieur West. Mon père m'a dit que vous étiez un sacré numéro, à l'époque.

– On n'oublie jamais ses amis de la fac, répondit West en souriant. Ces années-là sont encore trop récentes pour vous, sans doute, mais avec le temps on y pense de plus en plus.

– J'en suis convaincu. Je sais déjà qu'elles compteront beaucoup pour moi. »

Le garçon respirait l'assurance. West laissa tomber la

différence d'âge pour lui demander des nouvelles de son père.

« Oh, il va bien. Vous savez qu'il n'a jamais quitté le Midwest ? Il ne fait confiance à personne qui viendrait d'ailleurs.

– On est comme ça dans le Midwest. Dingues de football. Fervents défenseurs des valeurs américaines. Méfiants envers les villes et le gouvernement.

– Vous connaissez bien mon père, dit Stimson. Alors, qu'est-ce que je peux faire pour vous, monsieur West ?

– Je suis venu pour un prêt.

– Certainement. Vous avez donné le nom du Groupe Artium à ma secrétaire, mais je n'en ai jamais entendu parler. Le répertoire des entreprises ne m'a pas appris grand-chose.

– Nous sommes une holding basée à Miami, répondit West. Nous existons depuis 1959 et nous spécialisons dans les propriétés à usage commercial. »

West ouvrit sa mallette et lui tendit un bilan comptable, ainsi qu'une synthèse des finances et activités de l'entreprise – un document détaillé qu'il avait rédigé la veille au soir.

« Ce que je voudrais, c'est un crédit à court terme. Je pensais mettre en pension certains titres.

– Mm-hmm, fit le garçon en examinant le bilan.

– Vous verrez que nous avons un certain nombre d'actifs corporels. Nous avons également une bonne rentabilité à long terme et une stratégie en béton pour l'avenir. Mais comme vous le savez sans doute par vos clients, les entreprises peuvent connaître quelques petits pépins entre deux phases de croissance. »

Jay Stimson reposa les documents.

« Bien sûr, il y a toujours des accidents de parcours, c'est pour ça que je suis là. Je suis certain qu'on peut trouver une solution, mais il y a deux trois choses que je trouve un peu alarmantes et je me demandais si vous pouviez clarifier certains points. La plupart des entreprises connaissent ces "pépins", comme vous dites, pour une de ces trois raisons. Un, elles essaient de grandir trop vite et s'essoufflent. Deux, quelque chose se produit sur le marché indépendamment de leur volonté, qui demande un ajustement ponctuel. Ou trois, elles changent de stratégie. Dans chacun de ces cas de figure, continua-t-il, je peux comprendre ce qui s'est passé et comment vous envisagez de redresser la barre en parcourant le business plan ou le bilan. Or j'ai bien lu vos documents et je n'y vois rien de tel. Le marché est stable, les taux d'intérêt sont en baisse. Vous ne semblez pas changer de stratégie ou faire quoi que ce soit d'inhabituel, ce qui m'amène à m'interroger sur ce pour quoi nous en sommes là. Je ne dis pas qu'il n'y a pas de solution. Je suis là pour vous aider, mais je dois comprendre la situation.

– Bien sûr, Jay, répondit West en dodelinant de la tête. Nous nous apprêtons à prendre un virage stratégique. Ça n'a pas encore été mis noir sur blanc, mais nous sommes en train de discuter d'une éventuelle acquisition avec une entreprise de Miami. Je ne peux pas vous en dire plus, prévint-il, une main levée, mais c'est un projet solide. » Le garçon hocha la tête. Secret et confidentialité : les piliers de la finance d'entreprise. « J'ai besoin d'un fonds de roulement pour consolider ma position.

– Très bien, alors, il va falloir qu'on passe en revue quelques détails. Je n'ai pas besoin de voir un business plan, mais nous sommes obligés de remplir un certain nombre de formulaires à des fins administratives. »

Il fouilla parmi les papiers sur son bureau, puis ouvrit un tiroir.

« Pouvez-vous commencer par me dire quelle est la nature de cette entreprise ?

– Malheureusement non. Si j'en dis plus, je risque de faire échouer l'accord. »

Le garçon referma le tiroir.

West savait qu'il n'avait rien, aucun argument logique pour justifier l'emprunt. De son côté, Jay Stimson n'avait aucune raison valable de le lui accorder. Il ne valait pas mieux qu'un mendiant, un junkie en quête de la prochaine dose. Le garçon donnait le change par politesse, mais il voyait bien que West essayait de l'enfumer.

« Je suis désolé, monsieur West, mais je ne vois pas comment cela pourrait marcher.

– Et si je contractais l'emprunt en mon nom ? J'ai une société, que j'utilise pour des missions de conseil occasionnelles, mais je pourrais rédiger un business plan. »

Le visage du jeune homme s'éclaira.

« Quand pensez-vous pouvoir me présenter quelque chose ? demanda-t-il.

– Si on peut commencer la paperasse aujourd'hui, je pourrai vous faxer quelque chose dès demain.

– De combien parle-t-on ? demanda Stimson après s'être éclairci la gorge.

– Trois millions.

– Nom de Dieu.

– Je sais, je sais, reconnut West, bien conscient que la sentimentalité et les réseaux de son père ne représenteraient rien aux yeux de Stimson compte tenu des circonstances.

– Il nous arrive de prêter de telles sommes, mais pas à des SARL.

– Il n'y a pas de mal à lancer la procédure, si ? Vous n'avez pas encore vu mon business plan. »

À ce stade de la discussion, West était à plat ventre – il se détestait.

« Je pense que personne ici ne vous accorderait ce genre de prêt. Peut-être une des plus grosses firmes, mais je n'en suis même pas sûr. Ou un capital-investissement, en dehors de Wall Street ? »

Le garçon voulait sans doute dire en dehors de la SEC[1] et de la salle des marchés, mais l'insinuation n'échappait pas à West. Les casseurs de genoux des ruelles de Chicago refuseraient eux aussi de lui prêter une somme pareille. Même la mafia avait ses critères.

« Je suis désolé, monsieur West, mais je ne vais pas pouvoir vous aider.

– Bien sûr, je comprends. »

En se levant, West s'aperçut qu'il tremblait. Toutes ces années passées dans des conseils d'administration, des réunions houleuses, des négociations tendues avec des millions de dollars, des emplois innombrables, des entreprises entières à la clé... il n'avait jamais sourcillé. Mais là, à la suite d'une brève rencontre avec un gamin qui n'avait pas la moitié de son âge, il se retrouvait chancelant, prêt à étrangler quelqu'un.

---

1. La Securities and Exchange Commission, souvent abrégée en SEC, est l'organisme fédéral américain de réglementation et de contrôle des marchés financiers.

31

Le lundi, Falcon resta dans sa voiture et observa le réfugié cubain assis sur un banc à South Beach. Felix Machado, membre présumé d'un groupe d'aspirants révolutionnaires et malfrat employé par Alexander French. Il y avait tant de pistes à suivre dans l'affaire Bobby West – son association avec des gangsters locaux, l'implication mystérieuse d'un assassin international, divers arrangements financiers avec les Cubains et la CIA... Chacune d'entre elles pourrait avoir un lien avec la disparition de la fille, ou pas le moindre. Elle aurait aussi bien pu décider de mettre les voiles avec un petit copain. Impossible de le savoir. Seule certitude, plus Falcon se penchait sur les affaires de Bobby West, plus il découvrait de failles potentielles. L'homme flirtait avec le gouffre.

Falcon avait du mal à respirer. Il se massa la poitrine et se promit de manger plus de légumes, même s'il craignait que les valves de son cœur ne soient irrémédiablement bouchées. Trop de saloperies dans son alimentation. Pas assez d'exercice pour pomper le sang. Le drame des hommes de sa génération.

Cela faisait une demi-heure que le Cubain était assis là avec son sac à dos, à consulter sa montre toutes les trente secondes. Il ne semblait pas avoir remarqué l'ancien flic qui le surveillait. Après tout, la ville entière était un nid d'espions et de contre-espions. Pourquoi se serait-il soucié d'un énième gros lard dans une voiture moche ?

Vers midi trente, un homme rejoignit Felix ; ils commencèrent à marcher le long des quais. Le deuxième homme portait un maillot de corps et avait une démarche bancale de bodybuilder.

Falcon sortit de voiture et les suivit jusqu'à une artère récemment réhabilitée, où les néons, les rythmes afro-cubains et les jeunes branchés en rollers créaient une atmosphère à nulle autre pareille en Amérique.

Ils entrèrent dans le Café Arugula, un établissement charmant qui comportait six tables dans un patio, derrière une grille en fer forgé. Le garçon les fit asseoir.

Falcon trouva un banc où s'installer et alluma une Pall Mall. Encore une mauvaise habitude. Il fuma sa cigarette au milieu des allées et venues des touristes. Une paire de rollers passa bruyamment sur le trottoir craquelé, un rythme métronomique retentit au passage d'un bodybuilder. Un chien fit ses besoins sur le carré de terre où poussait un palmier et repartit avec son maître, qui laissa le tas de merde fumant où il était tombé.

L'ami bodybuilder se leva en premier. Il quitta le café par l'entrée principale et partit vers le sud. Puis Felix fit un signe de tête à quelqu'un de l'autre côté de la rue et se leva en laissant son sac à dos. Quelques instants plus tard, il descendait la rue en courant à toutes jambes.

Falcon se précipita vers le café en haletant, sachant déjà qu'il arriverait trop tard, sachant déjà qu'il se laissait attirer dans un piège. Il s'arrêta, mais avant qu'il ait pu reprendre ses esprits, le café explosa dans un nuage de fumée blanche et le projeta au sol.

32

West avait réservé une chambre à l'hôtel Plaza sur la Cinquième Avenue. Il s'était dit qu'il devrait sans doute organiser plus d'un rendez-vous à New York et qu'il fallait se donner les apparences du succès. Le rendez-vous chez Farrier avait ébranlé sa confiance et, après avoir quitté le bureau de Stimson, il avait marché toute la matinée depuis Wall Street jusqu'à la 58e Rue, avec une pause-café à Midtown. Ses options étaient désormais limitées. Il pouvait attendre l'argent de Mini Mark, ou trouver un artifice comptable pour gagner du temps avec les malfrats. Holly pouvait réapparaître avec l'argent.

En arrivant au Plaza, il se déconnecta de la rumeur de la mi-journée, du bruit métallique des camions et du bourdonnement des piétons affamés. Un portier le dévisagea lorsqu'il pénétra dans le hall de l'hôtel, débraillé, en nage. Le réceptionniste sourit nerveusement. West passa sans même un signe et, pendant son trajet silencieux dans l'ascenseur à l'odeur de renfermé, il se rappela qu'il était venu ici en famille il y a des années – la version carte postale de New York. Holly était excitée de dormir à l'hôtel où Eloïse[1]

1. *Eloïse* est une série de livres pour enfants écrits par Kay Thompson dans les années 1950.

faisait du patin. Il se souvint des moments où il lui lisait ces livres, embellissant certains passages et en faisant des tonnes pour sa fille unique. À ce souvenir, un éclair de douleur le traversa. Elle avait dû grandir évidemment, et dans un Miami très différent du cadre protégé qu'il lui avait donné. Ils avaient tous les deux perdu quelque chose, et ce, bien avant qu'elle ne s'enfuie.

De retour dans la chambre, il téléphona à Mini Mark Brown, dont la secrétaire l'invita à laisser un message. Quelques minutes plus tard, juste assez pour asseoir son autorité, le sous-directeur le rappela.

« Bobby, je n'ai pas eu une minute pour penser à Miami depuis votre visite.

– Je sais que vous êtes très occupé, mais les choses commencent à chauffer là-bas. Je ne voudrais pas rater le coche avec Cuba Omega.

– *Là-bas ?* Mais où êtes-vous, bon sang ?

– À New York. Quelques soucis de comptabilité avec des investisseurs du Groupe Artium. Pas de quoi s'inquiéter.

– Vous n'en avez jamais marre de cette double vie ? Vous avez suffisamment d'expérience pour venir à Washington, laisser Langley reprendre la main sur certaines choses.

– Vous savez que c'est Castro qui m'a fait rejoindre l'agence.

– La chute de Castro, c'est comme la victoire de vos Chicago Cubs : vous mourrez sans en voir la couleur.

– Il y a vingt ans, j'aurais relevé le pari, répondit West. Aujourd'hui, je n'en suis plus si sûr. Tout ce que je sais, c'est qu'on a une occasion de peser dans la balance. Si c'est tout ce que je fais dans ma carrière, je ne serai pas mécontent. »

Si West avait encore une carrière la semaine suivante, il ne serait mécontent de rien. Il avait toujours cru comprendre les forces contre lesquelles ils – l'agence, l'Amérique – se battaient, mais Adriana Chekhov et Alexander French lui avaient prouvé que le monde n'avait aucun sens. Aucune histoire, aucune intrigue ne pouvait expliquer sa situation. C'était un mauvais choix, un moment de malchance, un lancer de dés.

« Bon, rappelez-moi dans quelques jours », dit Mini Mark en se radoucissant.

Il y eut un clic sur la ligne, suivi par des jurons étouffés.

« Euh, Bobby, reprit-il une seconde plus tard. Vous feriez mieux de rentrer à Miami.

– Pourquoi ? Qu'est-ce qui se passe ?

– Allumez la télévision. »

QUATRIÈME PARTIE

CENTRAL INTELLIGENCE AGENCY
WASHINGTON, D.C.

BUREAU DU SOUS-DIRECTEUR (RENSEIGNEMENT)

7 mai 1984

NOTE DE SERVICE À L'ATTENTION DE :
Mark Brown
Opérations spéciales, Amérique latine
Contre-terrorisme

OBJET : Situation à Miami, Floride, re : Robert West

L'article ci-dessous a été publié dans l'édition du dimanche d'un journal du sud de la Floride et pourra être cité au cours de l'enquête menée par le Congrès.

Après l'attentat, l'enquête continue

Par Juan Delgado
Miami Herald

MIAMI. La police écume toujours les cendres du Café Arugula de South Beach en quête d'indices après l'attentat à la «bombe cocotte-minute», selon les mots de la police, qui a frappé cet établissement à la mode lundi midi, faisant sept victimes et plus de vingt blessés.

La police s'est refusée à tout commentaire sur la nature de l'attentat ou les éventuels suspects. D'après le porte-parole du département de police, plusieurs pistes crédibles sont envisagées dans le cadre de l'enquête préliminaire.

«Nous savons qu'il s'agit d'un acte délibéré. Nous pensons qu'il a été commis par deux individus ou plus, qui peuvent ou non avoir agi au nom d'un groupe, a déclaré le capitaine Patrick Donnelly. Nous demandons à toute personne disposant d'informations de bien vouloir contacter notre ligne dédiée.»

Bien que Donnelly se soit abstenu de plus amples commentaires, des sources anonymes au sein du département ont qualifié l'attentat d'acte terroriste. Les pistes de cellules cubaines, arabes ou suprémacistes blanches sont explorées en priorité.

D'après ces mêmes sources, la bombe a été confectionnée à l'aide de deux autocuiseurs introduits dans le restaurant par deux suspects.

Pendant que l'enquête se poursuit, la propriétaire du café, ses employés et les habitants du quartier s'efforcent de reconstruire leur vie.

«Rien ne pouvait nous préparer à ça, a confié Ellen Parker, copropriétaire du Café Arugula avec Karen Moore. Nous avons ouvert il y a plus de dix ans et nous avons des clients fidèles qui nous ont offert un soutien extraordinaire. Beaucoup de gens sont venus nous voir pour nous offrir leur aide.»

Parker n'a pas spéculé sur l'avenir du Café Arugula. Le bâtiment est en ruine, le trottoir jonché de débris. Les commerces voisins - un cabinet fiscal et une épicerie - ont subi des dégâts mineurs mais ont pu demeurer ouverts.

Pour le moment, le café reste une scène de crime.

Toute personne disposant d'informations sur l'attentat est priée d'appeler le numéro vert de la police au 1-800-HELP-FLA.

###

33

La ville fut bouclée le lundi 30 avril vers 16 h 45, quatre heures après l'explosion du café. Plusieurs suspects étaient recherchés. Les médias locaux et nationaux avaient couvert les événements poignants de la journée – attentat, confusion, blessés, morts, disparus, recherches, police, autorités municipales, gouverneur de Floride, application (ou non) des lois fédérales, et toute une kyrielle de sujets plus ou moins liés, qui culminaient avec cette grande question sans réponse : qui avait fait sauter le Café Arugula ?

Après l'explosion, Falcon avait aidé les policiers et les secouristes au triage, puis était allé faire une déposition au poste.

« C'était deux Cubains, dit-il à l'inspecteur Callahan. Ils travaillent pour Bobby West.

– Mm-hmm, mm-hmm. »

Callahan prit tout en note. Puis il sortit la photo d'un garçon blanc assis sur une chaise dans une sorte de cave, une tête de mort tatouée sur le biceps, le regard plein de défi et de terreur.

« C'est ton homme ? »

Falcon secoua la tête.

Callahan nota quelque chose et sortit la photo de Chekhov que Falcon avait prise chez West l'autre soir.

« Et elle ? Tu te souviens d'elle ?

– Elle n'était pas là non plus. Je l'aurais reconnue. Je te dis que le gars que tu cherches est un réfugié cubain, Felix Machado.

– Mm-hmm, mm-hmm. »

Le chargé d'information, le capitaine Patrick Donnelly, répondait aux appels des journalistes affluant depuis tout le pays et tentait d'apaiser ses supérieurs en trouvant les tournures de phrases adéquates. « Complètement pris au dépourvu » était peut-être l'exacte vérité, mais « attristés et indignés par cette odieuse attaque » était un message plus politique. « Aucun suspect » devint « plusieurs pistes ». Et ainsi de suite. Il n'avait pas dormi de la nuit et redoutait la conférence de presse du mardi après-midi, où il annoncerait que la police déclarait une forme de loi martiale et avait mis en place un filet de surveillance autour de la ville, qui se refermerait sur ses habitants une rue après l'autre. Une société de sécurité privée, la Navarro Security Company (NSC), allait diriger les recherches en faisant appel aux ressources d'autres entrepreneurs fédéraux et d'anciens combattants. Les escouades tactiques se tenaient prêtes. Une équipe d'avocats de Tallahassee avait déposé des notes juridiques sur les délais raisonnables, les pouvoirs de perquisition et de saisie, les mesures d'urgence, la liberté d'information et les privilèges militaires. Les agents du FBI étaient informés et sur le pied de guerre, tout comme la Garde nationale, la Garde côtière et une panoplie de prestataires privés, pour la plupart d'anciens militaires qui avaient attendu une telle intervention toute leur vie. Le capitaine Donnelly passait vraiment une sale journée. Pendant ce temps, les commandants de police organisaient des réunions secrètes pour déterminer si les Cubains, les Colombiens ou d'autres trafiquants de drogue étaient impliqués. La ville était bouclée des marais jusqu'à l'océan, avec une logistique et une coordination jamais vues depuis la WPA[1].

Miami avait fermé boutique. Les employés étaient rentrés chez eux, les transports à l'arrêt, les habitants barricadés comme si un ouragan était en route vers la Ville magique[2]. Le mardi à quatre heures, tous les citoyens avaient déserté les rues et regardaient les informations locales à la télévision. Dans tout le pays, les programmes étaient interrompus par des flashs spéciaux montrant des images d'hommes en tenue d'assaut, avec casques et fusils. Ils passaient Miami au peigne fin, équipés de lampes torches et de radios. Les hélicoptères tourbillonnaient dans le ciel. Le vacarme des rotors saturait l'air d'un bruit blanc omniprésent qui appelait à la vigilance. À l'hôtel de ville, le maire assis dans son bureau répétait « Bon Dieu, bon Dieu », comme s'il s'agissait d'un mantra salvateur. Son armée de rédacteurs et d'attachés de presse tapaient un communiqué après l'autre, peaufinaient leur message, élaboraient des stratégies sur tableau noir, non sans faire de fréquentes pauses pour ingurgiter leur dose de sodas et de café, fumer et regarder les informations. Les rédactions étaient dans leur élément : la sonnerie des téléphones, le cliquetis des machines à écrire, le murmure des

1. La Work Projects Administration, ou WPA, est la principale agence fédérale instituée dans le cadre du New Deal en 1935, durant la présidence de Franklin D. Roosevelt, dans le domaine des grands travaux.
2. Magic City : surnom de la ville de Miami.

rédacteurs impatients, les débats animés sur le quatrième amendement, les perquisitions sans mandat, le respect de la vie privée et la sécurité. Terrorisme, mises en scène policières, brutalité, violences racistes. La police diffusait les photos d'un jeune Blanc, ce qui n'empêchait pas les tensions raciales d'être au plus haut ; les plaintes pour harcèlement émanaient de toute part. Les Cubains, Castro, Kissinger. La litanie de la politique étrangère américaine au XXe siècle.

Pendant ce temps, Falcon tournait dans son bureau comme un lion en cage. Il regrettait rarement d'avoir quitté la police, mais dans une occasion pareille, il se rappelait l'aspect de service du métier. Miami était sa ville et quelles que soient les tensions qui voyaient le jour entre les différentes tribus locales, il se sentait un devoir d'assistance. Il aurait voulu connaître l'exaltation que ses collègues éprouvaient sans doute en ce moment, pris dans le tourbillon des premiers soins et la gestion de l'urgence. De l'extérieur, les recherches avaient des airs de chaos organisé – inspecteurs et simples agents (et employés de compagnies de sécurité privées, apparemment) travaillaient en équipe et étaient envoyés dans les points chauds de la ville : South Beach, les décombres du Café Arugula, un appartement abandonné à proximité.

Sur l'autre rive du fleuve à Little Havana, une brigade patrouillait les rues, faisait des descentes dans les *barrios*[1], harcelait les commerçants et exerçait une surveillance permanente des églises, snipers postés sur les toits. Les flics arrêtaient tous les petits délinquants, loubards, dealers, toxicos, voleurs à la sauvette et types patibulaires, quiconque

1. Quartiers latino-américains.

avait l'ombre d'un casier judiciaire. Pendant que les honnêtes citoyens restaient chez eux, la police interrogeait la faune criminelle dans le bourdonnement des hélicoptères. Personne ne savait rien sur Felix Machado, ni s'il avait agi seul ou pour le compte d'une organisation, mais à Miami on ne pouvait rien exclure. En l'absence d'informations, les enquêteurs mirent Little Havana sens dessus dessous. Restait la scène de crime elle-même, où Falcon finit par s'aventurer le mardi après-midi, pendant que le reste de la ville était bouclé. Son souffle laborieux résonnait dans les décombres du Café Arugula. À titre de détective privé, Falcon n'avait rien à faire là, mais il pensait connaître le coupable et craignait que l'attentat ne soit la conséquence des actions de Bobby West et du Groupe Artium.

Un cordon de police jaune bloquait l'entrée du bâtiment. Les décombres du patio et du trottoir avaient été examinés en quête d'empreintes digitales, de cheveux, tout ce qui aurait pu être laissé. Les empreintes retrouvées n'ayant donné aucun résultat dans les bases de données de la police locale, l'équipe médico-légale les avait transmises aux agents de la NSC, qui avaient accès à des ressources plus exhaustives. Cependant, en tant que société privée, la NSC n'avait aucune obligation envers le public, et encore moins envers les journalistes à qui ils avaient donc refusé de communiquer la moindre information. Les agents fédéraux, quant à eux, rôdaient comme des chacals autour d'une bête blessée, attendant leur heure pour passer à l'action.

Frank Navarro était aux commandes.

Falcon tomba sur lui et ses deux agents – Blair et Gibson – parmi les décombres de la cuisine.

« Ernie ! Bienvenue en zone de guerre », dit Navarro en

frappant dans ses mains. Il portait un pantalon de treillis noir, un gilet pare-balles, ainsi qu'un micro et un casque audio. « Recherche et destruction, comme la reprise de Hué[1].

– J'étais trop vieux pour cette guerre.

– On ne se sent jamais aussi vivant que sous le feu d'une attaque. Tu le sais sûrement, sinon tu ne serais pas là.

– Je ne voulais pas manquer l'action.

– J'en déduis que tu sais qui on cherche ?

– Grâce à tes deux agents, dit Falcon en désignant Blair et Gibson. Tu sais, je pensais vraiment que c'était juste des fédéraux.

– Les fédéraux, c'est de la merde en barre », répondit Navarro, les yeux exorbités.

Il clignait des yeux à une fréquence anormale.

« Même maintenant, ils sont en train de disséquer les règles de la loi martiale avec leur armée d'avocats. Pendant ce temps, mes gars passent toute la ville au peigne fin. Qu'est-ce qui t'inquiète, Ernie ?

– Tout ça alors que vous savez qui a fait le coup ? dit Falcon en secouant la tête. Pourquoi vous ne creusez pas du côté d'Alexander French ? Ou des réseaux cubains ?

– Ce n'est pas ce qu'on nous a demandé, répondit Navarro. La police a fait appel à nous pour qu'on retrouve les deux types que les hauts gradés croient responsables, à commencer par ton mystérieux Cubain. Mais il y a aussi toute une flopée de groupes terroristes. On dit que ce sont

1. La reprise de la ville de Hué par les forces américaines et sud-vietnamiennes en 1968 constitue l'une des batailles décisives de la guerre du Vietnam.

des skinheads qui essaient de faire croire à une révolution cubaine. Qu'ils veulent déclencher une guerre raciale, quelque chose comme ça.

– J'étais là, Frank. J'ai tout vu.

– La crédibilité, mon vieux. Tu étais sur une affaire et tu penses avoir vu quelque chose, mais les gradés sont persuadés d'en savoir plus que les témoins oculaires quand il s'agit de terrorisme. Il y a un nom qui circule – un criminel connu sous le nom de Keith Sorrells. Tu as entendu parler de lui ?

– Tu ne peux pas vraiment croire ça.

– Qu'un jeune con d'Américain ait fait sauter le café ? Bien sûr que non. Mais je pense que l'info ne sort pas de nulle part. Si on met la main sur ce Sorrells, on pourra peut-être comprendre qui essaie de nous embobiner.

– C'est Alexander French.

– J'en doute. Il a trop à perdre pour venir semer la pagaille ici. Mais une chose est sûre, quelqu'un va devoir aller au fond des choses.

– Je suis sûr que tu es l'homme de la situation.

– Oui, parce que je comprends cette ville. C'est un endroit qui te pousse dans tes retranchements. Voilà ce que personne ne comprend sur la violence : tout le monde cherche un mobile, une motivation rationnelle, alors qu'on a affaire à de la folie furieuse.

– Ce n'est pas de la folie, objecta Falcon. Derrière un événement comme celui-ci, il y a quelqu'un qui veut quelque chose.

– Dans le cas présent ?

– Bobby West, qui travaille pour la CIA, collabore avec Alexander French par l'intermédiaire de cet exilé cubain.

– Dans quel but ?

– Je ne sais pas ce qu'il fabrique, mais il y a de l'argent à la clé.

– Ce n'est pas moi qu'il faut convaincre, dit Navarro. Je peux écrire un rapport, mais il y a des gens très haut placés qui nous demandent de retrouver ce Keith Sorrells.

– Et maintenant, il se passe quoi ?

– On boucle la ville tant qu'on n'a pas débusqué nos hommes.

– Tu penses que la population va accepter ça ?

– Ce n'est pas comme s'ils avaient le choix. Il y a un cinglé en cavale », répondit Navarro en souriant comme un cinglé de première.

Falcon lui fit un signe de la main et repartit par où il était arrivé.

« Va trouver ton Bobby West ! lui cria Navarro. S'il trafique quelque chose avec French et les Cubains, c'est en train de prendre l'eau. La moindre des choses serait de le prévenir. Je ne sais pas ce qu'il a voulu faire, mais il s'est complètement planté. »

Falcon poursuivit son chemin.

Bobby West, Holly Hernandez, Adriana Chekhov, Alexander French, un nationaliste cubain et un mystérieux jeune homme nommé Keith Sorrells – tous impliqués dans l'explosion d'un café de South Beach. Dans une ville de la taille de Miami, toutes ces connexions pouvaient signifier n'importe quoi. Tout était lié. Rien n'était lié. Les équipes de sécurité de Frank Navarro et le bourdonnement constant des hélicoptères dans la ville silencieuse ne lui offraient ni réconfort ni éclairage nouveau.

Les jours suivants, le ballet des hélicoptères resta ininterrompu. Les rues étaient désertes. Les feux passaient du rouge au vert et du vert au rouge sans piéton ni voiture pour traverser les carrefours. Où aurait-on pu se cacher, quand des groupes d'intervention enfonçaient les portes, fouillaient les bâtiments abandonnés, entraient chez les habitants ? Miami n'offrait aucun refuge durable, aucune vérité absolue, seulement une longue attente avant d'être retrouvé.

34

Keith n'avait pas réalisé à quel point le temps pouvait s'étirer jusqu'à ce qu'il rentre chez ses parents – la chose qu'il avait voulu éviter à tout prix. Lorsqu'il comprit que la fille était partie avec la voiture et se vit confirmer par Kennedy qu'elle avait filé sur la pointe des pieds au petit matin, Keith récupéra l'argent caché sous la maison et accepta que son ami le dépose chez lui. « Pas besoin de m'attendre », dit-il à Kennedy, qui laissa tourner le moteur un moment avant de l'abandonner aux loups.

Sa mère ouvrit la porte. C'était une femme mince dont les cheveux colorés paraissaient presque mauves dans la pénombre de l'entrée, une mère envahissante qui se mêlait constamment des affaires des autres, particulièrement celles de son fils. Sa perplexité immédiate (« Je suis de passage pour quelques jours », dit-il) se mua en curiosité (« C'est un ami de Savannah qui m'a déposé, ce boulot ne donnait rien alors je suis rentré »), puis en joie prudente (« Bien sûr, acquiesça-t-il, je suis content d'être à la maison »).

Lorsqu'il rentra de l'office, son père loua le Seigneur et demanda à Keith si sa mère l'avait installé dans son ancienne chambre. « J'ai tout ce qu'il me faut », confirma Keith, sur quoi son père hocha la tête et disparut dans son bureau.

C'était un homme insondable, jamais loquace une fois descendu de la chaire. Était-il heureux de voir son fils ? Soupçonneux de ses motivations ? Parfaitement conscient de ses récents péchés ? Il ne dévoilait jamais son jeu.

Le dimanche fut une journée de retrouvailles : église le matin, suivie d'un véritable festin, nouvelles de Kennedy et des autres amis d'enfance de Keith. La plupart avaient repris le flambeau de l'affaire familiale, ou étaient partis étudier à Clemson ou USC. Le lundi, son père partit s'occuper de ses ouailles et Keith passa la journée devant la télé. Ses parents refusaient de payer le câble, ses options se limitaient donc au base-ball, au *Juste prix* et aux rediffusions de *Dallas*. C'était comme revivre les étés de son adolescence. Le sac caché au fond de son armoire lui semblait chaque jour plus dangereux. Il n'avait vu ni voitures suspectes, ni hommes à moustache, ni hélicoptères volant bas, mais la petite ville où il avait grandi possédait des yeux et un savoir mystérieux. Les gens se saluaient de la main depuis les jardins et les porches.

Le mardi après-midi, il fit une longue promenade dans la campagne alentour, parmi les granges vétustes au bord de l'écroulement, les pêchers, les plants de tomates qui lui arrivaient à la poitrine, la brume flottant sur les montagnes, ou plutôt les collines, vertes et aplaties comme par un marteau céleste. En fin de journée, il arriva devant l'église où prêchait son père. Son pick-up était la seule voiture sur le parking. Keith déambula dans le cimetière, puis s'arrêta sous un chêne d'eau pour se reposer. Aucun de ses proches n'était enterré là, mais les lieux étaient calmes et lui avaient toujours paru sacrés, même si la clochette de la station essence voisine tintait de temps à autre en interrompant sa rêverie.

En raison des lampadaires et des installations modernes, on pouvait difficilement imaginer la vie des personnes enterrées, dont certaines étaient mortes dans les années 1800, sous la Confédération. La lumière du bureau de son père était allumée. Cela faisait un moment que Keith n'avait pas assisté à la messe – depuis qu'il était en âge de conduire –, mais il conservait de vifs souvenirs du sanctuaire vieillot et jauni, ainsi que des diacres comiquement ronds qui tenaient lieu de croisés dans l'armée de son père. Comme les commandements de l'Église étaient simples, et comme sa vie était devenue compliquée. Il entra et s'assit sur un banc tapissé de velours, espérant y trouver un peu de réconfort, de clémence, le souvenir de la foi que son père éprouvait – que lui-même avait éprouvée dans son enfance.

Le sanctuaire était vide. Une Bible et trois livres de cantiques défraîchis se trouvaient dans le compartiment du siège devant lui, mais il n'en avait pas l'utilité. Un long moment, il resta là à fixer la chaire, les fonts baptismaux, la croix qui se dressait au-dessus de lui. Il se raconta qu'il était déchu et avait besoin du Christ. Il reconnut les scènes sur les vitraux – les Rois mages, Abraham et Isaac, Jésus et Marie, la conversion de Paul –, mais le verre, malgré sa beauté limpide, ne parvint pas à l'élever au-dessus de lui-même. L'endroit n'était pas propice aux expériences religieuses sincères, n'avait rien du sanctuaire humide où converser avec Dieu et le Saint-Esprit. Un camion de *redneck* passa dans un grondement, et Keith comprit qu'il était encore trop près de la civilisation pour vivre une quelconque expérience mystique. De toute façon, il s'était trop égaré pour pouvoir entrer en communion avec l'église de son enfance.

Il se levait pour partir quand son père sortit de son bureau.

« Je ne voulais pas te déranger, dit Keith. J'allais rentrer à la maison.

– Tu ne me déranges pas, au contraire. Tu es toujours le bienvenu ici. Mais je ne t'ai pas entendu arriver.

– Je suis venu à pied.

– Entre et assieds-toi. Excuse le désordre, dit-il en débarrassant son bureau des papiers et du sac Wendy's qui s'y trouvaient. Je prends trop de repas ici, ces jours-ci. »

La pièce avait une grande fenêtre dotée de petits stores blancs. Cela aurait pu être n'importe quel bureau sans intérêt, pas l'endroit d'où un pasteur accomplissait son œuvre. Sur les étagères, plusieurs exemplaires de la Bible et quelques titres ronflants sur la foi, Jésus, Abraham et la découverte de la paix intérieure.

« Le bureau est à peu près comme dans tes souvenirs ? demanda son père.

– Je crois que je ne suis pas venu ici depuis le collège.

– Ta mère me dit que je devrais le nettoyer, le décorer un peu. Pour lui donner un air plus solennel, je suppose, mais je n'en ai pas eu le temps. Et toi, Keith ? Tu avais un bureau où tu travaillais ?

– J'étais sur la route la plupart du temps.

– Rien de mal à ça, dit son père en hochant la tête. Tu te souviens de ce que dit la Bible sur le travail ? Il faut s'appliquer avec zèle à l'œuvre du Seigneur, car ton travail ne sera pas vain. Peu importe ce que tu fais, pourvu que tu trouves quelque chose qui t'épanouisse. On dirait que ce n'était pas le cas de ton travail de vendeur.

– Je crois que je suis en transition, dit Keith.

– Les Saintes Écritures sont pleines d'hommes en transition. Moïse, Abraham. Ils étaient tous à la recherche de la

Terre promise. J'aime à croire qu'on en a une petite part à Six Mile, si tu penses vouloir rentrer. »

Il lui avait toujours parlé par l'intermédiaire de Jésus ou de la Bible, comme si Keith était un paroissien comme les autres. Lui-même était fils unique et n'avait peut-être jamais appris comment se comporter en père. Si tel était le cas, aurait-il dû avoir un enfant ? Quelles étaient ses obligations ? Ils n'enseignaient pas ça, au séminaire ?

« Je ne sais pas si je vais rester longtemps », dit Keith.

Son père se gratta le menton.

« Je peux faire quelque chose pour toi ?

– Je ne sais pas. Comme je te disais, je ne fais que passer.

– Je pourrais prier avec toi, si quelque chose te tracasse.

– J'imagine que tu ne t'es pas mis à la confession.

– C'est un rituel catholique, répondit son père. Les prêtres font office d'intermédiaires entre l'homme et Dieu, mais nous croyons que tout le monde peut avoir accès à Dieu. Il faut seulement être prêt à L'approcher humblement et écouter ce qu'Il a à dire.

– Il n'a pas grand-chose à me raconter en ce moment.

– Est-ce que tu lui as demandé de l'aide ?

– Je ne sais pas vraiment comment faire, répondit Keith.

– Souviens-toi, tu es déjà sauvé. Tu as accepté le Christ dans ton cœur, tout ce que tu dois faire, c'est te souvenir qu'Il est là. »

Son père croisa les bras et réfléchit un moment.

« Tu as lu les Évangiles, dernièrement ?

– Oui, quelques fois, dit Keith.

– Mais les as-tu déjà lus en entier ?

– Je ne pense pas.

– C'est intéressant, dit son père. On connaît tous les

histoires, mais les narrateurs ont des personnalités différentes. L'image de Jésus que la Bible nous donne n'est pas un portrait unique. Quand j'étais petit, je pensais qu'il n'y avait qu'un seul Jésus, celui dont on nous parlait à l'École du dimanche. Mais en lisant les Évangiles, on découvre que Jésus n'est qu'un homme. Le livre de Luc a toujours été mon préféré. De tous les narrateurs, c'est celui qui me semble le plus honnête, peut-être parce qu'il s'adresse directement à nous et nous dit qu'il raconte une histoire. Ce qui est vraiment intéressant dans ce livre, c'est qu'il donne une description détaillée de Jésus sur la route de Jérusalem. C'est là qu'on trouve la plupart des paraboles les plus célèbres, comme le bon Samaritain et le fils prodigue. Je suppose que je ne t'apprends rien.

– Je suis seulement parti quelques années. Ce n'est pas comme si j'avais oublié tout ce que tu m'as appris.

– Parfois je me demande, dit son père. Je sais qu'on a dû faire fausse route quelque part. J'ai demandé à Dieu de nous guider, mais quelquefois la seule chose à faire est de rester humble et d'attendre que la réponse vienne en temps voulu. »

Keith l'écoutait radoter en se demandant s'il voulait en venir quelque part. Il avait décidé depuis longtemps qu'il ne pouvait pas lui dire qu'il se fichait de la parole divine. Ses problèmes n'étaient pas de ceux que Jésus pouvait régler, et il se souciait peu que le Seigneur réponde ou non aux prières de son père.

« Ils ne m'ont jamais enseigné ça à l'École du dimanche, poursuivit ce dernier, mais Jésus était un transgresseur. C'était un vrai rebelle, mais un rebelle qui défendait une cause. Un jour de sabbat, ses apôtres se sont arrêtés dans un champ pour manger. Les pharisiens ont dit : “Attendez une minute ! Vous ne pouvez pas faire ça pendant le sabbat.” Mais Jésus leur a répondu que le sabbat appartenait à l’homme et qu’il ferait ce qu’il voudrait. En lisant cette histoire à l’université, j’ai été choqué. Ce prédicateur errant et hirsute, qui dit à l’homme de se carrer ses règles où je pense. À l’époque, les pharisiens avaient toutes ces lois. On connaît tous les Dix Commandements, mais nom d’une pipe, qu’est-ce qu’ils en avaient ! Tu peux toujours les trouver dans le Lévitique. Il y a de tout : pas de viande le vendredi, pas de cheeseburgers… Je ne plaisante pas ! »

Keith sourit, mais ne trouva rien à dire.

« Quand soudain Jésus arrive pour dire que ces règles n’ont aucune importance. Ses seuls commandements étaient d’avoir foi en le Seigneur et d’aimer son prochain. C’est bien plus facile, tu ne crois pas ? Enfin, tout ça pour dire que tu es peut-être préoccupé, ou dans le pétrin, ou simplement perdu. Mais ce n’est pas si dur de retrouver sa voie. »

Keith se rappelait avoir eu cette conversation dans son enfance. Il y avait un corollaire au pardon, c’était la réalité du péché et de son châtiment : l’enfer. Un instant, il pensa à recommencer, être lavé dans l’eau, renaître. Il ne croyait pas vraiment en la rédemption, mais savait de toute façon que ce n’était pas en revenant chez lui qu’il trouverait la paix. Il se sentait sale, usé, tenté par l’idée presque démoniaque de trouver discrètement un bar où boire suffisamment pour supporter une autre soirée.

« Je crois que je vais y aller, dit-il en se levant.

– Chercher sa voie est une marque de *sainteté*, Keith. Tu sais ce que le mot “saint” signifie, n’est-ce pas ? Cela veut dire “mis à part”. Il y a ces oiseaux rares qui savent, et qui savent qu'ils savent. Il y a aussi ceux – tout aussi rares – qui ne savent pas, et qui savent qu'ils ne savent pas. Mais la plupart d'entre nous ne savent pas qu'ils ne savent pas, si tu vois ce que je veux dire.

– Pas vraiment.

– En tout cas, Jésus appartenait à la première catégorie. Il savait et s'exprimait avec autorité. Nous, pour la plupart, nous pouvons au mieux espérer appartenir à la deuxième catégorie, c'est-à-dire être conscients de notre ignorance, dit-il avant de se gratter le menton de nouveau. Je sais que tu es venu à pied, mais admettons que tu aies pris la voiture. Tu sais qu'il est toujours possible d'avoir un accident. Le coin est tranquille, mais n'importe qui pourrait se faire aplatir par un 40 tonnes trop pressé. Chaque fois que tu prends la voiture, il est possible que tu aies un accident. Tu ne peux pas le savoir à l'avance, mais ça ne t'arrête pas. Au moment de mettre la clé dans le contact, la plupart des gens ne pensent pas qu'un malade va griller un feu rouge et les percuter de plein fouet ce jour-là. Ce n'est pas possible de vivre comme ça. La plupart des gens prennent leur vie spirituelle tout aussi à la légère. On ne vit pas en pleine conscience. On s'enlise et nos âmes souffrent d'entropie. Tout n'est que chaos, Keith, tu comprends ? Ce que je veux dire, c'est que je ne peux pas te sauver, mais je peux te guider vers Celui qui peut. Toi seul peux te sauver, en pardonnant et en demandant pardon. »

Keith se tenait dans l'embrasure de la porte, incapable de parler.

« Mais assez sermonné pour aujourd'hui, dit son père en tapant sur la table. Tu veux que je te ramène à la maison ? »

Dehors, il démarra le vieux pick-up et enclencha la marche

arrière. Aucun des deux n'ouvrit la bouche sur le chemin du retour. En arrivant, ils découvrirent une grosse berline grise dans l'allée. Le père se gara à côté de la voiture sans un mot. Keith le suivit dans la maison. Assise à la table de la salle à manger, une femme rousse prenait le thé avec sa mère. Elle sourit à l'arrivée des deux hommes.

« Keith, ton amie Adriana est venue te rendre visite », dit la mère en se levant.

35

Ayant essayé sans succès de soutirer de l'argent aux banquiers new-yorkais, West rentra au bureau à Miami. Il gara sa voiture au quatrième étage du parking et réfléchit à ce qu'il allait faire en traversant l'enceinte où ses pas résonnaient. Il devait un nouvel acompte à M. French et aurait bientôt besoin des trois millions dans leur intégralité. Il n'avait rien de nouveau à lui communiquer, aucun moyen de contacter sa fille. Falcon avait fait des recherches toute la semaine, mais n'avait apparemment rien découvert d'utile. West soupçonnait le détective de ne plus être de son côté, d'avoir découvert des choses peu reluisantes sur son compte. N'étions-nous pas tous des fruits mous et gâtés, pleins de bleus sous la peau ? N'avions-nous pas tous goûté au fruit de l'arbre de la connaissance et fait des compromis ? Quelle que soit sa philosophie subjective, il lui manquait les fonds de la CIA ou de Wall Street qui lui auraient permis de sauver son objective personne, et ses chances de pouvoir emprunter au Groupe Artium par voie légale s'amenuisaient. En réalité, il avait déjà basculé dans le vide et était sur le point de perdre la dernière prise à laquelle il pouvait encore se raccrocher.

Il entra dans l'ascenseur et pivota sur ses talons. Il lui sembla soudain voir Adriana Chekhov assise dans une camionnette, qui l'observait silencieusement. Les portes se refermèrent sur son visage. Tandis qu'il descendait vers le rez-de-chaussée, il se demanda s'il devait retourner vérifier, mais décida qu'il n'était pas prêt à lui faire face si c'était bien elle. Personne ne l'avait suivi depuis son retour à Miami. L'autoroute était déserte, le parking une zone morte. Chekhov n'avait pas pu le prendre en filature et les chances qu'elle surveille le bureau étaient quasi nulles.

Les locaux étaient étonnamment silencieux ; les rares employés qui s'y trouvaient semblaient parler à voix basse, recroquevillés sur leurs bureaux. Ils devaient être nerveux à cause du terroriste en cavale. Le directeur des RH avait peut-être écrit un mémo pour leur demander de rentrer chez eux, ce qui arrangeait West. Vicky étant absente, ce dernier entra dans son bureau, verrouilla la porte et se servit un verre. Il contempla par la fenêtre la ville désertée. Les lumières bleues d'un gyrophare clignotaient à l'angle d'une rue voisine, mais il ne distingua aucune autre activité policière.

Il appela Mini Mark à Washington.

« Bon Dieu, Bobby, vous êtes rentré à Miami ?

– Je suis rentré tard hier soir, répondit West. Je suppose que vous suivez les nouvelles ici ?

– Si je suis ? On a des agents sur toute la côte Est, armés et en état d'alerte au cas où ça déclencherait une guerre avec Cuba ou l'URSS. Vous avez eu des nouvelles de votre contact à Cuba Omega ?

– Non, pourquoi ? demanda West, même s'il voyait très bien où son chef voulait en venir.

– Faites un effort, vous voulez ? Qui a posé cette bombe, d'après vous ?

– Je pensais que c'était un gars du cru. »

Les informations avaient fait état d'un jeune homme blanc et le portrait-robot ne ressemblait en rien à Felix.

« La police locale court après je ne sais quel gamin, mais d'après nos sources, c'était un nationaliste cubain qui voulait nous forcer la main avec Castro. »

West poussa un juron et s'assit. Bien sûr que c'était Felix. Le Café Arugula appartenait au Groupe Artium, c'était un message – ce que Felix avait laissé entendre le soir où il l'avait emmené à l'aérodrome. West comprit qu'il n'y avait plus d'échappatoire.

« J'imagine que vous savez ce que ça implique, s'il s'agit du contact que vous avez financé, dit Mini Mark.

– Je ne vois pas comment ça pourrait être lui, ni ce qu'il aurait à y gagner, mentit West.

– Vous lui aviez promis que l'argent était en route ?

– Il était là. Il savait que je vous avais soumis l'idée.

– J'ai dû laisser filtrer quelque chose.

– L'argent ne serait jamais arrivé, n'est-ce pas ?

– Vous n'aviez pas besoin de le savoir.

– C'est surtout Felix qui n'avait pas besoin de le savoir, corrigea West. J'encadre mes agents du mieux possible, mais je ne peux pas le faire si je n'ai pas toutes les informations nécessaires.

– Ça n'a plus d'importance, répondit Mini Mark. Maintenant il s'agit de limiter les dégâts, pour l'agence et pour nous tous. À propos, j'imagine que vous êtes au courant de ce qui se passe au Groupe Artium ?

– Comment ça ?

– Votre situation financière.

– Tout va bien, affirma West.

– Tant mieux, parce qu'on a reçu un appel de la SEC. Ils

étaient sur le point de faire une inspection et avaient appelé l'administrateur. Dieu merci, notre équipe a pu les en dissuader pour des raisons de sécurité nationale, mais on doit arrêter les frais d'ici la fin du mois.

– Attendez, de quoi parlez-vous ?

– Je parle de ce qui se passe avec nos investisseurs de Wall Street. Quelqu'un a eu des soupçons et s'est penché de plus près sur nos relevés de comptes. J'espère pour vous que tout est en ordre, parce que sinon vous risquez de vous retrouver devant un grand jury.

– Je ne comprends toujours pas, dit West en se pinçant l'arête du nez.

– Bobby, la situation financière du Groupe est irrécupérable. Personne n'arrive à démêler le bordel que vous avez mis dans la comptabilité, et je ne veux pas savoir ce que vous faisiez à New York ce week-end ou auprès de qui vous avez démarché. La solution la plus simple, c'est de fermer boutique et de vendre les actifs au rabais. En attendant, je veux que vous retrouviez votre ami cubain et que vous vous assuriez qu'il est sous contrôle. Faites en sorte que les autorités locales ne l'arrêtent pas. On va devoir le mettre dans le premier avion. Peut-être pour Cuba.

– Vous pouvez ralentir une minute ?

– Bon sang, Bobby, vous m'écoutez ou quoi ?

– Oui, mais vous avez déjà mis les choses en route avec le Groupe Artium ? »

Mini Mark garda le silence un moment.

« Où étiez-vous passé ? dit-il finalement. Les RH ont dû renvoyer tout le monde chez soi. Vous aurez besoin d'un noyau restreint pour liquider la masse salariale. Je vous laisse le soin de régler vos embrouilles comptables par vous-même. Je ne veux même pas savoir ce qu'il y a dans ces livres de comptes. Mais effacez tout ça, vous m'entendez ? »

Sans même attendre sa réponse, Mini Mark raccrocha. Il rappela une minute plus tard.

« Écoutez, dit-il, je vais vous donner un numéro. Je sais qu'il y a beaucoup de tractations politiques là-bas, ça pourra peut-être vous aider. »

West nota l'information, puis posa la tête sur son bureau et resta ainsi quelques minutes, sans penser à rien. Il détestait mettre un terme à cet instant de paix, mais finit par se redresser et parcourut ses documents en se mordant la lèvre. La plupart des actifs du Groupe seraient faciles à liquider. Au départ, ils s'étaient limités aux commerces qui pourraient être utiles à la CIA – des magasins de bateaux, des armureries –, mais ils possédaient aujourd'hui suffisamment d'entreprises rentables pour que West puisse tout revendre et payer la plupart de ses investisseurs. La seule chose qu'il ne pouvait pas démêler, c'était la série de mises en pension qu'il avait conclues l'autre jour, les opérations cachées sous le tapis. Il serait obligé de les racheter, ce qui épuiserait toutes les liquidités de la société. En somme, il n'aurait plus aucun moyen de rembourser Alexander French, ce qui signifiait, dans le pire des cas, qu'il serait un homme mort.

De son bureau, il fit le trajet jusqu'à Coconut Grove, puis s'engagea dans le lotissement de Mangrove Estates où se trouvait son ancienne maison – une maison trop chère pour Isabel et dont il serait forcé de payer les mensualités jusqu'à ce que la mort les sépare, semblait-il. Il se gara dans l'allée et sortit inspecter le jardin. Son jardin. Isabel avait fait venir une équipe de paysagistes, la pelouse était donc en bon état. La clôture aurait eu besoin d'une nouvelle couche d'enduit, mais dans l'ensemble sa propriété semblait bien entretenue. Il était même possible que la maison ait pris un peu de valeur au cours des dernières années. À ce stade, il ne pouvait exclure aucune source de revenus.

« Isabel, tu es là ? » cria-t-il une fois dans la maison.

Elle fit irruption dans le vestibule, les yeux injectés de sang et les cheveux ramassés en chignon.

« Tu ne peux pas entrer comme ça. Pour qui tu te prends ?

– Je voulais juste prendre des nouvelles, voir si tu vas bien depuis l'attentat.

– Et tu étais passé où ? demanda-t-elle après avoir pris une profonde inspiration.

– J'ai dû aller à New York pour affaires.

– Ben, c'est super.

– Tu as parlé à Ernie Falcon ce week-end ?

– Pas eu de nouvelles. »

Elle l'observa avec ce qu'on aurait presque pu prendre pour de l'inquiétude.

« Tu vas bien, Bobby ?

– Je suis juste inquiet, dit-il. Pour nous tous.

– Tu connais la sortie », dit-elle en désignant la porte.

West et ses femmes : Isabel, Holly, Diana, Vicky. Elles feraient tomber un homme dans la boisson, avec ou sans gangster créancier et assassin israélien.

36

Les parents du garçon restèrent à l'écart dans le bureau du fond, où ils parlaient à voix basse. Une croix était accrochée au mur de la salle à manger ; la maison exiguë dégageait une vague odeur de plâtre et de poussière. La mère avait été accueillante lorsque Chekhov s'était présentée à la porte, affirmant être une connaissance de Keith en ville pour affaires.

« Entrez donc, avait-elle dit. Je suis Mme Sorrells, la mère de Keith.

– Je ne veux pas m'imposer si Keith n'est pas là, avait répondu Chekhov.

– Il ne devrait pas tarder à rentrer, il est parti se promener. Il a toujours aimé faire de l'exercice. Je peux vous offrir quelque chose ? Une tasse de thé ?

– Avec plaisir, merci. »

Les murs du salon étaient tapissés de lambris sombre et la vitrine près de l'entrée remplie de figurines et bibelots en cristal. La mère du garçon n'était pas tellement plus âgée que Chekhov. À la façon dont elle se teignait les cheveux, il était clair qu'elle voulait jouer un rôle dans le monde, même si, dans ce coin reculé de la planète, ses options se limitaient aux ventes de gâteaux et au festival d'automne.

Après quelques minutes à peine, Keith et son père arrivèrent en pick-up. Le visage du garçon se décomposa immédiatement lorsqu'il comprit ce qui venait de lui tomber dessus.

« Bonjour, Keith », dit Chekhov en souriant.

S'il était surpris de la voir, il n'en laissa rien paraître.

Le silence se prolongea jusqu'à ce que la mère du garçon annonce qu'ils allaient les laisser seuls. Elle fit signe à son mari de la suivre hors de la pièce.

« Assieds-toi, dit Chekhov lorsqu'ils furent partis. Tu sais qui je suis ? »

Keith fit non de la tête mais s'assit tout de même.

« Ou pourquoi je suis là ? »

Il opina du chef.

« Tu sais, poursuivit-elle, je voyage beaucoup pour le travail. Grâce à ça, j'ai pu découvrir comment beaucoup de cultures abordent l'idée de mortalité. Les philosophes ont annoncé la mort de Dieu il y a un siècle, mais j'ai l'impression qu'une grande partie du monde n'a pas reçu le message.

– Je ne m'inquiète pas pour Dieu, dit Keith.

– Et tu n'as aucune raison de le faire. Je ne suis pas un émissaire divin, dit-elle avant de tapoter la table un moment. Les philosophes français d'aujourd'hui sont occupés à débattre de la signification des objets, voire de leur existence, mais toi et moi savons pertinemment que cette table se trouve bel et bien entre nous. Une table est une table et son essence est hors de propos. Le propos, c'est tout cet argent qui ne t'appartient pas. On pourrait débattre de la propriété et du libéralisme, mais j'aimerais autant que tu mettes l'argent sur la table, histoire que je puisse passer à autre chose. »

Comme le garçon ne répondait pas, Chekhov se demanda s'il avait compris ce qu'elle disait. Son accent s'était peut-être épaissi tandis qu'elle philosophait. En réalité, toute cette affaire l'ennuyait au plus haut point. Les rotors d'un hélicoptère résonnèrent au loin et elle comprit qu'il fallait faire vite.

« À moins que l'argent ne soit caché dans ta chambre ? demanda-t-elle en reculant sa chaise. J'ai fait tout ce chemin, je ne suis plus à quelques mètres près. »

Comme il restait muré dans le silence, elle sortit un poignard du fourreau sur sa jambe.

« Ça peut être rapide et indolore, mais ce ne sera pas silencieux. Si je dois te trancher la gorge, dit-elle à voix basse, je devrai aussi trancher celle de tes parents, et je n'hésiterai pas. Un couteau est un couteau, c'est un objet très efficace. C'est ta chambre ? L'argent est là ? »

Tandis qu'elle avançait vers la chambre, elle entendit un bruit sourd dans la pièce du fond et se demanda s'il lui faudrait tous les tuer quoi qu'il arrive.

« Dans l'armoire, dit faiblement le garçon. Tout en bas. »

Elle rangea son couteau et trouva un sac en papier rempli de billets de cent dollars. Elle n'avait pas le temps de compter, mais avait vu suffisamment d'argent dans sa vie pour savoir que cela devait approcher du compte. Lorsqu'elle revint dans la salle à manger, le garçon n'avait pas bougé. Il restait assis, muet, comme un animal électrocuté tant de fois par un scientifique cruel que toute lumière avait quitté ses yeux. Le bourdonnement des hélicoptères s'était éloigné, le garçon aurait peut-être un peu de répit. Une longueur d'avance sur ses poursuivants. M. French l'avait envoyée récupérer l'argent, son acompte pour la prochaine livraison de drogue. Pas d'argent, pas de livraison. Pas de livraison et c'en était fini de leur opération. Cela ne changeait rien pour Chekhov – elle ne manquait pas de travail ni d'opportunités –, mais M. French avait ses raisons de vouloir retrouver le garçon. De plus, avec l'attentat de Miami, de nouveaux protagonistes avaient rejoint la mêlée.

Elle laissa Keith en état de choc et remonta dans sa voiture de location. Sur l'autoroute, elle croisa une file de Ford Bronco noires qui se dirigeaient vers Six Mile. Elle passa devant des champs de foin, des infrastructures électriques et plusieurs églises de campagne, puis s'arrêta dans une station-service. Le type bigleux derrière la caisse lui fit un sourire idiot avant de lui demander s'il pouvait l'aider.

« Téléphone ?

– Tout ce qu'on a, c'est la cabine dehors.

– Vous avez de la monnaie ? »

Elle lui tendit un billet d'un dollar et prit les quatre pièces qu'il lui donnait en échange. À la cabine, elle plaqua le combiné contre son oreille pendant qu'un hélicoptère vrombissait vers le nord, en direction du garçon. Puis elle composa le numéro de Mini Mark à Washington pour lui dire qu'elle avait récupéré son argent et lui demander ce qu'elle devait faire de Bobby West.

37

Pendant que la ville demeurait sous l'œil vigilant de la NSC, Falcon se mit en quête de Chekhov. La piste du terroriste cubain était une impasse, mais s'il pouvait retrouver la rousse avant qu'elle ne mette la main sur West ou sur sa fille, il aurait peut-être une chance de ramener Holly chez elle. Il était désormais clair que cette dernière s'était enfuie avec le garçon, pour quelque raison que ce soit, et avait mis West dans le pétrin en prenant l'argent. Falcon ne se faisait aucune illusion sur sa capacité à aider West – de toute façon, il n'avait pas l'intention d'aider un homme qui s'était enlisé lui-même dans un tel bourbier –, mais il pensait qu'Holly pouvait encore se racheter. Il était peut-être trop tard pour une jeune femme comme sa propre fille, mais une adolescente avait sûrement le temps de retrouver une vie digne de ce nom.

Il s'arrêta au Blue Yonder, le motel où il avait suivi Chekhov le soir où il l'avait vue chez Bobby West. Si elle était toujours à Miami, c'était le seul endroit où il pouvait la chercher. Sans aucun plan, il se dirigea vers l'accueil, licence de détective en poche et pistolet dans la boîte à gants. S'il la trouvait là, il savait qu'il serait incapable de l'arrêter ou d'en tirer quoi que ce soit. Il voulait seulement voir son visage et entendre sa voix. Elle était au cœur de toute l'affaire, elle seule serait à même de lui offrir un semblant de conclusion.

L'accueil était tenu par un jeune homme maigre aux cheveux gras et bouclés, qui feuilletait un magazine de moto les pieds sur la table. Il ne les enleva pas lorsque Falcon entra et se pencha vers lui.

« C'est pour une chambre ? demanda le type.

– En fait, je cherche une de vos clientes », dit Falcon en sortant sa licence de son portefeuille.

Ce n'était pas un insigne à proprement parler, mais cela faisait tout de même assez professionnel.

« Une femme seule. Cheveux roux. Elle a pris une chambre il y a deux semaines environ. »

Le type reposa les pieds par terre en plissant les yeux. Falcon sortit deux billets de vingt dollars qu'il fit glisser sur le comptoir et lui dit que c'était important.

« Ouais, répondit-il, elle paie sa chambre à la semaine. Elle n'a pas laissé entrer les femmes de ménage. D'ailleurs j'attends qu'elle revienne, parce que les règlements sanitaires nous imposent au moins d'inspecter les chambres, mais ça fait un jour ou deux que je ne l'ai pas vue.

– Vous ne la reverrez sans doute pas. »

Le type secoua la tête.

« Et si vous me laissiez jeter un coup d'œil ? Je vous dirai dans quel état est la chambre. »

L'homme regarda par-dessus son épaule vers le parking, puis se leva pour lui lancer une clé.

« Ne traînez pas », dit-il en se rasseyant. Puis il recommença à feuilleter son magazine.

Falcon scruta le parking désert avant de se diriger vers la chambre 9.

La pièce était obscure et froide comme une morgue. La chaleur et la lumière qui s'engouffrèrent par la porte ouverte n'atténuèrent pas l'impression sinistre qui le frappa en entrant. Il alluma une lampe et consulta le thermostat, qui était réglé sur quatorze degrés. La climatisation gémissait sous la fenêtre en agitant les rideaux.

Mis à part cela, la chambre était en ordre. Le lit était fait et les serviettes suspendues aux crochets de la salle de bains. Il y avait un sac noir au fond de l'armoire ; à l'intérieur, un certain nombre de pistolets et de fusils. Il poursuivit son inspection sans rien trouver de plus, puis s'assit au pied du lit, soudain incertain de ce qu'il faisait là. On l'avait engagé pour retrouver Holly, et la fille courait toujours dans la nature. West était dans la mouise jusqu'au cou, mais ce n'était pas le problème de Falcon. Au cours de sa carrière de policier, puis de détective privé, il avait frayé avec ce que l'humanité produisait de pire. Pourtant, il croyait toujours qu'en dépit d'une frange marginale, la plupart des gens n'étaient pas si mauvais – même si personne n'était à l'abri de se tirer une balle dans le pied. Comme la chance, la malchance était contagieuse et Bobby West semblait avoir contracté une souche mortelle.

Au moment où Falcon se levait pour partir, deux agents en tenue kaki entrèrent dans la chambre et refermèrent la porte derrière eux.

« Qui êtes-vous ? demanda le premier, tandis que l'autre se postait à la fenêtre et jetait un œil à l'extérieur.

– J'allais partir, dit Falcon.

– Vous avez une pièce d'identité ? demanda le premier en levant la main pour l'arrêter.

– Et vous ? »

L'homme sortit un badge de la NSC.

« C'est bon, les gars. Je suis un ancien collègue de Frank Navarro, dit Falcon en sortant sa licence. Il semblerait qu'on ait manqué Mme Chekhov.

– Que savez-vous sur elle ? demanda l'homme sans même regarder le document.

– Deux de vos collègues m'ont parlé d'elle la semaine dernière. Si vous espériez la trouver là, vous arrivez probablement trop tard », dit-il une fois de plus.

Le deuxième agent s'approcha et fouilla Falcon, sans rien trouver.

« Nous avons des raisons de croire qu'elle va revenir, dit-il.

– Eh bien, si vous la trouvez appelez-moi, d'accord ? J'aimerais beaucoup lui parler de Bobby West.

– Que savez-vous sur Bobby West ? demanda le premier agent.

– Rien du tout », répondit Falcon.

38

Le sénateur avait des obligations ce jour-là, une soirée habillée avec tout un tas de mains à serrer. Il n'avait donc aucune envie de voir Bobby West, mais Mark Brown avait fait jouer ses relations pour organiser ce rendez-vous. Brown était un espion de la vieille école : il croyait innocemment qu'il était de son devoir civique d'œuvrer à la démocratie, et considérait la politique comme un simple moyen de parvenir à des fins morales. Il aurait dû faire preuve de plus de discernement. Ces temps-ci, Wall Street était une entité plus puissante que le gouvernement, de sorte que la bienséance obligeait un homme à courir après l'argent plutôt que les idéaux. C'était précisément ce à quoi le sénateur excellait. Le gouvernement injectait un flot d'argent ininterrompu dans le renseignement, et le sénateur commençait à percevoir une grogne discrète sur les déficits et le coût de la guerre froide. Ce n'était pas le moment pour lui de rencontrer un représentant de la CIA.

Bobby West se présenta au bureau du sénateur à Tallahassee deux jours après l'explosion du Café Arugula. Il était désormais clair que rien ne sortirait de ses contacts cubains. Personne ne recherchait Felix et tout l'argent qu'il avait versé à M. French n'avait servi à rien. Tout le monde savait qu'Holly s'était enfuie avec l'argent, peut-être accompagnée d'un garçon, la question était donc de savoir qui la retrouverait en premier – M. French, Chekhov, les hommes de la Navarro Security Company – et ce que chacun ferait s'il la retrouvait. Le petit copain devait se douter qu'ils étaient recherchés, et avait sans doute mis le cap sur le Canada.

Le sénateur était un homme jeune, aux cheveux noirs et aux lunettes à monture d'écaille. Il avait quelque chose de reptilien. L'ossature de son visage, la façon dont ses cheveux étaient plaqués en arrière sur son crâne lui donnaient l'air de rouler à cent trente kilomètres-heure avec la capote baissée. Sa lèvre était ourlée de telle façon qu'on n'aurait pu faire la différence entre un sourire et un rictus de mépris. Il conduisit West à son bureau, qui était étonnamment petit et exigu, guère plus grand que celui de Bobby à Langley, où il n'avait pas mis les pieds depuis trois ans. La pièce était envahie de dossiers, de reçus et de papiers dépassant d'enveloppes déchirées à la hâte. Il y faisait une chaleur étouffante. Le bâtiment du Capitole était vieux et défraîchi, avec un affreux carrelage marron au sol, qui avait grand besoin d'être poli. West eut l'impression d'entrer dans un bureau des services sociaux, un bâtiment modeste portant les traces du surmenage, comme une mallette abîmée laissée sous la pluie. Ce n'était sûrement pas le bureau d'un membre du Congrès américain.

Et pourtant.

« Alors ? dit le sénateur en lui offrant un siège.

– Nous savons que c'était un exilé cubain.

– Tiens donc ? »

Le sénateur s'installa dans le fauteuil en face de lui et

croisa les mains. L'arrogance de la jeunesse. Avant que West puisse continuer, il prit les rênes de la discussion.

« Je vais vous dire quelque chose : j'ai reçu un appel d'Alexander French aujourd'hui. »

West l'écoutait.

« Il m'a dit qu'il avait des informations sur cet attentat. French ne croit pas que ce soient les Cubains. Ce qu'il pense, c'est que quelqu'un au sein du gouvernement essaie de leur faire porter le chapeau.

– Moi.

– C'est ce qu'on dirait, répondit-il en souriant. D'ordinaire, je ne me fierais pas à la parole d'un gangster, mais il m'a donné des détails précis qui me portent à croire qu'il dit la vérité.

– Est-ce que ces détails, par hasard, prendraient la forme d'une contribution électorale ? »

Le sénateur montra les dents.

« Là, vous dépassez les bornes.

– Écoutez, avec tout le respect que je vous dois, vous me dites que vous avez reçu un appel d'Alexander French, qui est un gangster notoire, pour reprendre vos mots, et qu'après cet unique appel, vous êtes prêt à croire sa parole plutôt qu'un représentant de votre gouvernement ? De la CIA ?

– Pas en soi, non. Mais j'ai transmis ce tuyau et en ce moment même le département de la Justice fait une descente en Caroline du Sud. Ils pensent avoir trouvé le terroriste, un ancien employé mécontent de M. French.

– Vous vous moquez de moi.

– Il a passé plusieurs jours sur la route, avant de se terrer chez ses parents en Caroline du Sud. Ils vont l'interroger, voir ce qu'il a à dire, mais on dirait que cette affaire d'attentat sera classée d'ici la fin de la semaine. Maintenant, si vous voulez bien m'excuser », dit le sénateur en se levant.

West le suivit des yeux, assis sur sa chaise. Après un temps, il se leva et quitta la pièce.

Au rez-de-chaussée, il téléphona à M. French, qui répondit à la troisième sonnerie.

« C'est Bobby West.

– Bobby, bonjour. J'ai essayé de vous joindre.

– Je n'en doute pas. À quoi vous jouez ?

– Pardon ?

– Je suis à Tallahassee. On vient de me dire qu'on avait retrouvé l'auteur de l'attentat. Ils sont en train de l'arrêter.

– Ma foi, c'était rapide.

– Alexander. Qu'est-ce qui se passe ? Je pensais que j'avais le temps.

– Eh bien, j'ai parlé avec Adriana, qui n'était pas plus enchantée que moi d'avoir perdu l'argent. Elle m'a proposé une nouvelle approche, et il semblerait qu'elle ait trouvé son homme. Votre cambriolage nous a fourni un excellent bouc émissaire pour faire oublier Felix.

– Quelle est l'idée ?

– L'idée c'est que vous m'avez bien baisé, Bobby. Vous avez laissé ce gamin s'enfuir comme un bandit avec mon argent et au lieu de prendre vos responsabilités, vous avez tergiversé et essayé de négocier avec la CIA, Wall Street, et maintenant le sénateur Rich. Pour qui pensez-vous travailler ? J'ai une affaire honnête et transparente à mener, je ne peux pas laisser un imbécile tout saboter. »

C'en était donc fini. Ces mois à blanchir de l'argent, espérant tirer davantage de son directeur ou obtenir des informations sur les nationalistes cubains via Felix – tout était irrémédiablement foutu. West s'était comporté comme un idiot. Il avait fait un pari risqué et s'était totalement planté. Il se sentit faible, comme s'il avait perdu trop de sang. Il eut soudain très chaud et dut s'appuyer contre un mur.

« Et maintenant ? demanda-t-il.

– Adriana a conduit votre gouvernement à notre ami Keith Sorrells. Il est déjà sur tous les écrans de télévision. Un terroriste isolé, sans aucun lien avec la drogue ou Cuba. Je suppose qu'Adriana va récupérer l'argent et faire ses valises une fois l'agitation médiatique retombée. Les affaires reprendront comme d'habitude.

– Et moi ?

– Honnêtement, je me fiche un peu de ce qui vous arrive, Bobby. Adriana pourrait se satisfaire d'avoir récupéré l'argent et ne pas voir l'intérêt de revenir à Miami juste pour vous faire la peau. Mais je n'en sais rien. Elle est imprévisible. Je peux aussi vous dire qu'elle est précise, méticuleuse et qu'elle n'oublie jamais rien ; c'est la raison pour laquelle nous l'avons engagée en premier lieu, si vous vous souvenez. Si elle était prévisible, elle ne serait pas un bon assassin. Elle travaillerait pour un gouvernement quelconque et se laisserait enfermer dans une idéologie, comme vous. Elle ne me serait d'aucune utilité, et à vous non plus. »

Lorsque M. French raccrocha, West resta un moment dans la cabine téléphonique à contempler le bâtiment du Capitole, où se trouvait le bureau du sénateur. Pourquoi avait-il dédié sa carrière à la CIA et au Groupe Artium ? Où avait-il fait fausse route ? En réalité, le renseignement n'était qu'un parcours professionnel comme un autre, plein de collègues incompétents et de possibilités d'avancement vers nulle part. Le grand néant de l'Amérique. Ce n'est que votre vie. Le grand jeu d'échecs va se poursuivre. Personne ne veut la destruction mutuelle. Tout n'est que bluffs et jeux de pouvoir. Seuls les terroristes sont prêts à risquer leur vie.

Il appela Washington et laissa un message à la secrétaire de Mini Mark. Elle l'informa que ce dernier souhaitait qu'il rappelle sur une ligne cryptée, ce qu'il fit. Une femme lui apprit que des dispositions allaient être prises. Une enquête était en cours. Le FBI s'en chargeait.

« Le FBI ?

– Ils reprennent la main sur l'enquête. C'est un acte de terrorisme intérieur. Un coupable américain.

– Ils ont arrêté la mauvaise personne, dit West. C'était un exilé cubain, pas un gamin de Caroline du Sud.

– Vous êtes attendu à Washington vendredi matin.

– Vendredi matin ? Pour quoi faire ?

– Vous serez débriefé avant d'être entendu par le FBI. Ils pourraient avoir besoin de vous pour une audition au Congrès.

– Une audition…

– Neuf heures du matin. Langley », dit-elle avant de raccrocher.

Il se demanda s'il pouvait réunir assez d'argent pour partir au Brésil.

39

La Ford Bronco noire s'engagea dans l'allée le lendemain de la venue de Chekhov, et subitement un hélicoptère se matérialisa au-dessus de la maison, comme s'il allait parachuter des soldats dans une zone de guerre. Une file de berlines apparut sur la route et, même dans la mêlée qui s'ensuivit, Keith ne put s'empêcher de penser à sa mère et à sa peur du qu'en-dira-t-on : « Que vont penser les voisins ? » Deux hommes en costume frappèrent à la porte. Ils affichaient une mine renfrognée de banquiers, ce qu'ils auraient pu être s'ils n'avaient pas été armés. Ils prirent un bras chacun et le traînèrent jusqu'à la voiture, puis lui passèrent un sac en nylon sur la tête. Le cordon se resserra autour de son cou. Quelqu'un le menotta à la poignée de la portière. Il cria, mais personne ne répondit. Dans le sac, il faisait noir et chaud. La salive qui imprégnait le tissu lui irritait les lèvres. Keith percevait plusieurs silhouettes dans la voiture, et entendit du raffut à l'extérieur – davantage d'hommes, de voitures, les pales d'un hélicoptère. Le véhicule démarra en trombe et sa tête heurta la vitre. Il jura, cria, sans obtenir d'autre réponse que le bruit du moteur.

Il essaya de se détendre. Son cœur battait à tout rompre. Il manquait d'air.

Quelques heures plus tard, la lumière inonda son visage. Trois hommes portant des lunettes de soleil se tenaient devant lui, bras croisés. On aurait cru la couverture d'un magazine. *FBI Hebdo. La Revue fédérale.*

« Quel est ton nom ? » demanda l'un.

Keith était attaché à une chaise, le visage engourdi et tuméfié. L'une de ses canines se déchaussait. Il la fit remuer avec sa langue.

« Quel est ton nom ? répéta l'homme en lui donnant un coup de pied dans le tibia.

– Je vous l'ai déjà dit. »

Il avait du sang dans la gorge, une douleur humide dans la cage thoracique. Il se représenta des meules de foin boueuses, alourdies par l'eau de pluie.

« Répète-le. »

Il le répéta.

« Pourquoi as-tu quitté Miami la semaine dernière ?

– Je suis parti en voyage avec une amie.

– Ton amie ou ta petite amie ?

– Une amie. Une fille. Je sais pas. »

La lampe grésillait au-dessus de lui, l'ampoule au bord de la rupture.

« Comment s'appelle-t-elle ?

– Holly.

– Holly qui ?

– Je sais pas. Holly.

– Bobby, ça te dit quelque chose ? »

Keith cracha.

« Bobby West, reprit l'homme.

– C'est qui, lui ? »

Il pencha la tête en arrière pour essayer de se concentrer

sur son interlocuteur, mais il n'arrivait pas à faire le point, ni à comprendre lequel des trois c'était.

« Bobby West, c'est le père de ta petite copine. Celui à qui tu as volé l'argent. Combien tu as pris ?

– Je savais... je sais pas. »

L'homme du milieu regarda sur le côté, puis hocha la tête.

Une décharge d'électricité traversa les testicules de Keith. Il hurla, dans une odeur d'huile de cuisson, de goudron, d'insecticide. De chair brûlée. Lorsque la machine s'éteignit, il comprit d'où venait le grésillement.

« Combien d'argent as-tu volé ?

– J'ai pas compté. On n'a jamais compté.

– Et où est l'argent maintenant ?

– Je vous ai déjà dit qu'on me l'avait volé.

– C'est nous qui décidons quelles questions poser.

– Si vous n'arrivez pas à comprendre, vous devez être le plus grand débile à qui j'aie jamais eu affaire. Pour qui vous travaillez ? Ce n'est pas la police.

– Aucune importance.

– Vous êtes de la CIA ?

– Pourquoi tu demandes ça ? dit le premier.

– Holly a dit que son père bossait pour la CIA. »

Les hommes se regardèrent.

L'un d'eux se pencha vers lui et enleva ses lunettes de soleil. Il avait la peau laiteuse et des yeux bleus qui firent frémir Keith.

« On essaie de faire en sorte que ce soit aussi indolore que possible, Keith, dit-il en souriant. Mais il reste des zones d'ombre et je pense que tu as les réponses. S'il te plaît, laissons de côté les détails insignifiants. Qui travaille pour qui, qui a fait quoi et à quelle heure. Concentrons-nous sur les faits : tu as volé une somme d'argent importante, que le gouvernement américain aimerait récupérer. Mais les faits sont curieux. Par exemple, les deux corps qu'on a retrouvés dans ton appartement à Savannah. Est-ce que tu as des remords ? Autre fait : l'argent a disparu. On pense que tu l'avais jusqu'à récemment. Peut-être que tu l'as encore, caché quelque part, même si ce n'est pas un fait.

– Je ne sais pas quoi vous dire.

– Tu sais qui est Adriana Chekhov ? »

Keith garda le silence.

« Je vois. »

L'homme hocha la tête et une nouvelle décharge électrique lui traversa les couilles.

« Je sais que c'est douloureux, mais on n'arrivera à rien si tout ce que tu peux nous dire, c'est que tu ne sais pas où est l'argent. »

Nouvelle décharge.

« Alors reprenons. Où est l'argent ? »

Keith s'était mordu la langue lors du choc précédent et du sang coulait de sa bouche. Il se pencha en avant pour ne pas l'avaler et passa la langue sur sa dent déchaussée, tandis que son esprit vagabondait. Sa maison à Six Mile, les samedis après-midi qu'il passait à errer dans la rue principale avec ses amis, à traîner sur les bancs et à faire des croche-pieds aux passants. La clôture qu'ils avaient taguée pour s'amuser. Kennedy, sa femme et son bébé. La puanteur épaisse de l'usine à papier de Savannah, ses journées éreintantes de vendeur itinérant, l'air alangui de la Floride. Tout n'était plus qu'un rêve.

L'homme le gifla, l'attrapa par les cheveux et le tira en

l'air. La chaise à laquelle il était ligoté se souleva dans un raclement métallique, suspendue à son corps inerte.

« Tu vas nous parler, dit l'homme. Ça, je te le garantis. »

Un certain nombre d'opérations militaires avaient lieu sur les plaines côtières de Virginie. L'Interstate 95 coupait l'État en deux du nord au sud en passant par Richmond. À l'est de cette ligne se trouvait une série de bassins-versants qui convergeaient vers un delta – de vieilles plantations, des accents aux inflexions britanniques – jusqu'à la limite orientale du pays. La côte, Virginia Beach, la baie de Chesapeake au nord et les îles-barrières au sud. Là, dans une jungle de ronces, les petits soldats de la CIA crapahutaient dans les broussailles en espérant obtenir une forme de reconnaissance au sein de l'agence, ce qui leur permettrait d'aller travailler au siège à Langley ou d'être envoyés dans un trou à rats quelconque – Beyrouth, Tadjikistan, Afrique du Nord – avant d'être oubliés. Certains voulaient le trou perdu, d'autres le bureau au Pentagone. Tous passaient par la Virginie.

Certaines autres organisations mettaient à profit les forêts touffues du comté. Richmond fournissait un cadre idéal pour les exercices de filature, la surveillance urbaine, les interrogatoires. La ville avait un côté provincial, un étrange brassage de vieilles fortunes et de Noirs déshérités. L'ombre de la guerre de Sécession planait toujours sur eux, même si les habitants ne s'en rendaient pas forcément compte. Du côté est, le centre-ville glissait dans le quartier de Shockoe Bottom, un enchevêtrement de voies ferrées, d'anciennes fonderies, de mémoriaux de la guerre civile, d'usines désaffectées et de restaurants kitsch. Dans l'un des vieux bâtiments en brique de Cary Street se trouvait un cabinet juridique – trois étages de bureaux inaccessibles, car personne n'y pratiquait le droit, ni ne venait y chercher d'avocat. Il n'était qu'à quelques rues du Capitole, de la résidence du gouverneur, du tribunal fédéral, pourtant ce bâtiment était l'un des avant-postes les plus secrets, les plus illégaux, les plus non gouvernementaux, les plus officieusement officiels du gouvernement des États-Unis.

Keith Sorrells y était retenu par des agents de la NSC, attaché à une chaise sous les lumières électriques, tandis que l'œil fixe d'une caméra le scrutait depuis un coin de la pièce.

Ils l'avaient transporté par hélicoptère, quelques jours, ou était-ce quelques heures auparavant ? Keith était sale, mal rasé et puait comme une charogne. Il avait une paupière meurtrie, un œil ensanglanté, une dent en moins et un sourire de première, si tant est qu'il puisse encore sourire, du sang plein les gencives comme s'il avait mâché du verre. À intervalles réguliers, un nouvel agent venait lui offrir une forme de pardon ou de libération, avant d'envoyer une décharge électrique dans son corps meurtri, broyé, battu, brisé, de sorte que Keith ne croyait pas plus à ces offres de rédemption qu'à l'existence d'un dieu pour veiller sur lui. Était-ce une progression naturelle ? L'aboutissement d'une longue série qui avait commencé… quand ? Quand il avait pris un sacrement alors qu'il n'était pas converti ? Quand il avait pris l'argent de personnes âgées vulnérables ? Ou était-ce une progression naturelle depuis sa naissance – né mauvais, pécheur, et voué au châtiment ?

Ils lui donnèrent du gruau, le détachèrent de la chaise pour la nuit et le laissèrent recroquevillé dans une cellule. Il n'avait pas tant faim que soif, car toute l'eau qu'il buvait avait un goût terreux, comme si elle avait été contaminée par de la poussière de charbon. Il la buvait quand même, mais sentait que son corps était empoisonné par les toxines de l'eau. À ce stade, il aurait vendu son âme pour un verre d'eau pure, même s'il ne semblait pas trouver de diable avec qui marchander. Tout le monde l'avait abandonné. Il avait beau être un pécheur, l'église ne lui avait pas parlé de l'enfer sur terre. On pouvait toujours être sauvé.

Un homme entra, vêtu d'un jean et d'un t-shirt Roxy Music. Il avait les cheveux noirs et le teint pâle – ce devait être un Anglais, un Anglais maladif et froid. L'homme prit une chaise et s'assit près de Keith. Sortant une clé, il le débarrassa de ses menottes.

« Comment ça va ? demanda-t-il avec un accent parfaitement américain teinté d'une légère rugosité ; Ohio, peut-être.

– Oh, vous savez…

– Je vois ça. Je peux t'apporter quelque chose ?

– Un verre d'eau propre ?

– Qu'est-ce que tu dirais d'une bouteille ?

– Parfait. »

Un autre homme entra avec une bouteille d'eau, que Keith ouvrit avec difficulté avant de boire avidement.

« Tu ne m'as pas demandé qui j'étais, dit l'homme.

– Je sais qui vous êtes.

– Ah ouais ?

– Vous êtes tous les mêmes. »

Au départ, ils avaient tous des personnalités différentes – agressif, bienveillant, fraternel, sympathique, cruel, indifférent, idiot, intelligent, pécheur, saint. Tous venaient lui poser des questions auxquelles il n'avait pas la réponse.

Tous se mettaient en colère, le menaçaient, puis finissaient par s'en aller. Celui-ci était du genre fraternel.

« Tous les mêmes, hein.

– Vous commencerez par être gentil, et quand je ne pourrai pas répondre à vos questions sur un complot terroriste, vous vous énerverez, partirez en claquant la porte et je ne vous reverrai plus jamais.

– Keith, ne sois pas fâché, dit l'homme, je suis là pour t'aider. C'est vrai, j'ai des questions à te poser, dont certaines auxquelles tu pourras répondre. Mais c'est là que tu te trompes : si tu ne peux pas ou ne veux pas y répondre, je ne vais pas me mettre en colère, parce qu'à la fin de notre entrevue, ton sort sera fixé. Je suis la dernière étape avant le jury fédéral.

– Et qu'est-ce que je suis censé avoir fait ?

– Les autorités pensent que tu as fait sauter un café à Miami. Ils n'auront pas de preuves contre toi. Ton alibi te protégera. Mais la seule façon d'être sûr d'échapper à la peine capitale, c'est de collaborer avec moi. Mon organisation peut assurer aux autorités que tu n'as jamais été impliqué dans des activités terroristes.

– Je ne suis pas un terroriste.

– Reprenons depuis le début. Tu viens de Caroline du Sud.

– Oui.

– Et tu as vécu un temps à Savannah, où tu travaillais comme représentant. »

Keith resta assis sans réagir.

« Vendeur itinérant, c'est difficile. Je peux comprendre que tu aies voulu trouver autre chose. Comment tu as atterri à Miami ?

– J'avais un contact pour un boulot.
– Ah, et qui était ce contact ?
– Il s'appelle Felix Machado.
– Nous connaissons M. Machado, répondit l'homme en hochant la tête. Est-ce que tu sais quel genre de travail il fait ?
– Non.
– Donc tu n'as jamais fait partie du cercle rapproché ?
– Je suppose que non.
– C'est dommage. Tu aurais pu nous fournir des informations utiles. Qu'est-ce que tu as fait pour M. Machado ?
– Son patron avait besoin de quelqu'un pour conduire une dépanneuse.
– Qui était son patron ?
– Il s'appelle French. Je ne l'ai rencontré qu'une fois.
– Alexander French, peut-être ?
– Possible. Je n'ai jamais su.
– Tu n'as pas trouvé ça bizarre qu'il t'engage toi, un inconnu, pour conduire une dépanneuse ? Parce que moi ça m'aurait étonné. Je me serais dit qu'il ferait au moins quelques vérifications. »

L'homme, qui n'avait toujours pas dit son nom, tambourina des doigts sur son genou, qu'il avait remonté pour poser le pied sur sa chaise. Cette position lui donnait une apparence étonnamment souple, une allure d'oiseau.

« Et ensuite ?
– Comme je l'ai dit à vos collègues, j'ai rencontré cette fille, qui avait volé plein d'argent à son père. On a roulé jusqu'en Caroline du Sud, où elle m'a laissé tomber. Je n'ai pas revu l'argent depuis.
– Ah, c'est là que ton histoire devient un peu bancale, dit

l'homme. Tu sais, on t'a observé pendant plusieurs jours à Six Mile. Tu veux savoir pourquoi on est passés à l'action ?

– Vous avez vu la femme, dit Keith après avoir fermé les yeux.

– Tout juste, Auguste.

– Alors vous savez qu'elle a l'argent.

– On t'a fouillé, ainsi que ton appartement et la maison de tes parents, mais on n'a pas trouvé l'argent. Et aucune trace de la femme que tu accuses maintenant de l'avoir pris. Elle t'a dit son nom ? »

Keith fit signe que non.

« Tu as une histoire pas croyable, Keith. Un jeune gars à peine débarqué en ville qui trouve du boulot avec un type comme Alexander French, avant de disparaître avec trois millions de dollars. Et maintenant tu n'es pas fichu de m'expliquer quoi que ce soit : l'argent, la fille, tes actions. C'est bon pour le cinéma, ça, pas pour la vraie vie.

– Comme cet entrepôt où vous me retenez. »

L'homme lui fit un sourire de politicien, comme s'il avait été pris à trahir une promesse de campagne et cherchait un moyen de se tirer d'affaire.

« Tu es croyant, Keith ?

– Pas vraiment.

– J'ai été élevé dans la foi baptiste, ce qui veut dire que je crois en la conversion et en la possibilité de rédemption. Contrairement à beaucoup de mes amis, je n'ai été baptisé qu'à l'âge de douze ans. J'ai dû décider seul d'accepter la volonté du Seigneur et je me souviens très bien du moment où on m'a plongé dans le bassin. Je ne m'attendais pas à ce que l'eau soit chaude et quand le pasteur m'a immergé, l'eau m'est montée au nez. Je suis ressorti en suffoquant.

L'expérience ne m'a pas fondamentalement changé, même si je suis heureux de l'avoir fait. Tu es baptisé ?

– Pareil, baptiste. »

L'homme hocha la tête et enfonça la langue dans sa joue.

« Alors je vais te dire : tu peux me parler. Ce sera peut-être un peu désagréable, comme avoir de l'eau dans le nez quand on te plonge dans le bassin, mais fondamentalement, ça ne changera sans doute rien. »

Keith finit la bouteille, la referma et la posa sur la table.

« Je ne peux pas dire que j'aie été sauvé ce jour-là, quand j'avais douze ans, poursuivit l'homme, mais le moment était riche de possibilités. Je pense que j'*aurais pu* être sauvé, si j'avais pleinement cru au pouvoir transformateur de cette eau. Je voudrais te dire que c'est cette même possibilité qui s'offre à toi aujourd'hui. Tu peux nous raconter ton histoire. Pas celle d'Alexander French et du trafic de drogue : celle du café et de l'attentat. Tu devras quand même affronter un tribunal – on ne va pas se mentir –, mais si tu nous donnes des informations en toute bonne foi, si tu es prêt à franchir ce pas, alors tu pars avec un immense avantage. C'est comme le pari de Pascal. Tu peux croire ou non. Si tu ne crois pas et que la chose se révèle être vraie, alors tu as manqué ta chance. Si tu y crois et qu'elle est fausse, tu ne perds rien. Mais si tu y crois et qu'elle est bien réelle, alors tu es sauvé. Ici aussi, tu peux croire ou ne pas croire, mais la foi est ta seule option valable. »

Keith ne répondit pas.

« Est-ce que tu voudrais dire quelque chose ? N'importe quoi qui puisse contribuer à te tirer d'affaire.

– J'ai dit tout ce que j'avais à dire.

– Alors c'est ça, ton histoire ? Tu ne sais rien ?

– C'est tout ce que je peux vous dire.

– Très bien. »

L'homme se leva et fit craquer ses jointures.

« On t'amènera à Miami demain. Ils te donneront un avocat commis d'office et on verra si Bobby West – l'homme à qui tu as volé l'argent – et sa fille corroborent ton histoire. MM. Machado et French seront peut-être appelés à la barre. Je te conseille de ne rien dire avant d'avoir parlé à ton avocat, même si je ne sais pas ce qui pourrait encore te sauver la mise. »

Fidèle à sa parole, l'homme partit sans s'énerver ni claquer la porte. Il tourna les talons et sortit sans lui remettre les menottes. La pièce s'assombrit peu à peu. Les cloisons de métal s'évanouirent, dans le vent qui grondait. Il y eut un tremblement, des bruits sourds à l'étage. Les tuyaux au plafond gouttaient. L'œil de la caméra ne clignait jamais. Le voyant rouge indiquait qu'elle était toujours allumée, attentive.

Le lendemain, un homme lui mit un sac noir sur la tête et le traîna jusqu'à une camionnette. Ils roulèrent pendant près d'une heure. Lorsque la portière s'ouvrit, on le fit sortir sur la terre meuble et marcher sur une étendue sauvage jusqu'à une ferme où l'on retira le sac.

L'un des hommes qui l'accompagnaient abattit la crosse d'un fusil sur son crâne ; il s'effondra.

À son réveil, la lumière filtrait comme à travers un carreau brisé. Les ombres de la fin de journée s'allongeaient. Il était étendu dans une cuisine vide dont le papier peint rustique se décollait des murs. Une machine à laver et un sèche-linge rouillés étaient poussés dans un coin. Ils avaient la couleur vert vomi typique des années 1950. Un nid de guêpes pendait dans un coin. L'air était chaud et vicié.

Keith se redressa et palpa l'ecchymose qu'il avait à la tête. Une bosse s'était formée sur sa tempe et il avait du sang séché dans les cheveux. Il se sentait vaseux et il lui fallut un long moment pour réaliser qu'il était libre.

Rien ne l'entravait, ni ne l'empêchait de franchir la porte. Il regarda par la fenêtre de la cuisine et découvrit des bois au-delà d'un pré jauni. La porte de derrière n'était pas verrouillée. Il sortit et regarda autour de lui, essayant de déterminer la direction à prendre. Il n'y avait que des champs et des forêts alentour, pour autant qu'il pouvait en juger. Allait-il s'en sortir à si bon compte ? Avaient-ils compris qu'il n'était pas un terroriste et décidé de le larguer quelque part ? Ils auraient pu lui acheter un billet pour la Floride ; ça aurait été sympa.

Alors qu'il commençait à s'habituer à sa liberté retrouvée, une équipe du SWAT arriva à l'angle, des hommes casqués, fusils levés, au visage dissimulé par des visières.

« Pas un geste ! Pas un geste ! À genoux, les mains en l'air. »

C'était donc ça. On l'avait remis à la police locale, pendant que les espions de l'agence se retiraient dans l'ombre.

40

Qu'est-ce qui, au printemps 1984, après être partie vers le nord avec un garçon qu'elle connaissait à peine et lui avoir faussé compagnie aux premières lueurs de l'aube, avait amené Holly Hernandez à comprendre qu'elle avait commis une erreur terrible et que la vie ne serait plus jamais la même ? L'idée du vol était plutôt simple : son père avait un coffre-fort plein de billets et grand besoin d'une leçon de vie. La dernière fois qu'elle l'avait vu, il était entré dans sa chambre (sa vieille chambre dans la maison de sa mère, qui était la maison de ses parents avant la séparation) pour s'excuser de ne pas être venu la chercher au lycée le vendredi, sa contribution bimensuelle à la paternité. Sa mère lui avait acheté une nouvelle télé couleur vingt pouces pour apaiser sa culpabilité d'élever sa fille dans un foyer brisé. Holly somnolait sur son lit devant *Fraggle Rock* – la seule émission tolérable à cette heure de la journée – quand il était entré tranquillement.

« C'est nouveau, avait-il dit.

– Mmh.

– C'est ta mère qui t'a acheté ça ?

– Comment t'as deviné ? »

Ses yeux étaient restés rivés sur l'écran tandis que son père s'asseyait au pied du lit. Il avait posé la main sur sa cheville. Il voulait qu'elle se redresse, pour pouvoir la regarder, la saluer comme il se doit, la prendre dans ses bras pour oublier sa honte de lui avoir posé un lapin. Elle savait tout cela et voulait montrer de l'affection à son père, retrouver la complicité qu'ils avaient lorsqu'elle était plus jeune et que tout était plus simple, mais l'homme devait comprendre. Comprendre qu'elle était une personne à part entière, pas une poupée qu'il pouvait sortir d'un tiroir quand cela lui chantait. Elle avait fait défiler quelques spots publicitaires avant de revenir aux marionnettes. Des créatures humanoïdes roses et violettes qui s'ébattaient dans un décor de caverne, une ville bâtie parmi des formations rocheuses aux couleurs sépia. Les marionnettes avaient les cheveux orange et des dispositions joyeuses – aucun rapport avec la vie réelle.

« Je me disais qu'on aurait pu aller déjeuner, avait-il dit.

– Après.

– Tu es absorbée par l'histoire ? »

Holly avait changé de chaîne en lui jetant un regard. À l'écran, une femme brandissait un bidon de lessive. « Vous n'en avez pas marre des couleurs qui déteignent et des blancs qui jaunissent ? Essayez le tout nouveau Palette. Pour des couleurs plus vives et un blanc plus blanc. »

« Allez », avait-il dit. Elle s'était traînée hors du lit.

Elle portait un jean délavé déchiré aux genoux et un t-shirt beige à l'effigie d'un chanteur aux cheveux longs en espèce de costume spatial.

« Tu sors dans cette tenue », avait-il dit.

Comme ce n'était pas une question, elle avait gardé le silence.

« Je n'ai qu'une chose à dire : je trouve ça un peu ringard. »

C'était son père tout craché. Il pensait toujours pouvoir se tirer d'affaire à coups de taquineries.

Keith et elle avaient donc pris la route avec l'argent. Ce n'est qu'une fois à Savannah qu'elle avait commencé à avoir un mauvais pressentiment. C'était sans doute une très mauvaise idée d'avoir volé l'argent et la voiture, d'avoir menti à Keith sur la somme dans le sac et omis de mentionner le revolver. Au bar J.E.B. Stuart, elle avait feint l'ivresse et remarqué l'attitude furtive de l'ami de Keith, consciente que quelque chose ne tournait pas rond, qu'il y avait comme une odeur nauséabonde dans l'air. Cette nuit-là, elle n'avait pas fermé l'œil et n'avait pas été étonnée quand les deux hommes avaient crocheté la serrure de l'appartement. Sa seule surprise avait été la rapidité avec laquelle Keith avait décidé de sauter par la fenêtre en lâchant un « viens » peu convaincu, la laissant seule pour prendre l'arme et ouvrir le feu sur les deux ombres dans le salon. Au moins, il était revenu la chercher, même s'il n'avait pas la moindre idée de ce qu'elle pouvait ressentir. Keith n'était qu'un homme égocentrique de plus dont elle devait se débarrasser.

Ce qu'elle fit : elle l'accompagna jusqu'à sa ville natale avant de lui fausser compagnie et de reprendre la route, sans savoir où elle était, ni où elle allait. Elle roula au hasard jusqu'à se retrouver dans un motel près de Knoxville. C'est là qu'elle prit conscience que sa dernière erreur, dans la longue suite d'erreurs commises ce printemps-là, avait été de ne pas s'assurer que l'argent était toujours dans le coffre avant de partir. Elle découvrit le sac en toile chiffonné et vide, à l'exception d'une liasse de billets.

Holly régla quelques nuits d'avance et réfléchit à ce qu'elle devait faire. Elle passa plusieurs jours à s'apitoyer sur son sort devant des séries télé, en commandant des pizzas. Lorsque le propriétaire vint l'informer qu'il était temps de remettre la main au portefeuille ou de libérer la chambre, elle reprit l'Interstate 40 vers l'ouest, sans trop savoir où elle allait. Et lorsque le témoin du niveau d'essence s'alluma, elle s'arrêta dans un relais routier près de Nashville. Elle avait assez d'argent pour faire le plein, mais ce ne serait pas suffisant pour rentrer à Miami. Elle passa donc la nuit sur la banquette arrière de l'Impala, s'efforçant d'ignorer les coups de klaxon et les grincements des poids lourds.

À l'aube, elle sortit se dégourdir les jambes. L'air était frais, le ciel si bas qu'il ne semblait y avoir aucune transition entre le brouillard et les nuages, seulement une brume grise qui lui piquait la peau et la fit frissonner. Un homme en pick-up la reluquait en faisant le plein d'essence. Il portait une veste en jean, des lunettes de soleil et une épaisse moustache de pilote automobile. C'était un type costaud, qui aurait pu la jeter dans le véhicule et repartir sur l'autoroute sans mouiller sa chemise. Elle entra dans la station essence et demanda la clé des toilettes, qui était attachée à un enjoliveur suspendu au mur derrière l'employée.

« Vous faites le plein ? » demanda cette dernière.

Holly sortit son dernier billet de vingt, et la femme lui tendit la clé. Elle s'enferma dans les toilettes et s'assit sur la lunette pour réfléchir un moment, quand un poids immense s'abattit soudain sur elle. Elle se mit à pleurer, une plainte entrecoupée de hoquets qui la laissa tremblante. Après un long moment, elle reprit suffisamment son souffle pour se lever et aller s'asperger le visage au lavabo, où elle vit qu'elle avait un vaisseau éclaté et le visage couvert de plaques rouges. Cela fit remonter les larmes.

C'était sa vie. Elle en était là.

Vaincue, elle quitta les toilettes et rendit la clé à l'employée. L'homme au pick-up avait disparu, il ne restait plus que son Impala sur le parking. Elle chercha une pièce dans son sac à main et se dirigea vers la cabine téléphonique pour appeler son père.

41

À son retour de Tallahassee, Bobby West se laissa dériver d'une pensée à l'autre : toujours sans nouvelles de sa fille, de Mini Mark, de Felix ou de Chekhov, sa vie entière était à crédit. Il avait trafiqué les livres de comptes du Groupe Artium en croyant à tort qu'il pourrait payer French et apaiser les Cubains le temps que les fonds de la CIA lui parviennent. Mais l'argent n'arriverait jamais et les bailleurs de fonds n'allaient pas tarder à dépecer le Groupe Artium comme des charognards se partageant les restes d'un animal écrasé. West était à la fois le véhicule et l'animal, l'agent et le résultat. Ce n'était qu'une question de temps avant que les comptables ne découvrent ses malversations. Où était passé l'argent ? Il ne pouvait pas répondre à cette question. Englouti dans un trou noir. De son coffre-fort, il avait voyagé jusqu'en Caroline du Sud, avant de se volatiliser comme un nuage de fumée, dispersé dans le vent.

Il avait déjà liquidé ses économies pour verser un acompte à M. French. S'il pouvait encore acheter un billet d'avion à crédit et disposait toujours de son passeport pour fuir le pays, il n'avait nulle part où aller et rien pour subsister une fois sur place. Pourtant, il savait qu'il devait quitter Miami ; la ville était pleine de gangsters, de terroristes, de réfugiés, de malfrats, de vautours, de casseurs de genoux, de trafiquants de drogue, d'assassins, d'espions, de mécréants et de vagabonds. Il y était une cible, à la croisée de toutes les hostilités. Il dormit peu cette nuit-là et s'éveilla avant l'aube pour faire ses bagages. Il resta longtemps allongé dans son lit, ignorant le gazouillis des oiseaux, les premières lueurs de l'aube et le bruit du journal qui atterrit sur le pas de sa porte.

À six heures, Adriana Chekhov crocheta la serrure de la porte de derrière. Elle l'attendit sur le canapé, une tasse de café à la main. Lorsqu'il la vit en allumant la lumière – ses cheveux tirés en arrière lui donnant un visage lisse et impassible –, West se figea. Il regarda vers la porte d'entrée, mais elle leva son arme et le fit entrer.

« Je vous aurais apporté le café, dit-elle, mais je ne sais pas comment vous le prenez.

– De toute façon je préférerais un whisky, si ça ne vous fait rien. »

West se dirigea vers la cuisine, manipula nerveusement les verres, les glaçons, le bouchon de la bouteille.

Il se demanda si elle l'aurait suivi s'il était parti à cinq heures du matin, ou si elle l'aurait laissé faire voile vers Byzance. Mieux encore, il aurait dû abandonner ses affaires et partir directement de Tallahassee. Mais on n'était jamais préparé à ce qui nous attendait. Si ce n'avait pas été Chekhov dans son salon ce matin-là, ç'aurait été un accident de voiture, le cancer, ou une balle perdue.

Le destin s'occupait de son homme quand le moment était venu.

Il s'assit sur le fauteuil en face de Chekhov, la bouteille de whisky à la main. Il vida le verre, le remplit à nouveau et posa la bouteille sur la table basse. Elle finit son expresso, posa le gobelet vide à côté de la bouteille.

« Je présume que vous savez pourquoi je suis ici, dit-elle.

– Je n'ai pas l'argent.

– Je sais.

– Vous pouvez me tuer, mais ça ne vous aidera pas à remettre la main dessus. Je n'ai pas réussi à trouver la personne qui l'a. »

Elle ramassa le sac qui se trouvait à ses pieds, sous la table basse, puis le posa dessus.

« J'ai l'argent. J'ai dû aller jusqu'en Caroline du Sud pour le récupérer, mais le garçon était assez facile à trouver. »

West ressentit une douleur à la poitrine, comme si une tumeur qui grossissait lentement avait fini par se loger dans son cœur et ses poumons. Son cou s'embrasa ; il avait du mal à respirer.

« Votre fille n'était pas avec lui, poursuivit-elle. Je ne sais pas où elle est allée, mais elle n'a rien à craindre de moi.

– Vous avez l'argent, dit-il.

– Exact, répondit-elle. Le garçon est entre les mains de vos collègues. Apparemment, on le soupçonne d'être l'auteur de l'attentat, mais nous savons tous deux que ça, c'est votre responsabilité. »

Elle parcourut la pièce du regard, semblant véritablement déconcertée par l'existence de Bobby West et son rôle dans le monde, comme un ivrogne qui dégrise à la fin de la nuit quand les lumières s'allument et que la plupart des invités sont partis. Puis elle leva le pistolet.

« Je veux que vous sachiez que je ne prends aucun plaisir à faire ça.

– Pourquoi me dites-vous ça ?

– Je pensais juste que vous voudriez le savoir.

– Alors pourquoi le faites-vous ? Vous avez votre argent. Ces gens, ceux pour qui vous travaillez vraiment, ne sont pas du genre à abandonner. Vous êtes la prochaine sur la liste.

– C'est mon métier », dit-elle.

West croisa les bras.

« Vous savez, j'envisage de prendre ma retraite. Tout ça, c'est assez monotone. Des heures et des heures assise à attendre. Et puis je déteste prendre l'avion. L'odeur de l'avion.

– Les femmes ne devraient pas choisir une profession qui les ennuie, dit West avec un petit rire dédaigneux.

– Les hommes non plus, vous ne croyez pas ? En tout cas, vous avez raison. On a besoin de passion dans la vie, et la passion ne fait pas bon ménage avec mon métier. Vous pensez que je suis passée à côté de quelque chose ? Une famille, un mari ? Les joies de la féminité ?

– Je doute que ce genre de chose vous rende heureuse.

– Je n'aurais pas été très douée pour ça, dit-elle en gloussant. Et vous, monsieur West ?

– Moi ?

– Vous aimez ce que vous faites ? Vous y trouvez de la passion ? »

Il réfléchit un instant.

« C'était le cas autrefois.

– Quand vous pensiez pouvoir faire tomber Castro, et le communisme tout entier ?

– Quelque chose comme ça.

– Au lieu de quoi, vous avez passé votre vie au Groupe Artium, à négocier avec des gens comme moi ou Alexander

French, à brasser de l'argent, à préparer le terrain pour l'arrivée du nouveau messie, du nouvel ordre mondial. Dites-moi, vous êtes déjà allé en Union soviétique ? »

West secoua la tête.

« Vous ne pouvez pas vivre dans l'abstraction. Le monde est à l'équilibre aujourd'hui, autant qu'il ne l'a jamais été ou qu'il ne le sera jamais. Qui prendrait la place des communistes s'ils n'étaient plus là ? Les loups de Wall Street, peut-être ? Le communisme finira par s'éteindre de lui-même, dit-elle. Alors, que ferez-vous ?

– Je prendrai ma retraite en sachant que j'ai fait quelque chose de bien.

– Le bien est une notion relative.

– Pas pour moi, dit-il.

– Alors vous avez une vraie raison d'être. Je vous applaudis. »

West jeta un œil vers la porte, mais n'essaya pas de partir.

« Bien, dit-elle finalement, vous savez qu'Alexander était très fâché contre vous. Il dit que c'est indigne de jouer sur tous les tableaux comme vous l'avez fait.

– C'est mon métier, répondit West.

– Je l'avais prévenu, le premier jour à Amsterdam, je lui avais dit que s'il vous laissait verser des fonds aux Cubains, toute la situation finirait par lui exploser à la figure. Il pensait qu'il pourrait vous contrôler, ou que vous pourriez contrôler les Cubains. Il ne faut jamais faire confiance à un homme cupide qui croit faire une bonne affaire. Vous ne le convaincrez jamais qu'il a tort. La seule chose à faire dans une telle situation, c'est de protéger ses propres intérêts.

– J'ai fait mon devoir, dit West. Je dois protéger mes intérêts.

– Je comprends, et je ne vous en voudrais pas si vous n'aviez pas fait tout cela pour rien.

– Ça n'a pas servi à rien.

– À rien du tout, dit Chekhov. Vous feriez mieux de l'admettre. Il n'y a pas de honte à s'avouer vaincu. Vous ne vous en sortez pas si mal finalement, ça aurait pu être bien pire. Mais la Terre continue de tourner. Les affaires reprennent leur cours normal pour tout le monde : la CIA, les Cubains, Alexander.

– Les communistes.

– Pour le moment.

– Et comment va Alexander ? demanda West.

– Il est parti à l'Ouest, je crois. Chercher fortune sur les marchés asiatiques.

– Alors il s'en est allé ?

– Il ne faut jamais sous-estimer l'ambition », répondit-elle en souriant.

Puis elle leva son arme et lui logea une balle en plein cœur. Il n'entendit jamais la détonation.

42

Puis ce fut fini. Chekhov envisagea de lui tirer une deuxième balle dans la tête par sécurité, mais elle savait qu'il était déjà parti. Peut-être que son âme trouverait la paix dans l'au-delà. Ou peut-être que la mort était la fin : la lumière s'éteignait, l'entropie prenait le dessus, les neurones s'arrêtaient. Elle mit l'arme dans sa poche, puis prit le sac en toile sur la table basse et le passa sur son épaule.

Dans la cuisine, le téléphone sonnait. Il sonnait, sonnait, sonnait.

Agacée, elle finit par décrocher.

« Allô ? dit une femme. Papa ? Tu es là ? »

Chekhov reposa le combiné et laissa la main posée sur le téléphone un moment.

Puis elle décrocha de nouveau et attendit la tonalité, avant d'appeler la ligne sécurisée de Mini Mark à Washington.

« C'est fait, lui dit-elle. Est-ce qu'on doit parler d'Alexander ?

– On a notre homme en garde à vue, il n'y a pas lieu de craindre un soulèvement cubain.

– Il a envoyé quelqu'un à ma recherche ? Des agents de Navarro Security ?

– Pas que je sache. Pourquoi ?

– Quelque chose que Bobby West a dit.

– À votre place, je ne m'en ferais pas. Ils sont forts en gueule, mais on les tient en laisse.

– Et Alexander ?

– Rien à craindre », dit Brown, mais elle ne le crut pas.

Les bureaucrates étaient tous les mêmes : ils voyaient les choses sous un seul angle et échouaient à avoir une vision d'ensemble.

En raccrochant, elle pensa à ce qu'avait dit West : « Vous êtes la prochaine sur la liste. » Peut-être. Elle était en affaires avec suffisamment de factions rivales pour que quelqu'un finisse par voir clair dans son jeu. Telle était la nature de Miami : c'était une ville d'électrons libres. Tout le monde jouait sur plusieurs tableaux. Avec sa commission, elle avait de quoi tout plaquer. Elle avait dispensé suffisamment de sa prétendue justice et pensait en avoir fait assez. West avait raison sur un point. Ils finiraient bien par la retrouver : espions, mercenaires, hommes d'affaires ou Érinyes, ils étaient tous les rouages d'une même machine à produire du chaos.

Elle éteignit la lampe du salon, puis disparut par la porte qui l'avait vue entrer à peine une demi-heure auparavant, tandis que l'aube pointait péniblement à l'horizon.

43

Lorsque les médias annoncèrent que Keith Sorrells était en garde à vue pour l'attentat du café ainsi qu'un double homicide en Géorgie, Falcon quitta la table du petit déjeuner, enfila sa casquette et ses chaussures, et annonça à Mary Catherine qu'il devait y aller.

« Qu'est-ce que tu as lu dans le journal ? demanda-t-elle en feuilletant la rubrique locale.

– Ce garçon qu'ils ont arrêté pour l'attentat... Il était sur la route avec la fille de Bobby West.

– Je croyais que tu avais classé cette affaire.

– C'est ce que je croyais aussi, mais apparemment ce n'est pas fini.

– Tu as fait ce pour quoi on t'a payé, dit-elle.

– Oui... »

La fille avait téléphoné à sa mère et se trouvait maintenant en sûreté à Coconut Grove. Isabel avait réglé le reste de sa note, ce que Falcon fut gêné d'accepter vu la façon dont les choses s'étaient terminées. Après tout, il n'avait pas vraiment fait ce pour quoi elle l'avait engagé. Au lieu de cela, il avait découvert une situation chaotique qu'il n'avait pas réussi à démêler. Il se pencha pour embrasser sa femme sur la joue.

« Mais tu sais bien que ça ne m'a jamais arrêté.

– Je sais. Je m'inquiète juste pour toi. Combien de temps ça va continuer ? »

Falcon n'avait pas de réponse à lui donner, et n'en trouva pas en chemin vers le poste de police. Il espérait pouvoir discuter avec son vieux copain Donnie Ray Callahan, pour obtenir quelques informations sur la situation de Keith Sorrells.

Une vague de froid inhabituelle s'était abattue sur le sud de la Floride. Une bruine grise tombait sur son pare-brise, juste assez pour être irritante. Les gens qui venaient prendre leur retraite ici devaient être déçus de découvrir que la région avait sa propre variété de temps pourri, et que le paradis n'existait pas. Bien sûr, ces retraités devaient également tomber de haut en constatant qu'on n'échappe pas à la nature humaine, et que les problèmes rencontrés dans le Michigan, le Connecticut ou le Nebraska les attendaient de pied ferme à Miami. Cette déception généralisée expliquait sans doute pourquoi la Floride était si impénétrable. Falcon se demanda si les Californiens éprouvaient une insatisfaction similaire, une conception du monde aussi schizophrène.

Le poste de police était étonnamment désert, mais il trouva Callahan, installé comme toujours devant une canette de soda, une cigarette derrière l'oreille.

« Bon sang, Ernie, dit Callahan lorsque Falcon l'interrogea sur Keith Sorrells. Les types de Navarro Security vont nous mettre sur la paille avec cette affaire. Ils ont ramassé le gamin en Caroline du Sud et se sont mis en tête que c'était notre terroriste. On a demandé aux fédéraux : "Et la femme ?" Ils ont répondu : "Quelle femme ? Vous avez votre coupable." On leur a demandé ce que les gars de Frank Navarro leur avaient dit. Ils ont dit : "Qui est Frank Navarro ? C'est nous qui dirigeons l'enquête." L'autre jour, on a retrouvé un agent fédéral dans la salle des archives, il n'a pas été fichu de nous expliquer ce qu'il faisait là. Je crois qu'ils essaient de réécrire l'histoire à coups de baguette magique, de faire comme si on recherchait un Blanc depuis le début, peu importent les dépositions des témoins.

– Qu'est-ce que vous allez faire du gamin ?

– Qu'est-ce que tu veux qu'on en fasse ? On n'a pas le moindre début de preuve contre lui. D'après ce qu'on sait, il était sur la route depuis deux semaines. C'est donc physiquement impossible qu'il ait posé la bombe. Mais va dire ça à ceux qui l'ont arrêté. Ces types-là, je te jure, ils me donnent des envies de retraite. »

Callahan vida sa canette et coinça sa cigarette au coin des lèvres, sans l'allumer.

« On va le garder un jour ou deux, pour assurer nos arrières, mais je me suis donné pour mission de prouver que Keith Sorrells n'a jamais mis les pieds à South Beach. Je vais taper un rapport de cinquante pages que j'irai remettre moi-même à ces trous du cul de fédéraux. Ensuite je prendrai ma retraite, parce que j'en ai ma claque de tout ça. »

Callahan alluma sa cigarette et recracha un nuage de fumée.

« Pourquoi tu t'intéresses à cette affaire ? demanda-t-il.

– Pour rien, répondit Falcon. Je bossais sur cette histoire de fille disparue et il s'avère qu'elle était sur la route avec Keith quand le café a explosé.

– Parfait. Tu vas pouvoir m'aider à étoffer mon rapport.

– Oui, bien sûr. Par contre, j'aimerais avoir une petite discussion avec Keith en personne, si tu crois que c'est possible. Je voudrais juste clarifier quelques détails.

– Pas de problème. Il est au centre de détention provisoire. Les fédéraux ont fait pression sur le procureur pour qu'il l'inculpe, donc on le garde en attendant de pouvoir prouver qu'il n'a rien fait.

– Mais vous les avez, ces preuves ?

– Oh que oui. On le relâchera dans un jour ou deux, et j'espère que ça ne me coûtera pas ma retraite. Bien sûr, il est aussi recherché en Géorgie pour un double homicide, mais ce n'est pas mon problème. »

Le centre de détention se trouvait de l'autre côté du fleuve, en face du poste de police. Les heures de visite étaient limitées au soir, mais grâce à un coup de fil de Callahan, qui présenta Falcon comme un enquêteur indépendant, on fit une exception pour lui. Les gardiens le firent tout de même attendre une demi-heure avant de le conduire à la salle d'interrogatoire. Le garçon était plus maigre que Falcon ne l'avait imaginé et semblait étonnamment jeune et docile, de l'autre côté de la table. Il avait un symbole japonais tatoué sur le bras et une petite barbe éparse sur le cou et les joues. Falcon lui apprit qu'il était détective privé.

« On m'a engagé pour retrouver Holly Hernandez la semaine dernière, dit-il.

– J'imagine que vous l'avez trouvée ? demanda le garçon avec un accent traînant de la campagne.

– Elle a fini par être à court d'argent en Caroline du Nord et a appelé chez elle. »

Le garçon hocha la tête.

« J'ai parlé avec un collègue de la police de Miami. Il m'a dit que tu serais sorti dans quelques jours. Tu as besoin de quelque chose en attendant ?

– Je voudrais un avocat, dit Keith.

– Tu devrais en avoir un.

– Il est venu me parler de négociation de peine. Je veux un vrai avocat, quelqu'un qui comprend que je n'ai pas mis les pieds dans ce café.

– Ce n'était pas la police locale. C'était une autre agence, qui a fait un peu trop de zèle. Tu devrais t'en sortir avec un casier vierge, mais je ne t'en voudrais pas si tu voulais engager des poursuites.

– Voilà ce que je gagne à m'intéresser à la fille du mauvais type. Elle était complètement cinglée et elle m'a entraîné dans sa chute. Son père vous a dit pour l'argent ?

– Son père s'est suicidé l'autre jour. »

Le garçon contempla la table entre eux.

« Si vous voulez arrêter des gens, vous devriez commencer par ceux pour qui il travaillait. Surtout cette femme rousse.

– Qui ça ?

– Elle ne m'a pas dit son nom, mais elle est passée récupérer l'argent juste avant que ces salauds ne m'embarquent dans tout cet enfer. »

Falcon mordilla sa lèvre inférieure.

« Je ne m'en ferais pas pour ça.

– Facile à dire pour vous.

– Tu seras bientôt sorti.

– Et après, on m'enverra en Géorgie pour cette autre histoire. »

Keith porta la main à son front et se pencha sur la table comme s'il était malade.

« Je sais que je me suis embarqué dans une sale affaire, mais ils ne m'ont même pas donné d'avocat. C'était qui, ces types ? Les agents qui m'ont traîné dans cet entrepôt ?

– Hé, fiston, dit Falcon en levant les mains, je ne sais pas ce qui t'est arrivé avant de venir ici.

– Sans doute pas. Personne n'a l'air de rien savoir.

– Avant, je travaillais pour la police de Miami. J'y ai toujours des amis et ils me disent que tu seras libre dans quelques jours. On a parlé de ton arrestation dans les journaux, donc je ne serais pas surpris qu'un avocat spécialiste des libertés civiles te contacte bientôt.

– Ouais, mais ça ne changera rien.

– Je suppose que non, dit Falcon.

– Vous savez, mon père est pasteur. Juste avant qu'on m'arrête, il a essayé de me parler de Jésus. D'homme à homme, comme il ne l'avait jamais fait auparavant. Quand j'étais gosse, il n'y en avait que pour la foi et la damnation. Vous êtes croyant ?

– Ça dépend des jours. »

Keith hocha la tête d'un air approbateur, comme si Falcon venait de réussir un test crucial.

« Il essayait de me dire que Jésus était un genre de rebelle débraillé, toujours en train de faire du grabuge. C'est le genre d'homme que je pourrais sans doute apprécier, mais ce n'est pas comme ça que le monde fonctionne, pas vrai ? Il y a des règles. Et il faut les connaître et les respecter, sinon on vous enferme jusqu'au Jugement dernier.

– Personne ne va t'abandonner ici, fiston.

– Ouais, personne ne me voit comme un sauveur non plus. »

Falcon aurait voulu avoir quelques mots de sagesse à apporter au garçon. Keith n'était pas innocent – ils ne l'étaient ni l'un ni l'autre – mais, cette semaine, il avait vécu un calvaire que Falcon ne pouvait pas comprendre. Il pensa à sa fille qui lui disait qu'il ne *pigeait* rien depuis toutes ces années. Maintenant, il avait l'impression d'être un vieil imbécile, incapable de conseiller un adolescent maigrichon en quête d'absolution.

« Ça va aller, dit-il finalement en se levant pour partir. Tu veux que je contacte quelqu'un pour toi ? Tes parents ?

– Ils ne peuvent pas m'aider, si ?

– Je suppose que non », dit Falcon.

Les funérailles de West eurent lieu un samedi. La fraîcheur des jours précédents s'était dissipée et l'été semblait s'être frayé un chemin jusqu'à Miami. Les hortensias étaient en fleur dans toute la ville ; une odeur d'hibiscus et de jasmin flottait dans la brise. Hommes et femmes étaient vêtus de blanc, ce qui donnait à la journée une atmosphère joyeuse, comme si l'on était venu assister à un baptême et non à l'enterrement d'un suicidé. C'était ce qui se disait officieusement sur la mort de Bobby West – qu'il s'agisse d'une réaction tardive à son divorce ou d'une réponse à la faillite du Groupe Artium. Quelle qu'en soit la cause, il y avait à l'église une affluence honorable d'amis et de collègues.

Assis dans le fond, Falcon observait la foule. Personne ne semblait particulièrement suspect. Il y avait quelques hommes en costume, qui travaillaient sans doute pour une quelconque branche du gouvernement, mais pas d'Alexander French, d'Adriana Chekhov ou de barons de la drogue. Isabel et Holly étaient assises au premier rang avec un certain nombre de proches anonymes. Holly avait les traits bouffis et tristes, mais Isabel, l'air déterminé, le bras passé autour de sa fille, ne laissait transparaître aucune émotion. Au cours du bref office, le pasteur évoqua l'amour de Dieu, le pardon, Bobby West au royaume des cieux ; dans les enterrements, tous les morts allaient au paradis. À l'église, on vous rappelait le péché, le salut, les flammes de l'enfer, mais les enterrements étaient un réconfort pour les vivants, pas un appel au repentir.

Après coup, Falcon vint présenter ses condoléances à Isabel et Holly. Il s'excusa pour l'absence de Mary Catherine.

« Elle ne peut pas sortir par cette chaleur, dit-il. C'est trop pour elle.

– Je n'en attendais pas tant, dit Isabel. Merci d'être venu. »

Il la prit à part pour lui demander comment allait sa fille.

« Elle ne m'a pas parlé depuis qu'elle est rentrée. Elle ne veut pas me dire où elle est allée, ce qu'elle faisait, ni si son père savait où elle était.

– Je peux vous assurer qu'il n'en savait rien, dit Falcon.

– Il mentait comme un arracheur de dents.

– Peut-être, mais d'après ce que j'ai compris, Holly et son petit ami ont volé de l'argent à Bobby avant de prendre la route. Ils se sont séparés au bout d'un moment, et elle s'est retrouvée à sec.

– Ça ne peut pas être aussi simple », dit Isabel.

Falcon détourna les yeux. À quoi bon essayer d'expliquer toutes les complexités de l'histoire ? En était-il même capable ? La fille de Falcon, paranoïaque comme elle l'était vis-à-vis des systèmes de pouvoir, dirait que French, Chekhov et peut-être même quelqu'un du gouvernement avaient formé une sorte de cabale qui avait pris l'eau avec le vol de l'argent. Du point de vue de Falcon, personne n'était aussi sophistiqué. Le monde était plein d'électrons libres cherchant à s'enrichir. Keith et Bobby s'étaient simplement retrouvés en travers de la route, comme des lapins pris dans les phares. Pour Falcon, les paranoïaques avaient des problèmes émotionnels qui les conduisaient à inventer de l'ordre là où il n'y avait que du chaos.

Il serra une nouvelle fois la main d'Isabel. Avant de pouvoir s'éloigner, il fut rattrapé par Holly.

« Monsieur Falcon ? Le pistolet n'était pas chez lui.

– Pardon ?

– Le pistolet. Ils disent qu'il s'est suicidé, mais c'est moi qui avais son arme. Elle était dans le sac avec l'argent, donc mon père n'a pas pu se suicider. »

Isabel essaya de récupérer sa fille.

« Je suis sérieuse, insista-t-elle. Il n'a pas pu se tuer, c'est forcément un meurtre. Vous enquêterez ? »

Falcon aurait voulu pouvoir lui offrir son soutien, du réconfort, ou même la promesse qu'il chercherait à obtenir justice, mais il n'y avait rien à dire. Il savait que la fille avait raison, et il savait qui avait fait le coup, mais Adriana Chekhov avait quitté Miami sans laisser de trace. Les hommes de Frank Navarro finiraient peut-être par la trouver et l'arrêter. À moins qu'ils ne décident de l'embaucher. Mais pour l'instant, Chekhov, M. French, Navarro, la CIA : ils étaient tous hors de portée.

Dans la même collection

EQUINOX

Racket, Dominique Manotti, mars 2018
Un feu dans la plaine, Thomas Sands, mars 2018
Ceci est mon corps, Patrick Michael Finn, avril 2018
Mamie Luger, Benoît Philippon, mai 2018
Requiem pour Miranda, Sylvain Kermici, septembre 2018
Présumée disparue, Susie Steiner, octobre 2018
L'éternité n'est pas pour nous, Patrick Delperdange, octobre 2018
Les Féroces, Jedidiah Ayres, novembre 2018
L'Étoile du Nord, D.B. John, janvier 2019
Mauvais œil, Marie Van Moere, janvier 2019
La Vague, Ingrid Astier, février 2019
Paradigma, Pia Petersen, février 2019
Cherry, Nico Walker, avril 2019
Ma douleur est sauvagerie, Pierric Guittaut, avril 2019
Le Triomphant, Clément Milian, mai 2019
Glory Hole, Frédéric Jaccaud, mai 2019
L'Icône, Thierry Marignac, septembre 2019
Personne inconnue, Susie Steiner, septembre 2019
La Meute, Thomas Bronnec, octobre 2019
Le Second Disciple, Kenan Görgün, novembre 2019
City of Windows, Robert Pobi, janvier 2020
C'est pour ton bien, Patrick Delperdange, février 2020
Donbass, Benoît Vitkine, février 2020
Joueuse, Benoît Philippon, mars 2020
Marseille 73, Dominique Manotti, juin 2020
The Cry, Helen Fitzgerald, juin 2020
L'Un des tiens, Thomas Sands, octobre 2020
Tu me manqueras demain, Heine Bakkeid, octobre 2020
Lëd, Caryl Férey, janvier 2021
Tous complices !, Benoit Marchisio, février 2021
Un dernier ballon pour la route, Benjamin Dierstein, mars 2021
Serial Bomber, Robert Pobi, avril 2021
L'Heure du loup, Pierric Guittaut, avril 2021
Rendez-vous au paradis, Heine Bakkeid, mai 2021
Pandémonium, Sylvain Kermici, août 2021
Green Man, David Klass, septembre 2021
Garde le silence, Susie Steiner, octobre 2021
Milliame Vendetta, Bernard Muñoz, octobre 2021

La Cour des mirages, Benjamin Dierstein, janvier 2022
=(coéd. Nouveau Monde éditions)
Jolies Choses, Janelle Brown, janvier 2022
Les Loups, Benoît Vitkine, février 2022
La Fille du ninja, Tori Eldridge, février 2022
Le chat qui ne pouvait pas tourner, Anne Dhoquois, mars 2022
Mycélium, Fabrice Jambois, avril 2022
Petiote, Benoît Philippon, mai 2022
Plein Sud, Benoit Marchisio, mai 2022
Quartiers Sud, Bérengère de Montalier, juin 2022
Je suis le fils de ma peine, Thomas Sands, août 2022
La Vengeance des perroquets, Pia Petersen, août 2022
La Lune de l'âpre neige, Waubgeshig Rice, septembre 2022
Cette terre que je croyais mienne, Alain Choquart, octobre 2022
Nous n'allons pas nous réveiller, Heine Bakkeid, novembre 2022
Six Versions T1. Les Orphelins du mont Scarclaw, Matt Wesolowski, janvier 2023
Sangs mêlés, John Vercher, février 2023

L'exemplaire que vous tenez entre les mains
a été rendu possible grâce au travail de toute une équipe.

Édition : Aurélien Masson
Couverture et conception graphique : Éric Pillault
Illustration de couverture : Yann Legendre
Révision : Nathalie Capiez, Fabrice Émont et Isabelle Paccalet,
avec Alice Posière
Mise en page : Soft Office
Photogravure : Point 11
Fabrication : Louise Clément
Commercial et marketing : Pierre Bottura
Coordination : Jean-Baptiste Noailhat
Marketing et communication digitale : Clémentine Malgras
Relations libraires : Laura Darmon
Presse et communication : Hind Boutaljante avec Axelle Vergeade
Les Arènes du savoir : Pierre Bottura avec Marc Blactot, Adèle Hybre,
Guillaume Lollier et Clémentine Malgras

Rue Jacob diffusion : Élise Lacaze (direction), Katia Berry (grand Sud-Est),
François-Marie Bironneau (Nord et Est), Charlotte Jeunesse (Paris et région
parisienne), Christelle Guilleminot (grand Sud-Ouest), Laure Sagot (grand Ouest),
Diane Maretheu (coordination), Charlotte Knibiehly (ventes directes)
et Camille Saunier (librairies spécialisées)

Distribution : Interforum

Droits France et juridique : Bertille Comar et Geoffroy Fauchier-Magnan
Droits étrangers : Sophie Langlais
Accueil et librairie : Laurence Zarra et Lucie Martino
Envois aux journalistes et libraires : Vidal Ruiz Martinez
Comptabilité et droits d'auteur : Christelle Lemonnier,
Camille Breynaert et Christine Blaise
Services généraux : Isadora Monteiro Dos Reis

Les Arènes,
17-19, rue Visconti, 75006 Paris
Tél. : 01 42 17 47 80

L'ensemble de cet ouvrage a été réalisé
dans le respect des règles environnementales en vigueur.
Il a été imprimé par un imprimeur certifié Imprim'vert,
sur du Enso classic PEFC pour l'intérieur
et une carte Metsäboard PEFC pour la couverture.

Achevé d'imprimer en France sur les presses de l'imprimerie
Normandie Roto Impression s.a.s. à Alençon (Orne) en janvier 2023.

ISSN : 2609-7966
ISBN : 979-10-375-0824-9
N° d'impression : 2206594
Dépôt légal : février 2023